btb

Aus Freude am Lesen

btb

Buch

Nach der Trennung von ihrem Freund Henrik will die 33-jährige Kit das Weihnachtsfest bei ihren Eltern verbringen. Besonders ihrem Vater ist sie sehr zugetan. Doch dann kommt alles anders als gedacht: Erik Bennett erleidet einen Herzinfarkt, kurz nachdem er eine rätselhafte Karte mit chinesischen Schriftzeichen erhielt. Kit beschließt, der Sache nachzugehen. Vielleicht findet sie auf diese Weise auch eine Erklärung für all die Albträume, die sie seit Jahren plagen und die sie nicht zu deuten weiß. Albträume, die mit ihrer Kindheit in Hongkong zu tun haben und einem alten Gartenpavillon, der ein Geheimnis zu bergen scheint …

Autorin

Elsebeth Egholm, Jahrgang 1960, arbeitet als freie Journalistin und Autorin. Sie hat in Dänemark bereits drei Bücher veröffentlicht. Der endgültige Durchbruch gelang ihr mit dem Roman »Gartenpavillon«, der enthusiastisch besprochen wurde und viele begeisterte Leser fand. Mit ihrem Mann lebt Egholm abwechselnd auf Gozo und in Århus/Dänemark.

Elsebeth Egholm

Der Gartenpavillon

Roman

Aus dem Dänischen
von Hanne Hammer

btb

Die dänische Originalausgabe erschien 2001
unter dem Titel »Opium« bei
Lindhardt og Ringhof, Copenhagen

Umwelthinweis:
Alle bedruckten Materialien dieses Taschenbuches
sind chlorfrei und umweltschonend.

btb Taschenbücher erscheinen im Goldmann Verlag,
einem Unternehmen der Verlagsgruppe Random House GmbH

1. Auflage
Deutsche Erstveröffentlichung September 2003

Umschlaggestaltung: Design Team München
Umschlagfoto:Photonica
Satz: IBV Satz- und Datentechnik GmbH, Berlin
RK · Herstellung: Augustin Wiesbeck
Made in Germany
ISBN 3-442-73027-9
www.btb-verlag.de

Für Frauke, Kirsten und Liese-Lotte
– und auf die nächsten zwanzig Jahre

»If you wake at midnight, and hear a horse's feet
Don't go drawing back the blind, or looking in the street,
them that asks no questions isn't told a lie.
Watch the wall, my darling, while the Gentlemen go by!«

RUDYARD KIPLING

Prolog

Die Bilder kamen nachts. Und mit ihnen die Geräusche und der Geruch. Nie würde sie diesen Geruch vergessen. Wurde der Traum erst einmal lebendig, schien der süße, klebrige Geruch überall zu sein. Schien er die Luft zu durchdringen, wie so viele andere Gerüche damals. Nach in der Wärme faulenden Früchten, nach verbrannten Kräutern aus den Straßenküchen oder nach Fisch auf dem Markt, der zu lange in der Verkaufstheke gelegen hatte.

Denn sie waren nahezu das Einzige, woran sie sich erinnerte. Die Gerüche. Und die flüchtigen Gesichter. Ihr Vater und ihre Mutter. Karen-Lis und andere, ihr unbekannte Personen, die miteinander verschmolzen und in neuer Gestalt wieder auftauchten, mit schrägen Augen, hohen Jochbeinen und platten Nasen. Und natürlich Agnes Ling.

Im Traum waren sie zusammen. Sie war fünf und Agnes sechs. Sie waren gleich groß und sahen sich auf gewisse Weise ähnlich mit ihrem dunklen Haar, ihren dünnen Armen und Beinen und ihren ovalen Gesichtern. Punkt, Punkt, Komma, Strich. Sie sah sie beide wie durch die Linse der Schmalfilmkamera, die im Gras zwischen ihnen lag. Sie gehörte ihrem Vater, und sie hatten sie sich ohne Erlaubnis ausgeliehen; besser gesagt, Agnes hatte das. Schnell wie eine Schlange hatte sie sie vom Regal genommen, als sie drinnen im Haus spielten. Sie wollten einen Film machen, verkündete Agnes und hatte sie mit dem Ausdruck angesehn, der sie immer gespannt und unruhig zugleich werden ließ, weil sie wusste, dass es kein Entrinnen gab.

Wie es irgendwo zwischen Traum und Wachzustand passieren kann, gewann das Wissen der Erwachsenen die Oberhand. Sicher, sie sahen sich ähnlich, doch es gab einen Unterschied. Sie spürte ihn, als sie in der Dämmerung im Garten ihrer Eltern saßen und mit Glaskugeln spielten, vergessen von den Erwachsenen und von der Ama, dem chinesischen Kindermädchen, das bestimmt mit dem Koch und dem Gärtner in der Küche saß und Mah-Jongg spielte.

Es waren nicht nur die Augen; Agnes' schräge Schlitze im Gegensatz zu ihren eigenen weit offenen blauen Löchern. Es war auch nicht die Haut, denn im Licht der untergehenden Sonne schien auch ihre Haut einen gelblichen Schimmer angenommen zu haben. Es war etwas anderes. Etwas, das in die Vergangenheit zurück, aber auch in die Zukunft hineinreichte. Eine Art Bewusstheit über die eigene Bedeutung und die der Familie im großen Zusammenhang. Ein Wissen um die Wichtigkeit der Erinnerung durch die Generationen hindurch.

»Chinesen vergessen nie«, wie Vater immer sagte – und sie war sicher, dass er Recht hatte. Vater hatte immer Recht. Auf ihn konnte man sich verlassen. Er war wie ein großer warmer Punkt mitten in ihrem Leben, in dem das Gefährliche in jeder Ecke lauerte und sich in allen Schatten und im hereinbrechenden Dunkel versteckte. Vater war das Licht, und ohne ihn war alles schwarz. Ohne ihn gab es keine Kit.

Agnes stand auf, sie war der Glaskugeln müde, und Kit folgte ihr. Sie folgte Agnes immer. Das Haus lag in Sai Kung in den New Territories mit Aussicht über Berge und Bucht, und der Garten war ein Paradies aus Blumen und Bäumen, die in der feuchten Wärme gediehen. Ihr Vater hatte das Haus billig von einem Chinesen gekauft, dem es Unglück gebracht hatte. Das hatte er ihnen erzählt, genau wie er ihnen verboten hatte, zu dem Pavillon am Ende des Gartens hinunterzugehen, wo der Chinese auf Anraten eines Feng-Shui-Experten Spiegel an den Mauern angebracht hatte, um die bösen Geister des Hauses fortzulocken. Auch in dem Pavillon wohnte ein böser Geist, sagte ihr Vater immer. Hinter den mit Spiegeln verkleideten Mauern. Dort sollte er bleiben, und niemand durfte ihn hinauslassen, da sonst das Unglück über sie hereinbrechen würde. Kit hatte nie gesehen, dass jemand den Pavillon betrat oder sich ihm auch nur näherte. Nur Vater. Denn Vater wagte alles.

Agnes' Mutter war Dänin. Die beiden Familien waren Nachbarn, und ihre Väter waren Geschäftspartner. Agnes war nur zur Hälfte Chinesin, aber Kit wusste, dass sie nie etwas vergaß, genau wie Vater gesagt hatte. Wenn jemand ihr etwas versprochen hatte, tat er gut daran, es zu halten, da er sonst ihren Ärger zu spüren bekam und sie lange nicht mit einem sprach. Und auch nicht mit einem spielte.

Agnes zog sie am Ärmel. Gebot ihr zu schweigen, als sie nachgab. »Komm mit. Es ist nicht gefährlich. Wir sagen es nur niemandem. Schwörst du?«

»Ich schwöre«, sagte Kit atemlos vor Spannung und hoffte, dass sie ihr Versprechen halten konnte. Sie wusste nur zu gut, wo die Freundin hin wollte, denn sie hatten darüber gesprochen, und Agnes platzte fast vor Neugier.

Agnes zog sie den ganzen Weg durch den großen Ziergarten der Familie, in dem Obstbäume ihre Arme wie Schatten gen Himmel streckten und Gardenien und Kamelien die Luft mit ihren Düften würzten. Jetzt konnte sie den kleinen Pavillon sehen, der unten am See lag, in dem, wie sie wusste, die Goldfische wohnten und wo es eine Brücke gab, auf der man stehen und sie herumschwimmen sehen konnte. Wenn man sich in die Nähe des bösen Geistes wagte.

Ein schwaches Licht strömte aus den unter dem Pagodendach gelegenen Fenstern des Pavillons. Die Spiegel an der Mauer warfen einen blanken Schein über das Wasser des Sees. Die Fenster standen offen bei der Wärme, sie konnte das Murmeln von Stimmen hören. Ein großer Stein und einige kleinere lagen als Dekoration davor. Agnes stellte sich auf den großen Stein und guckte durch das Fenster. So blieb sie einen Moment lang stehen. Dann führte sie die Kamera zum Auge, und Kit hörte den schnurrenden Laut, als sie zu laufen begann.

Bereits da schien der Duft aus dem Pavillon zu strömen, und Kit spürte eine Angst, die sie bisher nicht gekannt hatte. Als würde jemand einen Arm von drinnen herausstrecken und sie mit einer kalten Hand mit starken Fingern zu erdrosseln versuchen. Und genau da, in dem Augenblick, schwenkte die Kamera zu ihr hin und eine kurze Sekunde stand sie ganz still, starrte in ihr gefühlloses Auge und spürte die sich ausbreitende Kälte.

Agnes stieg von dem Stein hinunter und machte Kit ein Zeichen, dass sie an der Reihe war. Sie schüttelte den Kopf. Sie wollte nicht.

»Angsthase«, meinte Agnes spöttisch. »Komm schon.«

Sie nahm ihren ganzen Mut zusammen. Wunderte sich jedoch über die Angst und versuchte erfolglos sich zu beruhigen. Es war doch nur ein Pavillon, nichts anderes. Ein Pavillon, in dem Spiegel die letzten Strahlen der Sonne einfingen und aus dem ein süßer, klebriger Duft gemischt mit leisen Stimmen ohne Worte strömte.

Sie machte einen Schritt auf den Stein zu. Schaffte es gerade noch, die Augen zu schließen, als könnte sie sich auf diese Weise schützen.

Agnes puffte sie in die Seite. »So. Guck endlich.«

Sie öffnete die Augen. Es brauchte eine Weile, bis sie sich an das dunkle Licht dort drinnen gewöhnt hatte. Aber dann war alles plötzlich lebendig und klar, und das Herz stand still, dessen war sie sich sicher, als der Anblick sie traf und sich zusammen mit dem Duft einen Weg bis dort hineinschnitt, wo nichts und niemand je zuvor gewesen war.

In dem Moment wusste sie, dass sie es getan hatte.

Sie hatte das Böse entfesselt.

1

»Nun mach schon ein frohes Gesicht. Wir haben schließlich Weihnachten, verdammt noch mal.«

Ihr Vater zeigte auf den Stuhl ihm gegenüber. Kit setzte sich. Dachte, dass ihr nur Block und Plisseerock fehlten, um einer Sekretärin in einem amerikanischen Film zu gleichen. Einer von denen, die effektiv und diskret die Geschicke ihres Chefs lenken, ohne dass er es weiß, und die dafür sorgen, dass Probleme gelöst werden, lange bevor sie auf seinem Tisch landen.

Bei dem Gedanken musste sie beinahe lächeln. Als würde sie auch nur die kleinste Kleinigkeit lenken, wenn es um ihren Vater ging. Als würde sie seine Probleme lösen können. Sie, die nicht einmal mit ihren eigenen zurechtkam. Wie mit dem verdammten Traum, der immer noch irgendwo saß und an ihr nagte. Wie ein Schuh, der drückte.

Der Vater trommelte mit den Fingern auf die Tischplatte. Eine seiner vielen rastlosen Angewohnheiten. Ständig schien er voller Energie, selbst nach dem Herzanfall, der ihn fast umgebracht hatte.

Er ließ sich nicht so einfach aus dem Weg räumen. Aber sie sah ihm die Müdigkeit an, und das war nicht verwunderlich. Es zermürbte jeden, wenn man im Stich gelassen wurde.

»Was ist los?«, blaffte er wie ein Polizist. »Hat es mit ihm zu tun, mit diesem Typen?«

»Du meinst Henrik.«

Er machte eine ausladende Armbewegung, wie um zu sagen, dass der Name gleichgültig war. Dass er ihn beinahe vergessen hatte. Aber sie kannte ihn besser. Wusste, wie weh es getan hatte, auch ihm.

»Das ist doch schon eine Weile her«, sagte sie abwehrend. »Es geht sehr gut ohne ihn.«

Ihr Vater warf ihr einen zweifelnden Blick zu. Eine Viertelstunde sah sie die Gebrechlichkeit darin, und sie wusste, dass sich der Zweifel nicht nur gegen sie richtete. Er versuchte, es zu verbergen, aber in diesem Blick lag so viel Enttäuschung. Er glaubte nicht, dass man es sehen konnte. Vielleicht war auch nur sie dazu in der Lage. Immer hatte sie seine Stimmung wie ein Seismograph messen können. Besser als ihre Mutter. Auch besser als Karen-Lis.

»Haben wir diese Versicherung bezahlt?«

Sein Ton war geschäftsmäßig geworden. Jetzt war sie nicht mehr die Tochter, die Liebeskummer hatte. Jetzt war sie die Mitarbeiterin, die Befehle auszuführen hatte. Sie war an solch plötzliche Identitätswechsel gewöhnt.

»Der Scheck ist gestern herausgegangen. Carsten hat ihn zur Post gebracht.«

»Carsten«, brummte er. »Gut. Ein bisschen wenig Fantasie, aber okay.«

Sie lächelte in sich hinein. »Wenig Fantasie« war in den Augen ihres Vaters die schlimmste Todsünde, sie kam direkt hinter Autoritätsgläubigkeit und Unwissenheit über die feineren Nuancen des Schachspielens. Das Gegenteil davon waren ein paar der Gründe, warum er Henrik gemocht hatte.

Sein Blick wanderte durch das Zimmer. Sie hatte sein Büro zu Hause heimlich dekoriert. Über dem Fenster hingen ein paar Weihnachtsmänner, im Fenster standen ein Weihnachtsstern und zwei Hyazinthen, und auf dem Tisch thronte ein von ihr selbst entworfenes Gesteck.

Sie öffnete die Schreibtischtür. Holte die Flasche mit dem Portwein und zwei Gläser heraus. Das war ihr Ritual. Immer vor Weihnachten, am letzten Tag in der Firma, saßen sie wie zwei Verschworene zusammen und genehmigten sich einen Drink.

Sein Blick blieb an Karen-Lis' Bild hängen, das in einem Rahmen auf seinem Tisch stand. Sie wusste, was er nun dachte. Dass es Karen-Lis wäre, die jetzt hier sitzen würde, wäre sie im Lande. Ihm gegenüber, im vertrauten Gespräch. Zumindest so vertraut, wie ein Gespräch sein konnte, wenn man Erik Bennett hieß und tausend andere Dinge im Kopf hatte.

»Ich vermisse sie auch«, sagte sie.

Er zuckte leicht mit den Schultern. »Scheiße. Hauptsache sie ist glücklich, dort wo sie ist«, sagte er ohne Überzeugung.

Sie wünschte, ihn trösten zu können. Ihm die Freude zurückgeben zu können. Sie musste gegen den Drang ankämpfen, ihm die Arme um den Hals zu legen und ihm zu erzählen, dass er doch sie hatte.

Aber das ging nicht. Er wäre nur irritiert und würde sich ihr entziehen. Genauso wie er sie abfertigte, wenn sie ihm von dem Traum erzählte. »Du hast wirklich eine lebhafte Fantasie«, pflegte er zu sagen, und in dieser Verbindung war Fantasie offenbar keine wünschenswerte Eigenschaft. »Vergiss es, lass dich nicht von einem Traum tyrannisieren.«

Aber das tat sie. Sie ließ sich tyrannisieren. Denn sie war keine Karen-Lis und kein Henrik. Sie war Kit. Und die Angst vor etwas, von dem sie nicht wusste, was es war, ging ihr bis ins Mark.

Sie tat ihr Bestes, um zu vergessen. Aber der immer wiederkehrende Traum hatte eine beunruhigende Wirkung auf sie. Brachte sie für ein oder zwei Tage vom Kurs ab. Eigentlich hatte sie geglaubt, dass er verschwunden war. Dass er sich einfach aufgebraucht hatte. Aber er kam wieder, immer wieder. Manchmal nach langen Pausen, wie ein Virus, das im Körper kursierte und mit dem sie nicht fertig wurde.

Nach dem Gespräch mit ihrem Vater ging sie in ihr Atelier, das sie sich im Haus ihrer Großmutter eingerichtet hatte, nachdem sie ihr Studium an den Nagel gehängt hatte, um in der Firma ihres Vaters Geld zu verdienen. Sie nahm die Skulptur, die auf dem Tisch stand, kritisch in Augenschein, griff nach dem Ton und baute langsam die Form des Gesichts auf.

Von da, wo sie stand, konnte sie in den Garten der Großmutter sehen. Merkwürdig, dachte sie. Großmutter war seit fünf Jahren tot, aber der Garten, der das Haus der Familie in Nyborg umgab, war noch immer ihrer. Es hieß Großmutters Haus und Großmutters Garten, obwohl ihre Eltern jetzt alleine hier wohnten, seit sie und Karen-Lis von zu Hause ausgezogen waren.

Kit lächelte ein wenig bitter und musste sich korrigieren. Ausgezogen ist nicht gleich ausgezogen. Sie selbst war, um es kurz anzumerken, im Alter von dreiunddreißig Jahren gerade wieder eingezogen. Nur bis sie ihr Leben wieder im Griff hatte. Bis sie wieder ihren Weg gefunden hatte.

Jetzt konnte sie zumindest in Großmutters Garten sehen, anstatt in den Hof mit dem Spielplatz, auf den man aus Henriks kleiner Wohnung in dem Wohnblock sah. Sie guckte aus dem Fenster. Der Weihnachtssturm hatte sie überrascht und den verwilderten Garten mit seinen durcheinander stehenden Baumstümpfen, wild wachsenden Ästen und Luftwurzeln mit eisigem Regen durchpeitscht. Alles war durchweicht und farblos wie auf einem Schwarzweißfoto. Selbst das Gras hatte sich schlafen gelegt. Im letzten Sommer hatte Henrik es mit dem handbetriebenen Rasenmäher gemäht, der alt war und wie eine Nähmaschine klang. Er hatte auch Großmutters alten blauen VW repariert, der noch immer in der Garage stand und noch immer nach ihr und den Katzen roch.

Das Auto und das Gras. Das waren wohl seine letzten Dienste für die Familie gewesen, bevor er aus ihrem Leben verschwunden war.

Ihre Bewegungen waren schneller geworden. Heftiger. Geduldig ließ sich der Ton klatschen, formen und in die Gestalt ihrer Wut pressen, die bis in ihre Finger gesickert war.

Henrik hatte sie im Stich gelassen. Sowohl sie selbst als auch ihren Vater. Hatte der Familie, die ihn aufgenommen hatte, den Rücken zugekehrt. »Wie ein Sohn«, hatte ihr Vater immer gesagt, bevor Probleme aufgetaucht waren und Henrik sich immer weiter zurückzog. »Er ist für mich wie ein Sohn. Und irgendwann wird er wohl auch mein Schwiegersohn.« Mit zufriedenem Blick hatte er das gesagt. Und sie hatte das Gefühl gehabt, plötzlich zehn Zentimeter in der Sekunde zu wachsen.

Aber es hatte nicht gedauert. Nichts war von Dauer, hatte sie mit der Zeit gelernt. Alle verschwanden früher oder später. Henrik. Karen-Lis. Großmutter. Sie waren nicht mehr hier. Waren nicht mehr Teil ihres Lebens.

Ärgerlich entfernte sie etwas von dem Ton. Es war zu viel. Wirkte falsch. Könnte man nur Gedanken und Gefühle so leicht formen, wie man Ton modellieren konnte. Hier etwas hinzufügen und da etwas wegnehmen, bis das Ergebnis genau passte.

Aber noch konnte sie ihre Gedanken nicht steuern. Und in dem Moment kam der ketzerischste von allen angeflogen und bohrte sich in ihr Gehirn.

Ihr Vater war geschwächt, das war nicht zu übersehen. Die Probleme setzten ihm zu; sowohl Karen-Lis als auch Henrik und bestimmt noch etwas in der Firma, das sich ihrer Kenntnis entzog. Die Enttäuschung in seinem Blick, in seiner gesamten Haltung, war das Schlimmste daran. Das, was zu sehen, am meisten wehtat.

Der Gedanke bohrte sich beharrlich fest. Genau wie die Angst, plötzlich und unerwartet jemanden zu verlieren, Panik hervorpeitschen konnte. Vielleicht war es ein Naturgesetz, dass alle einen früher oder später im Stich ließen. Vielleicht war es Teil des Menschseins, dass Liebe plötzlich vergehen und verschwinden konnte, sich verändern konnte, wie wenn sie einen Mund oder eine Nase umgestaltete und das vorher bekannte und geliebte Gesicht fremd und beunruhigend wurde.

Sie wollte sich zusammenreißen und glitt dann doch ab ins Selbstmitleid, sie war sich dessen bewusst. Sie wünschte, dass es anders wäre. Dass sie stärker wäre. Aber ihr fehlte die Kraft, und sie wusste nicht, woher sie sie nehmen sollten.

Er schenkte sich noch einen Portwein ein. Das konnte nicht schaden.

Erik stieß heftig den Stuhl zurück. Dachte einen Augenblick

an die Jahre in Hongkong und das Büro im St. George-Gebäude. Die Zeiten waren vorbei, als er nur die Beine auf den Tisch schwingen musste und die Welt allein dadurch steuern konnte, dass er aus dem Fenster sah und die Ideen aufmarschieren ließ. Sie einließ, wenn sie Schlange standen. Genau das hatten sie getan. Waren nahezu auf ihn eingestürmt, dass er Schwierigkeiten hatte eine Wahl zu treffen.

Aber das war vorbei. Heute würde er viel für eine einzige brauchbare Idee geben, an wen er sich jetzt wenden sollte.

Er seufzte. Beugte sich mühevoll hinunter und hob das Schachspiel auf. Das elektronische, das Kit ihm geschenkt hatte, als Henrik die Familie verlassen hatte. Weil er ihr Leid getan hatte, das wusste er, und es irritierte ihn. Lieber sollte sie ihre ganze Nervosität über Bord werfen und anfangen, ihr Leben zu leben. Aber so war sie nun einmal, Kit. Kaum zu glauben, dass sie seine Tochter war, aber er liebte sie so sehr. Kit war vorsichtig und nervös veranlagt wie ihre Mutter, hatte jedoch sein dunkles Aussehen. Karen-Lis war es, die sein Draufgängertum geerbt hatte. Seinen Mut. Kit hingegen konnte manchmal Angst vor ihrem eigenen Schatten haben, und für Stress und Druck war sie vollkommen ungeeignet. Aber das hatte er immer gewusst. Und darauf Rücksicht genommen, nicht zu vergessen. Manchmal vielleicht zu sehr.

Er stellte das Spiel auf. Warum auch nicht. Wenn niemand anderer da war, musste man eben gegen einen Computer spielen. Wenn es kein Gesicht gab, auf dem man lesen, keinen Feind, den man studieren konnte, musste man sich mit dem Nächstbesten begnügen.

Das Wort Feind ging ihm im Kopf herum, während er seinen Zug überlegte. Genau das war das Schwierige an dieser verdammten Situation. Der Feind hatte kein Gesicht. Der Feind war feige und versteckte sich hinter der Maske der Anonymität. Genau wie der Computer, weiß Gott.

Er hatte das Spiel ein paar Tage stehen gelassen. Konnte nur ein paar Züge durchführen, bevor es ihn zu langweilen begann. Er musste einräumen, dass er das Gesicht vermisste. Henrik vermisste, warum den Gedanken nicht denken. Aber trotzdem war er nicht wie Kit, die sich im Stich gelassen fühlte und sich in sich selbst zurückzog. Das war nicht seine Art. Wäre da nicht das Alter, hätte er die Schultern gezuckt. Herrgott noch mal, man verliert jemanden, und man gewinnt jemanden. So war das Spiel. Aber das Alter schien ihn zu verändern. Schien ihn auf den verkehrten Weg zu ziehen und weich zu machen. Er musste aufpassen. Bevor er sich versah, würde er womöglich noch seine Sünden bereuen. Gott bewahre! Vor solchen Menschen hatte er nie Respekt gehabt. Man sollte mit den Stiefeln an den Füßen sterben, hatte er immer gesagt. Mit Reue hatte er sich nie abgegeben. Er hatte damit gerechnet, die ganze Strecke durchzuhalten, auch wenn das Alter herannahte. Was es ja rein faktisch bereits getan hatte. Aber er hatte überlebt, als das Herz ihn gewarnt hatte.

Er machte seinen Zug mit einem der Läufer. Trank von dem Portwein und dachte ärgerlich, dass es eigentlich egal war. Nicht wie damals, als er über Kraft und Schnelligkeit verfügte. In Wirklichkeit war das hier nicht er. Es war eine Hülse von ihm, die hier saß und mit einem verdammten Computer Schach spielte.

Eine Weile dachte er über die Reue nach. Vielleicht gab es doch etwas, das er gerne aus dem inneren Strafregister gelöscht hätte. Nur eine einzige Sache. Keine schlechte Bilanz für ein ganzes Leben. Aber es war unmöglich, und er war Manns genug, damit zu leben.

Der Computer piepte und machte seinen Zug. Wie vorauszusehen, bewegte er den Turm auf seinen Läufer zu. Vielleicht hatte er doch eine Chance.

Er richtete sich auf. Noch war nicht alles verloren. Es war lange her, und seitdem hatte er nichts mehr gehört. Lange her, dass die Drohung aufgetaucht war, sein Leben zu zerstören und ihn schachmatt zu setzen. Vielleicht war es jetzt vorbei. Vielleicht war alles nur eine Täuschung, oder vielleicht konnte er sich freikaufen, das war auch eine Möglichkeit. Wenn er den Feind nur sehen könnte.

Er dachte eine Weile nach. Versuchte in die Zukunft zu denken. Drei Züge oder weiter. Aber er war nicht wie in den alten Tagen, vor drei Monaten, als Henrik und er stundenlang vor Zimmermanns antikem chinesischem Schachspiel mit den geschnitzten Figuren aus Elfenbein und Ebenholz sitzen konnten. Damals hatte er geglaubt, auf dem Gesicht seines Gegners lesen zu können.

Nun ja, vielleicht hatte er Henrik beim Schach besiegt. Aber er musste zugeben, dass Henrik zuletzt auf seinem Gesicht besser lesen zu können schien als er auf Henriks. Als wüsste er etwas, das ihm nicht zustand.

Erik Bennett seufzte. Versuchte noch einmal, nach vorn zu schauen. Drei Züge voraus zu sein. Aber vor seiner Nase schien eine Mauer zu stehen. Und hinter der Mauer lauerte der Feind.

Er packte das Spiel zusammen und leerte sein Glas.

2

»Gut siehst du aus, Mutter. Da in dem Licht gleichst du einem Engel.«

Ihre Mutter lächelte. Wehmütig, dachte Kit.

»Einem Weihnachtsengel? Hoffentlich keinem von den fetten.«

Kit schüttelte den Kopf. Suchte nach Worten. »Dem Engel des Lichts«, sagte sie schließlich. »Du siehst aus wie der Engel des Lichts, von Glanz umgeben.«

Es stimmte ja, dass die Sonne an diesem Morgen, an dem Tag nach dem Portweinritual, kurz ins Fenster hineinspähte und eine Art Glorienschein um das honigfarbene Haar ihrer Mutter bildete. Es hatte diese Farbe, so lange Kit zurückdenken konnte. Der Frisör hatte gute Arbeit geleistet, aber darüber sprach man nicht. Gott bewahre, ihre eigenen dunklen Locken wurden ja auch hin und wieder gefärbt. Der vornehmen Gestalt am Fenster konnte sowieso niemand ihre Schönheit nehmen.

»Der Engel des Lichts hat gerade eine fertige Leberpastete im Ofen«, sagte ihre Mutter, während sie die Form aus dem Ofen nahm.

Das vorvorletzte Türchen des selbst gebastelten Adventskalenders war geöffnet worden. Der Kalender hing an der Wand unter der Küchenuhr und erinnerte Kit daran, dass sie heute die restlichen Geschenke kaufen musste. Die Mitarbeiter von Kaliki hatten glücklicherweise immer am letzten Werktag frei. Der Adventskalender war eine Tradition, genau wie das Menü am Vorweihnachtsabend: Roggenbrot mit selbst gemachter Leberpastete und anschließend Milchreis. Auch in diesem Jahr, obwohl die Familie halbiert worden war.

Kit atmete den Duft der Leberpastete ein. Es war der Duft von Weihnachten. Der Duft von Familie.

Sie ließ sich auf der Küchenbank nieder und schenkte sich aus der Thermoskanne einen Morgenkaffee ein. Sie beobachtete ihre Mutter. Hellhäutig, groß und nordisch, in einer Schürze, die eine schöne Taille sichtbar machte. Sie war ihr Stolz, mehr noch als ihre Größe und die Grübchen. Mehr als das mädchenhaft lange Haar. Die Taille, die es mit jeder Taille in einem Brigitte-Bardot-Film hätte aufnehmen können. Karen-Lis hatte das Aussehen ihrer Mutter geerbt, doch ohne die Zartheit ihres Gesichts, dachte Kit, während sie ein Brötchen mit Butter bestrich. Sie wusste, dass ihre Mutter nur ihr zuliebe gelächelt hatte und auf die Bemerkung eingegangen war. Sie konnte es an der Stimme hören und an ihrer Haltung sehen. Ihre Mutter, die sonst immer gut gelaunt und frohen Sinnes war. Sie hatte die Traurigkeit nicht verdient, die in ihren Blick gekrochen war und die Kits Wut wieder unkontrolliert hochkommen ließ.

»Das kann sie doch nicht machen.«

Sie sah die Schultern ihrer Mutter, die sich verkrampften, als wäre die Kritik gegen sie gerichtet.

»Dieses eine Mal im Jahr«, fuhr Kit fort. »Ich könnte es ja verstehen, wenn sie Mann und Kinder und kein Geld hätte. Aber sie ist ungebunden. Sie verdient gut. Und dann hat sie keine Zeit, an Weihnachten ihre Familie zu besuchen?«

Ihre Mutter antwortete nicht. Was sollte sie auch sagen? Dass sie enttäuscht war; dass sie alle drei enttäuscht waren, brauchte nicht erwähnt zu werden. Dass Karen-Lis einen triftigen Grund hatte in Afrika zu bleiben. Bullshit! Sie hatte nur eine bequeme Entschuldigung.

Kit hörte die Schritte ihres Vaters an der Tür. »Was ist denn hier los? Jetzt kommen wir aber in Weihnachtsstimmung.« Er steuerte direkt auf die fertige Leberpastete zu, stieß eine daneben liegende Gabel hinein und kostete. »Nicht zu übertreffen«, lautete sein Urteil.

Es war fast nicht auszuhalten. Diese ganze gekünstelte gute Laune. Warum konnten sie es nicht einfach zugeben? Warum sagte es niemand laut? Dass sie Karen-Lis gleichgültig waren. Dass ihr nichts mehr an ihnen lag. Dass sie in ihrer Welt voll spannender exotischer Existenzen keinen Platz mehr hatten. In einem Anfall von Güte wollte sie Weihnachten in einem Kinderheim für AIDS-kranke Kinder in Simbabwe feiern, was natürlich edel war. Dagegen konnte man schließlich nichts sagen, und bestimmt hatte sie sich gerade deshalb dafür entschieden. Weil sie wusste, dass jegliche Kritik höchst unpassend, typisch verzogen und sich auf westliche Art selbst bemitleidend klingen würde. Kit konnte nur schlecht glauben, dass Karen-Lis etwas Wohltätiges tat, nur um es zu tun. Dafür kannte sie ihre Schwester zu gut.

Jetzt standen sie am Fenster, alle beide. Ihre Eltern. Dicht beieinander und trotzdem mit dieser verdammten Distanz, die man nahezu fassen konnte. Alle Frustrationen schienen sich zwischen sie gedrängt und sie einander entfremdet zu haben.

»Was ist mit dem Weihnachtsbaum?«, fragte sie verzweifelt und bereute ihre harten Worte von eben. »Wir werden doch trotzdem einen haben?«

»Wir fahren morgen Vormittag nach Holkenhavn hinaus«, teilte ihr Vater mit. »Du und ich, mit dem Trailer.«

»Können wir ihn dieses Jahr nicht für uns schlagen lassen?«

Es gelang ihm, verletzt auszusehen. »Dann ist es doch kein richtiges Weihnachten, nicht?«

Das würde es auch so nicht sein, doch diesmal sagte sie nichts. Nur sie drei. Keine Großmutter und keine Karen-Lis. Kein Henrik wie im letzten Jahr. Drei Menschen, die sich jeder für sich nach etwas Ganzem sehnten. Das einzige Ganze, das sie hatten, war eine Gans, die zu groß für sie war.

»Okay, dann schlagen wir einen«, sagte sie.

Während sie eine Weile um den Tisch herum saßen und sich unterhielten, gingen ihre Gedanken wie so oft in der letzten Zeit auf Wanderschaft. Sie wünschte, dass sie sie anhalten könnte. Die Erinnerung an Henrik blockieren könnte, an seine Nähe.

Aber ihr Körper schien ein von ihr unabhängiger Teil geworden zu sein. Er rottete sich mit dem kleinen Teil des Gehirns zusammen, den sie nicht kontrollieren konnte, und beschwor ihn in Szenen aus den fünf Jahren herauf, die sie zusammen gewesen waren.

Fünf Jahre. Das klang nach einer langen Zeit, aber sie waren nie so weit gekommen, dass es angefangen hatte, sich so anzufühlen. Vielleicht war es ihr deshalb immer noch ein Rätsel, warum sie plötzlich an einem Punkt gelandet waren, an dem es kein Zurück mehr gegeben hatte. Aber wahrscheinlich sah nur sie das so. Für Henrik war es bestimmt anders. Für Henrik war es überlegter, denn Henrik tat selten etwas Unüberlegtes und etwas, das er nicht durchdacht hatte.

Bei dem Gedanken, dass er den Bruch mit seiner üblichen Gründlichkeit und Ehrlichkeit durchdacht hatte, fröstelte sie. Henrik, dem sie doch immer die Rolle dessen zugeteilt hatte, der ihrem Leben eine tiefere Bedeutung geben sollte. Henrik, den sie vom ersten Augenblick an zu ihrer eigenen großen Verwunderung wie einen Magneten erlebt hatte; der erste Mann, der sie irgendwie dazu hatte bringen können, alles andere zu vergessen. Selbst die Familie. Hätte er ihr nur etwas mehr Zeit gelassen. Hätte er nur etwas mehr Geduld gehabt, dann wäre es ihr vielleicht möglich gewesen, sich gemeinsam mit ihm in ein ganz neues Leben aufzumachen. Doch er hatte alles, was sie in ihrem Gepäck hatte, ignoriert. Inklusive des Traums und der Angst.

Ihre Mutter stellte Tee und selbst gebackene Kekse auf den Tisch. Pfeffernüsse, Lebkuchen und Spekulatius. Sie trank aus ihrer Tasse, während ihre Eltern freundlich diskutierten, was sie im Frühjahr mit Großmutters Garten machen sollten. Der Klang ihrer Stimmen war wie eine vertraute und sichere Tapete, ein unveränderbarer Hintergrund in ihrem Dasein. Kit verspürte den Drang, in den Kokon der Familie zu kriechen und sich zu verstecken; Zuflucht zu suchen vor einer Welt, die sie nicht ganz verstand.

Henrik hatte sich von ihr befreit. Das war es doch, worauf die ganze Übung, sich voneinander zu trennen, hinauslief, das wusste sie sehr wohl. Die Freiheit, er selbst zu sein und einen Partner zu finden, der ihn vielleicht nicht ganz so sehr brauchte. Ihn nicht auf die gleiche Weise auslaugte.

Wie immer schwankte sie zwischen Akzeptanz und Wut. Sie war nicht wie andere Mädchen, und das wusste er genau. Man war so, wie man war, davon war sie nun einmal überzeugt, und man konnte sich nicht einfach umformen, um zu passen. Sie war eine Einzelgängerin. Eine, die sich an einen oder zwei Menschen band. Sie hatte nie viele Freundinnen gehabt. Wenn sie angestrengt nachdachte, kam sie auf drei oder vier, die ihr etwas bedeutet hatten. Zwei wohnten jetzt in Aarhus und sie sah sie selten. Eine Schulfreundin aus der Grundschulzeit, Bibbie, wohnte mit Sicherheit in Nyborg, aber der Kontakt war längst eingeschlafen.

Sie hing sehr an ihrer Familie, und darüber hinaus war sie das, was sie als Einmannfrau bezeichnete. Aber sie wünschte, dass es anders wäre. Dann wäre der Verlust vielleicht nicht so groß, wenn er eintrat.

Und er war eingetreten. Weil sie sich gedrängt gefühlt hatte, etwas zu sein, das sie nicht war. Jedenfalls noch nicht.

Es schellte an der Tür.

»Das ist bestimmt die Post«, sagte ihr Vater und ging hinaus. »Die letzten Weihnachtsgrüße«, murmelte er, bevor er die Tür hinter sich schloss.

Kit blieb in der Küche und half ihrer Mutter, den Tisch abzuräumen. Sie hörten Stimmen aus dem Gang. Sie wusste, dass ihr Vater zu Weihnachten immer ein Glas Portwein und Plätzchen anbot. Der Postbote begnügte sich bestimmt mit Plätzchen, während ihr Vater einen Portwein trank.

Wieder dachte sie an Henrik. Fragte sich, was sie eigentlich miteinander geteilt hatten, da es ihr so verdammt schwer fiel, ohne ihn auszukommen. Es hatte andere Männer in ihrem Leben gegeben, aber es brachte nichts, Vergleiche anzustellen. Vielleicht weil Henrik anders und mehr als ein Freund war. Sie waren wie zwei Puzzleteile gewesen. Das Gefühl, zusammenzugehören. Zum Schluss natürlich nicht mehr, korrigierte sie sich.

Zum Schluss war da der Schatten, der in ihr Leben gekommen war und plötzlich immer größer wurde. Auch größer als die Liebe, obwohl sie das nicht für möglich gehalten hatte.

Sie starrte in ihre Teetasse. Einen Moment hatte sie das Gefühl, ihn dort auf dem Grund zu sehen. Seinen ruhigen Blick, der ihrem begegnete. Wie er ihm beim allerersten Mal begegnet war, als sie das Gefühl gehabt hatte, dass er sie vor dem Ertrinken rettete.

Die Verbundenheit schien sich noch immer in diesem Blick zu finden. Schien sie zur Ruhe zu ermahnen und sie tiefer und leichter atmen zu lassen. Und in diesem Augenblick wusste sie, dass er noch immer da war, wenn sie ihn brauchte. Dass er kommen würde, wenn sie seinen Namen aussprach.

»Was wohl da draußen los ist?«

Die Stimme ihrer Mutter erreichte sie vom Spülbecken her, wo sie stand und den Küchentisch abwischte.

»Keine Ahnung.«

Im Gang war es still geworden. Wenn es Geschäftsbriefe waren, würde ihr Vater mit ihnen ins Büro gehen, bevor er mit der Weihnachtspost wieder in die Küche kam. Zu Weihnachten bekamen sie immer sehr viel Post. Viele Karten von befreundeten Geschäftsleuten, aber auch von Freunden und Bekannten aus der Zeit in Hongkong. Einige lebten immer noch dort, aber viele Dänen waren nach Hause zurückgegangen, nachdem sie mehrere Jahre für Maersk oder die Ostasiatische Gesellschaft oder andere dänische Firmen gearbeitet hatten. Sie hielten den Kontakt und trafen sich jedes Jahr im Januar zu einem Essen.

Sie hörten, wie sich die Tür zum Büro ihres Vaters schloss.

Kit dachte kurz, dass das merkwürdig war. Vielleicht war es etwas Wichtiges.

Eigentlich wusste sie nicht, warum sie lauschte. Es war, als würde sie auf eine Erklärung warten. Als wüsste ein Teil von ihr, dass etwas nicht stimmte.

Dann hörte sie etwas umfallen. Etwas Schweres. Gefolgt von einem Klirren.

Das Gesicht ihrer Mutter drehte sich von der Sonne weg. Kit sah, dass auch sie Angst hatte. Dass die Angst vielleicht die ganze Zeit da gewesen war.

»Erik!«

Ihre Mutter stürzte hinaus, und Kit folgte ihr.

Er lag halb unter dem Regal begraben. Seltsam verrenkt. Um ihn herum lagen Kleinigkeiten verteilt sowie einige Jahrbücher aus Hongkong, die aus dem Regal gefallen waren. Auch ein Bild von Karen-Lis war heruntergefallen.

Kit hielt den Atem an, damit der Schrei nicht entweichen konnte.

Verstand nicht, wie die Welt noch stehen konnte, wenn ihr Vater hier lag und ihre Mutter in einem lautlosen Jammern zusammengebrochen war.

Dann kniete sie sich hin und tastete nach seinem Puls.

3

Der Teufel musste Lego erfunden haben!

Henrik beobachtete seine großen Pranken, die vergebens versuchten, die Ritterlanze in der Hand der Figur festzuklemmen. Diese Hände waren nicht für eine solche Kleinarbeit geschaffen, konnte er gerade noch denken, bevor sein Neffe die Geduld verlor.

»Ich kann das selbst.«

Mit einem irritierten Seufzer gab er nach, und Victors fünfjährige Kinderfinger hatten die Situation schnell unter Kontrolle. Mit einem Ausdruck des Triumphs richtete er Helm und Visier des Ritters, klemmte ihn auf dem weißen Pferd fest und stellte die Equipage auf den Tisch neben die Schachtel mit dem Vorweihnachtsgeschenk, das sein Onkel ihm gerade mitgebracht hatte.

»So!«

»So!«, wiederholte Henrik wie ein Echo. Er wusste ja genau, dass es wie auf dem Bild aussehen musste, sonst war es nicht richtig. Viktor richtet leicht, fast symbolisch die Lanze, wie ein Frisör das Haar eines Kunden richtet, das sich wieder in die alte Form gelegt hat. Perfekt. Da standen sie Seite an Seite wie zwei Spiegelbilder. Zwei Ritter auf weißen Pferden, mit zwei Lanzen und zwei Schwertern und zwei Helmen mit Visier und wehenden Federn. In genau der gleichen Stellung, mit erhobener Lanze und dem Schwert dicht am Körper. »Der Ritter auf dem weißen Pferd«, murmelte Henrik und wusste, dass etwas an dem Ausdruck falsch war. Aber er konnte sich nicht erinnern was. Einen Augenblick ertappte er sich bei dem Wunsch, in der Zeit geboren zu sein, wo Muskelkraft, Schwerter und Lanzen über Streitigkeiten und Liebe entschieden. Dort hätte er bestimmt besser hineingepasst. Zumindest hätte er seinen Körper für etwas Seriöses einsetzen können wie zum Beispiel bedrohte Frauen retten und ihre Unschuld verteidigen, anstatt Fußball in der Old-Boys-Liga des Nyborg IF zu spielen und als Statist bei den jährlichen Stadtwallspielen mitzuwirken. Letzteres jedoch mehr um der Kameradschaft willen.

Das Telefon schellte, während er in seiner Fantasie noch immer mit Rüstung und Waffen auf seinem Pferd saß und sich wie der Turm in einem Schachspiel fühlte. Einen Moment dachte er an Kits Vater und das Zimmermann-Schachspiel mit seinen als Ritter und Könige und Knechte gestalteten Figuren. Das letzte Spiel hatten sie nie beendet. Vielleicht standen die Figuren noch immer da, fest gefroren wie auf einem toten Schirmbild.

Victor stürmte davon, bevor Henrik auch nur die Rüstung abwerfen und sich aus der Tiefe des Sofas erheben konnte. Kaum vorstellbar, dass man selbst einmal so ein kleiner Quirl war. Victor sollte nur wissen, wie schnell man plötzlich einen Meter neunundachtzig groß und neunzig Kilo schwer werden konnte, ohne deshalb sehr viel klüger zu werden.

»Kit, Kit«, jubelte der Neffe in den Telefonhörer. »Ich habe einen Ritter bekommen.«

Zu seiner eigenen Überraschung kam er dennoch so schnell auf die Beine, als würde der Sitz plötzlich unter ihm brennen.

»Willst du mit ihm sprechen?«, fragte der Neffe, jetzt geschäftsmäßiger. Kit hatte offenbar nicht das große Interesse für seinen Ritter bekundet.

Henrik nahm den Hörer. »Ja?«

»Henrik. Entschuldige, dass ich störe ...

Es war drei Monate her, seit er ihre Stimme gehört hatte, und sie hatte sich bereits verändert. Früher war sie eine lustige Mischung aus melodischem Fünisch in Moll und immer mit einer seltsamen Heiserkeit, die von zu vielen Zigaretten kam und von mehr Halsinfektionen als bei irgendjemand sonst, den er kannte. Plus einem Teil eingebildeter.

Jetzt klang die Stimme schrill, an der Grenze zur Panik. »Deine Mutter sagte, du wärst bei Janne.«

»Als Babysitter«, erklärte er und verfluchte die hilfsbereiten Mütter der Welt.

»Es geht um Vater ...«

Er konnte hören, dass sie den Tränen nahe war. Spürte, wie sein eigener Puls zu hämmern begann. »Ist es das Herz?«

»Wir haben ihn heute Morgen im Büro gefunden. Er liegt auf der Intensivstation in Odense ... Wir sind bei ihm ...«

Sie brachte es nicht über sich zu fragen, merkte er.

»Ich muss warten, bis sie nach Hause kommen. Sie machen Weihnachtseinkäufe«, sagte er. »Ich komme, sobald sie hier sind.«

Es entstand eine Pause. Dann redete diese fremde Kit-Stimme, die jetzt etwas zur Ruhe gekommen war, weiter.

»Du musst entschuldigen. Aber ich dachte ...« Sie zögerte.

»Ja?«

»Du kennst das doch. Von deinem Vater«, fuhr die Stimme nachdenklich fort und klang einen Augenblick völlig normal. »Du weißt, wie das ist. Wie es ist, dazustehen und nicht zu wissen, was man machen soll und ...«

Jetzt riss der Faden, merkte er und er wollte etwas Beruhigendes sagen. Aber sie war schneller und erzählte ihm die Wahrheit, die er bereits kannte.

»Es gibt sonst niemanden, den ich hätte anrufen können.«

Wenigstens war sie ehrlich. »Ist schon okay. Keine Panik.«

»Keine Panik«, wiederholte Kit panisch. Er konnte sie vor sich sehen, wie sie klein und dunkel dort in dem weißen Krankenhaus stand, ihre nervös flatternden Hände und ihre Augen, die überall Tod und Krankheit sahen. Eine kleine Gestalt in einer allzu großen Welt.

»Du hörst nicht zu. Das hier ist Darth Vader, der Böse. Der hier heißt Obi-Wan Kenobi, und er ist der Gute.«

Viktor war über seinen Mangel an Konzentration deutlich verärgert. Aber Henriks Gedanken gingen auf Wanderschaft, während er mit einem Rest von Aufmerksamkeit versuchte, seinen Onkelpflichten nachzukommen. Sonst hatte er damit keine Probleme, aber es passierte auch nicht jeden Tag, dass einen seine Exfreundin anrief. Er konnte noch immer ihre Stimme in seinem Ohr hören. Er hatte diese Stimme geliebt und sie beinahe gehasst. Diese Stimme, die in Tonlage und Ausdruck schwingen konnte wie Kit selbst. Ganz tief im Keller oder oben in den Wolken, je nachdem wer oder was das Gleichgewicht ihres Gemüts beeinflusst hatte. Sie war etwas für Fortgeschrittene, daran bestand kein Zweifel. Die ganze Familie war etwas für Fortgeschrittene.

Er versuchte erfolglos, interessiert auszusehen, während Victor ihn in Star Wars einführte. Stellte zu seiner Irritation fest, wie seine gesamte sorgfältig aufgebaute Erik-Bennett-Verteidigung in sich zusammenzubrechen begann.

Nach drei Monaten war die Familie Bennett ganz langsam aus seinem System verschwunden, und er hatte die Erleichterung zu fühlen begonnen, die er als Tausch für den Bruch bekommen hatte. Mit Kit, wie auch mit der ganzen Familie, denn sie traten als Paket auf, hatte er herausgefunden. »Nehmen Sie vier für Neunfünfzig«, hätte genauso gut auf der gesammelten Familienpackung stehen können.

»wenn ich auf den Knopf drücke, kämpfen sie. Hörst du das nicht?«, fragte Victor und ließ die beiden Star-Wars-Puppen Kampflaute ausstoßen und ihre Schwerter gegeneinander schwingen.

»Und wer gewinnt?«

Der Neffe sah ihn ärgerlich an. »Natürlich Obi-Wan Kenobi. Er ist doch der Gute.«

»Und die Guten gewinnen immer?«

Einen Moment sah Victor verwirrt aus. Henrik vermutete, dass er überlegte, was passieren würde, falls der Böse gewinnen würde. Aber das konnte er sich offenbar nicht vorstellen, denn er sagte voller Überzeugung: »Das *weißt* du doch genau.«

Henrik nickte. Natürlich wusste er das. Genauso wie er wusste, dass man gut und böse leicht ausmachen konnte, wenn man fünf Jahre alt war. Die ganze Welt war einfach in gut und böse unterteilt, dachte er und wünschte sich, dass es mit Vierunddreißig noch genauso leicht wäre.

Sobald Janne und Christian kamen, fuhr er nach Odense. Der weiße Volvo Amazon schnurrte gleichmäßig und beruhigend vor sich hin. Er genoss die Einfachheit des Autos, das wie ein unkomplizierter alter Freund für ihn war. Keine verborgenen Tagesordnungen und keine böswilligen Unterstellungen; keine Intrigen, immer direkt, keine Computertechnik, keine Tücken und kein übersensibler neumodischer Motor, der es nicht mochte, wenn sich eine Fliege auf ihn setzte. Immer und immer wieder hatte er sich – mit Kits Stimme – gesagt, dass man für ein Auto keine Gefühle hegen konnte. Und immer und immer wieder war seine Vernunft vom Gegenteil überzeugt worden. Der Volvo gab ihm eine Freude, die er ohne weiteres mit gutem und unkompliziertem Sex vergleichen konnte. Ein ketzerischer Gedanke, den er natürlich für sich behielt.

Während der Fahrt drängten sich ihm Erinnerungen auf. Ohne es wirklich zu wollen, fiel ihm ihr erstes Treffen auf einer Silvesterparty bei seinem Freund Carsten ein. Sie waren zusammen zur Schule gegangen, Carsten und er. Carsten hatte den gleichen Weg eingeschlagen, Handelsschule und anschließend eine Anstellung bei Kaliki bei Kits Vater, der Textilien herstellte und in alle möglichen Länder exportierte. Er selbst war zu diesem Zeitpunkt unentschlossen, was das Leben anging. Wie er es immer gewesen war, seit sein Vater die Familie verlassen hatte, als er zwölf war. Clever, aber unentschlossen, wie seine Mutter es ausdrückte. Das Einzige, wofür er sich im Alter von neunundzwanzig interessierte, waren Autos und Schach. In der genannten Reihenfolge. Sein Geld verdiente er als Springer, nachdem er drei Viertel eines Lehrerstudiums absolviert hatte. Keine besonders feine Personalakte. Aber ihm war das gleichgültig.

Er hatte bereits von Erik Bennett gehört. Hatte auch von der

Tochter gehört. Und als er sie Silvester traf, war es mit seinem erstrebten Status als Junggeselle vorbei.

Der Weihnachtsverkehr war entnervend. Während er sich zwischen Autos hindurchschlängelte, die voll gepackt waren mit unleidlichen Jugendlichen und riskant im Rückfenster gestapelten Paketen, erinnerte er sich an das Ziehen im Bauch, als er an jenem Abend mit ihr getanzt hatte.

Sie war eigentlich nicht sein Typ. So klein und dunkel und zierlich, dass man sie beinahe in die Tasche stecken konnte. Mit dieser verdammten Verletzlichkeit, die sich für ihn als lebensgefährlich erweisen sollte.

Und das ihm, der geglaubt hatte, er stünde auf Blondinen, die gut aussahen und ansonsten für sich selbst sorgten wie der Kaktus, der ihn seit seinen Studententagen begleitete.

Dankbar für das kleinste bisschen Aufmerksamkeit. Aber so war Kit natürlich nicht. Sie war eine sensible Mimose, wie seine Mutter es freundlich ausgedrückt hatte. Er selbst hatte keine Ahnung, wie eine Mimose aussah, aber er stellte sich vor, dass sie genauso unberechenbar war wie der Motor eines Alfa Romeo. So war Kit. Sie gehörte zu der Sorte, auf die man Acht geben musste.

Die Manöver durch den heillosen Weihnachtsverkehr brachten ihn ins Schwitzen.

Kit selbst hielt sich für durchschnittlich, aber alles war ja relativ. Dafür hatte sie keine Zweifel daran, dass ihr Vater das achte Weltwunder war. Die hatte er auch nicht, als er Erik Bennett traf, dessen erste Frage zu seiner Freude war: »Spielen Sie Schach?«

Denn das tat er. Fast ebenso passioniert wie Kits Vater.

Nach zwei weiteren Monaten war der Springer nur noch Geschichte und das Fahrrad gegen ein Firmenauto ausgewechselt. Seine Karriere als unorthodoxer Verkäufer bei Kaliki hatte begonnen.

Die Leute glotzten dem Amazon hinterher. Einige lachten. Andere beobachteten ihn mit Bewunderung, während er davontuckerte.

Er musste versuchen, seine Gedanken zu ordnen. Sich auf das Treffen vorbereiten. Das war natürlich schwer, und einen Moment überlegte er, ob sie bei ihrem Anruf vielleicht noch einen Hintergedanken gehabt und nicht nur außer sich gewesen war und seine Unterstützung gebraucht hatte. Aber eigentlich glaubte er das nicht, denn Kit handelte meistens impulsiv. Und es stimmte, dass er durch seinen eigenen Vater Erfahrung mit so einer Situation hatte.

Er erinnerte sich nicht gerne, weder an die Wochen im Krankenhaus noch an seine Kindheit. Er hatte seinen Vater nicht so geliebt wie Kit ihren. Aber er war zur Stelle gewesen, wie es von einem Sohn erwartet wurde. Und er hatte alles mitbekommen.

Er seufzte. Sicher konnte er helfen und ihr zur Seite stehen, was mehr als nötig sein würde. Aber er musste vorsichtig sein, denn er lebte jetzt sein eigenes Leben. Es gab Mette, mit der alles so neu war und gerade anfing, richtig gut zu werden. Mette mit den runden Formen und dem blonden Haar. Sie glich einer Fee und war letztendlich vielleicht der Kaktus, nach dem er gesucht hatte.

Kit stand draußen und rauchte. Er erkannte sie von weitem. Die ruckartigen Bewegungen, das heftige Ziehen an der Zigarette und das unablässige Schwingen des Haars von einer Seite zur anderen, als wäre sie eine entlaufene Verbrecherin, die darauf wartete, aufgegriffen zu werden. Als er parkte, sah er im Spiegel, dass sie die Zigarette schnell an der Mauer ausdrückte und sich nach einem Papierkorb umsah.

»Mutter ist drinnen«, begrüßte sie ihn, bevor er sie auch nur umarmen konnte, was vielleicht auch eine schlechte Idee war. »Alles ist so chaotisch …«

Ihr Blick begegnete seinem. Sie hatte die Augen ihres Vaters, tief schürfend und beunruhigend in bodenlosem Blau. Aber mit einer Verletzlichkeit, die Erik Bennett bestimmt nie gekannt hatte.

Er spürte bereits die innere Unruhe, und da klammerte sie sich auch schon an ihn, wie immer.

»Er ist bewusstlos. Aber sie rechnen damit …« Ihre Stimme brach mitten im Satz ab. Sie schluckte etwas Luft und begann noch einmal. »Sie rechnen damit, dass er irgendwann aufwacht.«

Er war nicht gut in so was. Überlegte nur, ob er den Arm um sie legen sollte. Aber bei Kit musste man vorsichtig sein und außerdem musste er auf sich selbst Acht geben. »Was ist mit Karen-Lis«, fragte er. »Kommt sie?«

Kit schüttelte den Kopf. »Wir erreichen sie nicht. Weder per Telefon noch per Fax oder E-Mail.« Sie sah ihn wütend an. »Sehr nützlich die Technik, wenn sie nicht funktioniert.«

Er lächelte. Eigentlich nur, weil das gewöhnlich eine gute Wirkung hatte. Sie lächelte zurück.

»Ich weiß, dass das Scheiße war. Einfach so anzurufen.« Sie suchte seinen Blick. Saugte sich in ihm fest. »Aber wir haben beide eine Verantwortung«, fügte sie hinzu, und er wusste, was kommen würde. »Nach all dem, was passiert ist. Mit uns beiden. Mit Karen-Lis.«

Ihr Blick sah sich interessiert suchend auf dem Parkplatz um. »Das alles hat bestimmt eine Rolle gespielt«, sagte sie vage.

Er hätte so viel sagen können. Hätte sie fragen können, warum sie ihn angerufen hatte, wenn sie doch der Meinung war, dass alles seine Schuld war. Er hätte, was das anging, auch einfach beleidigt kehrtmachen können. Aber sie konnte nichts dafür. Und vielleicht hatte sie ja auch ein klein bisschen Recht, meldete sich irgendwo in ihm eine schwache Stimme.

Vielleicht hatte er seinen Teil dazu beigetragen. Er hatte schließlich nicht nur eine Freundin, sondern eine ganze Familie verlassen. Und seine Stellung als Kronprinz aufgekündigt.

Er seufzte in der Winterluft, die feucht und klamm war. Merkte, wie er gegen seinen Willen wieder in den Topf hineingezogen wurde, hinein in den schwer verdaulichen Familientopf aus Heimlichkeiten und Liebe und seltsam widerstreitenden, in verschiedene Richtungen strebenden Gefühlen. Insgesamt etwas, das über seinen Verstand hinausging, den er ansonsten als gut funktionierend bezeichnet hätte.

»Ihr müsst Karen-Lis erreichen«, versuchte er die Dinge praktisch anzugehen. »Habt ihr es mit einem altmodischen Telegramm versucht?«

4

Noch nie in ihrem Leben war sie so entsetzt gewesen.

Es war anders als letztes Mal. Da hatte ihr Vater nicht das Bewusstsein verloren, es war ihm lediglich schlecht gegangen, und sie hatten den Notarzt rufen können, als sie sahen, dass es wirklich nicht gut um ihn stand.

Diesmal war es anders. Nicht nur weil er dagelegen hatte, als hätte er sie bereits verlassen. Nicht nur weil sein Puls so schwach war, dass sie ihn fast nicht hatte finden können. Sondern weil es auf eine merkwürdige Weise wie die Verlängerung ihres Traums war. Als stünde sie plötzlich wieder bei der mit Spiegeln verkleideten Wand des Pavillons. Als hätte ein böser Geist sie den ganzen Weg von Hongkong hierher verfolgt.

Und während sie neben der Gestalt in dem Bett saß, wo Schläuche und Instrumente tropften und leise piepten, dachte sie, dass sie das Schlimmste jetzt erlebt hatte. Es war wie ein bizarrer Trost in dem Ganzen. Hier wurde Wirklichkeit, wovor sie sich immer gefürchtet hatte. Oder zumindest ein Teil davon. Und sie war noch da, konnte noch immer Arme und Beine spüren. Also waren die Krankheit ihres Vaters und die direkte Todesgefahr doch nicht unmittelbar mit ihrem Leben verbunden. Sie würde leben, und er würde sterben. Vielleicht nicht jetzt, aber irgendwann.

Zum ersten Mal in ihrem Leben spürte sie, dass sie den Abschied überleben konnte. Zwar nur mit knapper Not und nur wenn sie etwas anderes hatte, woran sie sich klammern konnte.

Sie saßen einander gegenüber, Henrik und sie. Jeder auf einer

Seite des Bettes. Der Arzt hatte gesagt, dass ihr Vater jetzt stabil war. Ihre Mutter war auf den Gang hinausgegangen.

»Stabil«, flüsterte Kit. »Wie kann er stabil sein, wenn er bewusstlos ist? Was ist daran stabil?«

Ob er je wieder aufwachen würde? Sollte sie nie mehr mit ihrem Vater reden können? Mit ihm zusammen lachen? Sich über seine Geschichten aus der Zeit in Hongkong wundern; seinen Mut und seinen Einfallsreichtum bewundern? Sollte sie nie mehr spüren, wie ansteckend seine Lebenskraft war, sodass ihr die Welt plötzlich hell und leicht zu meistern vorkam?

»Stabil ist ein gutes Zeichen«, versprach Henrik, seine Stimme hatte die Autorität eines Arztes. »Das ist der erste Schritt.«

Die Angst schien geringer zu werden. Wie immer, wenn Henrik da war. Sie kannte niemanden, der sie so beruhigen konnte wie er, und da war sie nicht die Einzige. Kindern und Hunden und Schwiegermüttern ging es nicht anders. Schon allein Henriks besonnene und Klartext redende Stimme und seine körperliche Präsenz schienen die Gemüter zu beruhigen. Konnte ihr Vater einem Lebensfreude und Mut einflößen, so flößte Henrik einem Ruhe ein. Doch diese beiden Männer in ihrem Leben waren plötzlich und auf unerklärliche Weise nicht mehr miteinander vereinbar. Henrik gehörte ihr nicht länger. Gehörte ihnen nicht länger.

»Du musst entschuldigen«, sagte sie noch einmal. »Ich hätte dich nicht anrufen sollen.«

Er schüttelte den Kopf. »Das ist okay.«

»Du hast jetzt dein eigenes Leben.«

»Das hatte ich vorher auch. Du hast es nur nicht gewusst.«

Volltreffer. Vielleicht gab es viel, das sie nicht gewusst hatte. Aber sie wollte nicht daran denken. Vorbei war vorbei. In den vergangenen drei Monaten hatte sie gelernt, ohne seine Ruhe zu leben. Wieder spürte sie diese unkontrollierbare Wut. Hätten sie es nicht versuchen können? Hätte er das nicht? Sieh nur, was dabei herausgekommen ist, rief es kindisch in ihr. Aber sie wusste genau, dass dieser Gedanke ungerecht war.

»Und das auch noch kurz vor Weihnachten«, sagte sie bar jeder Logik.

»Weihnachten ist es besonders schwer, wenn so etwas passiert«, sagte er, als hätte er Erfahrung mit solchen Dingen.

Sie sah auf ihre Uhr. Es war acht Uhr abends. »Jetzt ist es zu spät, um noch Weihnachtsgeschenke zu kaufen.«

Er sagte nichts. Und sie erinnerte sich, wie oft es vorgekommen war, dass er nichts gesagt hatte und sie hatte reden lassen. Anschließend hatte sie sich immer ein bisschen ausgeliefert gefühlt, aber auch erleichtert.

»Ich habe die meisten Geschenke schon«, sagte sie fahrig. »Ich habe Karen-Lis etwas geschickt und für Vater und Mutter etwas gekauft. Wir sind ja nicht so viele. Aber man muss aufeinander Acht geben, wenn man nur noch zu wenigen ist und die Menschen aus dem eigenen Leben verschwinden.«

Es war nicht beabsichtigt, dass ihre Stimme vor Panik wieder schrill wurde. Vielleicht war es auch nicht beabsichtigt, dass er hier sitzen sollte. Vielleicht wäre sie ohne ihn zurechtgekommen.

Doch allein der Gedanke genügte, um das Blut durch den Körper zu jagen, sodass sie Atembeschwerden bekam und nach Luft rang. Verdammtes Asthma. Wo kam es her? Im Krankenhaus gab es weder Katzen noch Gras. Sie suchte in der Tasche nach dem Inhalator und inhalierte, als gelte es das Leben. Was es so gesehen ja auch tat.

Er stand auf und ging rund um das Bett und zog einen Stuhl neben ihren. Seine großen Hände schlossen sich um ihre wie eine Muschel. »Du hast Recht. Man muss aufeinander Acht geben, und das tut ihr ja auch in eurer Familie genau wie wir in meiner«, tröstete er. »Die, die noch übrig sind«, fügte er hinzu.

»Man trägt einfach diese Verantwortung«, schniefte sie und wusste, dass sie wie ein quengeliges Kind klang. »Eine große Verantwortung.«

Sie spürte seinen Arm, der sich um ihre Schulter legte. Die Sicherheit, die sich in ihr ausbreitete. Sie wollte so gerne teilen. Ihn mit in diese Verantwortung nehmen. Aber jetzt musste sie erwachsen und verantwortungsbewusst sein und sich daran erinnern, dass es vorbei war.

»Du wirst zurechtkommen, Kit«, sagte er. »Und du bist nicht allein, auch wenn du das glaubst.«

Doch genau das war sie.

»Ich glaube, irgendetwas hat das hier ausgelöst«, flüsterte sie und dachte, dass sie hätten suchen sollen, ihre Mutter und sie, in dem Durcheinander, das das umgestürzte Regal verursacht hatte. »Natürlich war er geschwächt. Es war so viel in letzter Zeit. So viele Spekulationen.«

Henriks Stimme war ruhig, als er mit ihr sprach, aber sie spürte, dass seine Aufmerksamkeit plötzlich geschärft war.

»Wie meinst du das?«

Sie konnte nichts dafür, sie musste sich an ihn klammern und die Finger in seinen Hemdärmel bohren.

»Ich glaube, dass irgendetwas in der Post war.«

5

Da war eine Staubwolke, die sich von weither näherte. In der flimmernden Hitze glich sie einer kleinen Windhose, die sich entschlossen hatte, dem Kiesweg von Binga zu folgen.

Karen-Lis hob den Blick von dem Weg und sah hinüber zum Lake Kariba, wo der versteinerte Wald aus Gespensterbäumen aus dem Wasser herausragte. Einst hatte hier ein echter Wald gestanden, und in der Mitte des Sees lagen unterseeische Dörfer, die einst bewohnt gewesen waren. Bis man das Wasser des Sambesiflusses gestaut hatte, um die Grundlage für Strom und somit fürs Überleben zu schaffen. Das war jetzt viele Jahre her, aber die Bäume standen noch immer wie stumme Zeugen in Gruppen am Ufer und bis zu den Knien mit ihren nackten, toten Wurzeln im Wasser.

Weit draußen konnte sie ein Hausboot sehen, das sich in Richtung Sengwa River bewegte. Ansonsten war der See blank und ruhig. Sie schloss die Augen, als sie dort auf der Treppe der Veranda saß, und zog die Beine zu sich heran in den Schatten des Daches. Es würde ein brütend heißer Tag werden. Bereits am Vormittag lag die Temperatur bei vierzig Grad. Und das kurz vor Heilig Abend. An einem Tag, an dem sie nicht einmal zu Hause anrufen oder eine E-Mail schicken konnte, weil das Telefonnetz wieder einmal aus unbekannten Gründen zusammengebrochen war.

Sie hörte Stimmen aus dem Haus. Das Gemurmel von Kindern, die in der Wärme nicht schlafen konnten; beruhigende Laute von Kollegen, die sie zu überreden versuchten, nicht zu schwatzen und die Ruhestunde einzuhalten. Sie waren aufgeregt. Der Weihnachtsmann sollte kommen, das wussten sie, aber sie wussten nicht, dass er in Gestalt eines freiwilligen Helfers unten aus Binga kommen würde. Sie sollten Geschenke bekommen, wussten sie. Genau wie einige von ihnen, die Ältesten, auch wussten, dass das ihr letztes Weihnachtsfest sein würde.

Sie griff nach dem Glas mit Saft, das neben ihr auf der Treppe stand, und trank von dem süßen Zeug. Es schmeckte nicht nach Weihnachten. Jedenfalls nicht nach ihrem Weihnachten. Aber es war ihre eigene Entscheidung gewesen, auch wenn sie sich nicht einbildete, sie aus dem edlen Motiv, etwas Gutes zu tun, getroffen zu haben. Natürlich spielte das mit hinein und war während ihres wochenlangen Aufenthalts in dem von Dänemark unterstützten Kinderheim immer stärker geworden. Am Anfang stand einfach nur die gute Geschichte. Die, die sie wie eine Art Tagebuch für die Zeitung für die saure Saure-Gurken-Zeit nach Neumahr schreiben sollte. Und dann war da die Familie. Die Distanz, die gut- und gleichzeitig wehtat. Die Familie, die wie eine überalterte Nachrichtengeschichte, aussortiert und nie gedruckt, dalag und auf sie wartete. Denn mit jedem Tag, der verging, wurde sie unwahrscheinlicher. Jeden Tag wurde es schwerer und schwerer, damit fertig zu werden und sie der Umwelt zu erklären.

Sie dachte kurz über das Bild mit der Geschichte nach. Es passte besser, als sie es sich hätte wünschen können. Sie wusste nicht, wann es passiert war, dass die Familie zu Hause in Dänemark sich plötzlich von ihr entfernt hatte oder umgekehrt sie sich von ihr. Es war nicht unmittelbar, nachdem sie ins Ausland gegangen war, passiert. Während ihrer Zeit als Korrespondentin für die Zeitung in Paris war sie oft zu Hause in Nyborg gewesen, und sie hatte sich selbst davon überzeugen können, dass alles war, wie es sein sollte. Aber irgendwann, vielleicht als sie sich in Jacques verliebt hatte und ein ganzes Jahr nicht nach Dänemark gekommen war, schien sie plötzlich eine Fremde geworden zu sein. Nicht länger eine von ihnen. Als sie nach dem Bruch mit Jacques endlich wieder Weihnachten zu Hause verbrachte, war alles anders. Kit und Henrik beschäftigten sich nur mit sich selbst, ihre und Kits Interessen waren unterschiedlicher denn je und ihre Eltern plötzlich älter und zerbrechlicher. Der unausgesprochene Vorwurf hatte klammheimlich Einzug gehalten; sie bemerkte es an Kleinigkeiten. Ein Blick, wenn sie begeistert von ihrer nächsten Aufgabe sprach; ein Seufzer, wenn sie nicht versprechen konnte, zu Geburtstagen und Gedenktagen da zu sein; Kits gequältes Gesicht, wenn sie das Gefühl hatte, eine Schwester zu haben, die nichts begriff.

Sie war ein Gast in ihrer eigenen Stadt geworden. Doch das war nicht alles. Da war auch noch das andere. Der Fluch, der wie eine Schlange zwischen sie gekrochen war und sich zusammengerollt hatte, bereit zuzuschlagen. Der die ganzen Jahre gelauert hatte und dem sie, solange sie sich erinnern konnte, verstanden hatte auszuweichen.

Sie folgte der Staubwolke mit den Augen. Jetzt konnte sie ein Motorrad erkennen und sie fragte sich, ob es der Weihnachtsmann mit seiner roten Kappe und dem in der Satteltasche versteckten Bart war.

»Vermisst du auch Tannenbäume und Marzipanschweine?« Henriette kam heraus und setzte sich neben sie. Unter den Armen hatten sich Schweißränder auf ihrem weißen T-Shirt gebildet, und das Haar wurde von einem Stirnband zurückgehalten, um nicht nass in sich zusammenzufallen.

Karen-Lis zuckte die Schultern. »Es ist so weit weg. Fast unwirklich.«

Henriette nickte. »Das ist das Gefährliche. Wenn man es sich nicht mehr vorstellen kann. Wenn unser kleines Gehirn und unsere abgestumpfte Seele nur noch eins nach dem anderen fassen können.«

»Was ist mit deiner Familie?«, fragte Karen-Lis und spürte die Unruhe. »Wie nehmen sie es auf? Ich meine, dass du so lange weg bist?«

Henriette war Krankenschwester und hatte auch Eltern und Geschwister in Dänemark. »Sie versuchen mir beharrlich weiszumachen, dass sie es verstehen. Aber sie sind es, die den Preis bezahlen.«

»Den bezahlen wir selbst doch auch«, sagte Karen-Lis und dachte an den Verlust, der wie ein schwarzes Loch im Magen arbeitete.

»Aber wir haben die Wahl«, meinte Henriette. »Wir sind es, die sie mit unserem Kommen und Gehen beherrschen.«

Karen-Lis verscheuchte eine Fliege. »Ich glaube nicht, dass ich irgendjemanden beherrsche. Jedenfalls will ich das nicht. Ich lebe nur mein Leben.«

Henriette beobachtete sie sanft. »Warum bist du eigentlich hier?«

Es war keine inquisitorische Frage, kein Misstrauen. Nur Freundlichkeit, wie eine ausgestreckte Hand.

Vielleicht machte es das so schwer. »Weil ich ein Feigling bin«, sagte Karen-Lis zu dem See mit den toten Bäumen.

Henriette widersprach nicht. Ein Außenstehender hätte vielleicht protestiert. Hätte eingewandt, dass man Feiglinge nicht mit HIV-infizierten und AIDS-kranken Kindern arbeiten lassen würde. Aber Henriette hatte acht Jahre als Krankenschwester in Afrika gelebt. Sie wusste, dass Wohltätigkeit viele Gesichter haben und viele Formen annehmen konnte. Und dass Flucht die verbreiteteste war.

»Man kann auch zu hart gegen sich selbst sein«, sagte sie nur.

Das Geräusch des Motorrads kam näher. Henriette stand auf. »Ob das unser Weihnachtsmann ist oder nicht, der Lärm muss aufhören. Er weckt sie alle auf.«

Karen-Lis beobachtete, wie sie schräg über den verstaubten Platz dem Mann entgegenging. Einen Augenblick später winkte ihr Henriette herüberzukommen.

»Für dich. Ein Telegramm. Du musst nur unterschreiben und bei Kasse eins bezahlen.«

Verwundert unterschrieb sie und gab dem Mann ein paar Münzen aus der Tiefe ihrer Shortstasche. Er nickte zum Dank, wünschte ihnen schöne Weihnachten und fuhr lautlos im Leerlauf den Hügel hinunter.

Sie riss das Telegramm auf, während Henriette diskret zurück zum Haus ging. Las die paar Zeilen und merkte, wie ihr ganzer mühsam aufgebauter Panzer plötzlich mit einem Knall in sich zusammenfiel. Die Worte flimmerten vor ihren Augen.

»Ich muss nach Hause!« Ihre Stimme brach, sie hatte noch nie so geklungen. »Mein Vater ... er ist krank.«

Henriette drehte sich um und wartete auf sie. Und als Karen-Lis sie erreichte, legte die Krankenschwester den Arm um sie, als würden sie sich schon jahrelang kennen und nicht erst eine Woche.

Später, als sie Seite an Seite standen und über den See und die toten Bäume blickten und sie sich wie einer von ihnen fühlte mit den Wurzeln im Dunkeln und den Armen im Licht und als sie still flüsternd betete, herausgezogen zu werden, fasste Henriette sie um die Schultern und zog sie an sich.

»Du bist kein Feigling«, sagte sie so sanft, dass Karen-Lis geweint hätte, wenn sie nur gewusst hätte, wie das ging. Aber das war nicht ihre Art. Hatte sie nicht schon früh gelernt, dass es galt, all die Hindernisse zu überwinden, die das Leben aufzuwarten hatte? Sie konnte nahezu die Stimme ihres Vaters in ihrem Ohr hören. »Nimm es wie ein Mann, Mädchen.«

Einen Augenblick später befreite sie sich aus der Umarmung und ging hoch Richtung Haus.

6

Die Müdigkeit war fort. Übersprungen.

Vor nur einer Stunde hatten sich Arme und Beine wie die Fünf-Kilo-Packungen Ton angefühlt, die sie gewöhnlich für das Atelier kaufte. Jetzt, als sie am ersten Weihnachtstag neben Henrik im Auto saß, wurde sie wieder unruhig und rastlos. Sie und ihre Mutter waren fast ständig im Krankenhaus gewesen und nur schnell nach Hause gefahren, um ein Bad zu nehmen und sich umzuziehen. Schlaf war eine Stadt in einem sehr fernen Land.

Henrik hatte nur den Weihnachtsabend bei seinen Eltern verbracht und war sonst an ihrer Seite geblieben. Er hatte sich treu und beharrlich wieder in ihr Leben eingeklinkt, obwohl sie ihm ansehen konnte, dass er darüber nachdachte, wie er sich später an Land retten konnte. Ob er noch eine Runde überleben konnte, noch eine Runde im Ring mit ihrem Vater und ihr.

Das Bild war vielleicht unpassend, da ihr Vater noch immer bewusstlos war. Trotzdem war es so. So, wie Henrik es vorher empfunden hatte, das wusste sie. Eine Runde in einem Boxring, wo er von einer Ecke in die andere geschubst und gestoßen und gleichzeitig näher herangelockt wurde.

Henrik bog in die Birchsallee ein, in der Großmutters Haus mit der hohen geschwungenen Steintreppe und der großen Haustür aus geschnitzter Eiche lag. Er ließ den Motor laufen, während sie ausstieg und die unregelmäßigen Steinplatten hinauflief, die wie kleine Inseln zwischen den Stauden des Vorgartens gelegt worden waren, die jetzt frierend in der winternassen

Erde standen und auf den Frühling warteten. Sie hatte immer das Gefühl gehabt, dass hier eine Grenze verlief. Als wäre die kleine Sackgasse eine Welt für sich. An dem Weg lagen fünf von den Häusern, die man Patriziervillen nannte. Auf jeder Seite gab es zwei Häuser mit wilden Gärten und dann das Kinderheim am Ende des Weges in dem stattlichen weißen Haus mit den Türmen und Erkern, in dem bestimmt einmal ein Reeder gewohnt hatte. Kit dachte flüchtig, wie wohl Karen-Lis' Kinderheim in Simbabwe aussehen mochte. Das Telegramm war längst abgeschickt, aber sie hatten nichts gehört und keine Ahnung, ob sie es bekommen hatte.

Sie hatte die Hand auf der Türklinke, als das Gefühl sie überkam. Plötzlich konnte sie den Gedanken an das Haus nicht ertragen. Den Gedanken, alleine dort zu sitzen. Sie wollte seine Geschichten und Stimmen nicht, die sich in den Wänden und unter den Teppichen verbargen. Erinnerungen an andere Weihnachten, an Spiele, die gespielt, und Mittagessen, die veranstaltet worden waren, an die Lieder um den Weihnachtsbaum. Sie drehte sich um. Henrik sah sie fragend an und ließ das Fenster herunter.

»Kommst du mit rein?«

Er schien die Bitte zu verstehen und schaltete den Motor aus. »Wenn du meinst. Du kannst uns ja einen Kaffee machen.«

»Es gibt Leberpastete. Selbst gemachte. Wenn ich sie in dem Durcheinander finde.«

Er stieg aus und sie sah, dass auch er erschöpft war. »Ich kann es kaum erwarten.«

Es fiel ihr schwer, ruhig zu sitzen. Die Hände schienen sich mit etwas beschäftigen zu müssen. Sie räumte den Küchentisch ab, auf dem Chaos herrschte. Machte Ordnung, füllte warmes Wasser ins Spülbecken, warf Brotreste und gebrauchte Kaffeefilter weg. Henrik beobachtete sie. Sagte nichts. Er holte selbst die Leberpastete aus dem Kühlschrank und Bier aus der Speisekammer, während sie fahrig abtrocknete und abwischte, Dinge zurechrückte und wegstellte.

»Ich hoffe, das hilft«, sagte er schließlich und öffnete zwei Biere.

»Was?«, fragte sie, den Rücken ihm zugewandt, während sie einen Teller abtrocknete.

»Das da.«

Sie drehte sich um. Entfernte mit nasser Hand eine Haarsträhne, die ihr in die Augen hing.

»Du hast Seife auf der Stirn«, sagte Henrik. »Komm und setz dich.«

Ihr Blick ging in der Küche auf Wanderschaft. Die Blumen auf der Fensterbank sahen vernachlässigt aus; der Adventskalender wartete auf sie. Sie ging hinüber und öffnete die letzten beiden Türchen, ohne richtig zu sehen, was dahinter war. Sie griff nach der Gießkanne auf der Fensterbank, füllte sie mit Wasser und ertränkte die beiden Azaleen in einem Wasserfall, sodass das Wasser die Bank hinunterlief und weiter auf den Boden schwappte. Dann spürte sie seine Hand auf ihrer Schulter.

»Kit. Entspann dich.«

Sie sah zu ihm hoch. Fragte ihn ohne Worte, wie man das machte. Wie man sich entspannen konnte, wenn das eigene Leben auseinander fiel. Wenn der eigene Vater bewusstlos und alles Chaos war.

Er führte sie zum Tisch und stieß sie sanft auf die Bank. Goss ihr ein Bier ein und schmierte ein Brot mit Leberpastete, das er mit einigermaßen geübter Hand mit einer Roten Beete aus dem Glas verzierte. »Iss.«

Sie gehorchte. Dankbar, dass jemand, gleichgültig wer, einen Entschluss für sie traf. Nach ein paar Sekunden protestierte der Magen. Aber dann war es vorbei, als würde der Körper sich an das Essen gewöhnen, und sie merkte, wie hungrig sie war.

Er aß, wie nur er essen konnte. Mit Riesenbissen, als hätte er wochenlang Hunger gelitten. Sie sah ihn an und spürte gleichzeitig mit der Angst, dass er aufstehen und gehen könnte, die Wut. Sie wusste nur zu gut, dass sie sich nicht an ihn klammern durfte. Das war verboten. Gegen die Regeln. Das konnte man mit Exfreunden nicht machen.

»Was ist?« Seine Augenbraue hob sich fragend.

»Nichts.«

Er biss in das Brot mit Leberpastete, kaute und spülte mit Bier nach. »Sag schon, dann können wir es hinter uns bringen.«

Sie spürte die Panik wachsen. Wie immer, wenn er endlich reagierte, wenn die Gutmütigkeit aufgebraucht war. Sie starrten sich an. Die Wut gewann die Oberhand.

»Und weiterkommen, meinst du?« Mit spöttisch verzerrter Stimme sprach sie die Floskel aus, die allein schon ausreichte, um sie in eine Sinnkrise zu stürzen. Immer musste man *weiterkommen.* Mit seinem Leben. Mit sich selbst. Mit seiner Partnerschaft. Auch dieses Wort hasste sie. Es war unfair. Sie wusste genau, dass sie ihm gerade jetzt Leid tat und er keine Lust zu kämpfen hatte. Sie wusste auch, dass er aufstehen und gehen konnte. Aber sie konnte es nicht lassen.

»Warum konnten wir nicht einfach *weitermachen* wie bisher?«

Sie konnte sehen, dass er mit sich rang, ob er ablenken und die Wogen glätten oder die Herausforderung annehmen sollte.

Er entschied sich für Letzteres. Er legte das Messer hin und schob den Teller weg. »Du hast doch Nein gesagt. Erinnerst du dich nicht? Vor drei Monaten hast du Nein zu mir gesagt.«

Sie spürte die Beharrlichkeit. »Das habe ich auch so gemeint. Warum musstest du unbedingt fragen? Zu dem Zeitpunkt? Warum mussten wir unbedingt so viel mehr als nur so leben, wie wir es getan haben?«

Jetzt seufzte er. Er hatte die Gabe, dass sie sich wie ein Kind vorkam. Es war mal wieder so weit.

»Es kann gut sein, dass das für dich überraschend kommt. Aber ab und zu ist man gezwungen, ein bisschen erwachsen zu sein. Genau das ist der Fall, wenn Leute heiraten und Kinder bekommen. Das ist der nächste Schritt.«

Sie konnte nichts dafür. Und es lag nicht an ihm. Es war nicht persönlich gegen ihn gerichtet. Nur die Angst, anders und mehr sein zu müssen als sie selbst, Kit. Nicht Ehefrau. Nicht Mutter. Der Gedanke hätte sie beinahe erstickt; der Gedanke, die Angst und den Traum möglicherweise mit in eine Ehe zu zerren. Es gab ja genug in ihrem Leben. Henrik, ihren Vater und ihre Mutter und Karen-Lis. Genug Menschen und genug, warum man sich kümmern musste.

»Du hattest gerade deinen Job gekündigt. Der Zeitpunkt war, gelinde gesagt, schlecht. Außerdem heiraten nicht alle.«

Jetzt sah er kampfbereit aus. »Wenn unsere Beziehung darauf basieren sollte, ob ich für deinen Vater arbeite oder nicht, dann war es bestimmt gut so.«

»Du verdrehst die Tatsachen«, sagte sie.

»Tue ich das?«

Sie spielte mit ihrer Gabel. Kratzte Muster in die Wachstischdecke. Versuchte sich zu erinnern, konnte aber nicht sehen, ab wann es schief gelaufen war. Ab wann die Beschuldigungen und das Misstrauen und die Zerrüttung in ihr Leben gekommen waren. Aber eines Tages hatte er plötzlich seine Stelle bei Kaliki gekündigt und ihr ein Ultimatum gestellt. Ehe und Kinder oder nichts. Alles oder nichts.

»Es kann gut sein, dass es dich irritiert, das zu hören, Kit. Es kann auch gut sein, dass du zu den Leuten gehörst, denen es gelingt, durch das Leben zu gehen, ohne sich von der Familie und dem eigenen Vater lösen zu müssen«, sagte er mit seiner stillen, kontrollierten Stimme. »Aber ich gehöre nicht dazu.«

Sie kratzte weiter Muster in die Tischdecke. Die Muster glichen Wellen, die höher und höher wurden, wilder und wilder. Verdammt. Jetzt hatte er sie wieder gegen die Wand gedrückt.

»Ich hatte geglaubt, du liebst mich«, murmelte sie kleinlaut, wagte jedoch nicht, ihn anzusehen. »Ich hatte auch geglaubt, dir gefiele deine Arbeit bei Vater.«

Er streckte die Hand nach dem Bierglas aus. Aber er trank nicht. Saß nur da und drehte es auf der Stelle herum. »Das hatte ich auch geglaubt«, sagte er leise.

Sie saßen schweigend da. Er schien aufgegeben zu haben. Schien sich damit zu begnügen, dass sie nicht *weiterkamen.*

»Wart ihr seitdem da drinnen?« Henrik wechselte das Thema.

»Wo?«

»Im Büro? Da, wo es passiert ist.«

Es war ein klares Ablenkungsmanöver, aber sie sagte nichts, denn auch sie konnte nicht mehr. Konnte nicht weiter in der Schuld herumwühlen und sie zuordnen. Sie schüttelte den Kopf. »Wir haben nicht die Zeit gehabt. Wir haben nur die Tür geschlossen.«

»Du hast nie nachgesehen, was in der Post war?«

Sie hatte es als unwichtig abgetan. Hatte ihre ganze Energie auf diesen einen Menschen im Krankenhaus konzentrieren müssen. Den einzigen Menschen auf der ganzen Welt, der sie nur durch das Öffnen der Augen und das Sagen ihres Namens glücklich machen konnte. Das hatte sie geträumt, während sie auf einem Stuhl im Wohnzimmer gedöst hatte. Dass er die Augen aufgeschlagen hatte. »Kit«, hatte er mit seiner alten, gut gelaunten Stimme gesagt. »Kit, mein Schatz. Sollen wir den Baum jetzt fällen?«

»Wir können jetzt nachsehen«, sagte sie und spürte ihre Unsicherheit. Denn sie hatte auch Angst gehabt und wie üblich dichtgemacht. Sich eingebildet, dass vielleicht die eine oder andere gute Fee kommen und sich um alles kümmern würde. Aufräumen und dafür sorgen, dass da, wo er gefallen war und das Regal mitgerissen hatte, nichts zu sehen war.

Henrik stand auf. »Komm.«

Es sah noch genauso aus wie an dem Morgen, als die Sanitäter die Bahre hereingetragen und ihn vorsichtig daraufgelegt und in Decken und Gurte eingepackt hatten. Nur das Bild von Karen-Lis hatten sie zurück auf den Tisch gestellt. Da saß sie und sah sie aus dem Rahmen heraus an. Das helle Haar zottelig kurz, das Gesicht schmal und fein auf dem langen Hals, den Blick auf ihren eigenen Namen auf der Titelseite der Zeitung gerichtet.

Henrik kniete sich hin und richtete vorsichtig das Regal auf.

»Es war schon immer wackelig«, sagte Kit. »Erst letzte Woche habe ich vorgeschlagen, ein neues zu bestellen. Es gibt so viele schöne. Aber natürlich keins, das Großmutter gehört hat …«

Sie wusste, dass sie vor sich hinplapperte. Merkte, wie sich die Kehle zusammenschnürte und das Asthma sie keuchen ließ. Nie hatte ein Foto von ihr im Büro gestanden. Auch keins von ihrer Mutter.

»Ihr seid ja hier«, pflegte ihr Vater zu sagen. »Ihr seid ja direkt um die Ecke. Karen-Lis ist so weit weg.« Und das stimmte schließlich.

Sie sammelten alles auf. Bücher und Zeitschriften, die durcheinander lagen. Ordner, aus denen sich das meiste gelöst hatte und herausgefallen war, Jahrbücher aus Hongkong, die sorgfältig durch Jahre hindurch in schweren Bänden gesammelt worden waren. Kit setzte sich auf den Boden. Fand eine Weihnachtskarte und las sie. Sie war von einer Tante in Aarhus. Ein kleines Paket von DK-Textil stellte sich als Kunstkalender heraus, ein Weihnachtsgeschenk mehr von Geschäftsfreunden.

Sie sahen ihn beide gleichzeitig. Den kleinen roten Briefumschlag, der unter einem Buch darüber klemmte, was 1982 in Hongkong passiert war, und auf dessen Umschlag zwei chinesische Mädchen vor einem Hintergrund aus blühenden Frühlingsazaleen zu sehen waren. Kit streckte die Hand aus und zog das Kuvert hervor. Es war geöffnet, sah sie. Die Lasche war kaputt, als wäre sie aufgerissen worden. Sie nahm die Karte heraus. Es war eine neutrale weiße Karte. Keine Dekoration, kein Weihnachtsschmuck, keine Farben. Auf der rechten Seite standen nur drei mit sauberer Feder geschriebene chinesische Zeichen.

Henrik sah ihr über die Schulter. »Glaubst du, dass es das ist?«

Kit nickte. Spürte die Unruhe.

Henrik drehte den Umschlag um. Er war in Dänemark abgestempelt. »Kein Absender. Keine Unterschrift. Nur drei Zeichen.«

Sie nickte wieder. Drei Zeichen. Die ihr Vater deuten konnte, die für sie jedoch böhmische Dörfer waren. Trotzdem war sie sicher. »Das bedeutet etwas, ich weiß nicht was. Etwas, das ihn aufgeregt hat.«

»Vielleicht ist es nur eine Weihnachtskarte«, meinte Henrik.

»Dann stünde etwas in unseren Buchstaben darauf. Zumindest der Name meines Vaters und der des Absenders.«

Henrik nahm das letzte Jahrbuch und stellte es an seinen Platz. Dann begutachtete er das Regal, das noch immer unsicher stand. »Ich sollte wohl besser vorbeikommen und es reparieren«, murmelte er.

Als sie zwei Stunden später zurück ins Krankenhaus kamen, waren sie mit Kleidung und anderem, das mitzubringen ihre Mutter sie gebeten hatte, bepackt. In einem Anfall von Optimismus hatte sie auch nach den Kamelhaarpantoffeln ihres Vaters geschickt.

»Irgendeine Veränderung?«, fragte Kit ihre Mutter vorsichtig, die bleich und ausdruckslos am Bettrand Wache hielt.

»Der Arzt war hier. Aber er kann nichts sagen. Es kann plötzlich passieren. Aber es kann auch sein, dass es nicht passiert.«

»Dass er stirbt oder dass er aufwacht?«, wollte Kit fragen, aber sie brachte es nicht über sich. Deshalb setzte sie sich ihrer Mutter gegenüber und wunderte sich, dass sie das ganze Weiß sehen und den Krankenhausgeruch einatmen konnte, ohne zu erschaudern. Ihr Vater lag noch immer wie in tiefem Schlaf, mit Schläuchen in Nase und Armen und Instrumenten, die bewegliche Kurven auf grünen Schirmen zeigten und merkwürdige unpersönliche Laute von sich gaben.

Henrik blieb noch eine Weile. Zog sich einen Stuhl heran und setzte sich still hin. Sie konnte nicht auf seinem Gesicht lesen. Sie überlegte, wer die Karte mit den drei Zeichen deuten konnte. Sie könnte sie natürlich nach Hongkong faxen, wollte aber niemanden mit hineinziehen, der die Familie kannte.

Auf dem Gang hörten sie Schritte. Entschlossene Schritte, bei denen die Hacken fast auf den Boden knallten. Plötzlich verstummte das Geräusch, und die Tür ging auf.

Karen-Lis stand einen Moment ganz still, als hätte alle Selbstsicherheit sie verlassen. Kit sah ihre Mutter an und sah Tränen in ihren Augen, wie sie sie seit Karen-Lis' Abreise nicht mehr gesehen hatte.

»Hei, Schwester«, sagte Karen-Lis, nachdem die Mutter sie losgelassen hatte.

Kit stand auf. Die Umarmung war heftig, aber kurz. Sie spürte, wie die Trauer hochkam und drängte sie zurück.

»Fröhliche Weihnachten«, sagte sie.

»Gleichfalls. Ich bin gekommen, so schnell ich konnte. Wie geht es ihm?«

Karen-Lis setzte sich. Nicht auf den Stuhl, sondern auf den Bettrand. Sie beugte sich vor und küsste ihren Vater auf die Stirn.

»Fröhliche Weihnachten, du alter Schurke«, sagte sie mit zitternder Stimme.

Ein paar Sekunden vergingen. Kaum mehr. Karen-Lis runzelte die Stirn und beobachtete die Herzkurve auf dem Monitor. Dann war plötzlich Bewegung in seinem Arm, als wollte er sie alle segnen. Kit sah verwundert, wie ihr Vater die Augen öffnete und seine älteste Tochter ansah.

»Karen-Lis«, flüsterte er. »Wo, zum Teufel, bist du gewesen?«

7

Er konnte ihre Gesichter sehen. Aber er konnte sich nicht bewegen. Seine Hand gehorchte ihm nicht, sodass er nur ganz langsam den Blick über sie schweifen ließ.

Warum sprachen sie mit ihm, als wäre er ein Idiot? Warum saß Kit da, fahrig und nervös, als hätte sie ein Gespenst gesehen? Selbst Karen-Lis starrte ihn an, als wüsste er die Antwort auf den Sinn des Lebens und darauf, was sie mit ihrem Leben anstellen sollte. So war es, Vater zu sein. Wie viel er auch für sie tat, sie erwarteten immer noch mehr.

Plötzlich war er furchtbar müde. Hätte sich gerne entschuldigt; hätte ihnen gerne gesagt, dass sie selbst eine Lösung finden mussten. Dass sie ohne ihn zurechtkommen mussten. Was sie auch konnten, das wusste er. Aber seine Stimme gehorchte ihm nicht mehr.

Er schloss die Augen. Sehnte sich. Danach, keine Verpflichtungen zu haben, nur seiner eigenen Lust folgen zu können. Er mochte das Weiß nicht, die knochentrockene Luft und den Geruch von Reinheit. Er sehnte sich nach den Tropen mit ihrer Feuchtigkeit, sodass er atmen konnte und seine Haut sich nicht zusammenzog und rissig wurde vor Berührungsangst. Er sehnte sich nach exotischen Früchten und in Straßenküchen gebratenem Fisch mit dem Risiko, sich mit allen möglichen Krankheiten anzustecken. Er sehnte sich nach Lärm und Verkehr und kleinen schreienden Menschen in flachen Schuhen. Danach, sich einfach in eine Rikscha zu setzen und die Straße hinuntergefahren zu werden, hinein in das Gewimmel. Falls er sterben sollte, dann am liebsten so. Mitten in dem summenden Inferno aus Lärm und Feuchtigkeit und Gerüchen; dem Kessel aus zitternder, geldgieriger Unternehmungslust.

»Seht, er lächelt«, hörte er von weither Kits Stimme.

»Ich glaube, er träumt«, sagte Karen-Lis und klang fast wie damals, als sie noch ein kleines Mädchen war und auf seinem Arm saß.

Damals. Bevor alles angefangen hatte. Vorher. Es hatte ja ein *Damals* gegeben. Als sein Körper stark und geschmeidig und trainiert war vom Rugbyspielen. Damals, als er ihn spüren konnte. Damals, als er alles konnte.

Er schwebte. Spürte den Druck, als das Flugzeug zur Landung ansetzte. Er sah aus dem Fenster. Sie hatten gedreht und glitten jetzt dicht über die Dächer. Irgendwo konnte er eine Frau sehen, die Wäsche aufhing. Er bildete sich ein, dass er ihr Gesicht mit den schrägen Augen ausmachen konnte, und sagte sich ruhig, dass das hier schief gehen musste. Sie würden nicht überleben. Nicht bei der Höhe. Fast ganz unten zwischen den Häusern. Glaubte der Pilot vielleicht, dass sie auf der Hauptstraße landen sollten? Dann veränderte sich die Aussicht, und plötzlich war auf beiden Seiten Wasser. Er war überzeugt, dass sie sich direkt in den Meeresgrund bohren und wie ein unterseeischer Vulkan explodieren würden.

Schnell, aber ohne Panik verabschiedete er sich in Gedanken. Von seiner Mutter und seiner Schwester in Nyborg. Den Kameraden aus der Studentenzeit in Odense und vom Militär. Und die Firma hätte sich das halbe Jahr Schulung in der Uhrenfabrik in der Schweiz sparen können, von wo er direkt mit der Swissair kam. Nun würde er nie auch nur eine einzige Uhr verkaufen. Er würde auch nicht einen Tag älter werden als zweiundzwanzig. Würde nie die zweite Hälfte des Jahres 1961 erleben.

Als das Flugzeug schließlich in Hongkongs Kai Tak Airport landete, war dieser Umstand für ihn nichts Geringeres als ein Wunder. Und als er sich erholt hatte und die Türen geöffnet wurden, sodass er in die feuchte Wärme hinaustreten konnte, verliebte er sich zum ersten Mal seit seiner Kindheit. Seit damals, als die Familie die Stadt verlassen und das Flugzeug sie den langen Weg zurück nach Dänemark gebracht hatte, ohne auch nur eine einzige der Millionen, von denen sein Vater immer geredet hatte.

Der Traum seines Vaters von Hongkong war nie in Erfüllung gegangen. Er war in Alkohol und falsch kalkuliertem Übermut ertrunken. Jetzt war er an der Reihe, denn nach dem heutigen Tag konnte er alles überleben. Von dieser lärmenden, brodelnden Stadt aus mit ihren Menschenmengen und den Gerüchen von Schweiß und Verdorbenem und Fisch würde er die Welt erobern.

Als das Begrüßungskomitee entgegen aller Erwartung ausblieb, rief er seinen neuen Chef bei der Steinberg Far East Ltd. vom Flughafen aus an.

»Wie haben Sie gesagt, heißen Sie? Bennett? Ich weiß nichts von einem Bennett«, klang es barsch. »Was wollen Sie hier?«

»Uhren verkaufen. Ich komme von einer halbjährigen Ausbildung in der Fabrik in der Schweiz. Ich bin der neue Verkaufschef.«

»Davon kann keine Rede sein«, teilte ihm Abel Zimmermann mit. »Ich verkaufe die Uhren. Das muss ein Missverständnis sein.«

Nichts war arrangiert. Keiner wusste etwas. Er hatte auf eine Wohnung gehofft, musste sich aber im CVJM Männerheim in Kowloon einquartieren. Doch die Verliebtheit hielt an. Das untrügliche Gefühl, dass das eine Stadt nach seinem Geschmack war. Sie hatte all die Jahre auf ihn gewartet. Und jetzt gehörte sie ihm.

Als er am nächsten Tag ins Büro kam, wurde er zu Zimmermann hereingeführt. Er glich dem, was er war: ein kräftiger russischer Jude mittleren Alters. Krumme Nase, großer Mund und Augen wie polierte schwarze Diamanten.

»Die Uhren können Sie nicht übernehmen«, sagte er kurz angebunden. »Was soll ich mit Ihnen anfangen? Niemand hat mir

Ihr Kommen angekündigt. Sie passen hier nicht hin. Sehen Sie sich um. Sie verlagern die Altersgrenze um ungefähr fünfzig Prozent nach unten.«

Er hatte es gesehen, als er den langen Gang entlanggegangen war. Die ganzen Männer mittleren Alters, die in ihren Anzügen schwitzten und taten, als hätten sie gute Ideen.

»Lassen Sie mich irgendetwas tun«, sagte er. »Sie werden es nicht bereuen.«

Abel Zimmermann sah ihn eingehend an. Die Diamanten bohrten sich in seinen Blick, und er merkte, wie sie in ihm rumorten und ihn von innen absuchten. Dann schienen sie auf etwas Bekanntes zu stoßen; etwas, das sie von sich selbst kannten. Zum ersten Mal lächelte sein Chef, und das Lächeln zog sich bis unter die Haarspitzen und klemmte die Augen zu Schlitzen zusammen.

»Spielen Sie Schach?«

Schach war sein Lieblingsspiel. Noch nie hatte er ein Spiel verloren. Sein Gehirn war für Kalkulationen und Strategien wie gemacht. Er nickte, und Zimmermann sah ihn durchdringend an.

»Wir müssen irgendwann eine Partie zusammen spielen.« Er schien nachzudenken. »Da drüben steht ein leerer Schreibtisch«, sagte er dann und zeigte mit der Hand in Richtung eines großen Raums, in dem bereits sechs oder sieben Menschen saßen. »Sie haben ein Budget von 200 000 Dollar.« Zimmermann sah auf seine Uhr. »Sie sollten in Gang kommen … Sie können übrigens damit anfangen, dass Sie sich Mover ansehen. Mackintosh, der die Verantwortung für den Verkauf trägt, geht in drei Monaten in Urlaub.«

»Mover?«

Zimmermann verzog ärgerlich das Gesicht und stieß den Stuhl von seinem Schreibtisch fort.

»Wir haben die Agentur für Mover Waschmaschinen. Ein ziemlich hoffnungsloses Produkt, bringt kein Geld ein.«

Voller Überzeugung sagte Erik Bennett zu seinem Chef: »Das wird schon noch kommen.«

Das Büro lag im St.-George-Gebäude im Herzen des Geschäftszentrums von Victoria. Wenn er morgens mit einer Rikscha zur Arbeit fuhr, war er vom Leben der Stadt wie berauscht. Er war auf einen anderen Planeten gekommen, einen, der nie schlief, aber auf dem alle ein Ziel verfolgten: Geld. Er spürte es mit jeder Pore seines Körpers. Vom ärmsten Bauernmädchen bis zum reichsten Geschäftsmann drehte sich alles um Geld.

Alles wurde zum Verkauf angeboten, alles und alle ließen sich kaufen. Selbst wenn die Rikscha durch die Straßen fuhr, konnte er das Geräusch des Geldes hören, wenn die Mah-Jongg-Steine in den vielen so genannten Mah-Jongg-Schulen klickten, die nichts anderes waren als Spielhöllen, in denen alle, von den chinesischen Dienstmädchen, den Amas, bis hin zu den Verkaufsleitern wie er selbst ganze Vermögen gewannen und wieder verspielten.

Er begriff, dass es die Amas waren, die den Schlüssel in der Hand hielten. Sie waren wie ein unsichtbares Netzwerk; ein Untergrundheer von Bediensteten mit mehr Macht, als man glauben sollte. Alle wohlhabenden Familien – und von ihnen gab es viele – hatten eine Ama. Konnte er die Amas gewinnen, war der halbe Verkauf gewonnen.

Ihm wurde eine Verkaufsassistentin zugeteilt, eine kleine chinesische Dame mittleren Alters mit Namen Mary Wong.

»Wir werden ganz Hongkong mit Mover eindecken«, teilte er ihr mit. »Ich werde Mover Waschmaschinen für die chinesische Ama unentbehrlich machen.«

»Aber die waschen doch mit der Hand und fegen mit Besen. Dafür werden sie bezahlt.«

Er zwinkerte Mary Wong zu, die erschreckt mit den Augen blinzelte. Irgendwo in ihrer chinesischen Seele erahnte er die eingebaute Rechenmaschine. Er wusste, dass sie da war, denn er hatte sie auch in sich.

»Wenn wir nur eine einzige Familie in einem großen Wohnblock davon überzeugen können, dass eine Mover unentbehrlich ist und wenn wir ihre Ama überreden können, das weiterzuerzählen, werden plötzlich alle eine haben wollen.«

Mary Wong sah interessiert, aber immer noch skeptisch aus. Doch er wusste, dass sie kaufen würden. Weil er ihre Art zu denken kannte und weil er wusste, wie er die Kugel ins Rollen bringen konnte. Er spürte, wie sein ganzer Körper vor Spannung und Energie kribbelte.

»Suchen Sie uns einen geeigneten Block und eine geeignete Familie«, sagte er. »Ich verspreche Ihnen, wir werden Tausende von Waschmaschinen verkaufen.«

Am nächsten Tag fuhr er mit Mary Wong, die wie ein kleiner Vogel regungslos neben ihm saß, in der Rikscha davon. Er selbst streckte die Beine aus, legte den Kopf in den Nacken und sah in die Luft, wo ein Hochhaus neben dem andern in den Himmel schoss. Einige Häuser waren ganz neu, andere wurden gerade gebaut. Kleine emsige Arbeiter flitzten ohne irgendeine Absicherung die Bambusgerüste hinauf und hinunter.

»Eine gefährliche Arbeit«, sagte er und nickte beifällig.

Mary Wong spitzte die Lippen. »Das sind die bestbezahlten Arbeiter in ganz Hongkong.«

»Zu Recht.«

Sie sagte nichts, aber er spürte, dass sie mit ihm einer Meinung war. Hier wurde man nach Verdienst bezahlt. Und darin lag die Möglichkeit, reich zu werden und sich eine Zukunft zu schaffen. Vielleicht war das Einbildung, was die untersten Klassen anging, die Flüchtlinge, die auf der Straße schliefen und in Pappkisten wohnten. Vielleicht war es für viele offenkundig hoffnungslos. Doch trotzdem war das Gefühl da, durchsäuerte die ganze Stadt. Das Gefühl, das hier alles möglich war.

Mary Wong hatte einen Termin mit einer britischen Familie gemacht. Die Frau des Hauses und führte sie ins Wohnzimmer, wo ihre Ama ihnen eine Schale mit Erfrischungen brachte.

»Haben Sie schon einmal von einer automatischen Waschmaschine gehört, Mrs. Jones?«

Die Frau lächelte. »Das habe ich. Aber ich glaube nicht, dass das etwas für uns ist. Wir haben ja unsere Ama, Lucy.«

»Wenn sie eine gute Ama ist, wollen Sie sie sicher behalten.«

Mrs. Jones nickte. »Das versteht sich von selbst. Viele bieten ihre Dienste an, aber es ist schwer, eine gute Hilfe zu finden.«

»Genau«, sagte Erik und trank aus dem Glas mit Fruchtsaft. »Aber ich kann Ihnen versichern, dass Sie Ihre Ama mit einer unserer Waschmaschinen sehr zufrieden machen werden. Und es ist mir eine Freude, Ihnen sagen zu können, dass Sie durch einen besonderen Zufall ausgewählt worden sind, der es uns erlaubt, Ihnen einen Rabatt von fünfzig Prozent einzuräumen.«

»FÜNFZIG? Das ist doch was!«, rief die Frau begeistert, und er merkte, wie Mary Wong sich bei dem Gedanken wand, auch nur eine einzige Waschmaschine halb zu verschenken.

Er beugte sich vor und begegnete Mrs. Jones' Blick. Sie musste um die dreißig sein, ganz hübsch, mit fraulichen Formen unter einem geblümten Kleid und sich schnell umsehenden blauen Augen.

»Natürlich. Und so einen Rabatt bekommt nicht jeder. Ich bin sogar bereit, so weit zu gehen, Ihnen zu versprechen, dass Sie Ihr Geld zurückbekommen, sollten Sie während des ersten Monats unzufrieden sein.«

Mrs. Jones lachte ausgelassen. »Ja dann, da gibt es wohl nichts mehr zu überlegen.«

»Nein, nicht wahr?« Er zwinkerte ihr zu, dass sie errötete.

Mrs. Jones war äußerst zufrieden. Nicht zuletzt weil ihre Ama hoch erfreut und die Familie jetzt etwas Besonderes war. Sie waren schließlich ausgewählt worden.

Ein paar Tage später tauchten er und Mary Wong zu der Zeit des Tages auf, von der sie wussten, dass Mrs. Jones und die meisten anderen Hausfrauen ihre Einkäufe machten. Er lernte Mary Wong an, von Tür zu Tür zu gehen und jeder Ama fünf Prozent anzubieten, wenn sie die Frau des Hauses dazu bringen konnte, eine Mover Waschmaschine zu kaufen, wie die, die die Ama von Mrs. Jones bekommen hatte.

Die Aufträge strömten herein.

Doch damit war er noch nicht zufrieden. Es gab einen größeren Markt, das wusste er. Er wollte Waschmaschinen verkaufen, dass es nur so rappelte. Er beschloss, das große Kaufhaus des britischen Militärs, NAFI, dazu zu überreden, alle anderen Marken aufzugeben und nur noch Mover zu verkaufen. Per Anruf in der Hauptniederlassung von Mover in den USA handelte er eine Preisreduzierung beim Kauf einer größeren Menge von Waschmaschinen aus. Auf einer gesellschaftlichen Veranstaltung hatte er den britischen Offizier kennen gelernt, der für den Einkauf des NAFI verantwortlich war. Er bot ihm Mover Waschmaschinen weit unter dem Preis anderer Marken an sowie eine Kommission beim Verkauf jeder einzelnen Waschmaschine. Die Soldaten griffen zu. Alle kauften Mover Waschmaschinen und brachten sie zollfrei mit nach Hause nach England, wo sie sehr viel teurer waren.

Weitere Bestellungen gingen ein, und selbst wenn sie gewollt hätten, hätte NAFI den Verkauf nicht stoppen können. Schließlich hatten sie die Kommission angenommen.

Sein Chef war zufrieden. Als Erik eines Tages über mangelnden Platz in seinem Büro klagte, das er sich mit sechs weiteren Mitarbeitern teilte, zeigte er mit einer Hand in Richtung von Mackintoshs Büro mit dem blank polierten Mahagonischreibtisch und den säuberlich arrangierten Kugelschreibern und der Schreibunterlage.

»Bis auf weiteres können Sie das da nehmen. Später finden wir etwas anderes.«

So zog er in die feine Umgebung um; setzte sich probeweise in den Lederstuhl, den man hoch und runter und in alle möglichen Positionen drehen konnte, knallte die Beine auf den Schreibtisch, lehnte sich zurück und schloss die Augen.

So saß er auch am nächsten Tag, als Mackintosh hereingestürmt kam.

»Was bilden Sie sich eigentlich ein, Sie Flegel? Sehen Sie zu, dass Sie aus meinem Büro kommen.«

Vorsichtig zog er die Beine zu sich heran und setzte sich auf.

»Was habe ich gehört? Sie haben die Absprachen mit unseren Kunden gebrochen. Wir hatten Exklusivabsprachen mit sechs

Geschäften in ganz Hongkong, und plötzlich kann man überall Mover kaufen, und zwar weit unter Preis. Was, zum Teufel, haben Sie gemacht?«

Erik beugte sich vor, stemmte die Ellenbogen auf den Schreibtisch des Mannes und starrte ihm lange und direkt in seine vorsichtige, pedantische, fantasielose, aber harmlose Seele.

»Ich habe den Verkauf von Mover Waschmaschinen im Laufe eines Monats um 1000% angehoben«, sagte er, und Mackintosh tat ihm trotz allem Leid. Er konnte ja nichts dafür, dass er das, was man dazu brauchte, nicht hatte. Einen Moment erwog er, aufzustehen und ihm das Büro wieder anzubieten, den Stuhl für Mackintosh vorzuziehen und die Wut, die seine Ratlosigkeit überdeckte, aus seinem Gesicht zu wischen. Aber das würde nicht helfen, das wusste er. Es würde die Zeit nur hinauszögern, denn die Mackintoshs dieser Welt gehörten nicht an Orte wie diesen.

Am folgenden Tag zog Mackintosh in das Büro auf den Philippinen um.

Da war eine Stimme. Kits Stimme. Wie Kit plötzlich in seinem Büro in Hongkong sein konnte, ging über seinen Verstand.

»Warum liegt er da und grinst?«, fragte die besorgte Kit-Stimme.

Er spürte das Rascheln eines Kittels und nahm den Geruch einer Krankenschwester nach Medizin und Spiritus wahr. Sie nahm seine Hand und fühlte den Puls.

»Er schläft«, sagte sie. »Vielleicht sollen wir ihm ein wenig Ruhe gönnen.«

8

Sie fühlte sich wie auf der Achterbahn. In einem Moment schwitzte sie in der wollenen Jacke, im nächsten wurde sie von Kälteschauern geschüttelt. Zusätzlich zu dem Asthma hatte sie sich auch noch erkältet.

Kit schniefte, während sie vorsichtig das Gesicht auf der Scheibe drehte. Fahles Abendlicht fiel ins Fenster und schräg über Backenknochen und Stirn. Ihre Finger glitten rastlos über die Wangen der Skulptur.

»Wer bist du?«, murmelte sie und fischte mit schmutzigen Fingern eine Papierserviette aus der Tasche. Aber sie bekam keine Antwort. Stattdessen hatte sie das Gefühl, dass das Gesicht sie mit seinem toten Blick anstarrte. Sie war noch nicht bis zu den Augen gekommen.

»Darf ich hereinkommen?«

Karen-Lis hatte nicht geklopft, und das irritierte sie. Es war genau wie in ihrer Kindheit. Nie konnte man etwas für sich haben, ohne dass sie es unbedingt wissen wollte, und wenn sie es nicht verstand, zog sie einen damit auf.

Kit nickte. Aus den Augenwinkeln sah sie ihre Schwester leise ins Atelier eintreten.

»Was ist das?«, fragte Karen-Lis.

»Ein Gesicht.«

»Aber was für ein Gesicht?«

Karen-Lis war es gewohnt, allem Namen und Alter zu geben. Eine Berufskrankheit. Genau wie alles erklärt, analysiert und diskutiert werden musste, sodass kein Mysterium mehr blieb.

»Kein bestimmtes. Nur ein Gesicht«, sagte Kit irritiert. Das Blut schoss ihr in die Wangen, und zu ihrer Verwunderung spürte sie den Verlust, der sie überrollte. Aber wie sollte sie ihrer Schwester erklären, dass sie sie vermisste, wenn sie direkt hier stand. Das würde ihr Journalistengehirn niemals verstehen.

Karen-Lis hielt zur Selbstverteidigung die Hände hoch. »Ach, du meine Güte. Es ist ein Staatsgeheimnis.«

»Es ist kein Geheimnis«, erklärte Kit und kam sich sehr geduldig vor. »Ich weiß es nur noch nicht. So ist das manchmal. Man weiß nicht immer, was sich hinter einem Gesicht verbirgt.«

Karen-Lis lächelte. »Tiefsinnig.«

»Das ist nicht die Spur tiefsinnig. Das ist eine Tatsache«, sagte Kit und versuchte, ihre Schwester abzuschütteln, als sie zu ihr kam und ihr eine Umarmung aufzwang. Mit den Händen voll Ton war das schwer.

»Geh weg!« Du störst mich ... Ich bin erkältet.«

»Ich habe dich vermisst, Schwester«, sagte Karen-Lis.

Kit wusste, dass diese vier Worte eine Überwindung für sie bedeuteten. »Ich habe dich nicht vermisst.«

»Ich kann nichts dafür. Für das mit Vater.«

Kit drehte sich herum, voller Wut, die so in ihr arbeitete, dass alles in ihr aufwallte und sie niesen musste.

»Du hast einen Dreck getan! Du hast viele Wochen lang weder angerufen noch geschrieben. Du warst nicht hier, als du gebraucht wurdest. Oder als Mutter dich brauchte.«

Das Niesen kam wie ein Erdbeben, und sie fischte nach einer weiteren Serviette, bevor sie fortfuhr. Sie fühlte sich matt und reizbar. »Und dann kommst du einfach zur Tür herein wie der Retter persönlich. Das Einzige, was dir noch fehlt, sind ein Palmenzweig und ein Esel. Wenn *dann* der Sterbende verdammt noch mal nicht aufwacht und deinen Namen haucht!«

»Das ist doch wohl besser, als wenn er gar nicht aufwacht.«

Kit zuckte mit den Schultern und sagte nichts.

»Das hat doch nichts mit mir zu tun«, erklärte Karen-Lis mit ihrer Karen-Lis-Logik. »Wenn du lange fort gewesen wärst, hätte er genauso reagiert. Das macht die Distanz.«

»Aber ich hatte nie die Wahl. Die hast du für mich getroffen, als du ins Ausland gegangen bist. Eine von uns musste bleiben«, sagte Kit sauer.

Karen-Lis begann die Skulptur und Kit zu umrunden. »Man hat nur sein eigenes Leben, Schwester. Du hättest das Gleiche tun können. Aber du bist ein Familienmensch, während ich Distanz brauche.«

»Distanz, da ist es wieder. Immer ist es die Distanz«, murmelte Kit und beugte sich erneut über die Skulptur. Sie fragte sich, ob Karen-Lis Recht hatte. Hätte sie anders handeln können? Ein anderes Leben wählen und zu der Familie auf Distanz gehen können? Sie versuchte es sich vorzustellen, aber sie wusste, dass sie es nicht getan hätte. Nicht mit Karen-Lis so weit weg und dem Rest der Familie gebeutelt von Krankheit und Tod und Abschied. Wieder spürte sie die Bitterkeit. Über den demütigenden Verlust und über die Leere in der Vorweihnachtszeit bei jedem Mal, das ihr Vater aufsprang, wenn die Post kam oder das Telefon schellte. In der eitlen Hoffnung ein Lebenszeichen von Karen-Lis zu erhalten. Aber das einzige Lebenszeichen waren in der Regel ihre Artikel in der Zeitung.

»Macht das auch die Distanz, dass man nicht einmal anrufen oder eine Weihnachtskarte oder ein Fax oder eine E-Mail schicken kann? Ist das auch die Distanz, die einen zwingt, vor der Verantwortung davonzulaufen?«

Karen-Lis ging zum Fenster und stellte sich mit dem Rücken dazu hin. Kit fragte sich, ob das Gesicht auf der Drehscheibe in Wirklichkeit vielleicht das ihrer Schwester war? Karen-Lis stand jetzt so, dass das hereinfallende Licht ihren sonst so bestimmten Mund mit den senkrechten Linien um die Mundwinkel weich machte. In der Fantasie versuchte Kit das Haar fortzuzaubern, sodass nur noch die feine nackte Form des Gesichts da war. Aber das Zimmer war zu sehr von Karen-Lis erfüllt, als dass die Fantasie Raum gefunden hätte.

»Das Telefonnetz hat nicht funktioniert. Es war schwer durchzukommen.«

»Sechs Wochen lang?«

Der Blick bewegte sich nicht. Es war kein Rückzug. Doch in der Stimme lag ein Hauch von Verteidigung.

»Ich hatte doch gesagt, dass ich Weihnachten nicht komme. Und Simbabwe ist nicht gerade Westeuropa.«

»Dann gibt es vielleicht auch keine Post?«

Jetzt wurde der Blick leicht unruhig.

»Man kann nicht überall Briefmarken kaufen. Und dann muss man auch noch einen Briefkasten finden. Außerdem wäre der Brief sowieso nicht rechtzeitig angekommen.«

Kit sagte nichts. Fand eine einstweilige Befriedigung in Karen-Lis' Blick, der seine eigene Sprache von Schuld sprach, wenn auch nur vorübergehend. Denn die Distanz war da, auch jetzt. Vor allem jetzt. Und sie wusste nicht, wie sie sie überwinden sollte und ob sie überhaupt Lust dazu hatte. Sie dachte an ihren Vater, wie er dort gelegen und selig ausgesehen hatte, als Karen-Lis eingetroffen war. Er hatte nur die wenigen Worte gesagt. Den einen Namen. Dann war er zurück in seine Apathie gefallen, aber der Arzt war zufrieden gewesen. Er hatte ihnen versichert, dass ihr Vater sich jetzt nur ausruhte und dass er wieder aufwachen würde.

Wenn die Lage nicht so ernst gewesen wäre, hätte sie gesagt, dass das typisch war. Typisch Karen-Lis, nach monatelanger Abwesenheit zu einem Gastbesuch zu kommen und mit einem Zauberschlag alles wieder in Ordnung zu bringen.

Ihre Mutter war vor Dankbarkeit dem Weinen nahe gewesen, und Karen-Lis hatte das beste Stück von der Gans bekommen, die sie schließlich drei Tage zu spät gebraten hatten.

»Wie lange bleibst du?«

Sie bereute gefragt zu haben, sowie die Worte ihren Mund verlassen hatten. Es war nicht gut, einen zu interessierten Eindruck zu machen. Es war ein bisschen wie mit einem Freund, der Angst hatte, sich zu binden. So war Karen-Lis, dachte Kit. Sie hatte Angst, dass etwas oder jemand sie festhalten könnte. Deshalb war sie überrascht, als die Schwester antwortete: »Eine Weile. Vielleicht ein paar Monate. Ich stehe sowieso zwischen zwei Jobs.«

Wieder kam Karen-Lis zu der Drehscheibe. Blieb ein wenig linkisch stehen und sah Kit an. »Was ist mit dem Geschäft? Darum muss sich doch jemand kümmern. Vielleicht können wir einander helfen.«

Kit wurde von einem Niesanfall überrumpelt. Als sie fertig geniest hatte, musste sie sich ungläubig die Augen trocken wischen. »Was verstehst du denn davon?«

Karen-Lis hielt die Augen auf die Skulptur gerichtet. »Ich verstehe etwas von Public Relations. Und davon, wie man eine Botschaft an die Leute bringt ... Und außerdem bin ich mit Kaliki aufgewachsen.«

»Ich weiß nicht«, sagte Kit und fühlte plötzlich, dass es so viel gab, das überwunden werden musste, und dass sie keine Ahnung hatte, wo sie anfangen sollte.

Karen-Lis machte eine ausladende Armbewegung, hoffnungslos, als wüsste sie, dass sie nichts erreichen würde. »Was willst du, das ich tun soll? Ich bin weg gewesen. Ja, irgendwann werde ich wieder weggehen. Aber jetzt bin ich hier.«

Einen Moment hatte Kit Lust, ihr von dem Brief aus Hongkong zu erzählen. Karen-Lis wissen zu lassen, dass das, was mit der Post gekommen war, vielleicht die Schuld daran trug, dass ihr Vater jetzt in Gesellschaft von Maschinen und Schläuchen in Odense lag. Dass es noch so viel mehr gab als nur die Krankheit und dass der Traum zurückgekommen war. Der aus der Kindheit, wo Karen-Lis sie getröstet und vergessen lassen hatte. Sie sah ihre Schwester an, wie sie dort stand mit ihrer aufrechten Haltung und dem kalten professionellen Blick. Früher, da hatte sie helfen können. Früher hatte sie trösten können, und man hatte sich ihr anvertrauen können. Aber so vieles hatte sich verändert, und sie wusste nicht richtig, wie es passiert war und wann sich die Fremdheit zwischen sie geschlichen hatte.

»Bis nach Neujahr sind Ferien«, murmelte Kit. »Warten wir's ab.«

Karen-Lis machte Anstalten zu gehen. Sie drehte sich in der Ateliertür um. »Du machst es keinem von uns leicht, Schwester«, sagte sie und ging.

9

Der Himmel hatte eine Farbe wie Eisen. Matt und von metallartiger Schwere, als könnte es ihm in den Sinn kommen, den Leuten auf den Kopf zu fallen.

Er hatte gerade die Augen geöffnet, als ihn ganz eindeutig etwas rammte, sodass die Welt in Grau und Blau explodierte und der Himmel über ihm herabstürzte.

»Willst du nicht bald aufstehen?«, fragte Victor unschuldig, nachdem er ihm das Kissen an den Kopf geworfen hatte. »Willst du den ganzen Tag verschlafen?«

Henrik drehte sich grunzend auf die Seite. »Ab mit dir, du Lauser.«

Aber Victor ließ sich von seiner Rotweinstimme nicht abschrecken. »Wir wollten Star Wars spielen. Du hast es versprochen.«

»Wann habe ich das versprochen?«

»Als du Gute Nacht gesagt hast. Du hast gesagt, dass wir heute spielen, wenn ich mir selbst die Zähne putze und ins Bett gehe.«

Wenn Victor sich daran erinnerte, war es zweifellos richtig. Dieser Junge hatte ein Gedächtnis wie ein Computer. Henrik zog sich die Bettdecke als Schutz gegen das Licht, das ihn blendete, über den Kopf. Das war die Strafe, wenn die eigene Schwester zum Weihnachtsessen einlud und einen wehrlosen Bruder so mit Alkohol voll pumpte, dass er die Nacht im Gästezimmer verbringen musste.

Nach und nach kam die Erinnerung in ungleichen Bruchstücken zurück, die verdächtig an Jannes Rumkäse und eine Viertelflasche vergeudeten Bacardi-Rum erinnerten. Nachdem er den Tag mit Kit und ihrer Familie verbracht hatte, war er auf eine Party zu seiner Schwester und seinem Schwager gefahren. Der Wein war geflossen, das konnte man nicht leugnen. Gewöhnlich trank er nicht so viel, aber jetzt erinnerte er sich an das Gefühl, einfach vergessen zu wollen. Eine Mischung aus Angst und Sorge und Ärger über das, was passiert war. Darüber, plötzlich wieder in Kits Welt katapultiert worden zu sein und keinen Fluchtweg zu sehen. Über die verdammte Anziehungskraft, die die ganze Familie, das ganze Haus in der Birchsallee anscheinend doch noch immer auf ihn hatte.

»Wie spät ist es?«, fragte er aus der Tiefe der Bettdecke.

»Fünfunddreißig«, antwortete Victor, der noch immer ein etwas unklares Verhältnis zu Zahlen hatte.

Henrik lachte, dass ihm die Schläfen wehtaten. »So heißt das doch nicht, du Affe.«

Victor kletterte ins Bett und zog an der Decke. »Und wie heißt es dann?«

»Sieben Uhr vierzig.«

»Nein, tut es nicht. Du lügst.«

»Tu ich nicht.«

»Tust du doch.«

»Du sollst nicht widersprechen, Junge.«

»Du sollst nicht lügen«, sagte Victor und kam ihm mit seinem ernsten Gesicht ganz nahe. Plötzlich war der Schelm weg und ein offener verletzlicher Blick begegnete seinem, unvorbereitet auf die Bosheit der Welt. Kit, dachte er. Kits Augen, wenn sie etwas nicht verstand. Wenn Karen-Lis sie verletzt hatte, ohne es zu wissen oder zu wollen. Wenn ihr Vater zu beschäftigt war. Wenn die Welt ungerecht war. Wenn er sie nur an sich ziehen sollte, ohne Fragen zu stellen. Da sein sollte, bis es vorüber war.

Henrik drückte einen Onkelkuss auf Victors weichen Flaum. »Völlig richtig. Lügen ist verboten.«

»Verboten«, jubelte Victor, denn er liebte das Wort, das er von den schönen Verkehrsschildern mit den roten Querstrichen kannte. »Man darf nicht lügen. Man darf nicht pupsen. Man darf nicht parken.«

Henrik stützte sich mühsam auf den Ellenbogen. »Jetzt hör mir einmal zu. Warum malst du nicht ein Bild mit allem, was verboten ist. Mit roten Schildern und so. Dann spielen wir später Star Wars.«

Victor schien den Vorschlag zu überdenken. Henrik konnte die ganzen roten Schilder, die in seinem Kopf Schlange standen, nahezu sehen. Dann sprang er schnell aus dem Bett und lief zur Tür.

»Okay«, sagte er. »Aber dann musst du auch tun, was darauf steht.«

Später, als sie hatten gespielt und der Kaffee die Kopfschmerzen in die Flucht geschlagen hatte, erinnerte er sich an seine Verabredung mit Carsten auf dem Nyborger Wall und verfluchte sich und seinen Weihnachtsoptimismus. Carsten war der einzige Kollege in der Firma, zu dem er noch immer Kontakt hatte. Dreimal in der Woche joggten sie morgens zusammen. In den Weihnachtstagen waren sie jedoch realistisch genug gewesen, das Treffen auf elf Uhr zu verschieben. Anschließend hatte er sich zu einem späten Frühstück mit Mette verabredet. Sie hatte die Weihnachtsferien bei ihren Eltern in Aarhus verbracht und war heute zurückgekommen.

Er erwog ernsthaft, beide Verabredungen abzusagen. Vielleicht sollte er lieber Kit anrufen und hören, wie es stand. Oder den Amazon waschen. Oder einfach hier im Havrevej bleiben, wieder ins Bett gehen und vorgeben, dass es ihm schlecht ging.

Aber das war unrealistisch. Victor würde ihn durchschauen und weitere Unterhaltung fordern. Es geschah nicht so oft, dass er seinen Onkel einen ganzen Tag in Reichweite hatte.

Spielen oder laufen. Pest oder Cholera. Nach ein paar mit dem Kaffee heruntergespülten Thomapyrin waren die Kopfschmerzen schwächer geworden. Vielleicht würde ein bisschen Luft ihm helfen, klar zu denken.

Er entschied sich für die Cholera.

Während sie liefen, begann es zu schneien. Große weiße Flocken fielen auf die Erde und wurden zertreten und in Matsch verwandelt. Oder sie sammelten sich an exponierten Stellen, an denen sie das sparsam wachsende Gras besiegten, zu Haufen und schufen die Illusion einer weißen Nachweihnacht. Der Himmel war noch immer bleischwer, sodass er fast Pulvergeschmack auf der Zunge hatte. Das Schloss von Nyborg lag mit seinen dicken Mauern wie ein Schutz gegen das dänische Wetter und andere Feinde da, während die beiden masochistischen Vollidioten in ihren Trainingsanzügen das Gras auf dem Wall niedertrampelten.

Carsten schüttelte den Kopf, dass der Schweiß nur so tropfte. »Das wundert mich eigentlich nicht, weißt du. Stress und Hetze und Gläubiger und unmögliche Kunden. Es ist hart, ein Geschäft zu haben! Fast zum Umfallen.«

Henrik sah ihn von der Seite an. Dachte, dass er selbst umfallen würde, wenn sie ihr Tempo nicht etwas reduzierten. Carsten sah auch nicht besonders gut aus. Unter seinen Augen waren dunkle Ränder, und das Gesicht hatte etwas Bleiches, Beklommenes.

»Du bist doch selbst Teil davon«, sagte Henrik.

Carsten, der in der Firma als Shippingmanager arbeitete, hatte die Gewohnheit, beim Laufen zu reden. Er selbst zog die Stille und das Zusammengehörigkeitsgefühl vor, deshalb ließ er den Freund über alles Mögliche reden und begnügte sich selbst nur mit Stichworten. Heute hatte er sowieso nicht genügend Puste, um gleichzeitig zu laufen und zu reden.

Carsten nickte finster. »Mehr als du ahnst. Es war ziemlich hart in der letzten Zeit«, gab er zu und fügte mit einem Grinsen hinzu: »Als du gekündigt hast, wurde es plötzlich schlimmer. Überstunden. Fuck ups. Und der Häuptling in Gewitterstimmung.«

»Er hat es ziemlich persönlich genommen«, sagte Henrik.

»Das *war* persönlich«, stellte Carsten fest. »Zuerst hast du den Job gekündigt, und dann habt ihr euch getrennt. Plötzlich wolltest du weder das Königreich noch die Tochter.«

Henrik sagte nichts. Aber er konnte Erik Bennetts Blick vor sich sehen, genau wie Kits und Victors. Nackt und offen und so voller Enttäuschung, dass es wehtat. So etwas hatte er noch nie zuvor gesehen. Er war lange vorher zu dem Schluss gekommen, dass sein Schwiegervater im Grunde hart und irgendwie unsensibel war. Eine menschliche Rechenmaschine. Charmant und voller Wärme, wenn es zu seinem eigenen Vorteil war, doch ansonsten so kalt wie die Schneeflocken, die jetzt auf seiner Stirn und auf seinen Wangen landeten.

Trotzdem waren ihm Zweifel gekommen. War sein Entschluss an dem Tag ins Wanken gekommen, als er in sein Büro marschiert war und ihm seine Kündigung überreicht hatte. Erik Bennett hatte sie gelesen. Den Blick gehoben, diesen unverstehenden, milchigen Blick. Die Stimme hatte leicht gezittert, aber nicht vor Wut.

»Warum?«, hatte er nur gesagt, und zu seiner Verzweiflung hatte Henrik eine Träne gesehen, die sich ihren Weg aus den Augenwinkeln bahnte und im Zickzack zwischen den kleinen Fallgruben der Runzeln herunterlief. Er war außer Stande gewesen zu antworten.

»Ist es das Gehalt? Wir können über das Gehalt reden«, hatte die Stimme gesagt. »Verdammt noch mal, Junge, wir sind doch fast eine Familie.«

Der alte Häuptling hatte es wirklich nicht verstanden. Das hatte ihn am allermeisten erschreckt. In Erik Bennetts Blick hatte er die Enttäuschung eines Vaters über einen Sohn gelesen, der ihn im Stich gelassen hat, und in ihm war ein Gefühl aufgestiegen, das er in Verbindung mit einem Schwiegervater nicht für möglich gehalten hatte: Er hatte sich geschämt.

Henrik hatte das Büro mit dem nicht abzuschüttelnden Gefühl verlassen, etwas getan zu haben, das unverzeihlich war, obwohl er wusste, dass es das einzig Richtige war. Vielleicht war es dieses Gefühl, dieses unlogische Gefühl der Schuld, das ihn zurück in den Schoß der Bennett-Familie geführt hatte, dachte er. Vielleicht war ihm ein elektronischer Chip implantiert worden, der ihn dazu zwang, immer wieder zurückzukehren. Der ihn von dem Augenblick an, als der Blick von Kits Vater zum ersten Mal auf ihm ruhte und vielleicht schon Pläne für seine Zukunft schmiedete, daran gehindert hatte, sich zu befreien.

Er hatte seinen Schwiegervater gemocht. Hatte zu ihm aufgesehen. Ihn vergöttert, wie auch Kit ihn vergötterte, wie die Welt allgemein ihn vergötterte. Und dann hatte er schließlich doch sowohl die Verbindung zu ihr wie auch zu ihm abgebrochen. Jetzt lag er da, halb bewusstlos. Dem Tod so nahe.

»Fuck ups«, sagte er leichthin und kehrte zu dem Gespräch über den Job zurück. Wenn man nicht über die eigenen Probleme sprechen konnte, konnte man sich ja immer noch über die der anderen auslassen. »Was heißt das?«

Er war dabei, hinter Carsten zurückzufallen. Der Teufel sollte den Rotwein holen, dachte er und versuchte sich selbst vorwärts zu zwingen.

Carsten reduzierte das Tempo, und sie liefen wieder nebeneinander her. »Eigentlich darf ich ja nichts sagen. Kit weiß es nicht einmal. Aber es ist schon eine ziemliche Scheiße.«

Henrik sagte nichts. Manchmal sollte man besser den Mund halten, dann bekam man das Ganze auf dem Tablett serviert. Er dachte flüchtig an Karen-Lis, die Expertin darin war. Als Journalistin hatte sie oft gesagt, dass alle Menschen eine Geschichte haben, die sie liebend gerne erzählen möchten. Man muss nur ganz Ohr sein. Nichts weiter. Dann kommt es irgendwann.

Sie liefen eine Weile schweigend. Der Schnee wirbelte auf die Stadt mit den roten Dächern und dem Schloss, in dem die Könige des Mittelalters Dänemarks Geschichte geschrieben hatten. Die Fortsetzung kam erst, als sie ihre Route gelaufen waren und bei ihren Autos Dehnübungen machten.

»Irgendwie ist das auch Scheiße für mich. Ich hätte es natürlich merken müssen«, sagte Carsten, während er die Wade streckte, indem er sie hoch gegen die Mauer stemmte. »Die Fabrik in Hongkong hat vor drei Monaten einen großen Auftrag bekommen. 30 000 Strickjacken im Doppelstrick mit Pailletten und Perlen.«

»Igitt!«

Carsten nickte. »Nichts für den dänischen Markt, natürlich. Den Informationen nach für die Staaten im mittleren Westen der USA vorgesehen.«

»Klingt glaubwürdig.«

»Genau. Das Ganze klang glaubwürdig. Der Käufer war eine neue Firma mit Sitz auf den Cayman Islands, aber mit der Chase Manhattan Bank im Rücken. Du kennst die Vorgehensweise.«

»Irrevocable Letter of Credit«, erinnerte sich Henrik, weil sie für ein unwiderrufliches Akkreditiv immer den englischen Ausdruck gebrauchten.

»Jep. Das waren die Zahlungsbedingungen. Wir konnten ja nicht mit dem Garnkauf beginnen und Löhne zahlen, ohne eine Garantie zu haben. Also bekamen wir sie. Glaubten wir.«

Henrik kannte die Prozedur. Es war in der Textilbranche überall auf der Welt das Gleiche. Der Käufer schickt einen Irrevocable Letter of Credit an die Bank des Produzenten. Dieser autorisiert die Bank, den Produzenten zu bezahlen, wenn er die vereinbarten Dokumente vorlegt, die in dem Akkreditiv festgelegt sind: Rechnung, Versicherungspapiere, Inhaltsverzeichnis und Bill of Loading oder Airway Bill, wenn der ganze Kram per Flugzeug befördert werden soll. Wenn die Ware da ist und die Bank die Dokumente zu ihrer Zufriedenheit geprüft hat, erhält der Produzent seine Bezahlung und schickt die Dokumente weiter an den Käufer. Alles, um zu garantieren, dass der Käufer nicht plötzlich aus einem Handel aussteigt, weil ein bestimmtes Hemdenmodell von einem zum anderen Tag unmodern geworden ist und der Produzent mit den Kosten und einer Ladung nicht verkaufbarer Hemden dasteht.

»Was meinst du mit ›haben wir geglaubt‹?«

Carsten richtete sich auf. Begegnete kurz seinem Blick und studierte dann eingehend das Mauerwerk, als versteckte sich irgendwo in dem alten Mörtel ein Geheimnis. Henrik sah, wie ihm der Schweiß durch die Nackenhaare und unter den Kragen des Trainingsanzugs lief.

»Sie haben uns hereingelegt.«

»Das habe ich begriffen. Aber wie?«

Der Blick begegnete seinem. Verzweifelt. »Außer den normalen Bedingungen verlangte das Akkreditiv eine Inspektion durch den lokalen Agenten des Käufers.«

»Ja und? Die Pullover dürften doch bestimmt einer Inspektion standgehalten haben.«

Carsten nickte. »Natürlich konnten sie das. Aber es zeigte sich, dass der lokale Agent und der Käufer identisch waren. Sie überprüften alles. Und teilten uns mit, dass die Pullover nicht dem Standard entsprachen, sodass sie uns kein Zertifikat ausstellen konnten.«

»Also habt ihr das Geld nicht bekommen«, schloss Henrik. »Wie viel hat Kaliki verloren?«

»Anderthalb Millionen.«

Henrik schüttelte den Kopf. »Ach, du meine Fresse. Und was jetzt?«

Carsten seufzte. »Mit dem Chef im Krankenhaus kann man das mit Sicherheit als gute Frage bezeichnen.«

10

Es tat fast zu weh. Genau wie es die Gesichter der Kinder mit ihrem stummen Betteln getan hatten. Selbst die Wände schienen sie mit fordernden hungrigen Blicken anzustarren. Als forderten alle einen Teil von ihr.

Vielleicht lag es mehr an dem Haus als an der Familie. Vielleicht daran, dass ihre Mutter natürlich ihr altes Zimmer aufgeräumt hatte, in dem alles so stand wie damals. Sodass sie plötzlich, erwachsen wie sie war, eine Zeitreise antrat, um wieder einmal im Alter von acht, zehn, zwölf und sechzehn Jahren die älteste Tochter der Familie zu sein. Egal wie weit sie zurückdachte, es war immer so gewesen. Die große Schwester Karen-Lis, die alles aushielt. Die sich hart machen und zum Wohle der Familie Geheimnisse für sich behalten konnte. Die nicht Kits künstlerische Sensibilität und Verletzlichkeit hatte, sondern die Beharrlichkeit und Ausdauer eines Terriers.

Sie packte aus. Versuchte, sich mit Hilfe des Kofferinhalts in der Gegenwart festzukrallen. Kramte die afrikanischen Buschshorts und das khakifarbene Hemd heraus, das sie in Bulawayo gekauft hatte; den Sarong in den Farben des Ndebele-Stammes, die kleine Basaltfigur des Schakalgottes Anubis aus der Zeit, als die Zeitung sie nach Ägypten geschickt hatte, um über das Massaker an den Touristen am Hatshepsut Tempel zu berichten. In dem Hotel in Luxor hatte sie eine Affäre mit einem holländischen Kollegen gehabt, der ihr die Figur geschenkt hatte. Sie versuchte ihn heraufzubeschwören, sich an das Gefühl seines Körpers zu erinnern, an seinen Duft und seinen Blick.

Aber es funktionierte nicht. Die Vergangenheit schien sie durch die Geschichte des Zimmers, in dem noch immer alte Rockplakate und politische Ikonen an ihren Heftzwecken an den Wänden hingen, unablässig anzusaugen. Pink Floyd und Black Sabbath gegenüber von Vaclav Havel und einem jungen Lech Walesa, der von seinen Kameraden auf Händen getragen wurde und mit zwei ausgestreckten Fingern das V-Zeichen machte. Rahmen hatte sie nie gemocht.

Sie legte eine flache Hand in das Fach, in dem einmal ihre Jeans gelegen hatten – mit kunstvollen Flicken und Rissen über den Oberschenkeln, wie es die Mode der Zeit vorschrieb. In dem sie damals ihre erste Pillenpackung unter all den Sachen versteckt hatte; aus Angst vor der Entdeckung von etwas so Privatem. Und aus noch mehr Angst vor dem Tag, an dem sie in der Praxis ausprobiert werden sollten.

Mit diesem in ihren Schlaf verwobenen Tag war sie aufgewacht. Merkwürdig, dass sie nicht von ihrem Vater geträumt hatte, dachte sie. Nicht von Kit oder ihrer Mutter. Sondern von ihrer ersten Liebe. Von Jesper, mit dem krausen Haar und den tunesischen Perlen, die er an einem Lederriemen um das Handgelenk trug. Jesper, den sie eines Abends, als ihre Eltern nicht zu Hause waren, in ihr Zimmer mit den Wänden mit der Blumentapete eingeladen hatte, nachdem sie Kit zum Schweigen verpflichtet hatte. Jesper, der schon eine Freundin gehabt hatte.

Es war das Haus, stellte sie wieder fest, während sie systematisch den Koffer leerte und ihre Sachen aufhing. Es schien all das in ihr hervorzurufen, was sie einmal gewesen war und was sie so lange ignoriert hatte. Wie eine Zeitfalle, die die letzten zwanzig Jahre auswischte, sodass sie wieder die Sechzehnjährige war, hungrig und unsicher dem Leben gegenüber. Eine Unsicherheit, für die sie sich schämte und die sie vor allen verbarg. Weil sie nicht erlaubt war.

Sie war nur das eine Mal mit Jesper zusammen gewesen. Und dann hatte sie ein paar Wochen später auf einer Fete neben ihm gesessen, überzeugt von ihrer Zusammengehörigkeit nach den gemeinsam verbrachten Stunden, wo sie dagelegen und zu der geblümten Tapete hinaufgeschaut und gewusst hatte, dass das das vollkommene Glück war. Hier und nur hier, in ihn verschlungen, so nah, dass sie die Luft einatmete, die er ausatmete, konnte sie alles vergessen.

Ganz selbstverständlich hatte sie ihre Hand auf seine gelegt, die dort auf der Lehne des Stuhls lag, mit dem Lederriemen und den tunesischen Perlen in aufgemaltem Blau. Einen langen Augenblick lag ihre Hand auf seiner, und sie spürte die Wärme und die Erinnerung an den Abend in ihrem Zimmer, die durch ihren Körper flossen, spürte die Blicke der anderen, die sahen und wussten, was das zu bedeuten hatte. Dass sie nun zusammen waren – ein Paar.

Dann zog er seine Hand ohne ein Wort weg.

Als sie mit Auspacken fertig war, ging sie zum Fenster und sah in den Garten hinunter, in dem Kit und sie als Kinder gespielt hatten. Jetzt lag dort eine Lage von pappigem, schmelzendem Schnee, festgeleimt an den nackten stacheligen Ästen und entblößten Büschen. Und sie verstand nicht, dass sie plötzlich hier stehen konnte, wo sie doch noch immer Henriettes Arm um ihre Schultern spüren und vor sich die toten Bäume des Kariba-Sees und die funkelnden Blicke der Kinder sehen konnte, als der Weihnachtsmann endlich kam.

Einen Moment fragte sie sich, wie Kit reagiert haben würde, wenn sie dort gewesen wäre. Wenn sie die Kinder gesehen hätte, gespürt hätte, wie sie sich festkrallten und einem die Arme um den Hals schlangen, wenn sie in ihre Augen gesehen und das Leben gespürt hätte, das auf geliehener Zeit basierte. Kit, deren Herzenstür immer weit offen stand wie eine Einladung.

Aber das war unrealistisch. Sie hätte das nicht zugelassen. Denn Kit hätte so einen Sturmangriff auf eine offene Tür nicht überlebt. Bei ihr war das etwas anderes. Sie war hart geworden, schon früh. Bei ihr gab es keine Türen, die einen Spalt breit offen standen.

Sie ging in die Küche hinunter, wo ihre Mutter Kaffee gekocht und selbst gebackenes Brot und Käse und Marmelade auf den Tisch gestellt hatte. Sie selbst saß mit einer leeren Tasse Kaffee am Tischende, noch mit der Schürze. Wie immer mit der Schürze.

»Ich dachte, wir sollten dich ausschlafen lassen.«

»Gut gedacht, Mutter«, sagte Karen-Lis und schmierte sich ein Brot. »Was für eine Reise.«

Ihre Mutter schüttelte den Kopf. »Ich kann nicht verstehen, wie du so schnell kommen konntest. Aus Afrika.«

»Das Telegramm ist von einem Mann gebracht worden. Zuerst haben wir ihn für den Weihnachtsmann gehalten. Ich bin nur noch ein paar Stunden geblieben, bis der richtige Weihnachtsmann da war. Du hättest sie sehen sollen, Mutter ... ihre Freude.«

Sie hielt inne. Spürte eine Verlegenheit, die sich zwischen sie schlich. Fuhr schnell fort. »Also, wir haben vier Stunden bis Bulawayo gebraucht. Henriette hat mich mit dem Landrover gefahren. Von da aus habe ich ein Flugzeug nach Joburg bekommen. Dann über Frankfurt nach Kopenhagen und nach Odense. Hast du im Krankenhaus angerufen? Was ist mit Kit?«

Ihre Mutter nickte. »Sie ist schon da. Bis wir kommen, dann hat sie etwas anderes vor.«

»Sie ist sauer auf mich.«

Ihre Mutter musterte eingehend die Kaffeekanne. Es war, als wäre sie in Trance gefallen. »Ihr seid so verschieden«, sagte sie nur.

Sie hatte ihre Mutter fragen wollen, was schief gelaufen war. Warum sie plötzlich ihren Vater dort im Krankenhaus liegen sehen musste, umgeben von Krankenschwestern mit raschelnden Kitteln und dem Geruch von Desinfektionsmitteln. Was ihm die Kräfte geraubt hatte wie im alten Ägypten, wenn Anubis mit dem Schakalkopf die Toten vor ihrem Treffen mit Osiris, und bevor ihre Herzen auf der Waage gegen die Feder der Wahrheit gewogen wurden, ihres Inhalts entleerte.

Aber sie konnte nicht fragen. Denn sie wusste genau, dass ihre Mutter ihr nicht helfen konnte. Dass sie nichts wusste, weil sie nichts wissen wollte. So war die Ehe ihrer Eltern vielleicht immer gewesen. Auch bevor sie und Kit Augen und Ohren bekamen. Eng verbunden, aber mit der stillschweigenden Übereinkunft, nicht zu viele Fragen zu stellen. Oder war es einmal anders gewesen? Gab es vielleicht eine Vertrautheit, von der niemand wusste, wie es in so vielen Ehen der Fall war?

Karen-Lis' Blick wanderte zur Kühlschranktür, die, so lange sie zurückdenken konnte, mit Fotos aus dem Alltagsleben der Familie geschmückt war. Sie suchte nach neuen Bildern, die während ihrer Abwesenheit aufgenommen worden waren. Aber es gab keine. Die Zeit schien in den letzten Jahren aufgehört haben zu existieren. Als könnte man das gesamte Familienleben in die Jahre in Hongkong und die ersten Jahre in Nyborg pressen.

Sie stand auf und sah sich die Fotos näher an. Sie selbst und Kit, wie sie sich im Garten in Hongkong umarmten; ihre Eltern in Festkleidung vor dem Eintreffen der Gäste; Nachbarn und Freunde, die Silvester an einem schön gedeckten Tisch saßen. 1972 stand auf dem Kranzkuchen in der Mitte des Tisches. Sie erinnerte sich an die meisten: Mary Wong, die rechte Hand ihres Vaters in der Firma, sein früherer Chef, Abel Zimmerman, mit der großen Nase; dänische Freunde aus der Kronkolonie; ihr Nachbar Billy Ling und seine dänische Frau Susanne; ein äußerst ungleiches Paar. Billy Lings Blick hing an ihrem Vater, der das mit Cognac gefüllte Glas zum Anstoßen erhoben hatte. Alle anderen lächelten und hießen das neue Jahr willkommen, obwohl es ein dänisches und kein chinesisches Neujahrsfest war. Aber Billy nicht. Nicht die Andeutung eines Lächelns war auf seinem Gesicht zu sehen. Es war, als würde er in einem unbeobachteten Augenblick ein stilles Gebet quer über den Tisch zu ihrem Vater schicken.

Ihr Vater.

Sie spürte, wie sich die Kehle zu einem Weinen zusammenzog, das sie nicht zulassen wollte. Könnte er sie sehen, wie sie jetzt mit den Tränen kämpfte, er würde sie mit Sicherheit ausschimpfen. »Tränen sind verlorene Zeit«, hatte er immer zu ihr gesagt. »Werde sauer. Schmeiß mit Tellern um dich und schrei. Man muss etwas tun. Das ist das Einzige, das hilft.«

Und das hatte sie gemacht. Etwas getan. Ihr ganzes Leben lang hatte sie etwas getan, war rastlos von Land zu Land gereist und hatte nicht mit Tellern, sondern mit Worten um sich geworfen. Aber jetzt, wo er dort in dem Krankenhaus in seinem weißen Bett lag, wusste sie, dass es nicht geholfen und dass er Unrecht hatte. Doch das war nicht das Schlimmste. Das Schlimmste waren die Zweifel, ob es ihm selbst geholfen hatte. Denn was immer man im Leben tat, am Ende stand immer die Waage. Und was konnte ein schweres Herz schon gegen die Feder der Wahrheit ausrichten?

11

Das Geräusch von Messern und Gabeln, die gegen Porzellan schlugen, verwob sich zu einem anonymen Teppich.

Die Kantine des Krankenhauses war genauso unpersönlich, wie es solche Kantinen immer waren. Sterile Umgebung mit funktionellen Möbeln; Linoleumboden und Kunst an den Wänden, die nichts von den Personen dahinter preisgab, nicht mehr war als strategisch platzierte Farbkleckse auf weißen Rechtecken. Das Essen war genauso. Nicht schlecht und auch nicht gut.

»Er war wach«, sagte Kit und biss in ihr Käsebrot. »Aber er hat nichts gesagt. Nur dagelegen und in die Luft gestarrt.«

Karen-Lis trank aus dem Glas mit dem Saft. Kit beobachtete sie. Und spürte, wie es sie ein wenig erleichterte, ein paar Worte zu reden. Ihn zu erwähnen.

»Wie ging es ihm sonst? Ich meine, bevor das passiert ist?«

Über Karen-Lis' Wesen lag heute eine gewisse Vorsicht, notierte sich Kit im Stillen. »Schlecht. Du bist lange weg gewesen.« Sie suchte. Ihr fehlten die richtigen Worte und sie musste sich mit einem Ersatz begnügen. »Er und Mutter haben nichts gesagt. Du kennst sie ja. Aber da war ein Loch. Vater hat jeden Tag die Zeitung von vorne bis hinten gelesen und nach deinen Artikeln gesucht. Sie manchmal auch ausgeschnitten. Er hat sie sogar in ein Buch geklebt! Stell dir das mal vor.«

Karen-Lis ließ nicht im Geringsten erkennen, dass sie sich etwas vorstellte. Aber sie nickte. »Dann muss er wirklich verzweifelt gewesen sein«, sagte sie.

Kit meinte eine Weichheit in der Stimme zu erahnen. Sie schob das Käsebrot weg, holte ein Taschentuch aus der Tasche und schaffte es gerade noch vor dem Nieser. »Elterliche Loyalität ist offenbar grenzenlos«, schniefte sie.

»Mit Schwestern ist das womöglich anders«, sagte Karen-Lis.

Jetzt lag etwas Ängstliches in ihrem Blick. Gegen ihren Willen spürte Kit, wie das Gefühl von Liebe sich in ihr ausbreitete.

Geschwisterliebe, die sich ihrer Kontrolle entzog. Konnte man denn nichts in diesem Leben selbst bestimmen?

»Was ist passiert? Warum bist du plötzlich aus unserem Leben verschwunden, als wir dich am meisten gebraucht haben? Wie konntest du ihnen das antun?«

Sie wollte ihr keine Vorwürfe machen. Wünschte, es lassen zu können.

Karen-Lis stellte leise eine Gegenfrage: »Und dir, oder? Warum fragst du mich nicht danach? Hasst du mich?«

Kit wurde von einer Woge aus Gefühlen überrollt, einer Mischung aus Trauer und Verlust und der Erinnerung daran, wie sie sich früher gegenseitig gestützt hatten. Aber vielleicht war es in Wirklichkeit sie, die am meisten gestützt worden war.

»Du bist meine große Schwester. Wir sollten immer aufeinander aufpassen. Wir sollten immer die Verantwortung teilen und da sein, wenn es schwer war. Nach Großmutters Tod hättest du anders handeln können, was ich nicht konnte. Sie waren immer mit dir beschäftigt. Nach dir haben sie sich immer gesehnt.«

Karen-Lis legte vorsichtig ihre Hand auf Kits. So hätte es sein sollen. Eine Hand, die sich über Unterschiede und Zeit und Orte hinweg ausstreckt. Sie hätte da sein sollen, um sie festzuhalten, als nach Großmutters Tod die Trauer von ihnen Besitz ergriff; als ihr Vater den ersten Herzanfall hatte; als er anfing, in Zirkeln um sich selbst zu kreisen und Einklebebücher anzufertigen; als er seine älteste Tochter nie mit vielen Worten erwähnte, weil er Angst vor den Tränen hatte, für die er sich schämte. Was brachte es, eine Tochter zu haben, wenn sie nicht da war?

»Warum vergisst du dich die ganze Zeit?«, fragte Karen-Lis.

Kit zuckte mit den Schultern. »Ich vergesse nichts und niemanden. Aber ich habe vor allem an sie gedacht. Ich habe gesehen, wie sie jeden Tag kleiner und kleiner geworden sind. Hast du gesehen, wie dünn Mutter geworden ist?«

Sie spürte die Stimme, die zu den PH-Lampen hinaufstieg. »Hast du gesehen, dass Vater ganz grau geworden ist? Siehst du überhaupt etwas anderes als dich?«

Karen-Lis zog ihre Hand zurück. Kit sah, wie das Licht auf ihrer Haut und mit ihren Gesichtszügen spielte. Sie sah den feinen Winkel der Nase und wie die Kurven des Kinns leicht kantig geworden waren; wie die Lippen sich spitzten, als sie von dem Saft trank. In den Falten um die Mundwinkel erkannte sie die beharrlichen Züge ihres Vaters.

»Ich bin nicht so wie du«, sagte Karen-Lis schließlich. »Ich habe niemandem etwas Böses gewollt. Es war meine Art, mir einen Inhalt zu schaffen. Ich musste für eine lange Zeit weg. Und mich fern halten.«

»Das war also Absicht.«

»Natürlich war das Absicht. Aber ich konnte nicht anders. Ich war dabei, von euren Erwartungen und euren Forderungen nach Verantwortung und der Familie hier und der Familie da erstickt zu werden. Zum Schluss habe ich mich selbst nicht mehr gespürt.«

Kit lehnte sich in ihrem Stuhl zurück. Sie hörte die Worte, aber sie verstand sie nicht. »Geht es wirklich darum? Sich selbst zu spüren? Und ich habe geglaubt, es ginge um die Liebe zu den anderen und darum, das Seine im Leben zu tun.«

Karen-Lis lächelte schwach. »Vielleicht habe ich gehofft, beides kombinieren zu können. Aber offenbar hat das nicht funktioniert.«

»Egoismus. So nennt man das wohl.«

Karen-Lis schien zu überlegen, ob sie empört sein oder sich dafür entscheiden sollte, es humorvoll zu nehmen. Schließlich lächelte sie quer über den Tisch.

»Manchmal ist das der einzige Weg nach vorn.«

Ein Klirren ertönte, als einer Dame an einem anderen Tisch die Gabel auf den Boden fiel. Das Geräusch schien sie aufzurütteln. Kit dachte an ihren Vater und an die rote Karte. Die Worte kamen, ohne dass sie es eigentlich wollte.

»Ich glaube, dass es jemand auf Vater abgesehen hat. Jemand, der ihm Böses will. Ich versuche herauszufinden, was vor sich geht.«

Einen Moment saß Karen-Lis ganz still da. Das Lächeln war verschwunden, abgelöst von Sorge. Sie beugte sich wieder vor und begegnete Kits Blick. Plötzlich begriff Kit, dass die Sorge ihr galt.

»Lass das, Schwester«, sagte Karen-Lis langsam, und Kit hatte das Gefühl, plötzlich wieder sechs Jahre alt zu sein und nach einem weiteren bösen Traum von dem mit Spiegeln verkleideten Pavillon Trost bei ihrer Schwester zu suchen.

»Lass es sein. Du machst dich nur unglücklich.«

Sie dachte an die letzten Worte ihrer Schwester, als sie auf der Autobahn zurück nach Nyborg und zu ihrer Verabredung fuhr. Fragte sich, was Karen-Lis gemeint hatte, tat es dann jedoch als unwichtig ab. Das war typisch Karen-Lis, plötzlich hereingeschneit zu kommen und alles bestimmen zu wollen, obwohl sie kein Teil der Familie mehr war. Denn das war sie nicht. Nicht richtig. Sie hatte kein Gespür für das, was vor sich ging, wusste nicht mehr, wie sie dachten. Konnte sich nicht in ihrer Welt und ihren Alltag versetzen. Sie war zu Besuch, nichts anderes. Es nützte nichts, sich zu öffnen und die alte Vertrautheit zuzulassen. Sie würde schwuppdiwupp wieder aus ihrem Leben verschwunden sein, und man selbst blieb mit abgeschnittenen Nerven und Gefühlen, die in ihrer Nacktheit herumbaumelten, zurück.

Ein kräftiger Windstoß rüttelte an der Karosserie. Kit hielt das Lenkrad von Großmutters altem Volkswagen fest, als sie Richtung Innenstadt abbog. Es war noch immer mit ihrem Lammfell bezogen, das da, wo die Hände zugepackt hatten, bis auf die Haut hinunter abgenutzt war. Sie vermisste diese Hände. Erinnerte sich an jeden einzelnen gebogenen Finger und an den Saphirring, der an der rechten Hand glitzerte. Sie musste daran denken, das Fell einmal umzudrehen, damit man wieder weiche Wolle anfasste.

Es schneite jetzt stark. Millionen von Flocken schienen beschlossen zu haben, zum Angriff auf sie überzugehen, und sie überlebte nur durch den Panzer der Frontscheibe. Sie parkte auf dem Markt in der Mitte der Stadt, hängte sich die Tasche über die Schulter und ging schaudernd durch den Schnee, der auf dem Asphalt zu Pfützen schmolz oder auf Treppen und Hausvorsprünge geweht wurde.

Sie zog sich den Hut extra tief über die Ohren und hielt ihn fest. Vielleicht war es doch gut, dass Karen-Lis sie gewarnt hatte. Sonst hätte sie vielleicht weitergemacht. Hätte vielleicht die Karte mit den chinesischen Schriftzeichen aus der Tasche gezogen und sie eingeweiht. Und sie hatte das Gefühl, dass es zu früh war. Karen-Lis verdiente die Vertrautheit nicht. Sie hatte sich selbst ins Abseits manövriert.

Die Frau in dem chinesischen Restaurant hatte am Telefon zuerst ein wenig misstrauisch geklungen. Als glaubte sie, zum Narren gehalten zu werden. Aber es passierte natürlich auch nicht jeden Tag, dass jemand sie bat, einen chinesischen Text zu übersetzen, sodass Kit schließlich einen Tisch reserviert hatte. Sie hatte Henrik gefragt, ob er mitkommen wolle, aber er hatte ihr mitgeteilt, er sei heute beschäftigt.

Kurz wie ein Windstoß durchfuhr sie Panik. Vielleicht zog er sich bereits wieder zurück. Vielleicht hatte er das Gefühl, seine Pflicht getan zu haben, jetzt, wo ihr Vater stabil und Karen-Lis nach Hause gekommen war. Vielleicht hätte sie ihn nicht drängen sollen. Hätte den Bruch nicht wieder erwähnen sollen.

Während sie ging, drückte sie die Tasche an sich. Das Recht war auf seiner Seite. Er hatte sein eigenes Leben, wie er selbst gesagt hatte. Warum ihn in etwas hineinziehen, worin er lieber nicht hineingezogen werden wollte? Sie fischte ein Taschentuch aus der Tiefe ihrer Manteltasche hervor. Musste stehen bleiben, während sie nieste. Verdamm, warum war sie so sensibel. Zum Teufel mit der Abhängigkeit. Wenn sie sich doch befreien könnte wie Karen-Lis. Wenn sie sich doch damit begnügen könnte, ihr eigenes Leben zu leben und nicht das der anderen, dann würde sie vielleicht auch nicht so abschreckend wirken. Denn aus diesem Grund hatte sie ihn doch verloren. Das wusste sie genau. Weil sie die Tochter ihres Vaters war. Weil die Familie sie mehr brauchte als Henrik. Weil sie auf den Pausenknopf drücken konnte, wenn es um ihn ging. Aber nicht, wenn es um die Familie ging.

Das chinesische Restaurant war wie so viele seiner Art. Rote Lampen aus Reispapier mit ebenso roten Seidenfransen hingen von der Decke herunter; die Wände schmückten Paneele mit Feuer spuckenden Drachen und angreifenden Löwen, und auf den schwarzen Lacktischen lagen rote Tischdecken mit ähnlichen Motiven. Das Tagesgericht war ein Mittagsbüfett für 69 Kronen.

Sie bestellte scharfsaure Suppe und Schweinefilet in schwarzer Bohnensauce aus der Menükarte. Als die Bedienung mit der Suppe kam, fragte sie nach der Besitzerin, die kurz darauf aus dem hinteren Teil des Restaurants auftauchte.

Die Frau war in den mittleren Jahren, hatte aber die Figur eines Kindes. Vorsichtig näherte sie sich Kits Tisch. »Sie haben angerufen?«

Kit lächelte. Stand auf und gab ihr die Hand. »Kit Bennett.«

Sie zeigte auf die dampfende Schale auf dem Tisch. »Leckere Suppe.«

Die Frau lächelte zurück. Feine Runzeln überzogen ihr Gesicht. »Die meisten nehmen das Büfett.«

Kit zog ihr einen Stuhl vor und nahm selbst wieder Platz. Sie griff nach der Tasche und holte die Karte heraus. Öffnete sie und reichte sie der chinesischen Frau, die zuerst verwirrt auf die Zeichen guckte. Dann schien ihr Gesicht plötzlich aufzuleuchten.

»Goldener Drache«, sagte sie entzückt. »Wie mein Onkel.«

»Ihr Onkel? Ich verstehe nicht.«

Die Chinesin schwenkte die Karte in der Luft. »Mein Onkel ist ein Goldener Drache«, sagte sie und wiederholte die Worte auf Chinesisch.

»Ein Goldener Drache«, sagte Kit. »Ist das auf Kantonesisch oder Mandarin-Chinesisch geschrieben?

Wieder schien die Frau sie nicht zu verstehen. Sie schüttelte den Kopf. »Alles Chinesisch ist quasi gleich. Wenn man es schreibt.«

Ihr Vater hätte das natürlich gewusst. Sie selbst hatte alles über chinesische Schrift vergessen. Einmal hatte sie die Sprache gesprochen; jedenfalls so, dass sie mit den anderen Kindern spielen konnte. Sie wusste, dass die meisten Hongkong-Chinesen Kantonesisch sprachen.

Kit lächelte. »Was bedeutet das? Goldener Drache … Wie Ihr Onkel, sagen Sie?«

»Der Drache ist ein sehr glückliches Zeichen. Das glücklichste Zeichen ist der Goldene Drache. Es gibt fünf verschiedene Drachen und zwölf Monate im Jahr. Fünf mal zwölf sind sechzig. Immer wenn sechzig Jahre vergangen sind, wird ein Goldener Drache geboren. Dieses Jahr ist so ein Jahr.«

»Jetzt? Das Jahr 2000?«

Die Chinesin nickte. Kit begann zu verstehen. Und ärgerte sich, dass sie den chinesischen Kalender aus der Frauenzeitschrift fortgeworfen hatte, weil sie sich nicht für Sternzeichen interessierte, da sie solche Sachen für Zeitverschwendung hielt.

»Ihr Onkel wird dieses Jahr sechzig Jahre alt?«

Die Frau lächelte. »Großes Fest.«

»Goldener Drache«, wiederholte Kit leise. Das konnte nichts mit ihrem Vater zu tun haben, der einundsechzig war. Es musste etwas anderes bedeuten. Eine andere Person betreffen.

Die Bedienung kam mit dem dampfenden Hauptgericht, und die Frau erhob sich und verneigte sich leicht.

»Tausend Dank«, sagte Kit. »Sie waren mir eine große Hilfe.«

Sie ließ die Bedienung die leere Suppenschale mitnehmen.

Als sie wenig später auf dem Weg zurück zu ihrem Auto war, fiel ihr ein, dass sie vergessen hatte, auf die Toilette zu gehen. Sie entschloss sich, in einem nahen Café einen Tee zu trinken. Es wehte noch immer, aber der Schneefall hatte aufgehört, sodass nur noch vereinzelte Flocken auf den Boden fielen.

Im Inneren des Cafés roch es nach nassen Mänteln und vielen Menschen. Es war der dritte Weihnachtstag, und die Leute hatten offenbar genug vom Familienleben und waren in die Stadt gegangen. Tüten mit Geschenken standen gegen die Tische gelehnt und zeugten davon, dass sie in einen großen Umtauschtag geraten war.

Sie hatte sich gerade an den Tresen gelehnt und einen Tee bestellt, als sie eine wohl bekannte Stimme über den Lärm hinweg erreichte. Sie drehte sich um. Henrik saß an einem der kleinen runden Tische, zu einer blonden Frau hingebeugt, die sich an seinen Arm klammerte. Jetzt sah er auf. Sie wollte wegblicken, konnte aber nicht. Ihre Augen begegneten sich irgendwo mitten im Raum, und sie spürte, wie sie unter dem Mantel zu schwitzen begann. Sie brauchte Luft.

»Bitte. Sechzehn Kronen.«

Der Barkeeper setzte ihr den Tee vor die Nase. Mit zitternden Händen zog sie das Portemonnaie aus der Tasche. Sie gab ihm zwanzig Kronen und stürzte aus der Tür.

12

Nie hatte sie aufgehört sich zu wundern, wie sehr sie ihren Mann liebte.

Merkwürdig, wie ein Herz sich weiten und mehr fassen konnte, als man je für möglich gehalten hatte. Sonderbar, dass man für eine Liebe, von der man glaubte, dass sie größer nicht werden konnte, plötzlich noch mehr Raum schaffen konnte. Für all das, was in Wirklichkeit vielleicht nicht so liebenswert war. Für Fehltritte und Mängel. Für Unzulänglichkeit. Für den Mangel an Liebe oder sogar für die Liebe zu einem anderen Menschen.

Ina hatte immer gewusst, dass das möglich war. Aber trotzdem war sie überrascht. Jeder Tag war eine Überraschung, und sogar jetzt, wo er hier im Bett lag, schienen ihre Gefühle noch weiter zu wachsen. Und die Angst, ihn zu verlieren, ergriff sie, wie wenn sie ein seltenes Mal einen Fahrstuhl nahm und merkte, wie die Wände langsam aber sicher zusammenrückten und sie zu zerquetschen drohten.

Er schlief. Vorsichtig nahm sie seine Hand in ihre. Begann die Lippen zu einem Flüstern zu bewegen, das nur sie selbst hören konnte.

»Sie ist noch immer bei dir, das weiß ich genau. Sie hat einen Platz in dir genau wie du in mir.«

Längst war sie zu dem Schluss gekommen, dass ihre Liebe zu ihm eine Ausnahme war. Dass es so etwas nicht mehr gab. Doch das lag einzig und allein daran, dass er selbst eine Ausnahme war und dass es solche wie ihn nicht mehr gab. Die junge Generation. Die Mädchen. Ihnen war diese Art von Liebe bestimmt nicht mehr gegeben. Denn die jungen Männer glichen sich so sehr, als wären sie alle von einem Fließband.

Oft hatte sie so gedacht. An die jungen Leute. Die in ihrer Jagd nach Perfektion und dem Einzigartigen in Wirklichkeit die andere Seite der Münze bekamen, das Vorhersehbare und Langweilige. Es war kein Wunder, dass ihre Töchter verwirrt waren und jede auf ihre Weise rastlos in der Gegend herumsuchte und immer, immer wieder zu ihrem Vater zurückkehrte. Dem einzigen Mann, der es wert war, geliebt zu werden.

Oft erkannte sie in Kit sich selbst. In ihrer Vorsichtigkeit und Abhängigkeit. In ihrem hoffnungslosen, endlosen Versuch, die Welt dazu zu bewegen, sie so zu sehen, wie sie die Welt sah. Karen-Lis würde zurechtkommen. Sie war aus einem anderen Stoff gemacht. Aber Kit, sie schien noch immer nicht flügge geworden zu sein. Schien darauf zu warten, dass etwas sich entfaltete. Genau wie es ihr damals gegangen war, als sie in der Erkenntnis, dass die Eltern einen nicht den ganzen Weg begleiten können und die Wege sich irgendwann trennen müssen, beschlossen hatte, sich ihre eigene Sicherheit zu schaffen.

Kit dürstete es nach der Liebe ihres Vaters wie einen Rauschgiftsüchtigen nach seinem Stoff, und es tat weh, das zu sehen. Natürlich liebte er sie. Seine Mädchen. Aber er war ein Mann, der seine Liebe nur sparsam und an vieles und viele austeilte. Oft genügten er und seine Arbeit sich selbst. Seine glücklichsten Stunden hatte er alleine in seinem Büro verbracht, bei einem guten, per Telefon abgewickelten Geschäft oder, wenn er die Möglichkeit dazu hatte, einem guten Schachspiel. Wenn er die Gedanken schweifen lassen und an sie denken konnte, an die Frau, deren Existenz sie hatte akzeptieren müssen, wollte sie ihn und ihr Leben mit ihm behalten.

Und das wollte sie.

Die Jahre in Nyborg waren die besten gewesen. Die Mädchen waren noch klein. Sechs und neun. Dänemark war für sie eine ganz neue Welt, und dann war da Großmutters und Großvaters Haus, das sie aufgenommen und umschlossen hatte, wie eine Puppe zwei kleine Seidenraupen umschließt.

Sie war hier glücklich gewesen. Mit Hongkong auf Abstand. Sie hatte die Familie gefunden, die sie sich immer gewünscht hatte, und vor dem, was er auf seinen Reisen nach Hongkong tat, lernte sie Augen und Ohren zu verschließen. Ihre Lippen formten erneut fast lautlos die Worte.

»Du hast mich zum Lächeln gebracht. Kannst du dich daran erinnern? Für eine arrangierte Ehe ging es doch gar nicht so schlecht.«

Sie sah ihren Mann an. War da ein Lächeln um seinen Mund? Oder war es nur ein Schatten? Dachte er wohl jemals daran, dass sie auch etwas Gutes in sein Leben gebracht hatte? Dachte er daran, dass sie Recht gehabt hatte, als sie gesagt hatte: »Wir brauchen einander. Ich brauche einen Mann, das habe ich immer gewusst. Alleine bin ich zu unsicher. Und du. Eine Familie wird dir Ruhe und Respektabilität geben, Raum, das Geschäft zu dem zu entwickeln, wovon du träumst.«

»Und die Liebe?«, hatte er gefragt. »Wo kommt die ins Bild?«

Aber sie wusste, dass er ein praktischer Mann war, der dazu gebracht werden konnte, das Vernünftige an ihrem Vorschlag zu sehen.

Draußen wehte es. Jetzt schlug ein Ast gegen die Scheibe, und sie hörte das Trommeln des Regens in der Dachrinne. Einen Moment fragte sie sich, ob er es wohl auch hörte.

Sie beugte sich über ihn. Ob er fror? Vielleicht sollte sie ihm eine neue Strickjacke stricken. Oder einen Schal. Sie sah seine Züge forschend an. So viele Jahre. Und noch immer war er ein Rätsel für sie. Er hatte immer sehr viel für sich behalten, und sie wusste, dass er Seiten hatte, von denen sie nichts wissen sollte. Vielleicht war sie ziemlich altmodisch, aber sie hatte nichts dagegen. Die ganzen neumodischen Ideen, dass man einander die Seele offenbaren sollte, hatten sie nie gebraucht. Und trotzdem wusste sie mehr von ihm, als er ahnte.

Der Baum draußen wurde geschüttelt und tönte das Licht im Zimmer in unterschiedliche Schattierungen, die auf sein Gesicht fielen. Unruhig bewegte er sich im Bett, und sie ließ seine Hand los und streichelte ihn. Spürte seine Haut, die kalt war, und entschloss sich für die Strickjacke. Vorsichtig streichelte sie die Stirnfalten, als wollte sie sie glätten.

»Wo magst du wohl sein? Wo bist du jetzt?«

13

Er hieß Wanda. Und er war ein Inferno aus Regen und Sturm. Von dort, wo er stand, konnte er sehen, wie der Taifun die Wellen im Victoria Harbour aufpeitschte, wo die vielen den Ozean überquerenden Frachtschiffe verankert lagen. Er stellte fest, dass der Fährbetrieb nach Kowloon eingestellt worden war. Und dass er nicht ein einziges Flugzeug auf der Landebahn des Kai Tak Airports gesehen hatte, der wie ein ausgestreckter Zeigefinger in die Bucht dort drüben hinausreichte.

Vor dem Taifun Wanda war über Radio gewarnt worden. Er hatte sich am 27. August als tropischer Tiefdruck 1300 Meilen ost-süd-östlich von Hongkong gebildet. Mit zwölf Knoten in der Stunde hatte er sich nach West-Nord-Westen bewegt, während er immer mehr Kräfte gesammelt hatte. Am 30. August um 19.45 war Sturmwarnung 1 ausgesprochen worden. Am nächsten Tag Sturmwarnung 3, und am frühen Abend fiel der erste Regen. Dampfend warm hüllte er die Stadt ein wie eine undurchsichtige Gardine, saugte den Staub auf und hinterließ die Straßen rein und sauber.

Um 22.50 hatte die Sturmwarnung Stufe 7 erreicht, die Leute bewahrten trotzdem Ruhe. Die Experten schienen damit zu rechnen, dass Wanda sich um die Kronkolonie herumbewegte.

Am folgenden Tag weckte ihn zeitig das Geräusch des beharrlich trommelnden Regens und des rüttelnden Sturms. Er schaltete das Radio ein und hörte die Meldung von Sturmwarnung

Stufe 9 und spürte, wie das Adrenalin mit dem Atem die Spannung durch den Körper pumpte. Taifun. Er warf die Bettdecke zur Seite und ging schnell zum Wohnzimmerfenster. Die Wohnung in der Wong Nei Chong Gap Road lag ein Drittel des Weges zum Pass über die Repulse Bay hinauf. Von dort, wo er stand, konnte er über den Victoria Harbour und den Rotlichtbezirk des Distrikts Wanchai sehen. Im Hintergrund des Hafens türmten sich die Berge der New Territories.

Er presste das Gesicht gegen die Scheibe und spürte die Kühle. Die Luft war warm und feucht. Der Sturm schien sich zu ihm hin auszudehnen, durch das Fenster und in seinen Körper zu dringen, in dem die Gefühle bereits bunt durcheinander wirbelten. Er dachte an sie. An Dewi.

Und er wusste, dass er hier, gut ein Jahr nach der Ankunft in der Stadt des Geldes, seinen eigenen Taifun getroffen hatte. Dass er nicht von ihr lassen konnte, doch dass er warten musste, bis das Schicksal sie für ihn freigab. Und dass er vielleicht enden würde, wie einige der vielen Dschunken im Hafen unweigerlich enden würden: von dem Taifun bis zur Unkenntlichkeit zerschmettert.

Dewi. Allein der Gedanke an sie genügte, dass Stöße durch seinen gesamten Körper fuhren und die Muskeln seines Magens sich zusammenzogen. Er dachte an ihr Haar, das auf dem kleinen Kopf hochgesteckt war. Daran, wie es herunterfiel, bis zur Taille, wenn sie es aufmachte. Wie es wie schwarzer Lack leuchtete und sich anfühlte wie die Kronblätter der schönsten Blume. Er dachte an ihren Mund, der sich seinem näherte, rot und lebendig und kleine unverständliche Worte formend; an ihren Blick, der alles an ihm sah und ihn verstand, bevor er sich selbst verstand. An die Mandelaugen, die die einer Puppe hätten sein können, wären da nicht ihr vibrierendes Leben und der Nebel gewesen, der sich in einem intimen Augenblick wie eine feine Lage Lust über sie legen konnte.

Jetzt schwitzte er, dass es kitzelte. War versucht, das Fenster zu öffnen, ließ es jedoch. Bei einem Taifun konnte man nicht wissen.

Er hatte es nie für möglich gehalten, dass ihm das passieren würde. Ihm, den eine Schale aus Betriebsamkeit gegen die Welt abschirmte. Immer kam er einer Situation zuvor. Wusste immer Rat. Hatte er nicht vielleicht im Laufe von nur einem Jahr bewiesen, dass er, der neue junge Mann, der Tüchtigste, Geistesgegenwärtigste und Erfindungsreichste von allen in der Firma war? War nicht er es, der, was die Einnahmen anging, den Rekord aufstellte? Waschmaschinen, Textilien, Kameras, Uhren. Die Ware, die er nicht vorteilhaft verkauft oder gekauft hatte, gab es nicht.

Der Regen erschwerte die Sicht. Er kniff die Augen zusammen. Meinte irgendwann hinter den Bergen sehen zu können, dass es aufklarte. Vielleicht war es doch nicht so schlimm.

Er hatte sie in einer Bar getroffen. Wo man in Hongkong immer Mädchen traf.

Sie war nicht die Erste. Es hatte eine ganze Reihe gegeben. Frauen, oder Hostessen, wie sie hießen; chinesische oder indonesische Frauen, die davon lebten, Männer zu bedienen.

Aber Dewi war anders. Das hatte er gleich zu Anfang gespürt. Sie war halb Chinesin und halb Indonesierin. Sie hatte keine Ausbildung und kam aus armen Verhältnissen, aber sie war ein Sprachgenie und beherrschte acht Sprachen perfekt. Sie war intelligent, witzig und klarsichtig.

»Du verstehst das Leben hier noch nicht gut genug«, hatte sie gesagt, als er vorgeschlagen hatte zu heiraten. Sie hatten in seiner schönen Wohnung im Bett gelegen, nachdem sie sich geliebt hatten. »Das ist unmöglich. Für uns beide. Es würde Schande über meine Familie bringen, wenn ich einen *gwejlo* heirate, einen *fremden Teufel*. Und es wäre das Ende deiner Karriere. Niemand würde dich mehr ernst nehmen.«

Sie stützte sich auf den Ellenbogen und sah ihn mit ihren Kohlenaugen an, die so braun, ja, fast schwarz waren. Er war solche Augen nicht gewohnt. Würde sich wohl nie an sie gewöhnen. Er fand sie so unendlich schön und ausdrucksvoll, und außerdem konnte er hin und wieder wie ein Legastheniker mitten in einem Satz stecken bleiben, wenn er versuchte, in ihnen zu lesen. Sie hatte die Fähigkeit, sie jeden Ausdrucks zu berauben. Wie jetzt.

»Eine Ehe ist ausgeschlossen«, sagte sie.

Er hatte das Gefühl gehabt, als wäre seine Welt in diesem kurzen Moment zusammengebrochen. Als hätte er auf eine weiße Mauer gesehen, die seine Zukunft war.

Später hatte er sich über ihren Einfluss auf ihn gewundert. Denn alleine ihre Worte, alleine, dass sie sie sagte, erhoben ihre Gedanken zum Gesetz. Sie hatte Recht. Sie wusste es am besten. Sie sollte für immer und ewig die Seine sein, aber nicht in einer Ehe. Ohne zu wissen warum, empfand er bei dem Gedanken eine besondere Spannung. Geliebte. Das Wort schmeckte nach Erotik und Macht. Die Frage war nur, wer Macht über wen hatte.

Der Sturm schien sich etwas gelegt zu haben. Die Welt stand noch. Ein paar Autos fuhren die Straße zum Hafen hinunter. Taifun. War das wirklich alles? Da musste noch mehr sein, etwas Wilderes; dem vergleichbar, was er selbst empfand: die pure Erwartung.

Einen Moment dachte er nicht an sie. Ohne dass er es merkte, wandte sich sein Gehirn den Geschäften zu. Mit so einem Sturm musste doch Geld zu machen sein. Was wurde gebraucht, wenn der Schaden erst angerichtet war und aufgeräumt werden musste? Wenn die Stadt wieder funktionieren sollte.

Plastikdecken. Vor kurzem hatte er in der Absicht, sie weiter nach China zu verkaufen, in 10 000 Meter investiert. Vielleicht konnte man sie für etwas verwenden, wovon er noch nichts wusste. Er hatte auch Sturmlampen auf Lager, nicht so viele, aber genug, um eine gute Krone zu verdienen.

Von weither hörte er eine warnende Stimme. Meilen von seinem derzeitigen Standort entfernt, schwebte die Frage, inwieweit es richtig war, sich an dem Unglück anderer zu bereichern. Doch die Distanz war zu groß. Das hier war Hongkong, seine Eroberung. Hier war alles erlaubt.

Das Gehirn arbeitete unter Hochdruck. Was passierte bei einem Sturm? Früher oder später versagte die Elektrizität. Was war die Konsequenz? Kein Strom aus den Turbinen des Wasserwerks.

Triumphierend schlug er mit der Faust gegen die Scheibe. Wasser! Sein Chef hatte ihn für verrückt erklärt. Aber etwas hatte ihm gesagt, dass es ein gutes Geschäft war, als er vor einem Monat 20 000 Flaschen Mineralwasser zu sechs Cent die Flasche gekauft hatte. Wasser! Der Regen fiel, strömte Berge und Hügel hinunter und lief direkt und mit einer Farbe wie Schlamm in den Hafen, wo der Wasserstand bereits stieg. Und er wusste es mit unerschütterlicher Sicherheit, weil sein Instinkt nie irrte. Man würde Wasser brauchen.

Mitten in Euphorie und Regen und Sturm hörte er es klingeln. Einen Moment glaubte er, dass wegen des Lärms seine Ohren klingelten. Dann wurde ihm klar, dass es das Telefon war.

»Ja!«

Ihre Stimme erreichte ihn, als triebe sie auf einem Luftkissen. Nie konnte er ihrer müde werden. Ihrer Sanftheit und ihrer zarten Stärke. Aber heute klang sie gequält.

»Ich habe schlechte Neuigkeiten«, begann sie.

Der Schweiß auf seinem Rücken wurde zu Eis. Eine Viertelsekunde stellte er sich vor, dass sie vom Tod gezeichnet war; dass die Familie sie verstoßen hatte; dass sie für immer zum Mond reisen könnte.

»Ich bin schwanger.«

Die Mitteilung wurde überbracht, praktisch und direkt. Sein Herz sprang fast aus dem Fenster.

»Was sagst du da?«

»Ich bin schwanger«, wiederholte sie und klang beinahe ungeduldig. »Ich dachte, du solltest das wissen.«

Die Welt stand noch. Wie konnte das zugehen, wenn so viel passierte. Wenn eine völlig unkontrollierbare Freude ihn zu ertränken drohte. »Das ist ja ... fantastisch. Wunderbar!«

Er hörte, wie seine Stimme eine höhere Tonlage angenommen hatte. Und merkte, wie sie plötzlich wieder auf den Boden gepresst wurde, als sie sagte: »Ich kann es natürlich nicht behalten.«

Die Panik. Er spürte, wie sie sich irgendwo in ihm festsaugte. Ungewohnt, weil er sich sonst nie von Gefühlen beeindrucken ließ.

»Wo bist du?«

Sie lachte kurz auf. »Was glaubst du? Ich sitze auf einer Dschunke unten im Hafen und genieße die Aussicht?«

»Zu Hause also.«

Sie antwortete nicht.

»Ich komme.«

Er legte den Hörer auf, bevor sie protestieren konnte.

Er hatte den kleinen offenen TR2 Triumph mit Hintergedanken gekauft. Zum einen hatte er sich immer einen Sportwagen gewünscht. Zum anderen war er wie geschaffen, um Frauen zu imponieren.

Leider war er nicht für einen Taifun oder Ähnliches geeignet. Doch der Motor sprang willig an, und als er die Straße hinunterfuhr, kam es ihm wieder so vor, dass dieser Taifun bestimmt nicht so schlimm war. Herrgott noch mal, das bisschen Regen und Wind. Wenn das Sturmstärke 9 war, dann sollten sie einmal einen Herbststurm in Dänemark erleben. Ein Kind. Er würde ein Kind bekommen. Sie würden ein Kind bekommen.

Nie in seinem Leben hatte er geträumt, sich darüber freuen zu können. Aber so war es nun einmal. Mit ihr war alles anders. Ihr Kind würde erben, was sie selbst hatten. Es würde sich nie außer Gefecht setzen, nie Angst machen lassen. Ihr Kind würde unüberwindlich sein wie ihre Liebe. Wenn er sie erst dazu überredet hatte, es zu behalten.

Erst als er in die Stadt hinunterkam, begriff er, in was er sich hinausbegeben hatte. Der Sturm war im Begriff, ihn umzuhauen. Das Bambusgerüst um das neue Hilton Hotel war umgeblasen worden; jetzt wirbelten Stücke davon wie riesige Bumerangs durch die Straße, dass er sich ducken musste. Der Regen kam plötzlich horizontal. Warf sich ihm direkt ins Gesicht.

Dicht neben dem Cricketklub begann das Wasser so zu steigen, dass es sich der Kante der Autotür näherte. All seine Euphorie war verschwunden, abgelöst von der schnellen Überlegung, dass es unmöglich war umzukehren.

In den Straßen parkten viele verlassene Autos. Die wenigen Menschen, die draußen waren, suchten unter Balkonen und Baldachinen Schutz. Reklameschilder und Holz- und Bambusstücke flogen wie Messer durch die Luft. Der Regen tat weh, und der Lärm des Sturms brüllte durch die Stadt wie der Schrei eines verletzten Tigers.

Er ließ das Auto stehen. Watete durch das Wasser, während er sich duckte. Watete den ganzen Weg zu ihrer Wohnung in der Kennedy Road, in der sie sich mit ihm ins Badezimmer zurückzog, das vor dem Wind geschützt lag.

Alle anderen Zimmer waren ihres Inhalts beraubt, erklärte sie ihm über den Lärm hinweg. Der Taifun hatte die Fenster ausgesaugt, ein Vakuum geschaffen und in dem Sog die bewegliche Habe mitgenommen. Sie konnte sich freuen, am Leben zu sein.

Es war ihr in weiser Voraussicht gelungen, Decken und Kissen ins Badezimmer zu schleppen, denn sie wusste, dass der Taifun tagelang andauern konnte. Hier legten sie sich hin, da nichts anderes zu tun war. Und weil es unmöglich war zu sprechen, liebten sie sich, während die Laute von Wanda daran erinnerten, dass das Leben mit einem einzigen scharfen Schlag vorbei sein oder aus dem Unterleib einer Frau gesogen werden konnte wie nach dem Einfall eines Taifuns.

Der Sturm machte Appetit. Selbst später, als er sie genommen hatte und sie ihn, hatte er Hunger nach ihrem Körper. Er betrachtete sie, wie sie ausgestreckt auf der Decke lag und mit unruhigem Blick zu ihm aufsah, als sei sie zwar zufrieden, würde jetzt aber eigentlich etwas anderes wollen. Ihre Nacktheit war anders als die anderer. Sie war eher wie ein Kleid. Sie saß an ihr, als könnte sie darin aufstehen und zur Arbeit gehen und die Straße hinunterscharwenzeln, als sei das die natürlichste Sache der Welt.

Vielleicht lag es daran, dass sie so perfekt war. Die Haut lag gold und stramm über ihren Muskeln, und kleine Brüste formten sich wie vom Wind geschaffene Klippen. Er beugte sich über sie. Spürte ihren Blick auf sich, als er die Zunge langsam ihre eine Brust umkreisen ließ. Er wusste, dass es ihrer Meinung nach genug war. Fühlte den rastlosen Blick. Doch sie war gefangen in der Situation und dem Taifun und ihrem eigenen Körper, der seinem antwortete. Und er spürte die Euphorie in seinem Vermögen, sie zu entzünden, und die Hoffnung, dass diese Macht über den Sex hinausreichen würde. Sie stieß einen kleinen Laut aus, den er mehr spürte als hörte. Er merkte, wie ihre Brust langsam anschwoll, ganz leicht; ein wenig mehr als sonst, als versuchte sie, sich zurückzuhalten, was sie sicher auch tat. Wie die Wärme von ihrem Bauch und ihrer Haut ihm entgegenströmte, als würde sie genau in diesem Moment eine Wolke ihres ganz persönlichen Duftes ausstoßen.

Das zweite Mal war für sie immer besser. Wenn er sie irgendwie dazu überreden konnte, nicht für eine ihrer vielen Beschäftigungen aus dem Bett zu steigen, weil sie die Entblößung gleichzeitig wünschte und fürchtete. Aber jetzt gab es nichts, das sie trieb, und er spürte, wie sie ihren Kampf aufgab und wie Haut und Muskeln weich vor Erwartung wurden, bevor sie ihn murmelnd und mit kleinen diskreten Stöhnlauten zu sich hinunterrief und er sein Gesicht in ihrem Schoß vergrub und sie mit seiner Zunge fand.

Sie wünschte sich nichts anderes, das wusste er. Sein Mund auf ihren untersten Lippen, die sich teilten und ihm entgegenflossen wie eine duftende, exotische, menschenfressende Blume.

»Der schlimmste Taifun seit 1937.«

Mary Wong hatte es im Radio gehört. Sie hatte auch gehört, dass Tausende heimatlos geworden und dass über siebenhundert Heime in den Flüchtlingsstädten vollständig zerstört und mehrere Tausend teilweise unbrauchbar geworden waren. Im Tsun Wan Distrikt waren mehrere Tausend Menschen betroffen, die jetzt kein Dach mehr über dem Kopf hatten, und in Sha Tin hatte eine Flutwelle die Stadt fast verschluckt, während viele Kleinboote in die Straßen gespült worden waren, wo sie großen Schaden angerichtet hatten. Über vierhundert Fischerfahrzeuge waren gesunken oder zerschmettert worden. Die Flüchtlinge aus dem kommunistischen China hatten in ihren zerstörten Häusern weder Wasser noch Essen und das wenige, was an sanitären Verhältnissen da gewesen war, war von Wanda weggespült worden. Er saß hinter dem Schreibtisch und sah Mary Wong an, die fast ekstatisch von den Zerstörungen nach dem Taifun berichtete.

So war momentan die Stimmung in der Stadt. Beinahe euphorisch, wie nach einem gelungenen Fest. Seltsam, dachte er, wie die menschliche Natur aus Unglück Spannung wachsen lassen kann. Aber so war das. Es war spannend, dabei gewesen zu sein und überlebt zu haben. Ein Leuchten war in den Blicken derjenigen aufgetaucht, die sonst in ihrem ereignislosen Alltag nur von einem Tag zum anderen lebten. Das hier war etwas anderes. Das war kein Alltag. Und wenn es kein Alltag war, musste es ein Fest sein. Oder ein Leichenschmaus, wie für ihn. Denn trotz der Stunden und der Nähe im Badezimmer war Dewi immer noch fest entschlossen, das Kind wegmachen zu lassen. Und er war entschlossen, es auf die verantwortungsvollste Weise geschehen zu lassen und somit auf die teuerste. Konnte er das Kind nicht behalten, wollte er wenigstens sie behalten. Und dafür brauchte er Geld, so viel wusste er. Er sah Mary Wong an, die in der Tür stand, weil er sie selbst gerufen hatte.

»Nehmen Sie Kontakt zum Rettungskomitee auf«, sagte er leise. »Sagen Sie ihnen, dass wir ein Angebot haben.«

»Ein Angebot? An das Rettungskomitee?«

Er lehnte sich im Stuhl zurück und drehte ihn so, dass er ihr den Rücken zuwandte. Sein Blick schweifte über die Stadt und deren Zerstörung. Die zerfetzten Dächer und Gebäude; die Gerüste und Schilder, die in den Straßen verstreut lagen.

»Sagen Sie ihnen, dass sie 20 000 Flaschen Mineralwasser zu fünfundzwanzig Cent die Flasche kaufen können.«

Das Entsetzen in ihrem Gesicht konnte er nicht sehen, aber er hörte es in ihrer Stimme.

»Zu fünfundzwanzig Cent? Das ist ja ein Vermögen. In einer Notlage.«

Er drehte den Stuhl und begegnete ihrem Blick. »Sie können das Angebot abschlagen, wenn sie ein besseres finden.«

Sie sagte nichts. Aber er wusste, dass sie tun würde, was er gesagt hatte. Das tat sie immer.

»Wir brauchen auch ein paar Verkäufer, die mit den 10 000 Metern Plastikdecke, die wir neulich gekauft haben, nach Tsun Wan fahren.«

Mary Wong sah bedrückt aus. »Die armen Menschen. Und was sollen sie für den Meter bezahlen, um ein Dach über dem Kopf zu haben?«

Er widerstand dem Drang, den Stuhl noch einmal zu drehen. »Sie können sie zum Einkaufspreis bekommen. Daran müssen wir nicht auch noch verdienen.«

Als er drei Wochen später nach einem Kurzurlaub in Dänemark mit dem Flugzeug auf dem Weg zurück nach Hongkong war, saß er zufällig neben einem jungen dänischen Mädchen. Ihr Vater arbeitete in Hongkong für Maersk. sie selbst hatte gerade ihr Abitur gemacht und sollte das nächste halbe Jahr bei der Familie verbringen und sich im Fernen Osten umsehen, bevor sie sich entschied, was sie mit ihrem Leben machen wollte.

»Und was glauben Sie, wie Sie sich entscheiden?«, fragte er, während sie bei ihrer Flugmahlzeit saßen und er sie zu einem Glas Wein überredet hatte.

Sie hatte etwas Unschuldiges an sich, spürte er. Etwas Unerfahrenes und Unreifes, das mehr mit ihrer Persönlichkeit als mit ihrem Alter zu tun hatte. Er hatte keine Erfahrung mit Frauen, die Beschützerinstinkte wachriefen. Über ihr lag eine vibrierende Nervosität, die einfach anziehend wirkte, und er ertappte sich bei dem Wunsch, mildern zu können, was er als Angst vor der Zukunft ausmachte.

»Es wird wohl darauf hinauslaufen, dass ich einen starken Mann heirate«, sagte sie ehrlich mit großen blauen Augen, die sich in seine saugten. »Das ist das, was ich brauche.«

»Wer sagt das? Ihr Vater?«, fragte er und leerte sein Weinglas aus purer Überraschung über die Äußerung.

Sie schüttelte den Kopf. »Das sage ich.«

14

Nyborg schien in Eiswasser zu versinken.

Verdammter Winter, dachte Kit und fummelte mit dem Schlüssel im Zündschloss herum. Verdammtes Leben. Verdammtes Land, wo Wasser und Kälte zum Schluss immer gewannen und Grau die Farbe des Tages war. Wo Schnee zu Matsch und Regen wurde und eisiger Nebel und Wolken wie Bleigewichte die Lebenslust aus den Menschen pressten. Und wo man die Exfreunde mit fremden Mädchen im Arm in der Stadt sehen konnte.

Die Autoreifen fraßen sich mit den dazugehörenden Quatschlauten durch die Straßen. Sie fror. Die Heizung in dem Volkswagen war ebenso langsam wie Großmutter selbst, wenn sie würdevoll in dem alten blauen Wagen angefahren kam. Kit machte Übungen. Krümmte die Zehen in den Stiefeln, rein, raus, rein, raus und spürte die regnerische Kälte, die sich ihre Beine hinaufschlich.

Sie dachte an Henrik. Vor ihrem inneren Auge blitzte das Bild von ihm und dem blonden Mädchen in rotem Warnlicht auf. Sie versuchte sich zu sagen, dass sie das nichts anging. Dass er jedes Recht der Welt hatte und zudem mit daran schuld war, dass ihr Vater im Krankenhaus lag. Dass er in Wirklichkeit vielleicht die ganze Zeit ihr Verhältnis hatte beenden wollen. Vielleicht kannte er die andere schon länger, als sie wusste.

Die andere. Nie hatte sie sich vorgestellt, diese Worte überhaupt denken zu müssen.

Sie lehnte sich vor, um besser durch die Frontscheibe sehen zu können, die immer so gottserbärmlich beschlug.

Es war unmöglich. Blödes Auto. Sie musste fast raten, wo sie war, und griff schnell mit der rechten Hand nach dem Leder im Handschuhfach. Sie rieb die Windschutzscheibe trocken, während sie das Auto langsam durch den Schneematsch steuerte und vor ihrem inneren panischen Auge Henrik mit dem Mädchen, das wie eine Bauchrednerpuppe an seinem Arm hing, in dem Café sitzen sah.

Sie musste dieses Bild in sich ausradieren. Musste vergessen. Musste sehen, dass sie weiterkam, wie Henrik angedeutet hatte.

Sie fuhr. Sie fuhr auf der anderen Seite zur Stadt hinaus, wo die Bebauung langsam von dem Industriegebiet abgelöst wurde. Wo der Verkehr weniger wurde und Ruhe sich einfand. Es begann dunkel zu werden. Nur verstreut leuchteten Straßenlaternen. Eigentlich hatte sie nicht weiter darüber nachgedacht, aber plötzlich wusste sie, wohin sie wollte. Ganz unbewusst ließ sie das Auto den Weg fahren, den sie jeden Tag fuhr. Den Vindingevej hinaus, vorbei an den Pilshäusern und dem Staatsgefängnis. Bis sie schließlich in die Einfahrt einbog, wo ein Schild klar und deutlich *Kaliki GmbH* verkündete.

Nur eine einzige Lampe leuchtete von dem Giebel der Lagerhalle. Sonst herrschte Dämmerung, die wie ein Hut über die Szenerie gezogen war. Im Bürogebäude war kein Licht. Warum sollte es das an einem dritten Weihnachtstag auch sein?

Sie stieg aus und schlug die Autotür hinter sich zu. Wusste nicht genau, was sie hier wollte. Einfach nur gucken. Vielleicht sich vorfühlen. Oder vielleicht nur eine Weile an Schreibtisch und Computer sitzen und in der Stille darüber nachdenken, was vor sich ging. Über das, was die chinesische Frau gesagt hatte. Über Henrik und seine vielleicht neue Freundin und über seinen Alles-oder-nichts-Anspruch. Aber vielleicht vor allem über ihren Vater, der immer in den beiden Gebäuden, dem Büro und dem Lager, präsent war. Selbst wenn er – wie jetzt – nicht da war. Seine Stimme mit ihrem Eifer, wenn ein Geschäft sich anbahnte. Sein Schritt, der wie der eines Offiziers klang und immer etwas

Neues ankündigte: eine Planänderung, eine Möglichkeit, einen Konkurrenten zu unterbieten; irgendetwas, woran bisher niemand gedacht hatte, weil er es war, der über Fantasie und Energie verfügte. Weil er Kaliki verkörperte und sie genau wie die anderen nur ein einfacher Gefreiter war, während er das Kommando führte. Sie, die nur mit dem Büro zu tun hatte, und die den Verkauf durch die vier Verkäufer verfolgte, die in der Regel in Skandinavien und Deutschland unterwegs waren. Was wusste sie eigentlich über die Firma?

Sie gab den Sicherheitscode ein, öffnete die Tür und schaltete das Licht an. Schnupperte mit der Nase in der Luft nach etwas, das sie für einen unbekannten Geruch hielt, bis sie aufgab, die Post vom Boden aufhob und ihre Tasche auf einen Stuhl warf. Im Gang zögerte sie. Schaltete in ihrem Büro das Licht ein, entschied sich dann anders und ging in das größere ihres Vaters, wo der altmodische Lederchefstuhl hinter dem Schreibtisch noch nicht gegen einen ergonomisch korrekten Stokke-Stuhl ausgetauscht worden war. Der Schreibtisch war ein Joachim von And aus Mahagoni. Ihr Vater war ein Erzgegner von neuen hellen, justierbaren, Möbeln mit Platz für einen Computer.

Probeweise setzte sie sich in den Stuhl. Seltsam, dass sie noch nie darin gesessen hatte. Sie fragte sich warum und kam zu dem Schluss, dass sie es nicht gewagt hatte. Sie sah sich um. Das war das Revier ihres Vaters, genau wie das Büro zu Hause. Es war kein Ort, den man ungeladen betrat. Kein Ort, den ein anderer kannte. Nicht einmal sie.

Sie lehnte sich zurück und sah zur Decke. Versuchte sein Bild heraufzubeschwören, schaffte es jedoch nicht. Das einzige, das sie sah, war eine kleine kraftlose Gestalt in einem Krankenhausbett. Die Konturen des Gesichts waren undeutlich, doch sah man die Sorge noch immer in ihnen, selbst im Schlaf, selbst im bewusstlosen Zustand. Sie würde so viel dafür geben, helfen zu können. Die Sorge glatt streichen zu können.

Wieder dachte sie an die Karte. Vielleicht hatte sie nichts zu bedeuten. Vielleicht war sie nur ein Witz oder etwas, für das es eine natürliche Erklärung gab.

Auf gut Glück begann sie die Papiere auf dem Schreibtisch durchzusehen. Ihr Vater war ein unordentlicher Mensch. Die gesamte Schreibtischfläche war mit Papieren bedeckt: Korrespondenz, die nicht sortiert war, Rechnungen, Belege; kleine gelbe Erinnerungszettel, die auf allem klebten, beschrieben in seinen ganz eigenen Verschlüsselungen, die nur er verstand. Er hatte es dem, der die Firma ohne ihn weiter führen würde, nicht leicht gemacht.

Plötzlich schoss ohne Vorwarnung die Sehnsucht in ihr hoch, und sie merkte, dass sie den Tränen nahe war. So war er, ihr Vater. Hier war er. Sie konnte ihn spüren und hören, aber sie konnte ihn nicht sehen. Irgendwo hier war er und war doch nicht da. Sie konnte nicht die Hand ausstrecken und ihn anfassen, konnte ihn nicht umarmen und seine Hand auf ihrem Haar spüren und seine Stärke, die auf sie überfloss und sie aufrecht hielt. Hatte sie ihn bereits verloren?

Ein Telefon zerriss die Stille und schnitt sich den Weg in ihr Bewusstsein. Sie wollte gerade nach dem Telefon auf dem Tisch greifen, als ihr bewusst wurde, dass es ihr eigenes Handy war.

Sie suchte in der Tasche. War auf das Schlimmste gefasst. War es nicht so? Musste man sich nicht für den endgültigen Bescheid rüsten, wenn der eigene Vater todkrank im Krankenhaus lag? Gab es denn keine Möglichkeit, sich auf diesen Augenblick vorzubereiten, sodass die eigene Welt nicht zur Unkenntlichkeit zersplitterte?

»Hallo!«

»Kit?«

Henriks Stimme. Sie hielt den Atem an.

»Bist du dran, Kit?«

»Ist etwas mit Vater?«

Sie hörte die Panik selbst. Die, die zu steuern sie sich gelobt hatte. Zwang ihren Atem einigermaßen zur Ruhe.

»Es geht nicht um deinen Vater. Es geht um uns. Um mich … Um heute.«

»Du hast ein Recht auf dein Leben«, zwang sie sich zu sagen und hörte sehr wohl, dass sie wie eine Computerstimme klang.

»Es war nicht beabsichtigt, dass du es erfährst. Nicht so.«

»Wie denn?«

Er seufzte. Sie machte es ihm schwer, aber sie wusste nicht, wie sie sich sonst verhalten sollte.

»Vielleicht ist es belanglos«, klang Henriks Stimme. »Ich weiß es nicht. Vielleicht entwickelt sich etwas daraus. Aber da ist auch noch etwas anders … Etwas, das ich dir erzählen muss.«

Sie wollte ihn fragen. Wer sie war, die neue Freundin. Was sie hatte, das sie nicht hatte. Ob er sie leichter dazu bringen konnte, das zu wollen, was er wollte. Ob sie besser im Bett war und ob sie sich in ein Gespräch vertiefen und eine ganze Nacht mit Lachen und Lieben verbringen konnten, wie sie es getan hatten. Ob sie die Katze ertrug, verdammt noch mal, und mitreden konnte, wenn er Fußball sah oder das Schaltgetriebe des Volvos auswechselte. Aber sie vermochte es nicht. All die verwirrten Gefühle. Warum fand sie keinen Frieden? Warum konnte sie nicht einfach sie selbst und stark sein. So wie Karen-Lis.

Sie unterbrach die Verbindung und schaltete das Handy ganz aus. Nicht jetzt, hämmerte es dumpf in ihrem Kopf. Nicht gerade jetzt. Sie war so dumm gewesen. Der Gedanke an eine andere hatte sie noch nicht einmal gestreift. Sie war zu sehr mit sich selbst beschäftigt gewesen und mit ihren verdammten Gefühlen. Mit all dem, das sie auffraß, sodass sie weder sehen noch hören konnte. Sie wusste es doch. Dass Liebe die Sinne trüben konnte. Wie ein Narkotikum wirken konnte, dass man den Menschen nicht klar sah. War es bei ihr so gewesen? Mit Henrik? Mit ihrem Vater? Mit ihnen allen?

Sie versuchte, die Ratlosigkeit zu zügeln und ihre Hände ruhig zu halten. Aber es nützte nichts. Und fast wie eine Art Therapie wühlte sie wieder in den Papieren auf dem Schreibtisch. Suchte nach irgendetwas, fand jedoch nichts.

Stattdessen stopfte sie sich fast verzweifelt den Kalender ihres Vaters in die Tasche, zusammen mit einigen der gelben Zettel, die keinen Sinn ergaben. Sie war aufgestanden, um zu gehen, als der Geruch von vorher plötzlich in ihre Gedanken drang. Wie seltsam, dass sie nicht vorher daran gedacht hatte. Kaliki hatte geschlossen. Seit dem 22. Dezember war niemand zur Arbeit gekommen. Das war fünf Tage her. Und trotzdem hing der Geruch von einem Menschen in der Luft. Sie konnte nicht ausmachen, was es war. Ob er zu einem Mann oder zu einer Frau gehörte. Aber plötzlich wusste sie mit einer seltsamen eiskalten Sicherheit, dass sie nicht die Einzige war, die sich in den Ferien im Büro ihres Vaters aufgehalten hatte.

15

Es fiel ihr noch immer schwer, das zu glauben. Dass ein anderer Mensch auf der anderen Seite der Welt sitzen und per Knopfdruck eine Mitteilung senden konnte, die in null Komma nichts Tausende von Kilometern zu irgendjemandes Computer sauste. In diesem Fall zu ihrem eigenen.

Karen-Lis steckte ihr Modem in den Telefonstecker im häuslichen Büro ihres Vaters und öffnete den tragbaren Computer. Oder den schleppbaren, besser gesagt. Es war reiner Aberglaube, dass so ein Ding einfach und wie eine zweite Handtasche problemlos von Land zu Land zu befördern war. Davon zeugten ihre schmerzende Schulter und die vielen Schläge, die ihre Tasche abbekommen hatte. Sie wusste nicht, wie viele Male sie ihn verloren, vergessen, mit Flughafenangestellten über seinen Status als Handgepäck diskutiert und ihn generell holperigen Wegen und offenen Autos ausgesetzt hatte, wo Staub in die Tastatur eindrang, sodass sich die Buchstaben wie die Tasten eines Klaviers nach einem Wasserschaden anfühlten.

Er war nicht ihr treuer Begleiter, wie viele meinten. Er war eine Pestilenz, dachte sie, indem sie sich einloggte.

Sie war früh aufgestanden. Hatte nicht länger schlafen können. Hörte weiter die Stimme im Ohr und hätte am liebsten den Raum hier umgangen, wären da nicht der Schreibtisch und das Telefon.

Hier war es passiert. Hier war er umgekippt. Sie spürte es vage. Konnte fast den dumpfen Fall hören und das Regal, das mit umfiel. Konnte vor sich sehen, wie er dagelegen hatte, sich verzweifelt nach Hilfe sehnte, ohne etwas ausrichten zu können. Scheiße. Sie war lange fort gewesen; zugegebenermaßen zu lange. Sie war ihrer Wege gegangen, hatte die Flucht angetreten. Davon überzeugt, dass es das Beste war.

Energisch, als könnten Bewegungen das Gewissen beruhigen, rief sie die Liste mit den E-Mails auf. Aber seine Stimme klang noch immer in ihren Ohren, wie sie die ganze Zeit dort gewesen war, seit er die berüchtigten Worte ausgesprochen und sie dort in dem Krankenhausbett liegend gefragt hatte, wo, zum Teufel, sie gewesen war.

Gegen ihren Willen musste sie lächeln, vielleicht weil sie sonst weinen würde. Er hatte ja Recht, der Alte. Wo, zum Teufel, war sie gewesen? Was hatte sie mit ihrem Leben angefangen?

Es waren nur drei E-Mails da. Wenig in Anbetracht der Tatsache, dass es drei Tage her war, seit sie nachgesehen hatte. Aber es waren Weihnachtsferien, und die Leute hatten genug mit sich selbst und ihren Familien zu tun. Und alles, was die Arbeit betraf, dauerte doppelt so lange wie sonst, weil die Zeitung in Kopenhagen nur mit der Weihnachtsbesetzung arbeitete. Sie wusste, was das hieß. In der Regel waren es die Praktikanten, die das meiste lieferten. Und die Freiberufler.

Sie öffnete die erste E-Mail. Eine Erinnerung des Redakteurs, dass er den Artikel über das Kinderheim gerne für die Beilage am Sonntag haben wollte. Und würde sie freundlicherweise bitte noch eine Ankündigung von sieben Bildschirmzeilen für die Vorderseite schreiben? Er hatte die Fotos bekommen, die sie geschickt hatte, und sie waren brauchbar.

Bei der nächsten Mitteilung handelte es sich um eine Einladung zu einer Silvesterparty bei einer alten Freundin von der Journalistenschule, die jetzt in Odense arbeitete. Wenn sie im Lande war, war sie willkommen. Sie schrieb kurz zurück und dankte, meinte jedoch, dass das mitten in einer Familienkrise nichts für sie sei. Fragte aber trotzdem, ob sie später auftauchen könnte, falls im Krankenhaus alles in Ordnung war.

Mit der letzten E-Mail hatte sie gewartet. Hatte sehr wohl gesehen, woher sie kam und merkte, wie ihr Eifer sich mit einer düsteren Vorausahnung mischte.

Die E-Mail aus Simbabwe lautete in all ihrer verzweifelten Einfachheit:

»Liebe Karen-Lis. Wir vermissen dich. Der kleine Maku fragt täglich nach dir. Sein Husten hat sich leider verschlimmert, und wir tun, was wir können, um ihn zu lindern. Heute hat er Fieber. Ich muss dir auch die traurige Mitteilung machen, dass Ivy heute Nacht gestorben ist. Sie ist still mit ihrem Teddy im Arm eingeschlafen, sollst du wissen. Sie hat bestimmt nichts gespürt, aber man gewöhnt sich nie daran. Der Tod überrascht einen immer. Wir denken alle an dich und an deine Familie. Und hoffen, dass du da, wo du bist, glücklich bist und dass es deinem Vater wieder gut geht. Herzlichst Henriette«

Sie wollte gerne eine Mail zurückschicken, stellte jedoch fest, dass ihr die Worte fehlten. Irgendwo spürte sie den Verlust. Wie seltsam, dachte sie. Dass eine Woche das eigene Leben so verändern konnte. Sie war in ihre Arbeit weder verliebt noch völlig von ihr in Anspruch genommen gewesen, noch hatte sie etwas Besonderes ausgerichtet. Sie war einfach da gewesen. Bei den Kindern und Henriette und den anderen. Und trotzdem schienen die Tage dort sich wie eine Haut um ihre Seele gelegt zu haben. Schien die Zeit, wo sie dem Tod so nahe gewesen war, trotz allem eine Art Balsam gewesen zu sein. Sie verstand das nicht. Jedenfalls nicht ganz. Was war aus ihrem Eifer geworden, ihren Namen auf der Vorderseite der Zeitung zu sehen und zu wissen, dass ihr Artikel einen ins Auge fallenden Platz in dem Blatt einnahm? Gar nicht zu reden von ihren dauernden unglücklichen Affären, die keine Zukunft hatten? Okay, es war noch nicht so viel Zeit vergangen. Sie konnte noch immer, während sie hier in Nyborg war, einen verheirateten Fotografen oder einen anderen Supertyp auftun. Sie würde wahrscheinlich auch eine Geschichte finden, die sich eignete, aufgeblasen zu werden, sodass die anderen Zeitungen sie weiter verfolgten und sie schließlich in den Fernsehnachrichten landete und dann von einem Minister aufgegriffen wurde, der – vielleicht – eine Gesetzesänderung durchsetzte. Theoretisch gesehen konnte sie noch immer alles tun. Aber irgendwo wusste sie, dass eine Veränderung eingetreten war. Sie spürte es. Fast als hätte sie darauf gewartet. Endlich, nach acht Jahren Hetze, hatte sie genug. Genug bis zum Gehtnichtmehr.

Es klopfte an der Tür, und sie ging auf, bevor sie antworten konnte. Kit hatte ein Tuch um den Hals und einen Becher mit irgendetwas in der Hand.

»Tee? Frühstück? Kaviar? Austern?«

»Kaffee, danke. Wenn es dir nichts ausmacht.«

»Zucker, Sahne, Milch?«

»Erinnerst du dich nicht mehr?«

»Du bist lange weg gewesen.«

»Können wir nicht bald eine andere Platte auflegen?«

Kit lächelte versöhnlich. »Einen Teelöffel Zucker und ein bisschen Milch?«

Karen-Lis klatschte. »Dann leidest du also doch nicht an Alzheimer.«

Kit schniefte. »Nicht was das angeht.«

Karen-Lis ließ die Bemerkung vorbeiziehen. Es war nicht voraussehbar, was kommen würde, wenn sie anfingen, in den Jahren in Hongkong zu bohren. Kit behauptete, dass sie sich nicht daran erinnern konnte. Dass sie wie Buchstaben auf einer Tafel ausgewischt waren. Sie folgte ihrer Schwester mit dem Blick, als sie Tee und Kaffee holen ging. Sie hatte keine Ahnung, wie glücklich sie war.

Während sie auf den Kaffee wartete, vertiefte sie sich in die Tageszeitung, um wenigstens die Überschriften durchzusehen. Schließlich musste sie sich informieren. Unruhen im Mittleren Osten. Unruhen in Nordirland. Unruhe auf dem Ölmarkt. War es wirklich möglich, das Interesse zu verlieren? Konnte man so weit kommen, dass man die Parteien für dumm und kindisch hielt und sie verdächtigte, die Konflikte bewusst am Leben zu halten?

Jedenfalls klangen die Worte plötzlich hohl und griffen nicht richtig. Worte von Staatsführern und Politikern und Analytikern, die polemisierten und mit Matsch warfen. Sie verließ das Internet und richtete ein Dokument ein. Gab ihm den Titel: »Die Kinder und der Tod.« Und holte ihre Notizen aus der Woche in dem Kinderheim hervor.

Die Idee, zwei Wochen in einem Kinderheim für AIDS-infizierte Kinder in Afrika zu verbringen, war nicht ihre eigene gewesen. Nachrichten waren mehr ihr Ding, Interviews mit den verschiedenen Parteien eines Konflikts, der irgendwo aufgeflammt war. Kinder waren nicht ihr Gebiet. Und vor allem keine todgeweihten Kinder. Als ihr Redakteur in der Zeitung angerufen und ihr das vorgeschlagen hatte, hatte sie alle möglichen Entschuldigungen vorgebracht. Doch schließlich hatte sie zugestimmt. Hauptsächlich, weil der Besuch in dem Kinderheim ihr die Möglichkeit bot, Weihnachten nicht nach Hause zu müssen.

Karen-Lis starrte auf das leere Dokument. Und dann auf die Notizen, von denen es nicht viele gab. Zu ihrer eigenen großen Überraschung hatte das Kinderheim sie schnell gefesselt. Sie hatte unbeschwert die Seite gewechselt, von der des Beobachters zu der des Akteurs. Es war so schnell und unmerklich passiert, dass es ihr kaum selbst bewusst geworden war. Sie hatte ein wenig des Herzens weggegeben, von dem sie kaum wusste, dass sie es besaß.

Kit kam mit dem Kaffee zurück. »Kannst du dich erinnern, wie du mich gezwungen hast, Kaffee zu kochen und mir eine Krone für jede Tasse bezahlt hast?«

Karen-Lis lächelte. »Du warst eine irritierende Lausegöre.«

»Ich sollte auch dein Zimmer aufräumen«, fügte Kit hinzu. »Dann durfte ich die Top Twenty mithören.«

Karen-Lis trank aus dem Becher mit Kaffee. »Das mit dem Aufräumen war in Ordnung. So etwas müssen Mädchen doch können«, zog sie sie auf.

»Wenn ich ein Junge gewesen wäre, hättest du mich auch gezwungen«, sagte Kit gutmütig und setzte sich in den einzigen Lehnstuhl des Büros. »Wie ging es ihm heute Abend?«

Karen-Lis stieß den Bürostuhl ein wenig vom Schreibtisch ab. Sie sah ihre Schwester an. Hatte sie jemals aufgehört, sie als ihre kleine Schwester zu betrachten? War der Beschützerdrang jemals verschwunden? Nicht, dass sie diesem Drang in der letzten Zeit nachgegeben hätte. Er war leichter zu ignorieren, wenn man fünftausend Kilometer weit entfernt war.

»Den Umständen entsprechend gut, hat der Arzt gesagt. Eigentlich besteht kein Grund, dass er nichts sagt.«

»Was soll das heißen? Dass er nicht will?«

Karen-Lis zuckte mit den Schultern. »Your guess is as good as mine.«

Eine Weile saßen sie schweigend da. Sie wartete fast darauf, dass Kit sich zurückzog. Sich vielleicht an einer ihrer Skulpturen zu schaffen machte. Doch stattdessen fragte sie weiter.

»Was ist eigentlich mit dir? Rein arbeitsmäßig, meine ich. Wenn du fürs Erste nicht raus in die Welt ziehst und die Vorderseiten füllst?«

Sie hörte die Hoffnung in Kits Stimme sehr wohl. Dachte flüchtig, dass das Ganze ein wenig paradox war. Jetzt wo sie endlich zusammen waren, wo sie endlich den Weg nach Hause nach Nyborg gefunden hatte, schienen sich ihre Kanten die ganze Zeit aneinander zu reiben. Natürlich war das nicht beabsichtigt. Aber die Zusammenstöße waren Teil ihrer gemeinsamen Geschichte und hörten nicht einfach auf, weil sie zufälligerweise erwachsen geworden waren.

»Ich habe keine Ahnung«, antwortete sie ehrlich. »Vielleicht Kopenhagen. Vielleicht hier. Vielleicht ein drittes Leben.«

»*Sie stellte die Weichen ihres Lebens neu*«, dozierte Kit mit Hinweis auf die Reihe von populären Artikeln über Leute, die ihr Leben verändert hatten. »Warum? Hast du den Journalismus satt? Hast du dich satt?«

»Hast du das nie versucht?«, fragte Karen-Lis.

Kit sah sie mit einem merkwürdigen Blick an. Dann drehte sie den Becher zwischen den Händen, als wollte sie sie daran wärmen. Sie nickte langsam und zog sich den Schal enger um den Hals. »Darauf kannst du wetten.«

Karen-Lis zog den Bürostuhl mit den Füßen näher zu Kits Lehnstuhl und sah sie intensiv an. »Und was ist mit Henrik und dir? Warum habt ihr euch getrennt?«

Kit antwortete ausweichend, während sie auf den Becher trommelte. »Getrennt ist nicht gleich getrennt.« Ihr Blick wanderte durch das Zimmer, die Wand hinauf.

»Was habt ihr dann? Miteinander gebrochen? Ihr wart doch füreinander wie geschaffen, verdammt.«

»Waren wir das?« Kit sah sie wieder an. »Das hast du bestimmt nicht gedacht, als du ihn das erste Mal gesehen hast.«

Karen-Lis erinnerte sich ausgezeichnet an ihre Reaktion auf diesen fremden Menschen in der Familie. Plötzlich und ohne ihr Wissen von allen akzeptiert. Ihnen fast näher als sie selbst. Kit jedenfalls.

»Vielleicht habe ich mich geirrt. Ich glaube, Henrik ist okay. Sieh nur mal, wie er dir in einer schwierigen Situation zur Seite steht.«

Sie konnte sehen, dass das wehtat. Kit versuchte tapfer, gleichgültig auszusehen, aber der Schmerz lag wie ein Schatten über ihr und breitete sich aus, dass es fast ansteckend wirkte.

»Hei, vielleicht kommt ihr ja wieder zusammen«, tröstete sie.

Kit zuckte mit den Schultern. »Er wollte heiraten und all das.«

»Und du hast Nein gesagt?«

Eine Zeit lang war es still. Es war, als würde Kit Anlauf nehmen. Als würde sie versuchen, Gedanken und Gefühle auseinander zu sortieren.

»Ich habe nicht Ja gesagt. Ich konnte nicht.«

Sie starrte wütend in die Luft, aber Karen-Lis sah den Glanz in ihrem Blick.

»Du weißt, dass ich Angst habe. Ich kann so etwas nicht.«

Kit hatte Recht. Sie wusste es. Etwas war mit Kit. War immer da gewesen, wenn ein Entschluss gefasst werden musste, der über die Familie hinausreichte und sie vielleicht von ihr wegführte. Irgendeine unerklärliche Zurückhaltung, wie wenn ein Pferd vor einem hohen Hindernis scheut.

»Außerdem wollte er gehen. Er hat am gleichen Tag gekündigt, und Vater war niedergeschmettert.«

Karen-Lis verstand. Besser, als es ihr lieb war. »Klar«, sagte sie ernst. »Man heiratet keinen Mann, der den eigenen Vater enttäuscht.«

Kit saß eine Weile da, ihr blauer Blick dem ihrem beunruhigend nahe. Wie ein Scanner oder ein Lügendetektor. Genau wie damals, als sie noch kleiner waren, und sie nicht verstehen konnte, dass man die Wahrheit manchmal besser totschwieg.

»An wie viel von Hongkong erinnerst du dich eigentlich noch?«, fragte Kit.

War das möglich? Bestand ein Zusammenhang zwischen Kits Zweifel und Hongkong? Hatten die Psychologen Recht, all die, die immer davon redeten, dass man nach den Erklärungen für alles Mögliche, von einer Erkältung bis zur Kurzsichtigkeit, in der Kindheit suchen muss? Sie glaubte das nicht. Hoffte es auch nicht. Was wussten sie schon? Was gab ihnen das Recht, so viel zum Leben anderer Leute zu meinen, wenn sie eigentlich keine Ahnung hatten?

»An nicht viel«, wich Karen-Lis der Antwort auf die Frage aus. »Ich glaube, ich werfe allmählich alles durcheinander. Was Mutter und Vater erzählt haben und woran ich mich selbst erinnere.«

Kit ließ sich nicht abwimmeln. »Du warst neun. Ich kann mich an viel erinnern, als ich so alt war. Hier aus Nyborg.«

»Was ist mit dir?«, versuchte es Karen-Lis. »An was erinnerst du dich?«

Kit sah in ihren Tee hinunter, als wollte sie aus den Teeblättern lesen und sich so zu erinnern versuchen, was die Erinnerung vielleicht für immer blockiert hatte.

»Ich kann mich an Gerüche erinnern«, begann sie. »Vater hat ja auch viel erzählt. Und an den Traum, natürlich.«

»Noch immer?«

Kit nickte. »Bis zu einem gewissen Punkt. Dann hört er auf.«

»Vielleicht hört er eines Tages ganz auf«, meinte Karen-Lis leichthin.

Kit sah auf. »Oder ich erinnere mich eines Tages an alles.«

Karen-Lis rückte zu ihrem Computer zurück. Ließ die Finger über die Tasten gleiten, spürte die Sicherheit, die ihre Vertrautheit ihr gab. Hatte Lust, sich an sie zu klammern, als Kits letzte Frage zu ihr durchdrang.

»Sagt dir der Ausdruck *Goldener Drache* etwas?«

Sie hoffte nicht, dass Kit sah, wie sie einen kurzen Moment erstarrte. Sie zwang sich, in den blauen Lügendetektor über ihr zu blicken.

»Nicht unmittelbar«, sagte sie nonchalant. »Sollte er das?«

16

Das weiße Hemd kapitulierte. Es stellte durchaus eine Art Herausforderung dar, denn Janne hatte es eine halbe Stunde zu lange im Trockner gelassen, sodass es einer der Zeitungen glich, die man in einen Schuh stopft, damit er nicht die Form verliert. Deshalb war es gut, dass es eine Rettung gab.

Und die Rettung war er.

Henrik konzentrierte sich, als er erst den einen und dann den anderen Ärmel auf dem Ärmelbrett bügelte. Währenddessen pfiff er, aus welchen Gründen auch immer, Queens *We are the Champions,* was sich fast als ebenso große Herausforderung erwies wie das Hemd. Er steigerte sich, bis er schließlich so hoch pfiff, dass die Katze ihn von hinten ansprang und ihre Krallen in seinen Oberschenkel bohrte.

»Au, verdammt.« Kits Katze, die fast so sensibel war wie sie, hatte hohe Töne noch nie gemocht. Daran hätte er denken müssen.

»Blödes Vieh«, murmelte er, als er sich von dem Schrecken erholt und die Katze überredet hatte, ihre Krallen einzufahren. Das tat man am besten, indem man sie im Nacken packte, hatte er gelernt. Einen Moment hielt er sie im Arm.

»Du bist ein Bandit, Bandit.«

Die schwarze Katze, die nicht über den höchsten Intelligenzquotienten der Welt verfügte, erwartete bei der kleinsten Berührung eine Streicheleinheit. Mit einem seligen Blick legte sie sich in seinem Arm zurecht und begann zu schnurren.

»Okay. Schluss mit dem Pfeifen«, willigte Henrik ein und

wünschte, dass Kit da wäre, weil sie ihr Tier verstehen würde. Aber sie hatte gegen Bandit eine Allergie entwickelt und ihn ihm großzügig überlassen, als sie nach Hause in die Birchsallee gezogen war. Sie hatte ihm den Kater buchstäblich in den Arm gelegt, als sie die Wohnung für immer verlassen hatte.

Vorsichtig setzte er das Tier ab und spürte plötzlich die Leere der Wohnung. Den Verlust von Kit. Von dem Gefühl von Kit. Von ihrer Gegenwart, die ihn unruhig und dankbar zugleich machte. Unruhig, weil er nie wusste, was gerade in ihrem Kopf vorging. Dankbar, weil sie ihn ganz einfach dazu gebracht hatte, einen sonst toten Winkel in seinem Leben zu sehen, was nur wenig mit Sex und sehr viel mit dem Gefühl zu tun hatte, einen kleinen Goldklumpen im Magen zu haben, wenn sie in der Nähe war. Wenn sie in einer ihrer ganz speziellen Aufmachungen in den ulkigen Farbzusammenstellungen hereingestürmt kam; wenn sie die Möbel umstellte oder einen Vorhang nach Hause schleppte, der aus bunten, auf einer Schnur aufgereihten Perlen bestand und klingelte, dass die Katze wahnsinnig wurde. Oder wenn sie im Schlaf ihren schlanken Körper an seinen drückte. So zart, dass er Angst gehabt hatte, ihn unfreiwillig zu zerbrechen.

»Scheiße!«, murmelte er ärgerlich und starrte die Katze an, als hätte Kit in ihr ein Domizil bezogen. Sollte sie das jemals tun, würde sie mit Sicherheit eine Katze wählen, dachte er. Unergründlich im Wesen. Eine Katze, die bei nahezu jeglicher Berührung gleichzeitig anspannte und schnurrte, selbst wenn man ihr nur eine Fluse von der Schulter bürsten wollte. Ein Wesen, abhängig von anderen, aber im Grunde nur sich selbst gehörend.

Aber es nützte nichts. Man durfte sich nicht so in der Vergangenheit verlieren, dachte er und fuhr mit der Bügelei, seinem heimlichen Laster, fort. Er hatte nie verstanden, warum die meisten, Männer wie Frauen, Bügeln hassten. Er liebte es. Er konnte dabei entspannen und sah kein Problem darin, dass es vor allem als feminine Beschäftigung angesehen wurde. Deshalb hatte er längst mit Janne abgesprochen, dass sie ihm die Bügelwäsche der Familie überlassen sollte. Er würde sie im Handumdrehen erledigen. Er mochte die Bewegungen. Das Eisen, das den Stoff glättete, den Geruch von warmem Metall auf Baumwolle, Viskose oder Seide. Er empfand es wie eine Übung, bei der er sich mental hinlegte und bei der seine Gedanken wie ein weiteres Hemd geglättet wurden.

Er lächelte ein wenig bei dem Vergleich, der bestimmt nicht ganz zulässig war. Dann hängte er das Hemd auf den Bügel und fischte das nächste aus dem Korb in der Hoffnung, genau die Wirkung zu erzielen, die er gewöhnlich damit erzielte. Versuchte die Gedanken auf Mette und ihren warmen, runden Körper und ihr direktes Wesen zu konzentrieren. Mette, die zwar nicht viel für seine Bügelleidenschaft übrig hatte, sonst aber alles an ihm liebte, ohne Fragen zu stellen. Mette, die sicher beschlossen hatte, dass er ihr Mann sein sollte und dass sie zusammen Kinder haben sollten. Das hatte sie zumindest angedeutet. Mette, mit ihrer Festanstellung als Pädagogin und einer im öffentlichen Dienst arbeitenden Familie, die keine großen Probleme bereiten würde. Warum war er nicht heilfroh?

Er bewegte das Bügeleisen mit gleitenden Bewegungen langsam über den Stoff. Versuchte den Rhythmus zu finden, der ihm gut tat und ihm half, klar zu sehen. Aber seine Gehirnwindungen konnten sich nicht um das herumschlängeln, was passiert war. Der Anblick von Kit, wie sie oben an der Bar gestanden hatte, während ihr Blick fast verängstigt seinem begegnet war. Das Gefühl von Mette, die ihn kurz zuvor mit Zärtlichkeiten überhäuft hatte, sodass er es nicht über sich brachte aufzustehen und stattdessen widerspruchslos hinnahm, dass sie sich an ihn klammerte und er zuletzt nur Nonsense redete. Mette, die er auf einem Fest bei Carsten kennen gelernt und verzweifelt und nicht besonders ritterlich mit nach Hause genommen hatte, weil die Leere in der Wohnung die Oberhand zu gewinnen drohte. Und weil er Lust auf sie gehabt hatte, nicht zu vergessen.

Er hatte nicht erwartet, dass es über den Morgen hinaus dauern würde, wenn die Alkoholnebel sich lichteten. Aber er hatte sich geirrt. Sie hatte etwas, das ihm gut tat. Etwas Direktes. Etwas, das er verstehen konnte.

Und dann war Kit in das verdammte Café gekommen.

Allein der Gedanke daran verursachte ihm Kopfschmerzen, und das Lieblingshemd seines Schwagers erfuhr eine besonders kratzbürstige Behandlung, während die Katze ihn von einem erhöhten Platz am Fenster aus anstarrte.

Er mochte Frauen wirklich. Aber er schaffte es nicht immer, sich auf ihre Wellenlänge einzustellen und vor allem nicht auf Kits. Wie bei der Unterhaltung heute Abend, als er sie endlich über Handy erreicht und sie gesagt hatte, dass er ein Recht auf ein eigenes Leben hatte. Da war der Decoder stehen geblieben, und er wünschte, er hätte ein Wörterbuch, das Frauenworte in Männerworte übersetzen konnte. Ein klares Gefühl sagte ihm, dass sie sauer und enttäuscht war. Aber nein. Kit zufolge war es vollkommen in Ordnung, dass er mit einer anderen dagesessen hatte. Unausgesprochen, dass sie, Herrgott noch mal, nicht mehr zusammen waren und sich jetzt wie erwachsene Menschen verhalten mussten und so weiter. Und deshalb verstand er nicht, warum sie dann das Handy ausgeschaltet hatte.

Henrik setzte das dampfende und fauchende Bügeleisen ab, während er das Hemd umdrehte. Vielleicht lag es an der Bügelhitze, aber der Gedanke an die Fortsetzung ihres Gesprächs vor einer halben Stunde brachte ihn genauso zum Schwitzen. Er hatte nach einem späten Frühstück und den morgendlichen Fernsehnachrichten angerufen und sie endlich erreicht, bevor sie ins Krankenhaus fuhr. Ihr Wortwechsel hatte gereicht, ihn ans Bügelbrett zu treiben.

Er hatte gerade auflegen wollen, als sie sich endlich des Handys erbarmte.

»Hallo.«

»Ich bin's. Warum hast du aufgelegt?«

»Habe ich aufgelegt? Wann?«

»Gestern. Mitten in der Unterhaltung.«

»Ach das. Ich hatte es eilig.«

»Womit?« Er wusste genau, dass er inquisitorisch klang.

Sie seufzte und sagte vage: »Ich habe auch mein Leben, Henrik. Wir können doch nicht kontrollieren, was der andere macht.«

Wenn sie ihn Henrik nannte, war mit Sicherheit etwas nicht in Ordnung. Es war auch die Art, wie sie es sagte. Die bestimmte Aussprache, als wäre er jemand, den sie kaum kannte.

»Natürlich. Wir haben jeder unser Leben«, wiederholte er. »Aber deshalb können wir doch trotzdem freundlich zueinander sein. Und es ist nun einmal ziemlich unfreundlich, das Handy auszuschalten.«

»Die Situation ist eben nicht immer so, dass man telefonieren kann.«

Sollte er glauben, dass sie einen anderen hatte? Aber das war unlogisch. Dann hätte sie ihn wohl kaum angerufen, als ihr Vater zusammengebrochen war.

»Es geht mich natürlich nichts an«, sagte er vorsichtig. »Aber da ist etwas, das du wissen solltest. Ich habe versucht, dir das zu erklären, bevor du aufgelegt hast.«

Er konnte ihre plötzliche Nervosität beinahe spüren. Keiner hatte einen siebten Sinn wie Kit.

»Willst du heiraten?« Sie versuchte witzig zu klingen, fügte jedoch leicht zitternd hinzu. »Ist es das?«

Er musste einfach lächeln. Allein der Gedanke war absurd, auch wenn er nicht ganz wusste warum.

»Es hat mit der Firma zu tun. Etwas, das du früher oder später erfahren wirst.«

Endlich hörte sie ihm zu und ließ ihn Carstens Geschichte von der Firma auf den Cayman Islands und den Pailletten besetzten Strickjacken und den verlorenen eineinhalb Millionen erzählen.

Am anderen Ende wurde es sehr still.

»Ihr müsst damit rechnen, dass die Bank nach Neujahr von sich hören lässt«, sagte er vorsichtig. »Es geht mich ja nichts an. Aber ich erzähle dir das, weil das normalerweise zu den Dingen gehört, um die dein Vater sich persönlich kümmert. Aber jetzt … Vielleicht solltet ihr den Anwalt kontaktieren. Vielleicht könnt ihr zu einer Regelung gelangen.«

»Einer Regelung?«

Kits Stimme, die bisher einigermaßen geschäftsmäßig geklungen hatte, begann vor unterdrückter Panik Knoten zu schlagen. »Was heißt das ... Eine Regelung? Eineinhalb Millionen«, stöhnte sie. »Wie in aller Welt konnte das passieren?«

Er musste sie beruhigen, was am Telefon schwer war. Ihr versichern, dass sich alles bestimmt regeln ließe. Da war es wieder. Es ließ sich bestimmt mit einer Regelung regeln.

»Einer Regelung?«, sagte sie schrill. »Mit was für einer verdammten Regelung? Was geht hier vor?

Er seufzte. »Kit. Ich bin nicht mehr zuständig. Wir haben uns getrennt, nicht? Du musst Carsten fragen. Und dann müsst ihr sehen, ob ihr die Fäden entwirren könnt. Du hast jetzt auch Karen-Lis.«

War das feige? Irgendwo nagte es an ihm. Er hätte die Hand ausstrecken können. Er hätte seine Hilfe und seine Unterstützung anbieten können. Aber wieder war da die Angst mitgerissen zu werden. Es hatte ihn zu viel gekostet, Abstand zu gewinnen, und er schaffte es nicht auch noch, Erik Bennetts Geschäft zu retten. Es war eine Sache, während einer Krankheit Trost zu spenden, und etwas ganz anderes, sich in den Schlamassel verwickeln zu lassen, aus dem sich zu befreien er gekämpft hatte. Und dann war da Mette.

»Karen-Lis«, sagte sie flach. »Ja, natürlich. Ich habe Karen-Lis.«

»Kit?«, versuchte er. »Ich hoffe, du verstehst das. Die Firma ...«

»Weißt du, was *Goldener Drache* bedeutet?«

»*Goldener Drache?* Warum?«

»Das stand auf der Karte. Goldener Drache. Weißt du, was das ist? Wer das ist?

Er suchte in der Erinnerung. Irgendwo war da etwas. Aber er bekam es nicht zu fassen, auch nachdem sie ihm die Bedeutung erklärt hatte.

»Karen-Lis weiß es«, flüsterte Kit auf einmal, »aber sie gibt es nicht zu.«

Henrik schaltete das Bügeleisen aus. Er musste an die frische Luft. Er war sauer, dass Carsten die heutige Joggingtour abgesagt hatte. Die Entschuldigung war schwach gewesen, aber Henrik verdächtigte ihn, sich wieder mit einer verheirateten Frau eingelassen zu haben, die dafür sorgte, dass er genügend Bewegung bekam. Das passierte Carsten hin und wieder, der, was Alter und Familienstand anging, nicht gerade wählerisch war.

Bei ihm war das anders, dachte er ohne Selbstironie. Wenn es doch so einfach wäre, sich das zu nehmen, was man brauchte, und sich ansonsten nur um sich und das eigene Leben zu kümmern, in dem es eigentlich genug Probleme, um nicht zu sagen Herausforderungen gab. So machte es Carsten. Er kümmerte sich nur um sein eigenes Leben, schaffte es, alles so einzurichten, dass er nicht ins Rotieren geriet.

Er entschloss sich, alleine zu laufen. Zog den Trainingsanzug an und ging hinaus in das, was frische Luft sein sollte, aber vielmehr einem grauen und schweren Tag zu ähneln schien.

Während er lief, versuchte er sein Leben zu analysieren; keine einfache Aufgabe, aber leichter zu überschauen als die ganze Problemsammlung der Familie Bennett. Er musste auch einen Entschluss fassen. Herausfinden, was er nach den Jahren bei Kaliki tun wollte. Bis jetzt hatte er Ferien gemacht und sich nur mit einem alten Austin beschäftigt, den ein Freund ihm anvertraut hatte. Er hatte etwas Geld gespart, sodass er sich Zeit lassen konnte, eine Zukunft anzupeilen. Aber die Peilung blieb auch heute aus.

»Goldener Drache«, murmelte er, während er lief und noch einmal den Tag verdammte, an dem er Erik Bennett zum ersten Mal begegnet war. Denn er konnte nicht umhin, es zuzugeben: Sein früherer Chef und Ex-Schwiegervater hatte es wieder einmal geschafft, ihn in den Ring zurückzuziehen. So einfach kam er nicht davon, weder in eine Zukunft noch in ein eigenes Privatleben, bevor er nicht die Probleme gelöst hatte, die Kit und ihre Familie ihm gewissermaßen in den Schoß gelegt hatten. Genau wie die Katze.

Goldener Drache. Goldener Drache.

Er war den halben Weg gelaufen, als er sich plötzlich erinnerte, wo er den Namen schon einmal gehört hatte.

17

Eine rechts, eine links.

Die Stricknadeln klapperten wie Kastagnetten. Ina kniff die Augen zusammen und hielt das Teil gegen das Licht. Weiße Punkte verteilten sich großzügig über mitternachtsblaue Wolle, wie Schneeflocken an einem dunklen Abend. Zufrieden ließ sie das Strickzeug in den Schoß sinken und arbeitete weiter, während das Geräusch der gegeneinander schlagenden Nadeln die Illusion von häuslicher Gemütlichkeit vermittelte.

Er schlief. Wenn sie zu stricken aufhörte, konnte sie seinen Atem hören. Und hin und wieder ein schwaches Schnarchen, genau wie wenn er zu Hause neben ihr gelegen hatte. Sie konnte die Augen schließen und sich vorstellen, dass sie zusammen aufwachen, noch eine Weile liegen bleiben und sich an der Gegenwart des anderen wärmen würden. Vielleicht würde sie noch ein wenig länger dösen, seine Hand in ihrer, den Puls spüren, der von ihm zu ihr ging und sie beide am Leben hielt. Als reichte seine Lebenskraft für zwei.

Allein bei dem Gedanken spürte sie Ruhe. Spürte, wie die Lider vor Müdigkeit schwer wurden. War, wie sie so neben dem Krankenhausbett saß, dabei einzudösen, wachte jedoch mit einem Ruck wieder auf.

Nicht, dass er sich bewegt hatte. Irgendetwas in ihr hatte sich gerührt. In ihrem Bewusstsein. Eine Unruhe, die begonnen hatte sich auszubreiten. Kit.

Kit war verändert. Im Laufe von wenigen Tagen war etwas mit ihr geschehen. Ihre Sprache war unmerklich anders geworden, schärfer, ihr Blick beobachtender. Wie heute, als sie zum Krankenhaus gefahren waren. Kit war gefahren. Hatte über den Verkehr geflucht und über das Wetter und über die Welt im Allgemeinen.

Plötzlich, als sie bei Rot hielten, drehte sie sich im Sitz um, und Ina spürte das forschende Blau ihrer Augen.

»Wie läuft es eigentlich mit der Firma, Mutter? Hat Vater irgendwann etwas gesagt?«

Der Ton machte sie unruhig. »Wie meinst du das? Was sollte er gesagt haben? Du arbeitest doch selbst dort.«

Kit nickte. Die Ampel schaltete auf Gelb, dann auf Grün, und das Auto folgte dem Verkehr, der sich durch die Stadt zog.

»Ich denke an die Finanzen. An unsere Situation. Daran, wie es jetzt, wo Vater selbst nichts machen kann, aussieht.«

Selbst nichts machen kann. Diese Worte waren es, die sich festgesetzt hatten. Als wäre es definitiv. Als könnte er nicht jederzeit aus dem Bett aufstehen und ins Büro gehen und alles regeln. Wie er immer alles geregelt hatte.

»Das regelt sich schon, du wirst sehen. Er wird wieder gesund«, sagte sie schnell.

Kit seufzte und wechselte den Gang, dass die Kupplung protestierte. »Da haben wir es wieder. Regelung. ›Das regelt sich.‹ Mutter, verstehst du das nicht? Nichts regelt sich automatisch, und Vater kommt nicht einfach so zurück. Vielleicht kommt er nie zurück.«

»Das darfst du nicht sagen«, entfuhr es ihr. Denn das war ihre Meinung. Niemand durfte so etwas sagen. Nicht einmal denken.

»Einer muss es ja sagen«, sagte Kit mit etwas sanfterer Stimme. »Jetzt sind wir dran, und ich habe mich nur gefragt, ob Vater … Ob es etwas gibt, das wir nicht wissen. Das wir wissen sollten.«

Unbehagen breitete sich in ihr aus. Ina spürte, wie sich auf ihrer Haut Schweißperlen bildeten. Was sollte das? Warum nach Problemen graben, solange sie sich noch nicht gezeigt hatten?

Sie starrte auf den Weg vor ihnen und auf die Rückfront des

Müllwagens, der ihnen die Sicht nahm. Nicht, dass er sie störte. Sie hatte nie das Bedürfnis gehabt, alles zu sehen; alles zu wissen. Die Erfahrung sagte ihr, dass Probleme die Angewohnheit hatten, wie Blasen im Wasser zu verschwinden, solange man nicht an ihnen rührte. Es gab immer eine Lösung. Manchmal eine Lösung, die man gar nicht merkte. Eine veränderte Situation, etwas Unbeabsichtigtes. Etwas, das man nicht zu genau untersuchen sollte.

»Was ist mit Vater? Persönlich. Fällt dir etwas ein? Jemand, der ihm Böses will?«

Kit war blass geworden. Vielleicht war es die Erkältung. Sie hätte ihr auch einen Schal stricken sollen, aber Eriks Jacke hatte Vorrang. Er war in letzter Zeit so verfroren gewesen. Als ob das dänische Wetter, die Kälte und die Feuchtigkeit langsam in seine Knochen drangen. Als könnte er sich nicht länger vor ihnen schützen.

»Böses?«, fragte sie neutral. »Wer in aller Welt sollte deinem Vater etwas Böses wollen?«

Sie konnte Kits Fingerknöchel sehen, die das Lenkrad umklammerten, bis sie so weiß waren wie das Lammfell. Von der Seite ahnte sie die senkrechte Linie in der Stirn, die sich immer bildete, wenn Kit abgehetzt oder wütend war oder beides. Wenn die Welt nicht so wollte, wie sie wollte.

»Was weiß ich? Alte Feinde. Neue Feinde. Irgendjemand, der Grund hat, ihn zu hassen und zu zerstören.«

Die Stimme war dem Weinen nahe, hörte sie. Der Klang machte es, dass sie es in diesem Augenblick mit Sicherheit wusste.

»Es war Kit«, sagte sie zu ihrem schlafenden Mann, während die Stricknadeln klapperten. »Ich hätte an dem Tag die Post annehmen sollen. Wie ich es gewöhnlich tue. Aber da war die Leberpastete und es war Weihnachten und ich wusste nicht ...«

Ihr Hals wurde trocken und sie musste sich räuspern. Sie stand auf, legte das Strickzeug auf den Stuhl und ging zum Waschbecken hinüber. Füllte einen Plastikbecher und trank, damit die Trockenheit verschwand.

»Ich habe es nicht geschafft, als es passierte … der Schock. Kein Grund, dass andere …«

Sie suchte nach Worten. Sie schienen sich nicht zu eignen, laut ausgesprochen zu werden.

»Kit hat keine Geduld«, sagte sie stattdessen. »In dem Punkt gleicht sie dir. Wenn irgendetwas ist, kann sie nicht warten. Muss ihm nachgehen. Eine Lösung finden.«

Sie seufzte. Hielt das Strickzeug noch einmal hoch, dass sie es sehen konnte. Zog etwas daran und stellte sich das Endergebnis vor. Sie musste auch daran denken, die Zinnknöpfe zu kaufen.

»Ich glaube, sie wird dir gefallen«, murmelte sie und blickte verstohlen zu dem Bett hinüber.

Er war jetzt wach. Lag da und sah zur Decke, als fragte er sich, wo er war.

Sie fühlte, dass sie die Frage in seinem Blick beantworten musste, so beharrlich war sie.

»Im Krankenhaus. Sie haben dich gestern von der Intensivstation hierher verlegt.«

Sein Blick suchte sich den Weg zu ihr. Sie fühlte, wie er einen Augenblick an dem Strickzeug hängen blieb, bevor sich ihre Augen begegneten. Er hatte sie gehört, dessen war sie sicher. Vielleicht hätte sie nicht all das über Kit sagen sollen, aber sie hatte ja niemand anderen. Es gab nur sie beide, und immer war er es, der sich um die Probleme kümmerte.

»Sie hat gefragt, wie das Geschäft läuft. Und ob es jemanden gibt, der dir Böses will.«

Sie flüsterte. Fast unhörbar. Und sie war überzeugt, dass er es nicht gehört hatte, als sie auf seinem Gesicht lesen konnte, dass er es doch hatte.

Er rollte die Augen zur Decke, um deutlich zu machen, dass es genug Feinde gab, falls es darum ging. Dass das Leben, wie er ihr in den letzten Jahren so oft gesagt hatte, einem Schachspiel glich. Man war gezwungen Risiken einzugehen, Bauern kaltzustellen, Läufer und Türme zuletzt, wenn man die Ausdauer und die Entschlossenheit hatte, die Königin zu stürzen und den König schachmatt zu setzen.

18

Er rechnete. Subtrahierte und addierte, aber es half nicht. Das Papier, über dem er die letzte Stunde gesessen und das er mit Zahlen und Zahlenreihen gefüllt hatte, schien ihm fast ins Gesicht zu schreien, dass es teuer war, fünfundzwanzig Jahre alt und der jüngste Mann in der Firma zu sein und gleichzeitig zwei Frauen zu unterhalten. Und sie voneinander getrennt zu halten. Er korrigierte sich selbst. Drei Frauen. Da war auch noch seine Mutter, der er Geld nach Hause schickte.

Erik blickte verstohlen zum Büro seines Chefs hinüber, in das Abel Zimmermann gerade nach einem Mittagessen verschwunden war. Leicht pfeifend und mit federndem Gang hatte er mit fröhlichen Grüßen an alle um sich geworfen und nach ein paar Worten mit den Empfangsdamen und der Telefonistin die Tür zu seiner Höhle geschlossen.

Erik lächelte bei dem Gedanken. Zimmermann war wie ein Bär in seiner Höhle. Gemütlich bärenhaft und gefährlich unvoraussehbar zugleich. Von hier aus erließ er Befehle und schickte seine Mitarbeiter in die Welt hinaus, wie ein kleines Heer von Geldmachern. Seine Fantasie kannte nur die Grenzen, die seine etwas schwammige Moral ihr vorgaben. Erik wusste, dass Zimmermann früh die Bedeutung des Geldes für das eigene Überleben kennen gelernt hatte und dass es im Spiel um Geld und Macht alle Kniffe und Kapriolen, die einem Menschen möglich waren, einzusetzen galt. Menschen hatten es an sich, einen im Stich zu lassen und einem wehzutun und sich unberechenbar zu verhalten. Mit Geld war das anders. Es gehorchte seinen ganz eigenen Gesetzen, und Abel Zimmermann kannte sie genau. Erik gab gerne zu, dass Zimmermann sein Held war. Anders als sein eigener Vater, der dreißig Jahre seines Lebens im Alkoholnebel verbracht hatte, weil das Leben nicht nach seinem Kopf lief, hatte Zimmermann die Sache selbst in die Hand genommen. Er hatte sein Schicksal verändert.

Durch im Büro aufgeschnappte Informationsbrocken hatte Erik sich zusammengereimt, dass Zimmermann in China geboren und aufgewachsen war, nachdem seine jüdischen Eltern während der Revolution aus Russland geflohen waren. Es war ihm gelungen, das Geld der Handelsfirma aus dem später kommunistischen China herauszuschmuggeln. Der junge Abel wurde verhaftet und vier Jahre verhört, wo der Betrag geblieben war. Aber er beherrschte die Kunst, sich in allen Details daran zu erinnern, was in den Verhören gesagt worden war, und niemand konnte ihn dazu bringen, sich irgendwann selbst zu widersprechen. Als seine Gefangenenwächter ihn mangels Beweisen schließlich frei ließen, beförderten die Bosse in New York ihn zum Leiter des wichtigen Hongkonger Büros. Aber die Jahre in der Gefangenschaft hatten ihre Spuren hinterlassen. Jedes Mal, wenn ihm eine Frage gestellt wurde, begann das Schachgehirn automatisch das dahinter liegende Motiv auszumachen, und er war ein für alle Mal zu der Ansicht gekommen, dass alle Menschen ihre eigene Tagesordnung hatten. Oft hatte Erik gedacht, dass sein Boss ihn an eine übergewichtige Ausgabe von Victor Borge erinnerte. Eigentlich waren es nicht so sehr die typisch jüdischen Züge. Es war mehr die Persönlichkeit. Alle Aufmerksamkeit schien sich auf ihn zu konzentrieren, wenn er einen Raum betrat. Automatisch schien man zu erwarten, dass hier jemand war, der eingriff.

Sie sprachen selten miteinander. Doch wenn es dazu kam, kam in der Regel etwas dabei heraus. Denn Zimmermann war auch ein Mann, der zuhören und seinen Standpunkt ändern konnte, wenn die Argumente dafür sprachen. Wie an dem Tag, als Erik in Zimmermanns Büro gerufen worden war und Zimmermann ihn ein wenig spitz gefragt hatte, ob es nicht schon fast unverschämt sei, so spät zu kommen und weiter den vollen Lohn zu erwarten. Gewisse Mitarbeiter hatten Bemerkungen fallen lassen und er musste doch verstehen können, dass so etwas nicht ging.

»Ich ziehe es vor, konzentriert zu arbeiten, statt dazusitzen und die Zeit zu vergeuden«, hatte Erik erklärt.

Zimmermann, der selbst ein Morgenmensch war und fast immer als Erster kam, hatte ihn verständnislos angesehen. »Die Zeit vergeuden? Sie meinen, Sie ziehen es vor, zu Hause auszuschlafen anstatt hier?«

Erik schüttelte den Kopf. Sicher herrschte in seinem Leben außerhalb des Büros in der Regel kein Mangel an Geselligkeit. Aber der Grund war ein ganz anderer. »Ich bin immer so gewesen. Mein Gehirn funktioniert nicht vor elf Uhr morgens. Ich kann das nicht erklären.«

Zimmermann dachte darüber nach, während Erik spürte, wie sich sein Diamantblick in sein Gehirn bohrte.

»Sie sind also ein B-Mensch. Wann gehen Sie ins Bett?«

Erik antwortete wahrheitsgemäß, dass er unmöglich vor drei Uhr nachts schlafen konnte, in der Regel erst später. Deshalb lag die Anfangszeit im Büro um neun für ihn fast mitten in der Nacht.

Zimmermann trommelte mit den Fingern auf die Tischplatte. Erik konnte sehen, wie er hinter den nachdenklichen Gesichtsfalten das Für und Wider abwog.

»In Ordnung«, sagte er nach einer Pause. »Ich akzeptiere Ihre Erklärung. Sie kommen später, aber Sie gehen auch später?«

Erik nickte. Denn es stimmte, dass er immer spät ging. Er konnte am besten denken, wenn die anderen nach Hause gegangen waren und er das Büro für sich alleine hatte. Wie viele Ideen waren ihm schon gekommen, während er mit einer Tasse Kaffee und den Beinen auf dem Tisch die Aussicht über Victoria genossen hatte.

Zimmermann unterdrückte ein Lächeln. Es wurde von den vielen Falten seines Gesichts geschluckt. »Und Sie halten Ihren Umsatz.«

Das war ein Befehl, keine Frage. Sie sahen einander an. Und wussten beide, dass dieser Befehl mehr als ausgeführt werden würde.

Das lag gut einen Monat zurück, und er hatte seit diesem Tag kaum mit Zimmermann gesprochen. Hatte er nicht gelernt, dass man seinen Augenblick mit Umsicht wählen musste, wenn man etwas erreichen wollte? Und der Augenblick war nicht reif gewesen. Nicht bis heute, wo Abel Zimmermann pfeifend zur Tür hereingekommen war.

Erik richtete seinen Schlips und zog das Jacket an, während er in Gedanken seine Strategie durchging.

Als er hereingebeten wurde, hatte Zimmermann ihm den Rücken zugewandt und starrte aus dem Fenster, genau wie er selbst es so oft getan hatte. An Zimmermanns Rücken konnte er sehen, dass er noch immer guter Laune war. Die Schultern waren zurückgezogen; der Nacken auch. Die Hände steckten in den Taschen.

»Bennett!«

Sein Chef drehte sich halb zu ihm um. Die buschigen Brauen zogen sich fragend nach oben. »Wie komme ich zu der Ehre? Ist ein neuer Taifun auf dem Weg, von dem ich noch nichts gehört habe? Sollen wir vielleicht Holz importieren und eine Ladung Särge bauen?«

Erik ließ sich nicht aus der Ruhe bringen. »Ich frage mich, ob ich nicht eine Gehaltserhöhung bekommen kann.«

Zimmermann sperrte die Augenschlitze auf und sagte säuerlich. »Eine GEHALTSerhöhung? Sie haben die Arbeitszeit eines Direktors. Jetzt wollen Sie wohl auch noch das Gehalt eines Direktors?«

»Ich bin der Meinung, dass ich mehr Gehalt verdiene«, sagte Erik mit dem starren Blick eines Schlangenbeschwörers.

Zimmermann stand eine Weile da und sah aus, als würde er nachdenken. Dann setzte er sich an seinen Schreibtisch und fischte einen Karton aus der Schublade.

»Sie spielen Schach. Das haben Sie mir erzählt.«

Erik nickte.

»Setzen Sie sich.«

Abel Zimmermann öffnete das Spiel und begann mit fast liebevoller Miene, die Figuren aus Elfenbein und Ebenholz aufzustellen. Als er fertig war, rieb er die Handflächen gegeneinander und sah zufrieden aus. »Wenn Sie länger als fünfzehn Züge durchhalten, bekommen Sie einen Bonus von tausend Dollar für jeden weiteren Zug.«

Er verlor. Und er verstand nicht, warum. Hatte er jemals eine Partie Schach gegen irgendjemanden verloren? Niemals hätte er sich auf ein Spiel eingelassen, wäre er nicht sicher gewesen, es zu gewinnen.

Er hätte sich selbst in den Hintern treten können.

Stattdessen zog er sich aus Zimmermanns Büro zurück, während sein Chef mit unschuldiger Miene das Schachspiel zusammenpackte. Er hatte zwei Minuten gebraucht, um Erik schachmatt zu setzen.

»Haben Sie Schach gespielt?«, fragte die Empfangsdame Ruth, die immer wusste, was hinter den geschlossenen Türen vor sich ging.

Erik nickte.

»Und Sie haben verloren?«

»Sieht man das?«

Sie lächelte ihn tröstend an. »Sie haben es nicht gewusst, nicht?«

»Was gewusst?«, fragte er beinahe irritiert.

»Dass Sie gerade mit einem Großmeister gespielt haben. Er ist auch einmal chinesischer Meister gewesen.«

Er hatte keine Zeit zu reagieren, bevor Zimmermann die Tür seines Büros öffnete. »Bennett!«

Erik schlich sich zurück auf den Platz vor dem Schreibtisch.

»Sie sollten immer darauf achten, dass Sie alles über ihren Gegner wissen. Setzen Sie sich.«

Er gehorchte.

Zimmermann setzte sich ebenfalls und faltete die Hände vor

dem Körper. »Ich gebe Ihnen noch eine Chance, sich einen Bonus zu verdienen.«

»Wenn es dabei um Schach geht, können Sie es vergessen«, sagte Erik sauer.

»Zigaretten«, sagte Abel Zimmermann. »Millionen von Zigaretten.«

Eriks Interesse war geweckt. »Wo? Wie?«

Sein Chef drehte die Handflächen nach oben, wie um zu zeigen, dass er darin keine Zigarettenpackungen versteckt hatte. »Schmuggel. Eine Art legaler Schmuggel, kann man sagen.«

Er beugte sich vertraulich vor. »Wir haben ein Distriktbüro, in dem es Probleme mit dem Leiter gibt. Er hat nicht den Mut. Ist nicht aus dem richtigen Stoff gemacht. Deshalb haben wir ihn in Urlaub geschickt.«

Urlaub war ein umfassendes Wort.

»Wo?«, wiederholte Erik. »Wo ist das Büro?«

»In Singapur«, sagte der Großmeister triumphierend, als hätte er ihn gerade noch einmal schachmatt gesetzt.

19

Vielleicht sah sie in Wirklichkeit Gespenster. Vielleicht bestand keine Gefahr. Vielleicht hatte sie nur Schwierigkeiten, zwischen Fantasie und Wirklichkeit zu unterscheiden, wie es vorkommen konnte, wenn sie den Ton zu bekannten und unbekannten Gesichtern formte, bunt durcheinander. Oder wenn nachts der Traum zu ihr kam und sie erwachte und sich die Angst wie ein totes Gewicht schwer auf ihre Brust legte.

Kit ging eine Runde um das, was am Anfang nicht mehr als ein Tonhaufen mit den Konturen eines Gesichts gewesen war. Jetzt nahm das Material unter ihren Händen Form an. Langsam begann sie zu ahnen, was sich im Ton versteckte. Ein paar hohe Backenknochen, eine flache Nasenpartie und der unverkennbare schräge Winkel der Augen.

Es war ein asiatisches Gesicht.

Nicht, dass sie das überraschte. Denn es war bei weitem nicht das erste in ihrer Reihe von Kreationen, die alle in dem Regal über der Drehscheibe standen. Sicher hatten auch alle Familienmitglieder den Büsten ihr Gesicht gegeben, es gab Variationen von Karen-Lis in den verschiedenen Altersstufen, von ihren Eltern, von Henrik und ihrer Großmutter. Aber die asiatischen Züge faszinierten sie. Eine Art Anziehungskraft von etwas, das, wenn sie näher darüber nachdachte, in ihrer seltsamen Mystik begründet lag. Jedes der Gesichter war wie ein Buch, geschrieben mit fremden Buchstaben, und dem verschlossen, der sie nicht lesen konnte. Sie standen einfach da, mit ihren anonymen Masken, gehüllt in Schweigen, als trügen sie die Geheimnisse der Welt. Wie die Karte, die sie nicht alleine hatte deuten können. Wie die Jahre in Hongkong, an die sie sich nicht erinnern konnte. Sie hatte gelernt keine Fragen zu stellen, sondern einfach das in ihr zu akzeptieren, das diese Gesichter schuf. Hin und wieder, wenn es sie besonders beschäftigte, kam es ihr vor, als wäre ihr Leben nur das: eine Wanderung durch das Wirrwarr unbekannter Gesichter, so wie sie sich einen Gang über die geschäftige Nathan Road in Hongkong vorstellte. Geduldig auf den Tag wartend, an dem sie vielleicht auch nur eins in der Menge wiedererkennen würde.

Trotzdem korrigierte sie die Augen. Da war etwas, das nicht ganz passte. Etwas, das nicht dorthin gehörte und das ihr ein Gefühl gab, als wollte die Arbeit sie an der Nase herumführen.

Trotz ihrer Anstrengungen wollte es ihr nicht gelingen. Sie trocknete automatisch die Hände an dem Handtuch ab und trat drei Schritte zurück, während die Gedanken auf sie einstürmten.

Wann wurde Intuition zu Wissen? Wann konnte man sich auf seine Sinne verlassen?

Sie ging die Begebenheiten der letzten Tage durch. Die Entdeckung ihres Vaters im Büro, die Karte mit den drei Schriftzeichen und die Unterhaltung mit der chinesischen Frau, die Geschichte von den eineinhalb Millionen und Karen-Lis, die allzu sehr ein Wissen bestritt, das aus ihr herausleuchtete.

Es konnte Zufall sein. Es konnte ihr eigener Instinkt sein, der sich irrte. Aber wenn sie sich nicht auf sich selbst verlassen konnte, auf wen dann? Namen wirbelten ihr durch den Kopf. Und Gesichter. Ihr Blick wanderte zu dem Regal mit den Büsten. Ihre Mutter mit ihrer Sanftheit, die sie wie einen Schild vor sich hertrug. Karen-Lis mit dem behaarlichen Zug um den Mund. Ihr Vater mit einem Ausdruck, als plane er den nächsten Schachzug. Henrik.

Ihr Blick blieb für einen Moment an seiner Büste hängen.

Henrik. Der immer da war, um zurückzuhalten und zur Vernunft zu bringen. Henrik, der zu keinem Zeitpunkt ihre Angst infrage gestellt, sondern es als etwas Natürliches akzeptiert hatte, als sie der Meinung war, dass ein Zusammenhang zwischen der Karte und dem Herzanfall ihres Vaters bestand. Und der sie von sich aus darüber informiert hatte, dass eine Firma auf den Cayman Islands Kaliki um eineinhalb Millionen betrogen hatte, als bestünde da ein Zusammenhang, was zu glauben, es genau besehen keine Beweise gab. Es sei denn, man wusste etwas oder hatte zumindest eine Ahnung, die niemand sonst hatte.

Das Gesicht auf der Drehscheibe starrte sie schweigend an. Ärgerlich warf sie ein Tuch darüber.

Henrik.

Sie konnte es nicht lassen, sie musste seine Büste von dem Regal nehmen und ins Fenster stellen, wo das hereinfallende Licht das Gesicht in zwei Teile teilte. Sie kannte es so gut. Jeden Zug und jede Linie.

Sie war an dem Tag mit ihr fertig geworden, an dem er bei Kaliki gekündigt hatte. An dem Tag, an dem ihre Beziehung in die Brüche gegangen war.

Kit streckte die Hand aus. Berührte vorsichtig Hals und Mund. Die Bilder stürzten auf sie ein. Bruchstücke erregter Unterhaltungen, schlaflose Nächte und Vorwürfe, die sie nicht hören wollte. Vorwürfe gegen ihren Vater.

Denn er war die zentrale Figur bei diesem Bruch gewesen. Damals hatte sie das nicht so deutlich gesehen, aber das Muster war da. Diskussionen, bei denen sie aneinander vorbeigeredet hatten. Henriks Frustration über die Arbeit in der Firma und ihr eigener Unwille, die Kritik zu hören. Der sich allmählich aufbauende Abstand zu ihr, weil sie dichtmachte.

Sie konnte die letzten, entscheidenden Wortwechsel noch hören. Den Moment, in dem er alles aufs Spiel gesetzt hatte. Wo sie sich hätte für ihn entscheiden können.

Er war am selben Tag aus Hongkong nach Hause gekommen. Zu der Zeit war er oft auf Reisen. Er betreute Kalikis Fabrik und Schiffsabteilung dort draußen und musste oft zu Besprechungen mit den Unterlieferanten. Ihr Vater vertraute ihm, das wusste sie. Henrik war seine rechte Hand, wie er oft sagte.

Sie hatte ein leckeres Abendessen zubereitet, aber er war nicht hungrig. Er hatte lange dagesessen und das Essen auf dem Teller hin und her geschoben und verstohlen zu ihr hinübergesehen, als wollte er ihre Gemütslage abschätzen.

Er legte die Serviette auf den Tisch und schob den Stuhl zurück. »Es geht nicht«, sagte er müde.

Sie spürte die Kälte in ihrem Rücken. »Was?«

»Die Arbeit. Dein Vater. Morgen kündige ich.«

Vielleicht war sie naiv gewesen. Vielleicht hatte sie ihrem Vater zu oft zugehört, der meinte, dass Henrik für Firma und Familie ein Geschenk Gottes war. Sie verstand es nicht.

»Das sagst du nur so.«

Er nickte. Ein irritierendes Nicken, kam es ihr vor. Besserwisserisch.

»Er hat dich in die Firma genommen«, räsonierte sie. »Er hat dir einen Job gegeben, für den andere einen Mord begehen würden. Reisen erster Klasse. Bonusse. Ein Auto.«

Henrik sah sie traurig an. »Die Prinzessin und das halbe Königreich«, sagte er.

Sie wurde wütend. »Ja, zum Teufel. Wenn du es so ausdrücken willst. Wo wärst du heute, wenn es ihn nicht gäbe?«

Sie hörte es genau, während sie es aussprach. Das waren nicht ihre Worte. Nicht die, die sie sich normalerweise an den Kopf warfen. Es war billig, aber sie konnte es nicht lassen.

»Was hast du plötzlich gegen meinen Vater? Du, der früher gesagt hat, dass er wie der Vater für dich war, den du so lange vermisst hast. Du hast ihn bewundert.«

Henrik starrte in die Luft. Er nickte. »Natürlich habe ich das. Er war tüchtig. Er war wie ein Wirbelwind aus Energie ... du kennst ihn ja.«

Er begegnete ihrem Blick. »Und ich war in seine Tochter verliebt.«

Sie bekam es sofort mit. »War?«

Wieder sah er sie an. Sie wartete auf die Berichtigung, aber sie kam nicht. Stattdessen sagte er: »Du bist so sehr ein Teil von ihm, dass du nicht siehst, wo er aufhört und du anfängst. Du siehst es nicht, Kit. Manchmal glaube ich, du liebst deinen Vater mehr als dich selbst.«

Aber was ist los?, hätte sie gerne gerufen. *Warum?* Doch die Worte wollten sich nicht bilden, und die Wut ließ sie weitere Vorwürfe quer über den Tisch werfen.

»Vielleicht geht es darum, wer wen ausgenutzt hat«, sagte sie böse. »Ohne Vater wärst du nichts.«

Wieder spürte sie die stille Resignation.

»Und wenn ich nichts bin, bin ich auch nichts für dich. Ist es das, was du meinst, Kit? Oder ist mein Gefühl ganz falsch? Liebst du mich für das, was ich bin? Würdest du mich heiraten, Kinder mit mir bekommen, wenn dein Vater mich nicht wie eine Marionette führte?«

»Mein Vater ist an Marionetten nicht interessiert.«

»Dein Vater ist ein Manipulant, Kit. Aber du hast meine Frage nicht beantwortet. Liebst du mich für das, was ich bin?«

»Natürlich tue ich das«, sagte sie unsicher, weil nichts so einfach war und weil man die Dinge nicht trennen konnte.

»Dann beweise es«, provozierte er sie. »Heirate mich. Obwohl ich gekündigt habe.«

Aber das war falsch. Da stand eine Mauer vor ihr und drohte auf sie zu stürzen. Sie starrte ihn mit einem Ausdruck an, von dem sie wusste, dass es Entsetzen war.

»Wir können fortziehen«, versuchte er es. »Ein neues Leben anfangen.«

Aber wir haben doch ein Leben, wollte sie sagen. Wir haben uns und die Familie. Wir haben Verantwortung für uns und andere. Doch vor lauter Angst konnte sie nichts sagen.

Plötzlich ließ er ihre Hand los, als hätte er sich an einer heißen Fläche verbrannt. Stand auf und ging zum Fenster und sagte mit dem Rücken ihr zugewandt: »Ich kann nicht mehr mitmachen. Ich glaube, es ist das Beste, wir trennen uns.«

Kit starrte Henrik an, als ob er und nicht seine Büste in der Sonne des Fensters stünde. Und sie wusste, dass das der Weg war, den sie gehen musste. Zurück zu der Trennung und der Wut und den verletzenden Worten und dem Verlust, der Gedanken und Energie aus ihr heraussaugte.

Sie musste ihn sehen.

Sie ging zum Waschbecken hinüber und schrubbte den Ton von ihren Händen. Es hatte sie tief verletzt, wie schnell er aufgegeben hatte. Wie schnell er ihre Beziehung beendet hatte. Aber vielleicht war es doch nicht so schnell gegangen. Vielleicht war dem viel vorausgegangen, das sie nicht gesehen oder gehört hatte. Nicht weil sie nicht wollte. Sondern weil sie nicht konnte.

Sie griff nach ihrer Jacke und den Autoschlüsseln. Karen-Lis und ihre Mutter waren im Krankenhaus und hatten das Auto ihres Vaters.

Sie würde ihn schon finden.

Sie wollte gerade hinausgehen, als sie den unter der Tür hindurchgeschobenen roten Umschlag sah. Sie hielt den Atem an, während sie ihn aufhob. Merkte sich, dass keine Briefmarke darauf war. Spürte die Angst wie eine Schicht Eis, die sich unter dem Mantel ausbreitete. Unter der Haut. Bis zu den Knochen.

Sie nahm ihren ganzen Mut zusammen, öffnete den Umschlag und zog die Karte heraus. Viereckig wie die erste.

Diesmal war es eine Zeichnung. Ausgeführt mit den sicheren Strichen eines Erwachsenen, doch in der Perspektive mit der Naivität eines Kindes. Es war schwer auszumachen, ob es sich um eine Explosion oder um ein Feuerwerk handelte, aber Funken und Fangarme aus Feuer schlugen bunt durcheinander aus etwas, das einem rechteckigen Gebäude mit hohen Fenstern und einer Tür so breit wie ein Scheunentor glich. Es gab auch ein paar Worte, diesmal in ihr bekannten Buchstaben. Ausgeschnitten aus einer Zeitung und zu vier chinesischen Worten zusammengesetzt stand da:

KungHeiFatChoi

Die Worte zitterten vor ihrem Blick, obwohl die Botschaft oberflächlich betrachtet sehr unschuldig klang. Denn so viel Chinesisch konnte sie noch, um zu wissen, dass das *Ein gutes neues Jahr* bedeutete.

20

»Was geht hier vor?«

Er antwortete nicht. Lag nur da und guckte. Sie an oder in die Luft, es war schwer zu sagen.

Karen-Lis spürte den Drang, sich zu befreien. Einfach den Koffer zu packen und abzuhauen. Sich Luft und Raum und Platz zu schaffen, um zu sein. Aber etwas in ihr bestand darauf, dass sie dort saß. Dass sie dieses Mal blieb und ausharrte, bis es auf die ein oder andere Weise vorbei war. Vielleicht war das die Liebe. Die, der sie nicht entgehen konnte.

Seltsam, wie sie ein Teil von ihr war, dachte sie, wie eine zusätzliche Schicht Haut. Sie konnte sie nicht einfach ignorieren.

»Was willst du von mir?«

Sie wusste sehr wohl, dass es vergeblich war. Er hatte nicht die Absicht, da zu sein. Vielleicht war es richtig von ihm. Vielleicht eine Art Schutz. Schutz gegen das endgültige Aufgeben des Herzens. Ein Stoßdämpfer gegen den Tod.

Nicht, dass er Angst hatte zu sterben. Sie kannte ihn zu gut, um das zu wissen. Aber da war etwas anderes, wovor er Angst hatte, das las sie in seinem Gesicht. Das Leiden? Oder die Rücksichtslosigkeit, die einen treffen konnte wie ein Bumerang. Vielleicht war er auch so weit gekommen, dass er sich um die sorgte, die er liebte. Wie es ihnen ohne ihn gehen würde. Denn er liebte sie. Deshalb war alles so schwer. Liebe erzeugt Liebe, erzeugt Liebe. Und seine Liebe zu ihr hatte sich verdreifacht. Sie war sein Stolz und seine Vertraute. Sein großes Mädchen. Sein, mit Haut und Haar und Herz.

Und genau das machte ihr Angst. Denn sie spürte, dass er etwas von ihr wollte. Noch einmal. Sie war ausersehen, ihn zu retten. Seinen Ruf in den Augen der anderen zu retten, vor allem in denen Kits.

Denn das sagten die Augen. Sie flehten sie an, sich an die Abmachung zu halten. Mitzuspielen, bis der letzte Stein verspielt war.

Sie streckte die Hand aus und nahm seine. Meinte, einen leichten Druck zu spüren. Wieder suchte sie seinen Blick, aber er schien durch sie hindurchzusehen.

»Du bist ein alter Schurke«, sagte sie und hörte die Verzweiflung.

War es Einbildung oder lächelte er schwach? Das sah ihm ähnlich. Er war eben einzigartig, dachte sie nicht ohne Bewunderung, und einen Augenblick streifte Jacques ihr Bewusstsein. Denn sie wusste sehr wohl, dass er ihm am nächsten kam.

Einen Augenblick versank sie in der Erinnerung.

Sie hatte ihn getroffen, als sie eine Geschichte über die französische Fremdenlegion schreiben sollte. Er war schon lange nicht mehr dabei. Nicht richtig pensioniert, denn so alt war er noch nicht. Ihre Recherchen hatten sie zu ihm geführt, zu diesem 45-jährigen früheren Major, der sich jetzt um seinen Weinberg und um sich selbst kümmerte. Und um seine Familie.

Ach ja, auch er war anderweitig gebunden, wie es so schön hieß. Aber das hatte sie nicht daran gehindert, ihre Affäre zu beginnen. Herrgott noch mal, das war doch normal in Frankreich. Seine Frau wusste nichts, aber sie fragte auch nicht, wie er ihr erzählte. »Wir haben ein Einvernehmen.«

Wenn sie jetzt daran zurückdachte, sah sie ganz klar, dass ihre ganze Beziehung auf Spannung basiert hatte. Auf Spannung und auf Sex natürlich.

Die Spannung kam durch das Verbotene und durch seine Vergangenheit. Seine Geschichten aus der Zeit in der Legion. Er sollte Bücher schreiben, hatte sie oft gesagt. Er hatte das Vermögen, den Geschichten Leben einzuhauchen, sodass sie alles vor sich sehen konnte. Die fliegenden Kugeln hören und das Blut riechen konnte, als er getroffen wurde. Sein Körper zeugte davon. Eine Narbe hier und eine Narbe da. Warum in aller Welt war sie etwas so billig Machohaftem erlegen? Warum konnte sie nicht mit einem ganz normalen, netten Typen zur Ruhe kommen? Einem, der von neun bis vier arbeitete und bereit war, Verantwortung zu übernehmen. Einem, der nicht am Rande der Gesellschaft lebte. Der nicht auf diese kindische Weise die Spannung brauchte, um sich lebendig zu fühlen.

Plötzlich seufzte ihr Vater tief. Als wäre das sein Kommentar zu ihren Gedanken. Er war von Jacques begeistert gewesen, als sie für ein verlängertes Wochenende heimlich mit ihm nach Dänemark gefahren war, während seine Frau glaubte, er sei mit alten Veteranen aus der Zeit in der Legion zusammen.

»Der Typ hat etwas. Er hat etwas Männliches«, hatte ihr Vater gesagt, als Jacques erzählt hatte, wie er als 22-jähriger in die Legion eingetreten war, nachdem seine Eltern bei einem Verkehrsunfall ums Leben gekommen waren. Das Schicksal in die eigene Hand nehmen und all das, was ihrem Vater immer imponiert hatte.

»Er hat etwas von dem, worauf es ankommt.« Das war das Kriterium ihres Vaters, ob ein Mann ein Mann oder nur ein Jasager oder – Gott bewahre – ein Schlappschwanz war.

Karen-Lis ließ die Hand ihres Vaters los und beugte sich über ihn, um zu sehen, ob er schlief. Vielleicht war es ein vorgetäuschter Schlaf, aber seine Augen waren geschlossen. Der Atem ruhig und gleichmäßig.

Da hätte sie ihm eigentlich auch erzählen können, dass man nicht einfach davon ausgehen kann, dass jemand, der wie ein richtiger Kerl aussieht, auch einer ist. Die Götter mochten wissen, dass sie allmählich eine ganze Reihe von Männern vorweisen konnte, von denen sie geglaubt hatte, dass sie etwas Besonderes wären. Männer, von denen sie geglaubt hatte, sie könnten ihrer Vorstellung von einem richtigen Mann genügen. Oder war es die Vorstellung ihres Vaters?

Sie zählte sie an den Fingern ab. Da war natürlich Jacques, der in dem Moment zu seiner Frau nach Hause gelaufen war, als Karen-Lis verkündet hatte, dass sie schwanger war. Aber erst nachdem er unterstellt hatte, dass er nicht notwendigerweise der Vater des Kindes sein musste, da sie durch ihren Job ja viel in der Welt herumkam. Dann war da der Engländer James, der preisgekrönte Kriegsfotograf, den sie in Südafrika getroffen hatte und der eines Tages plötzlich aus ihrem Leben verschwunden war – genau wie in der Geschichte von dem Typen, der nur Zigaretten holen geht und nie wiederkommt. Sie wusste, dass er nicht tot oder gekidnappt worden war, denn sie hatte seine Fotos in anderen Zeitungen gesehen. Fotos, die davon zeugten, dass sie von einem sensiblen, intelligenten und mutigen Mann aufgenommen worden waren, der Respekt vor dem menschlichen Leben hat, wie man so schön sagt.

Und es gab andere. Der Arzt einer humanitären Hilfsorganisation, dem Krankheit und Not als Liebestrank dienten und der Frauen konsumierte und wie Kanülen wegwarf. Sie hätte weiter fortfahren können.

Aber Jacques war es, den sie nicht vergaß. Nie. Und es war der Gedanke an das Kind, der so oft alles andere gleichgültig erscheinen ließ. Das Kind, dessen Blick sie überall gesehen hatte, bei anderen Kindern. Bei Maku und Ivy in Simbabwe, wenn sie sich vertrauensvoll an sie schmiegten, nur weil sie ein anderer Mensch war, der sich auf sie einließ.

Sie hatte gekämpft, um diese Gedanken auf Abstand zu halten, aber jetzt schienen sie auf sie einzustürmen. Die Vorstellung von dem Kind, das sie hätte gebären und das ihr eigenes hätte sein können. Ein kleiner Rest von Jacques und ihr. Damals war das Ganze nicht weiter schlimm gewesen. Sie ließ es willig entfernen und stürzte sich in die Arbeit. Aber alles holt einen früher oder später ein. Jetzt war es also so weit.

Wieder sah sie ihren Vater an. Sie hätte es ihm erzählen können, hatte es jedoch nie getan. Niemand in der Familie wusste davon, aber jetzt, als er so dalag, getrennt von ihr durch sein Schweigen, spürte sie den Drang, es ihm zu sagen. Seine Arme und seine Stärke zu fühlen, die den Schmerz verschwinden lassen konnten. Aber sie wusste sehr wohl, was er sagen würde.

Dass sie den Kopf hochhalten und stark sein, dass sie nach vorn und nicht zurückschauen sollte. Das Gleiche, was er zu Kit sagte und vielleicht auch zu sich selbst.

Ich schaffe es nicht. Ich kann nicht wie du sein, dachte sie und sprach die Worte halblaut in die Luft.

»Ich bin kein Kerl.«

21

»Das Gebäude links ist der Tangling Club, Sir. Die Firma hat eine Mitgliedschaft. Es gibt einen Golfplatz, Tennis, alles. Sehr britisch. Sind Sie Brite, Sir?«

Der Chauffeur mit dem Turban hatte ihn vom Changi Flughafen abgeholt, der sich in Hinblick auf Energiegeladenheit und brodelnde, sprudelnde Geschäftigkeit in keiner Weise mit Kai Tak messen konnte. Er war ein Sikh, hatte sich als Karat Singh vorgestellt und steuerte das Auto geschickt durch die Stadt Singapur.

»Nein. Ich komme aus Dänemark«, sagte Erik, vorbereitet auf die Unwissenheit, wo Dänemark lag. Aber Singh stellte nur das Wesentliche fest.

»Also kein Jude.«

»Genau.«

Er war daran gewohnt. Er war und blieb eine exotische Minderheit in der Firma, die abgesehen von den Chinesen nur selten Nichtjuden einstellte. Anfangs hatte er oft darüber philosophiert, wie sein Leben aussehen würde, wären seine Bewerbungen und die folgenden Einstellungsgespräche bei den großen dänischen Firmen in Hongkong nach Plan verlaufen, denn ursprünglich hatte er dort anfangen wollen, wo sein Vater aufgehört hatte. Den Traum seines Vaters in Hongkong verwirklichen, der so gründlich in der Bitterkeit über die eigene Unzulänglichkeit und in ausreichend Alkohol, um ein Schlachtschiff vom Stapel zu lassen, untergegangen war.

Wie gründlich, hatte er nicht gewusst, bis ihm schriftlich mit vielen Umschweifen und Beschönigungen und Andeutungen mitgeteilt worden war, dass die Erfahrungen mit einem Bennett mehr als ausreichend gewesen seien. Er musste es andernorts versuchen, wenn er sich Hoffnung auf eine Karriere im Geschäftsleben von Hongkong machen wollte.

Und das wollte er. Hatte von nichts anderem geträumt, als wäre der Traum vom Vater auf den Sohn vererbt worden. Aus der Kindheit konnte er sich vage an die Stimmung erinnern, an den Puls der Stadt, das Herz, das für den schnellen Handel schlug.

Dieser Gedanke hatte ihn nach der Heimkehr nach Nyborg im Alter von nur zwölf Jahren aufrecht gehalten. Er wollte es ihnen zeigen. Ihnen allen. Er würde die Sache in die Hand nehmen. Die Ehre der Familie retten, seine eigene nicht zu vergessen. Doch sie hatten ihn nicht gewollt, und als er auf dem hinteren Sitz des Ford Continental saß, konnte er die Demütigung noch immer wie eine brennende Ohrfeige spüren, die seinen Kopf brummen ließ. Aber er hatte nicht aufgegeben. Hatte Bewerbung auf Bewerbung losgeschickt. Und Absage auf Absage erhalten. Die feinen britischen Firmen hatten ihn auch nicht einstellen wollen, und langsam hatte er den Namen Bennett wie eine Aussätzigenmarke empfunden. Bis die Steinberg Far East Ltd., über die er nur sehr wenig wusste, ihn zu einem Gespräch nach Genf eingeladen hatte.

Und hier war er gelandet, bei den Juden, die selbst zwischen den vielen großen britischen Handelsfirmen Hongkongs, den *Hongs*, in denen Oberklassejungen sich einbildeten, selbstverständlich für eine Position in den obersten Reihen der Hierarchie geboren worden zu sein, scheel angesehen wurden.

Sein Platz war bei den Juden. Und er hatte sich nie besser gefühlt, weil er wusste, dass er bei den anderen erstickt wäre. An Konventionen und guter alter Prüderie und Scheinheiligkeit, die, wie sich zeigte, den besten Geschäften immer im Wege standen, der göttlichen Inspiration und dem raschelnden Geräusch des Geldes, das sich vermehrte. Was die anderen an Goodwill und Ansehen besaßen, besaß er an Einfallsreichtum. Was sie an

Traditionen und Unterstützung hatten, hatte er an Intelligenz und Freiheit von allzu vielen drückenden moralischen Banden. Waren sie ein Haufen schwindsüchtiger Schwächlinge aus den Internaten des Imperiums, war er ein Mann im Alter von dreiundzwanzig Jahren. Und sein Kampf hatte gerade erst begonnen.

Die Stimme des Chauffeurs drang in die Gegenwart vor. Sie fuhren durch das, was ganz offensichtlich eine wohlhabende Gegend war. Im Unterschied zu den baufälligen Häusern aus der Kolonialzeit und den Straßen voller Abfall in der Innenstadt, war hier alles sauber und gepflegt.

»Große Veränderungen bahnen sich an, Sir. In vier Monaten übernimmt *Harry Lee* die Führung.«

»Harry?«, fragte Erik, der keine Zeit gehabt hatte, sich mit der politischen Situation Singapurs vertraut zu machen.

»Ja, Sir. Lee Quan Yew. Die Briten nennen ihn Harry. Das wird das Ende Singapurs als britische Kolonie.«

Singhs Stimme war vor Enthusiasmus ganz hoch, sodass der indische Akzent deutlicher wurde.

»Jetzt werden sie Chinesen in den Tangling Club lassen müssen«, lächelte er Erik im Spiegel zu. »Ein großes Problem für die Briten«, sagte er zufrieden.

Sie bogen nach rechts in eine private Auffahrt ein. Das Haus ähnelte einem englischen Gut im Miniaturformat. Es hatte zwei Etagen und einen Balkon, der um das ganze Haus führte. Das Auto hielt vor dem Haupteingang, und das Personal kam heraus und stellte sich in einer Reihe auf; alle waren weiß gekleidet. Von Abel Zimmermanns Beschreibung wusste Erik, dass es sich um den Küchenchef, die Haushälterin, die Waschfrau, zwei Stubenmädchen, zwei Gärtner und außer Singh um einen Hilfschauffeur handelte. Flüchtig dachte er an Nyborg. An die Jahre nach Hongkong in der Drei-Zimmer-Wohnung der Wohnungsbaugesellschaft und den durchdringenden Dunst von Alkohol und Zigaretten, dem die energischste Reinigung nichts hatte anhaben können. Und in dem Moment gelobte er, seiner Mutter ein Haus zu kaufen, das an dieses erinnerte. Mit zwei Etagen, Balkon und Garten. Sein Vater hatte ihr einen Traum versprochen. Ihr Sohn würde ihn Wirklichkeit werden lassen.

Karat Singh stieg mit Würde aus dem Auto und öffnete ihm mit einem Diener die Tür. »Willkommen in Ihrem Heim in Singapur, Sir.«

Es ging um Zigaretten. Abel Zimmermann hatte ihm am Tag vor seiner Abreise bei einem Mittagessen in Jimmy's Kitchen die Details erläutert. Er hatte mit all den Vergünstigungen gelockt, die zu einem Chefposten gehörten: eine eigene Villa mit Bediensteten und ein Repräsentationskonto; alles auf Geschäftskosten bis auf den eigenen Verzehr im Haus, für den Erik zu seiner Unzufriedenheit selbst aufkommen musste. Hin und wieder, zu den merkwürdigsten Gelegenheiten, konnte Zimmermann der Geiz packen.

»Sie werden einstweilig als Büroleiter eingestellt, auch wenn Goldberg mit Sicherheit schwer zu überreden sein wird.«

»Goldberg?«

Aber Zimmermann schüttelte beklagend den Kopf. »Er ist seit hundert Jahren da. Glaubt, ihm gehört der Laden. Sie müssen sich vom ersten Tag an Respekt verschaffen«, sagte er und winkte dem Ober, der schnell ihre Weingläser auffüllte.

»Wie Sie wissen, haben wir die Vertretung für zwei Zigarettenmarken. Union, die hier in Hongkong hergestellt werden, und die amerikanischen Camel.«

Er beugte sich über den Tisch und senkte die Stimme, als hätten nicht nur die Wände, sondern auch der Ober Ohren. »In diesem Teil der Welt haben die meisten Regierungen ein Monopol auf Zigaretten. Besonders auf den Philippinen sind die Steuern immens hoch. Aber Singapur ist ein Freihafen. Er ist das Zentrum des Zigarettenhandels in ganz Südostasien.«

»Handel?«, sagte Erik und probierte den Wein, während sein Puls schneller wurde. »Sie meinen Schmuggel.«

Abel Zimmermann sah leicht entsetzt aus. »Was wir machen, hat nichts mit Schmuggel zu tun.«

Er senkte den Blick auf den Teller mit dem marinierten Hering und ging mit Messer und Gabel zum Angriff über. »Was andere tun, ist schließlich nicht unsere Sache.«

»Andere?«

Zimmermann sah auf. Zögerte leicht, doch dann sagte er: »Es gibt da einen Geschäftsmann. In Sandakan. Der Hauptstadt von Sabah im nördlichen Borneo.«

Er schwenkte unbestimmt einen Finger in der Luft. »Nahe der philippinischen und indonesischen Schärenküste«, führte er weiter aus. »Nordborneo ist noch immer britische Kolonie, sodass wir vollkommen legal mit ihm Geschäfte machen können. Er heißt Teck Guan.«

Erik hatte den Namen schon einmal gehört. Zimmermann fuhr fort, während er auf einem Bissen des marinierten Herings herumkaute, von dem er hartnäckig behauptete, er sei eine russische Erfindung.

»Teck Guan besitzt mehrere Fabriken, Waldgebiete und Lagergebäude; ein großer Mann mit Einfluss. Wir versorgen ihn mit Zigaretten aus Amerika und Hongkong.«

Erik begann den Zusammenhang zu verstehen. »Und er schmuggelt sie weiter?«

Zimmermann dippte ein Stückchen Hering in saure Sahne mit Zwiebeln. »Es ist nicht verboten, Zigaretten nach Nordborneo zu verkaufen. Wir bewegen uns innerhalb des Gesetzes.«

»Aber das tut Teck Guan nicht«, stellte Erik fest. »Und wie viele Zigaretten werden in Nordborneo *geraucht*?«

Zimmermann sah bekümmert aus. »Genau das ist das Problem. In der Regel verkaufen wir für große Summen an Teck Guan. Der sie weiter nach den Philippinen verkauft, wo es 40 Millionen Raucher gibt, die auf billige Zigaretten warten.«

»Aber jetzt?«, fragte Erik.

Zimmermann erklärte. Teck Guan hatte die Steinberg Far East Ltd. um Hilfe bei der Lösung eines Problems gebeten, das bis ins Jahr 1959 zurückreichte, in dem moslemische Piraten die Sulu Inseln verwüsteten, die genau zwischen Sandakan und den Philippinen liegen. Die malaiische Regierung hatte damals die

Briten gebeten, ein Kriegsschiff zu entsenden, um in diesem Gebiet zu patroullieren und den lokalen Handel zu schützen. Dem waren die Briten nachgekommen. Mit zwei Jahren Verspätung, weil die Admiralität sich bei dem Beschluss Zeit gelassen hatte. Mit dem Resultat, dass es das Piratenproblem längst nicht mehr gab, weil alle früheren Piraten jetzt eine feste Arbeit gefunden hatten, indem sie für Teck Guan Zigaretten schmuggelten.

»Das Ganze ist ein Witz«, sagte Zimmermann ärgerlich. »Die Besatzung des Kriegsschiffs kann niemanden festnehmen. Und interessiert sich überhaupt nicht für Schmuggel. Aber sie halten regelmäßig Tecks Schiffe an und durchsuchen sie, weil sie ihn der Piraterie verdächtigen.«

Zimmermann legte Messer und Gabel zur Seite und sah Erik aufgebracht an. »Dieses Vorgehen bringt die Planung durcheinander. Der Zeitplan kann nicht eingehalten werden. Die Zigarettenboote kommen zu spät in den Hafen und werden von den falschen Zöllnern abgefertigt.«

Erik amüsierte sich. »Sie meinen von Zöllnern, die nicht von Teck Guan bestochen worden sind. Von Zöllnern, die die Schmuggler festnehmen und die Ladung konfiszieren?«

Wieder zuckte Zimmermann mit den Schultern. »Nennen Sie es, wie Sie wollen. Das ist, wie gesagt, nicht unsere Sache.«

»Aber das Geld ist es«, sagte Erik. »Was verlieren wir im Jahr, weil die Briten in dem Fahrwasser segeln und Räuber und Gendarm spielen?«

Abel Zimmermann schloss einen Moment die Augen, als täte ihm der Gedanke physisch weh. »Für uns und andere Firmen geht es um Millionen.« Die Augen nahmen wieder ihre übliche Größe schwarzer Diamanten an. »Es sei denn, der eine oder andere kann – für einen Bonus von sagen wir zehntausend Dollar – den Kapitän dieses Kriegsschiffes dazu überreden, nur fünfzehn Kilometer weiter südlich zu patroullieren.«

Das Büro der Firma in Singapur lag in einem alten Gebäude an der Chang Allee. Es gab zwei Einzelbüros hinter Glaswänden, eine Empfangsdame, eine Telefonistin und fünfzehn Angestellte in einem Großraumbüro, die an ihren Schreibtischen telefonierten. Hinter dem Fenster des Chefbüros konnte Erik den Umriss einer Person ausmachen.

»Haben Sie einen Termin?«, fragte das Mädchen.

Er machte sie darauf aufmerksam, dass er keinen Termin brauchte. »Ich bin der Chef.«

Die Überraschung war auf ihrem Gesicht zu sehen. Er verfluchte Zimmermann, weil er die Angestellten nicht darauf vorbereitet hatte, dass ein junger, dynamischer Chef und kein sprechender Schmetterling eintreffen würde.

Ärgerlich nickte er zum Chefbüro hinüber. »Und das ist Herr Goldberg, nehme ich an.«

Was sie nervös bekräftigte. Sie glich einer Frau, deren Mann unerwartet nach Hause kommt und den Geliebten im Kleiderschrank findet.

Goldberg spielte die Rolle des auf frischer Tat ertappten Geliebten ebenfalls perfekt. Auch wenn er zweifellos mehr Ähnlichkeit mit einem verstorbenen Verkäufer im Einreiher hatte.

»Ich dachte, Sie sollten etwas Zeit haben, um sich alles in Ruhe anzusehen«, murmelte er. »Im Laufe der nächsten Tage werde ich Sie einweisen.«

Erik sah ihn liebenswürdig an. »Das wird nicht nötig sein. Ich brauche nur die Buchführung des letzten Monats, besonders im Hinblick auf den Tabakhandel. Und das Büro hier, natürlich.«

Es wurde ganz still. Der andere, der dreißig Jahre älter war, versuchte erfolglos einem Mann zu gleichen, der so gesehen, nur einen Stuhl warm gehalten hatte.

»Natürlich«, sagte er schließlich. »Sofort.«

Als Goldberg mit seinen Mappen unter dem Arm den Rückzug antrat, rief Erik ihn zurück. »Ich habe gehört, dass hier in der Stadt ein junges Schachgenie wohnt. Wo finde ich ihn?«

Goldberg hatte keine Ahnung. Was erheblich mehr über ihn als über Singapur aussagte, dachte Erik, denn das Mädchen an der Rezeption war besser informiert.

»Sie sprechen sicher von Chau Aun Lee. Versuchen Sie es im Chees Club Singapur. In der Straße hinter Raffles Hotel.«

Eine Woche später meldete Abel Zimmermann seine Ankunft an.

»Britischer Marineoffizier«, sagte er am Telefon. »Ich habe mir gedacht ... Sie brauchen einen Crashkurs.«

Zimmermann wirkte doch leicht nervös, dachte Erik und merkte, wie sich die Nervosität über die Leitung den ganzen Weg von Hongkong nach Singapur auf ihn übertrug.

»Solche Menschen sind in der Regel unbestechlich«, bemerkte Erik. »Und was ist, wenn es herauskommt? Ich bin nicht bereit, für die Firma ins Kittchen zu gehen.«

»Es wird nichts geben, das herauskommen könnte«, versprach Zimmermann, während Erik sich fragte, was dafür verantwortlich war, dass so etwas legal war und er keine moralischen Skrupel empfand. Alles schien hier anders zu sein. Die Luft, die man einatmete, der Geist in den Zirkeln, in denen er sich bewegte. Es war eine andere Welt, in der andere Gesetze galten, und solange er hier war, existierte Dänemark nicht. Die Zwangsjacke war fort, ausgetauscht gegen das Gefühl der Freiheit. Anders konnte er es sich nicht erklären.

Vor ein paar Tagen hatte er erfahren, dass die HMS Defender unter Kapitän Carrington-Smyth zu einer Woche Urlaub auf dem Weg nach Singapur war. Er hatte einen an Carrington-Smyth adressierten Brief mit seiner Visitenkarte und der Bitte, ihn anzurufen, an die Offiziersmesse geschickt.

»Es gibt Wege, Leute zu überreden«, schnarrte Zimmermanns Stimme durchs Telefon. »Außerdem ging es damals mit den Waschmaschinen und der NAFI ja ziemlich gut.«

»Das war harmlos«, meinte Erik. »Bei einem Kapitän der britischen Flotte ist das etwas anderes.«

Indem er das sagte, schien ihm die enorme Bedeutung der Aufgabe aufzugehen. Denn es stimmte. Eins war es, auf kleine Fische, die diese Geschäftsmethoden nahezu erwarteten, Druck auszuüben und sie zu überreden. Etwas anderes, einen britischen Marineoffizier zu bestechen. Das kam, hätte er religiöse Neigungen gehabt, ungefähr dem gleich, ein als Jungfrau Maria verkleidetes Callgirl auf einen Kardinal anzusetzen.

Zimmermann bekam das beste Zimmer des Hauses.

»Sollen wir ausgehen und essen?«, schlug Erik vor.

Sein Chef wollte lieber zu Hause bleiben. »Dann können wir uns ein wenig ungestört unterhalten«, erklärte er.

Erik dachte sehnsuchtsvoll an das Repräsentationskonto und ärgerte sich.

Um acht Uhr war alles geputzt und poliert. Der Tisch war mit mehreren Lagen Messern und Gabeln wie für ein Bankett gedeckt und mit einem riesigen Blumengesteck geschmückt, sodass sie sich kaum über die Tischdecke hinweg sehen konnten. Erik spürte nahezu, wie Zimmermann das Wasser im Mund zusammenlief, als das Essen auf Tellern mit Silberhauben hereingebracht wurde. Sein Hausboy stellte die warmen Teller vor sie hin und hob gleichzeitig beide Hauben hoch. Das Tagesgericht wurde sichtbar.

Zimmermanns erwartungsvoller Blick wurde von Misstrauen abgelöst. »Was in aller Welt ist das?«

Erik lächelte leutselig. »Was das Haus zu bieten hat. Ich muss mich ja etwas mäßigen, wenn derartige Dinge aus der eigenen Tasche bezahlt werden sollen.«

Zimmermann stocherte mit einer Gabel in dem Essen herum. Eine Dosensardine glotzte ihn von ihrem Platz auf einem Toast an. Er seufzte ärgerlich. »Okay, Bennett. Sie haben gewonnen.«

Der Crashkurs dauerte zwei Tage. Sie gingen in Geschäfte und Erik übte sich in der Kunst des Überredens. Er überredete, dass ihm schwindelig wurde. Ladenangestellte, leitende Angestellte und Direktoren jeglicher Couleur wurden überredet, die Preise zu senken und zwei Dutzend zu verkaufen, wenn der Preis für eins ausgezeichnet war. Und nie hätte ihn jemand der Bestechung beschuldigen können. Wie Zimmermann gesagt hatte: »Sie können Sie ja nicht für etwas festnehmen, das Sie nicht angeboten haben.«

Das waren die Worte, die in seinem Bewusstsein hafteten, als er den Kapitän bei einem Filet von schottischen Hochlandrindern traf, das in einem Privatflugzeug nach Singapur geflogen worden war und von dem Koch des Goodwood Park Hotels zubereitet und serviert wurde.

Zimmermann hatte genau recherchiert und herausgefunden, dass der Kapitän sich für einen Gourmet hielt. Doch trotz seines Namens, der nach britischer Oberklasse klang, verfügte er über keine privaten Mittel und war gezwungen, von seinem verhältnismäßig bescheidenen Gehalt zu leben.

Als der Kapitän auf Eriks Bitte hin angerufen hatte, freute er sich dementsprechend, eine Einladung zu einem Mittagessen in das exklusive Caledonian Restaurant des Goodwood Park Hotels annehmen zu dürfen. Erik hatte ihm einfach erzählt, dass ihn die Geschichte der Marine faszinierte und dass er für eine Unterhaltung mit einem Experten über die Schlacht vor Kopenhagen 1802 und über Admiral Nelson dankbar wäre.

Der Kapitän glich der Karikatur eines britischen Marineoffiziers. Er war Anfang vierzig, schien einen Besenstiel verschluckt zu haben und gebärdete sich auf eine schroffe, etwas kantige Art, als könnte er jeden Augenblick einen Befehl herausbellen und mit den Händen auf dem Rücken hin und her wandern.

Erik hatte sein Wissen über Nelson wieder aufgefrischt, und in der ersten Stunde der Unterhaltung wurde das Thema durchdiskutiert. Sie waren ganz in die Diskussion vertieft, als diese sich der Gegenwart und Singapurs neuer Freiheit und Englands Verlust von Kolonien zuwandte. Jetzt war es nicht weit zu der Frage nach der Familie des Kapitäns, die in England lebte. Eine Frau und zwei Kinder, stellte sich heraus.

Erik nutzte den Augenblick. »Die Ausbildung für zwei Kinder muss doch mit großen Kosten verbunden sein. Man wünscht sich ja das Beste für seine Kinder.«

Der Kapitän sah verärgert aus. »Alles, was reinkommt, geht wieder raus, das muss man zugeben.«

Erik beugte sich vor und zerknüllte die Serviette in der Hand. »Ein Offizier verdient ja auch nicht viel. 4227 Pfund im Jahr. Es kommt mir so vor, als würde England seine treuen Knappen nicht hoch wertschätzen.«

Der Unterkiefer des Kapitäns fiel kurz hinunter. Dann seufzte er. »Sie sind gut unterrichtet. Unter uns gesagt, könnte es besser sein, würden die finanziellen Verhältnisse an der Ehre gemessen.«

Erik räusperte sich. »Da wir gerade über Finanzen sprechen. Ich habe Freunde, die behaupten – im Spaß natürlich –, dass sie bereit wären, eine einmalige Summe von 100 000 Dollar zu zahlen, wenn die HMS Defender ganz zufällig darauf verfallen sollte, weiter südlich zu patroullieren.«

Der Kapitän stutzte. Wusste offenbar nicht, ob er auf der Hut sein oder lächeln sollte.

Erik zuckte mit den Schultern. »So eine Summe reicht für eine gute Ausbildung.«

»Ich habe ja meine Befehle, und ich verstehe auch nicht, was der Sinn dieses ... Witzes sein soll«, sagte der Kapitän, indem er jedes Wort so langsam aussprach, als müsste er erst darüber nachdenken.

Erik lächelte und legte die Serviette mitten auf den Tisch. Er nahm eine saubere Dessertgabel und legte sie darauf.

»Sie sagen, wenn das hier Sandakan ist« – er zeigte auf die Serviette – »und die Gabel Zamboanga an der indonesischen Küste, dann interessiert Ihr Schiff sich für die falschen Fahrzeuge, nämlich für die, die meinen Bekannten gehören.«

Er sah auf und begegnete dem Blick des Kapitäns. »In dem Gebiet gibt es nämlich keine Piraten, sondern nur einen lebhaften Handel, der auf Grund der Unterbrechungen immer Verspätung hat ... sagen meine Bekannten.«

»Handel?«, der Kapitän sah ihn misstrauisch an. »Sie meinen Zigarettenschmuggel.«

Erik zuckte mit den Schultern. »Davon weiß ich nichts. Ich erzähle nur, was ich gehört habe.«

Einen langen Augenblick war es still. Der Kapitän starrte auf die Serviette und die Gabel. Er sah auf. »Ich glaube wahrhaftig, Sie versuchen, mich zu bestechen. Könnte es sein, dass Ihr Interesse an Nelson nur oberflächlicher Art war?«

Erik schüttelte energisch den Kopf und trank aus seinem

Weinglas. »Überhaupt nicht. Ich biete Ihnen nichts an. Erzähle nur eine Geschichte weiter. Ich dachte, es würde Sie interessieren zu hören, was andere über Sie und Ihre Mission denken. Dass es für die Briten keinen Unterschied machen würde, wenn Sie, sagen wir, fünfzehn Kilometer weiter südlich patroullierten.«

Der Kapitän lehnte sich in seinem Stuhl zurück und betrachtete Erik. Sein Gesicht hatte einen traurigen Ausdruck angenommen.

»Möglicherweise nicht. Aber das ist eine Frage der Ehre«, sagte er leise, als spräche er mit sich selbst.

Erik lächelte verständnisvoll. »Ach, ja, die Ehre. Ein verdammt sperriger Begriff. Aber schwer zu umgehen.«

Er hob das Glas zu einem versöhnlichen Prost.

»Nur schade, dass diese Ehre nicht auch die Rechnungen bezahlt.«

Es war Sonntagabend halb zwölf, als ein Gast an Eriks Tür schellte und von seinem Houseboy ins Haus geführt wurde.

Niemand konnte eine Augenbraue heben, und der Arm des Gesetzes hätte nie soweit reichen können, weil alles völlig legal war, als Kapitän Hugh Carrington-Smith seinen Namen auf ein Stück leeres Papier setzte.

Erik folgte ihm vom Fenster aus mit den Augen, als er gebeugt und mit bis zu den Ohren hochgeschlagenem Kragen in Singapurs Nacht hinausging. Er empfand einen Anflug von Mitleid mit dem Kapitän, aber er schob den Gedanken schnell beiseite.

Schließlich hatte die Ehre des Mannes gerade ein Haus für seine Mutter in Nyborg bezahlt. Mit zwei Etagen und Balkon und Garten.

22

Henrik war nicht zu Hause, und Kit hatte ihr Handy vergessen. Es lag zum Aufladen auf dem Küchentisch, erinnerte sie sich.

Sie stieg wieder in den VW und ertappte sich dabei, wie sie noch einmal nachsah, ob jemand auf dem Rücksitz saß oder eine Gestalt zwischen den Sitzen kauerte. Der Kofferraum, dachte sie. War er groß genug? Konnte man sich nicht, rein theoretisch, hineinlegen und jemandem auflauern; darauf warten, dass der Fahrer des Wagens an einen verlassenen Ort fuhr? Raus in den Wald, wo Stille und Leere jeden Laut erstickten, und dort würde man die Hände um den Hals eines anderen Menschen legen und nicht loslassen, bevor das Leben ganz aus dem Körper herausgepresst war.

Raus in den Wald, dachte sie in dem Versuch, sich zu beruhigen. Aber sie spürte, wie sie wieder zu zittern begann, wie die Kehle sich zusammenschnürte, als würden sich wirklich zwei Hände um sie legen. Sie versuchte sich zu sagen, dass sie neurotisch war. Dass sie die Angst wie üblich völlig unproportional verstärkte. Dass sie Hilfe suchen und ein paar Tabletten nehmen sollte.

Aber sie konnte es trotzdem nicht lassen, wieder auszusteigen und den Kofferraum zu öffnen. Kam sich verrückt vor, als sie ein paar leere Plastiktüten und einen Schraubenzieher sah. Ihr eigener Atem umgab sie wie eine Wolke, und sie spürte den beißenden Frost. Das Wetter war umgeschlagen. Sie musste auf Eisregen achten. Musste aufpassen beim Fahren. Aufpassen. Eine Plastiktüte über dem Kopf, einen Schraubenzieher ins Gehirn gebohrt. Überall gab es Mordwaffen, wenn es darauf ankam. Sie konnten auftauchen, wo man sie am wenigsten erwartete.

Sie sah sich schnell um. Ein ganz gewöhnliches Wohnviertel: Menschen, die Hunde ausführten, und Leute in Mänteln und Jacken und Stiefeln, die ihre Schals wegen des Frostes bis zum Mund hochgezogen hatten. Vermummt. Jeder von ihnen könnte es sein. Mann oder Frau. Der Betreffende könnte jetzt dort stehen und sie aus der Entfernung beobachten, mit einem kleinen Terrier an der Leine vor ihrer Nase vorbeispazieren. Zu ihr kommen und sie nach dem Weg fragen. Wie erkannte man einen Feind? Sie hatte nie einen gehabt, zumindest soweit sie wusste. Aber jetzt schien das Böse plötzlich überall zu lauern.

Kit schloss einen kurzen Moment die Augen. Ruhig bleiben. Sie musste sich den Tatsachen und nicht der Fantasie entsprechend verhalten. Sie fühlte in der Tasche nach. Der Briefumschlag knisterte, als wäre er festgefroren.

Mit einem unbeabsichtigten Knall fuhr das Auto los. Sie biss sich in die Lippe. Das hier ging nicht so weiter. Das war paranoid, sie wusste es. Wie sie auch wusste, wo sie Henrik finden konnte.

»Keine Briefmarke. Es war keine Briefmarke darauf.«

Sie musste ein lärmendes Kofferradio und zwei schreiende Stimmen in der Werkstatt übertönen. Oder drei Stimmen, von denen eine Britney Spears gehörte, die gestand: »Oops, I did it again …«

Henrik und Victor entdeckten sie gleichzeitig und hörten auf zu singen, sodass nur noch die letzte Stimme zu horen war. Henrik streckte die Hand nach dem Radio auf dem Bord aus und stellte es aus. Einen kurzen Moment hing die Stille in der Garage, und sie spürte die Unsicherheit. Vielleicht war sie hier schon eine Fremde. Vielleicht hätte sie nicht kommen sollen. Sie ließ einfach den Arm sinken, der mit dem Briefumschlag gewunken hatte. Spürte die Kälte und das Klappern der Zähne, sodass sie kaum sprechen konnte.

»Hei, Kit! Wo warst du? Wir spielen ein Spiel«, sagte Victor, als wäre sie nur gerade hinausgegangen, um einen Liter Milch zu kaufen und nicht seit mehreren Monaten aus seinem Leben verschwunden.

»Ein Spiel«, hörte sie sich sagen und kämpfte, um das Klappern ihres Unterkiefers unter Kontrolle zu bekommen.

»Du frierst«, sagte das Kind vernünftig. »Du musst Handschuhe anziehen. Wir operieren das Auto.«

»Reparieren«, berichtigte ihn Henrik und versetzte seinem Neffen einen Klaps. »Du Narr, du weißt genau, wie das heißt.«

Er hatte einen Overall an und einen dicken Islandpullover darunter. Ölgeruch umgab ihn, oder hing er über der ganzen Werkstatt? Sein Gesicht mischte sich vor ihrem Blick mit der Büste im Atelier, wie sie in der Sonne gestanden hatte. Sie musste ihren Arm, der es berühren wollte, beinahe festhalten. Einen Moment lang schien sie ihre eigene Besorgnis in seinem Blick zu sehen.

»Victor«, sagte er fröhlich, »geh rein und hol Kit einen Becher Tee. Ich glaube, deine Mutter hat welchen in der Thermoskanne.«

Der Junge ging folgsam. Nichts ahnend wiegte er sich im Takt der Musik, während er murmelte: »Tee für Kit. Tee für Kit. Tee für Kit.«

»Du siehst ganz krank aus. Was ist passiert?«

Sie seufzte. Holte tief Luft. Er sah sie eindringlich an.

Sie gab ihm den Briefumschlag. »Der ist ohne Briefmarke gekommen«, sagte sie so ruhig sie konnte. »Unter der Tür hindurchgeschoben. Heute. Vor ungefähr einer Stunde.«

Er öffnete ihn. Sie sah, dass seine Finger kleine schwarze Flecken auf dem weißen Papier hinterließen. Er öffnete die Karte und las. Starrte sie eine Weile an. »Was soll das bedeuten?«

Bevor sie etwas sagen konnte, kam Victor angepoltert.

»Ich habe nur ganz wenig verschüttet.«

Er hielt ihr den Teebecher hin. Er war halb voll und nicht besonders warm. Aber es war gut gemeint und sie lächelte. Dachte flüchtig an das Gemüt des Kindes, das von nirgendwoher etwas

Böses erwartet. Dass es so etwas sein musste, was man mit Unschuld verband.

Sie sah Henrik an. Versuchte sich zu erinnern, dass er nicht mehr ihr gehörte. Aber ihre Gedanken schienen sich zu weigern, die Bedeutung dessen zu verstehen, was sie in dem Café gesehen hatte. Sie konnte damit nicht umgehen.

»Ich habe gehofft, dass du mir vielleicht helfen kannst«, sagte sie und presste die Hände um den Becher. Aber die Wärme schwand bereits. Sie begann wieder zu frieren. »Ich dachte, du weißt vielleicht etwas.« Sie sah zu ihm auf. Begegnete seinem fragenden Blick und nahm Anlauf. »Über meinen Vater.«

Henrik sah sie eine Weile an. Einen Moment hatte sie Angst, abgewiesen zu werden. Wusste, dass sie sich nirgendwo anders hinwenden konnte, wenn er dichtmachte. Dass es niemanden gab, auf den sie sich verlassen konnte.

»Wir sollten besser zu mir nach Hause gehen«, sagte er schließlich.

Früher war das auch ihr Zuhause gewesen. Früher war sie jeden Morgen hier aufgewacht und hatte sich an seinem Körper gewärmt.

Früher hatte die Katze auch ihr gehört. Jetzt musste sie sich zwingen, sie von ihrem Schoß zu scheuchen, weil sonst das Asthma kam, das sie mühsam durch morgendliches und abendliches Inhalieren in Schach hielt.

»Du bist ein Bandit, Bandit«, sagte sie, wie sie es immer gesagt hatte.

Henrik nahm die Katze unter den Arm. »Ich sperre sie ins Schlafzimmer.«

Sie wollte protestieren. Ihr fehlte es, ihre Katze zu fühlen, ihre Wärme und ihre Weichheit. Ihre Lebhaftigkeit. Ihr fehlte etwas Lebendiges, das sie anfassen konnte.

»Okay«, sagte sie und fragte sich wieder, ob die Katze die neue Freundin wohl mochte. Ob sie abends mit ihr spielte, ob sie ihr auch auf den Schoß kroch, wenn sie telefonierte, weil sie den Klang der Stimme im Hörer nicht leiden konnte.

Henrik goss in der Küche Tee auf und kam mit zwei Bechern und einer Schale mit Keksen zurück.

Sie lächelte. »Festmahlzeit.«

»Was das Haus zu bieten hat.«

Sie saßen still da. Er auf dem Sofa am Fenster. Sie in dem zerfetzten Bruno Mathson Stuhl, den die Katze als Kratzbaum benutzte. Er war ihr einziges teures Möbel. Ihr Katzenmöbel, wie Henrik so fröhlich gesagt hatte. »Und das ist der Kratzbaum des Hauses. Ein Schnäppchen zu viertausend Kronen. Das Beste ist für unsere Katze gerade gut genug.«

Sie hätte bei dem Gedanken gelächelt, hätte sie nicht Angst vor den Tränen gehabt. Wegen der ganzen verfluchten Ereignisse, die ihr Leben einfach umgekrempelt hatten. Bis zur Unkenntlichkeit.

»Es geht auch um uns beide. Um dich und mich.«

Er seufzte. Lehnte sich im Sofa zurück und faltete die Hände im Nacken. Starrte die Decke an, als könnte er dort oben ihre Spiegelbilder sehen. So saß er da. Mit gespreizten Fußballbeinen, wie sie sie immer genannt hatte: lange Oberschenkel in alten Jeans, blauweißes Sweatshirt. Das war seine Freizeituniform, so wie ihre aus merkwürdigen Klamotten in allen möglichen Farbkombination bestand, als wäre sie – wie Henrik immer gesagt hatte – die Mutation eines Hippies von 1968. Blau zu braun, lila zu grün; Schals, Halstücher, Modeschmuck und große Strickjacken. Die Wahrheit war, dass sie kein Händchen für Kleidung hatte, Farben jedoch liebte. Ihn liebte.

Sie schob das Gefühl weg. Zwang sich, geschäftsmäßig zu klingen. »Was ist zwischen dir und meinem Vater passiert? Was weißt du?«

Ihre Stimme brach wie ein Filmstreifen. Plötzlich und ohne Vorwarnung. Jetzt war er wieder da. Der Griff um den Hals. Oder vielleicht waren es doch die Katze und das Asthma. Sie atmete stoßweise. Schaffte es endlich, ihm die Frage zu stellen; die, die sich festgeätzt hatte.

»Vor wem müssen wir Angst haben?«

»Da war ein Anruf«, sagte er zur Decke. »Vor gut einem Jahr.

Bei Kaliki. Wir saßen zu einer mittäglichen Besprechung im Büro deines Vaters, er und ich. Sprachen über meine Reise nach Hongkong.«

Henrik ließ die Hände sinken; richtete sich im Sofa auf. »Das Telefon schellte. Dein Vater hatte gerade in ein Sandwich gebissen und bedeutete mir, dass ich abnehmen sollte. Es war eine Frau.«

»Eine Dänin?«

Er nickte. »Durch und durch dänisch. Sie sagte nur wenige Worte. Später habe ich es für Telefonterror gehalten.«

»Was hat sie gesagt?«

»Ich musste daran denken, als du von dem Goldenen Drachen erzählt hast. Denn das hat sie gesagt. Sie hat gesagt: ›Ich weiß alles über den Goldenen Drachen.‹ Und dann hat sie aufgelegt.«

Kit spürte das Eis in ihrem Rücken. Sie hatte ein Gefühl, als hätte ihr jemand einen Schneeball unter den Pullover gestopft, der jetzt ganz langsam seine Kältefinger an ihrem Rückgrat entlangspreizte. »Und Vater? Was hat Vater gesagt?«

23

Er konnte nicht verstehen, dass sie plötzlich hier saß. Im Kratzstuhl der Katze, die Beine hochgezogen und den Schal zehnmal um den Hals gewickelt. So, wie sie es immer tat, wenn es nicht gerade Sommer und 25 Grad war.

Einen Moment lang kam es ihm vor, als wäre alles in Ordnung und sie würden gleich den Fernseher einschalten. Dann würde sie sich – aber nur ganz kurz – darüber auslassen, dass er so gerne dieses äußerst wichtige Fußballspiel sehen wollte. Sie war bereit einen Kompromiss einzugehen, würde sie mit ihrem sich bis in seine Seele bohrenden Pixie-Blick sagen. Wenn er Fußball sehen durfte, würden sie morgen auswärts essen und ins Kino gehen, okay? Und dann würde sie sich in eine Ecke setzen und ihn für die Büste zeichnen, die zu machen sie sich in den Kopf gesetzt hatte. Eine Porträtbüste. Jaja, würde er sagen. Wenn er nur in Ruhe dieses blöde Spiel sehen konnte, war es ihm Recht. Nur nicht wieder chinesisch. Auf seinen Reisen nach Hongkong hatte er genug Reis für ein ganzes Leben bekommen.

»Was hat er gesagt, Henrik?«

Sie holte ihn zurück. Zu ihrer Suche nach einem Anknüpfungspunkt und einer Möglichkeit, Erik Bennetts verdammte Fäden zu entwirren, über die man die ganze Zeit stolperte.

»Er hat nichts gesagt. Ich habe ihm gesagt, dass sich jemand verwählt hat.«

Er machte eine ausladende Handbewegung. »Das habe ich ja angenommen. Wer konnte denn wissen, dass es …, dass es …« Er suchte nach einem passenden Wort.

»Scheißkram war«, sagte Kit hilfreich.

»So sieht es aus«, murmelte er. »Wichtiger Scheißkram.«

»Eine Drohung.«

»Aber keine richtige Drohung. Keine, mit der man zur Polizei gehen kann.«

Er griff nach einem Schokoladenkeks und biss hinein. Die Krümel, die herunterfielen, bürstete er vom Sofa auf den Boden. Kit hob nicht eine Augenbraue. Glücklicherweise sah sie über so etwas hinweg.

»Das kann man so gesehen mit der Karte auch nicht. Oder den Neujahrsgrüßen.«

»Was ist mit Fingerabdrücken?«, fragte der Detektiv Kit. Sie hatte Krimis immer geliebt. Mit sicherem Abstand zu den fiktiven Ereignissen. Etwas anderes war es, wenn es einen selbst berührte.

Beide blickten zu dem Umschlag, den Kit auf den Sofatisch gelegt hatte. Überall waren Henriks schwarze Finger zu sehen.

»Das ist absolut lächerlich.« Er lächelte, und als sie nichts sagte, fuhr er fort. »Hör auf. Glaubst du wirklich, die Polizei stellt bei so etwas Nachforschungen an? Womit sollte sie das begründen? Ist vielleicht jemand ermordet worden? Ist bei jemandem eingebrochen worden?«

Sie schüttelte den Kopf.

»Dream on. Sie haben genug, worum sie sich kümmern müssen.«

»Wie war Vater sonst? Wie war es, mit ihm zusammenzuarbeiten?«

Sie hatte sich verändert. Er spürte es, aber er konnte es nicht definieren. Vielleicht war es die Krankheit ihres Vaters, vielleicht war es der Ernst der Situation, der sich eingeschlichen und die Panik zum Vorteil von etwas bezwungen hatte, das ihn an Mut erinnerte. Oder jedenfalls die Erkenntnis, dass man nicht vor allem die Augen verschließen kann. Früher hatte sie nie so gefragt, hatte nie zuhören wollen, wenn er zu erzählen angefangen hatte. Er wusste, dass es aus Angst geschehen war. In ihrem tiefsten Inneren hatte sie Angst. Und er wusste, dass er mit dem, was er ihr erzählte, selektiv vorgehen musste, auch jetzt noch.

Er lehnte sich in die Kissen zurück. Er war sich nicht sicher, ob er die neue oder die alte Kit bevorzugte. Die Vorsichtige und Erschrockene oder die, die das Grauen fortschob und den Mut zu fragen fand. Denn was um alles in der Welt sollte er ihr erzählen?

»Am Anfang«, begann er. »Das weißt du ja selbst, wenn du dich zurückerinnerst. Du kennst ihn. Er war faszinierend.«

Das Wort umfasste nicht alles, aber es war brauchbar. Er tastete sich weiter vor. »Deinen Vater umgibt eine Aura. Etwas ganz Besonderes. Und das hat auch mich angezogen, wie es viele andere anzieht. Er muss in einem Zimmer nur Luft holen, und alle laufen und rennen für ihn.«

Er streckte die Hand nach seinem Teebecher aus. Nippte, setzte ihn wieder ab. Er vermisste eine gute Tasse Kaffee, aber Kit war Teetrinkerin und sein Gast.

»Er hatte keine Probleme, die Verkäufer zu was auch immer zu überreden. Mich auch nicht, was das angeht.«

Er begegnete ihrem Blick.

»Dein Vater hat alles immer auf seine Weise angepackt«, sagte er und dachte, dass das die größte Untertreibung aller Zeiten war. »Er hat zu niedrig fakturiert. Ich weiß nicht, ob du das weißt. Aber die Unkosten von Kailiki sind gleich Null. Oder Null so nahe, wie es menschenmöglich ist.«

Er machte eine Pause, um zu sehen, ob sie ihm folgen konnte. Sie sah ihn nur an. Er sah kein Zeichen, dass sie Stellung zu dem nahm, was sie hörte.

»Dein Vater bezahlt seinen Verkäufern eine Kommission und einen Bonus. In Dänemark bezahlt er nur das Gehaltsminimum. Die Kommission bezahlt er im Ausland.«

Er machte eine Pause, aber sie sagte nichts. Er fuhr fort. »Wenn er dem Finanzamt seine Rechnungen vorlegt, steht da vielleicht fünf Dollar pro Stück anstatt zehn. So bezahlt er nur auf fünf Dollar Importsteuer.«

Kit griff nach einem Keks, aß ihn jedoch nicht, sondern spielte damit herum. »Und die Verkäufer? Wie werden sie bezahlt, wenn sie nur den Mindestlohn erhalten?«

Er seufzte. Merkwürdig, dass es sie plötzlich fast danach dürstete, alles zu wissen, wovor sie früher die Ohren verschlossen hatte. Sie hatte ihn als kleinlich bezeichnet. Als Musterknaben und Puritaner und noch Schlimmeres. Weil er nicht wie ihr Vater war. Und trotzdem fiel es ihm jetzt schwer, ihr etwas zu erzählen. Vielleicht weil er lange Zeit selbst Teil des Ganzen gewesen war.

»Mit einem schönen Wort nennt man das wohl Vergünstigungen. Luxushotels. Gute Restaurants ... Frauen.«

Jetzt hoben sich ihre Brauen. »*Frauen?* Was für Frauen?«

Aber er sah sehr wohl, dass sie es erriet. Und dass sie plötzlich begriff, welche Aufgaben er auf seinen Reisen gehabt hatte. Er konnte nahezu spüren, wie der Blick nach dem in seinem Inneren suchte, in seinem Gedächtnis wühlte, was er gehofft hatte zu vergessen. Noch während sie suchte, kam die Erinnerung an das Mädchen auf der Bühne des Nachtklubs in Hongkong. Die Erinnerung an das, was folgte, als sie später kam und sich zu ihm setzte und er sie zu Drinks einlud, weil sie schön und zart war, wie nur asiatische Frauen es sein können und weil sie ihn den ganzen Abend mit einem Gesicht angesehen hatte, in dem der Hunger geschrieben stand. Und weil er Lust gehabt hatte und Kit so weit weg war, dass es sie fast nicht gab und weil es ihr außerdem gleichgültig war, was er tat. Bildete er sich ein. Kit, die nicht sah, was ihr Vater, ihre ganze Familie ihm antat.

Er schüttelte den Kopf und die Blase mit dem Mädchen zerplatzte. Kit sah ihn verwundert an.

»Frauen«, sagte sie noch einmal, als hatte sie der Gedanke, dass so etwas vorkommen konnte, nie gestreift. »Huren.«

»Hostessen, heißt das wohl«, berichtigte er. »Aber das ist wohl das Gleiche. Man braucht sie als eine Art Schmiermittel. Sowohl für die Verkäufer, wenn sie auf Reisen sind. Als auch für die Kunden.«

Er räusperte sich. »So etwas fällt unter die Bezeichnung Luxus, meinen manche.«

Sie saß eine Weile still da. Dann sagte sie: »Glaubst du, dass eine von ihnen, eine von diesen Frauen sich für etwas rächen will?«

Er zuckte mit den Schultern. Wunderte sich, dass sie so kühl dasitzen und überschlagen konnte, wer etwas gegen ihren Vater haben könnte. Und wer sagte übrigens, dass es eine Frau war. Natürlich war da die Stimme am Telefon, aber vielleicht gab es noch andere. Mehrere vielleicht, wer konnte das wissen?

»Wir haben ein Problem«, sagte er vorsichtig, weil es ein Balanceakt war, eine Art Slalomfahren durch Kits Gemüt, wo jedes Hindernis, jeder Widerstand alles zum Einsturz bringen konnte. »Ich will damit sagen, dass sich da mehrere Möglichkeiten auftun«, fügte er hinzu.

Sie lachte kurz, aber er hörte die Angst dahinter.

»Herrgott noch mal, Henrik. Das macht es auch nicht schlimmer. Nur weil man unkonventionelle Geschäftsmethoden anwendet – so heißt das doch –, muss man doch nicht gleich in einen amerikanischen Agenten-Film katapultiert werden. Da muss etwas anderes sein. Mehr.«

Sie klang enttäuscht. Als hätte er die Ware nicht geliefert. Als hätte sie etwas Schlimmeres erwartet und vielleicht direkt darauf gehofft. Was konnte er ihr erzählen? Er kannte ja nicht die ganze Wahrheit. Und wenn er das täte, wäre er durchaus nicht sicher, ob er sich dafür entscheiden würde, sie ihr zu erzählen. Doch hatte er, wenn er zurückdachte, immer das Gefühl gehabt, dass irgendetwas mit Erik Bennett und seinen Geschäftsmethoden schief gehen würde. Dass früher oder später etwas auftauchen und ihn einholen würde.

»Ich weiß, dass du deinen Vater liebst«, sagte er zurückhaltend. »Aber das tun nicht alle. Eigentlich glaube ich, dass es viele gibt, die Grund haben ihn zu hassen.«

Er folgte ihr mit dem Blick, als sie ging. Ein Nebel umgab sie. Einen Moment glaubte er, es sei die Luft, die sie ausatmete, doch dann entdeckte er die Zigarette in ihrer Hand, als sie durch den Matsch die Straße hinunter zu ihrem Auto watete. Er sah, wie sie trotz Asthma und allem begehrlich an der Zigarette zog. Sie war so klein und zart und so verdammt alleine. Er kam sich wegen der Dinge, die er gesagt hatte, wie ein Schweinehund vor. Natürlich, sie hatte ihn gefragt. Ihn gedrängt. Aber er hatte auch gewollt, dass sie es wissen und verstehen sollte. Was wollte er eigentlich erreichen? Dass sie aufhörte, ihren Vater zu lieben? Wie dumm konnte er sein? Er dürfte doch am ehesten wissen, dass Liebe nicht aufhörte, sondern eher andere Formen annahm. Sich verkleidete, sodass man sie kurze Zeit für etwas ganz, ganz anderes halten konnte. Für Freundschaft, zum Beispiel.

Er ging hinein und ließ die Katze aus dem Schlafzimmer. Nahm sie auf den Arm und stand einen Moment mit dem schnurrenden Bandit da, während er dem VW nachblickte, der vom Bordstein weg in den Winternebel tuckerte.

Später kam Mette. Stand in der Tür und sah energiegeladen aus. Blondes Haar lockte sich um ihr Gesicht und rahmte es mit einem weichen Glanz ein.

»Was ist los?«, fragte sie mit ihrer praktischen, energischen Stimme. »Warum siehst du aus, als hätte dir jemand etwas versalzen.«

»Die Suppe«, sagte er. »Die Suppe versalzen.«

Ihr Lachen war rein und klar. »Ich meine, was ich sage. Du siehst aus, als hätte jemand das Maul geöffnet und dich mit Haut und Haaren gefressen.«

Vielleicht war das nicht ganz gelogen, konnte er noch denken. Vielleicht war er längst gefressen worden, sodass nichts mehr von ihm übrig war.

Sie warf die Tasche weg und zog den Mantel aus, und als sie sich ihm mit ihrem Lächeln und den Wangen, auf denen noch immer die Kälte saß, näherte, stieg die Blase mit dem Mädchen in die Luft.

Sie schmiegte sich an ihn. Ihre Haut, die sein Kinn berührte, war so weich, wie wenn man Samt über eine Handoberfläche reibt. »Komm.«

Sie nahm ihn an der Hand und führte ihn ins Schlafzimmer. Und er ließ sie gewähren, weil er so schwach und weil Kit gerade da gewesen war und mit hochgezogenen Beinen im Kratzstuhl gesessen und auf das geblickt hatte, was einmal ihr Zuhause gewesen war. Und weil sie ihm in Erinnerung gerufen hatte, was einmal zwischen ihnen gewesen war.

Mette machte sich an die Arbeit. Knöpfte Knöpfe auf und zog den Reißverschluss herunter. Während sie ihn küsste und ihm Worte ins Ohr flüsterte, während er fast mechanisch mitmachte und dachte, dass er von jetzt an schweben wollte. Weg von all den Problemen und dem, das ihn daran hinderte, sich einfach zurückzulehnen und zu genießen und zufrieden zu sein. Diese Frau zu genießen, die gerade hier und für ihn bestimmt war.

»Du entspannst dich nicht.«

Die Worte trafen ihn wie ein Stein im Nacken und an einer ganz bestimmten anderen Stelle. Sie kniete im Bett und sah zu ihm hoch. Zusammen mit dem Mund machten auch ihre Hände eine Pause. Sie legte sich der Länge nach neben ihn.

»Was ist los? Liegt es an mir? Bist du gestresst?«

Er hörte sich seufzen. Verwünschte alles weit weg. Jetzt hatte es sich verdammt noch mal auch in sein Schlafzimmer geschlichen. Konnte man nie Frieden haben?

Er drehte sich, sodass sie Körper an Körper lagen. Versuchte zurückzuspulen. Starrte die vollen Brüste an, die so verführerisch und ein bisschen schief waren, weil sie auf der Seite lag. Die feine Rundung des Halses und den Körper, der sich zu einer formvollendeten Taille und Hüftpartie schwang, mit dem Schoß wie einem goldenen Dreieck. Aber die Lust kam nur langsam. Und als sie endlich voll da war und er sie an sich zog, wusste er genau, dass er sie zu hart küsste, aber er konnte es nicht lassen, spürte seine Finger auf ihrer weichen Haut und nahm sie mit sich. Wie das Mädchen auf der Bühne. Wie die Blase, die zerplatzte.

24

»Es ist ein kleines Mädchen. Sie soll Mary heißen.«

Sie konnte nicht hören, wem die Stimme gehörte. Sie schien aus ihrem eigenen Kopf zu kommen. Summte darin herum und legte sich wie ein weicher Ton auf ihr Inneres.

Sie guckte. Das Baby lag auf einer Decke. Hellrot und nackt und jammernd. Sie sollte es aufnehmen. Das flaumige Kinn streicheln und seinen Namen sagen. Ihn flüstern, bis es Wirklichkeit wurde und sie die Wärme und die Bewegungen und das Leben spürte.

Karen-Lis öffnete die Augen. Sie sah auf ihre Uhr. Sie hatte nur kurz gedöst. War eingenickt, während sie dort auf dem bequemen Stuhl gesessen hatte, den sie für die Besucher ins Zimmer gestellt hatten.

Ihr Vater lag da und sah sie an. Sie spürte die feuchten Tränen, die ihr Kinn hinunterliefen und strich sie mit der Rückseite der Hand weg. Aber es half nicht. Dort, wo sie herkamen, waren noch mehr. Auf dem Weg von tief dort drinnen, wo die Stimme gewesen und der Name erklungen war.

Sie stand auf. Nahm ihre Tasche und beugte sich zu ihm hinunter und küsste ihn auf die Wange. »Bis bald, Vater.«

Sie spürte seine Augen im Nacken, als sie ging.

Sie wollte den Aufzug in die Kantine hinunter nehmen. Sehen, ob Kit oder ihre Mutter dort saßen. Etwas Zeit gewinnen, um sich zu erholen.

Er löste das aus, mit seinem Blick und seinem Schweigen. Sie hätte wütend auf ihn sein können. Ohne ihn wäre es vielleicht anders gelaufen. Ohne seine Erwartungen hätte sie vielleicht andere Entscheidungen getroffen. Hätte das Kind vielleicht behalten. Die Karriere heruntergeschraubt.

Aber sie war nicht wütend. Höchstens auf sich selbst. Vielleicht war sie letztendlich nicht in der Lage, sich eine Familie zu schaffen und für sie zu sorgen.

Der Aufzug kam. Die Tür ging mit einem leisen Klingeln auf, sie stieg ein und drückte auf den Etagenknopf. Wieder wischte sie Tränen fort. Ärgerte sich. Es passte nicht zu ihr, dass sie weinte. Genauso wenig wie es zu ihr passte, zu analysieren und die Schuld anderen zuzuschieben. Er war ihr Vater und sie liebte ihn. Er hatte es zu ihrem Besten getan, hatte sie für Verletzungen und Enttäuschungen gerüstet, weil diese immer irgendwann kamen. So hatte sein eigenes Leben schließlich ausgesehen. Man musste kämpfen. Bereit sein, alles einzusetzen.

Sie seufzte. Es konnte ein Fluch sein, mit einem Vater gesegnet zu sein, der ein Leben am Rand dessen geführt hatte, was menschenmöglich war. Den Spuren eines Mannes zu folgen, der ein Märchen gelebt hatte. Was wusste er im Grunde genommen von der Wirklichkeit? Von der Angst vor der Zukunft, von dem Zittern der Hände und dem Bereuen eines einschneidenden Entschlusses? Soweit ihr bekannt war, hatte er nie auch nur eine einzige Handlung in seinem Leben bereut.

Wieder dachte sie an das Kind. War plötzlich wieder in dem Traum und hörte, wie der Name gesagt wurde. Schniefte und wischte wieder die Tränen fort.

Der Aufzug hielt. Die Tür ging auf und wollte sich gerade wieder schließen, als sie vorsichtig von einem Fuß in einem schwarzen Lederstiefel aufgeschoben wurde. Das Bein war auch in Leder gehüllt, sah sie, als der Mann sich hineindrängte.

»An einem seidenen Faden«, murmelte er und nickte zum Gruß. »Man hört ja von Leuten, denen im Fahrstuhl ein Arm abgerissen wurde.«

Sie wusste nicht, was sie sagen sollte. Deshalb nickte sie nur flüchtig. Er drückte auf den Knopf seiner Wahl, und der Fahrstuhl fuhr los. Dann lehnte er sich gegen die Wand und sah sie ungeniert an.

»Es tut mir Leid«, sagte dieser in Leder gekleidete Mann plötzlich mit einer Innigkeit in der Stimme, die sehr schlecht zu seiner Aufmachung passte. »Nahe Familie?«

Sie starrte ihn an. Spürte zu ihrem Ärger, wie sie den freien Lauf der Tränen nicht aufhalten konnte. Suchte in ihrer Tasche und fand ein Papiertaschentuch.

»Ein Kind«, sagte sie plötzlich ohne zu wissen, woher die Worte kamen. »Ein kleines Mädchen. Sie hieß Mary.«

Durch eine dunkle Haarsträhne, die ihm in die Stirn fiel, sah er sie ernst an. Er sah aus wie einer dieser harten Typen von der Straße, dachte sie flüchtig. Aber er verhielt sich nicht so.

Er wollte gerade etwas sagen, als der Fahrstuhl hielt. Doch die Tür blieb geschlossen. Sie warteten. Sahen einander an. Er drückte noch einmal auf den Etagenknopf, aber nichts geschah.

»Ach du meine Güte, das auch noch«, sagte er erstaunt. »Ich glaube, er streikt.«

Sie standen eine Weile schweigend da. Sahen auf das Brett mit den Knöpfen.

»Vielleicht sollten wir es mit dem Roten versuchen«, schlug sie vor.

»Mit dem Alarmknopf?«

Er klang ganz entsetzt. »Warten wir lieber noch etwas. Er fährt bestimmt gleich wieder. Haben Sie Angst?«

Sie spürte nach. War ganz gerührt, dass er gefragt hatte. Aber der Gedanke war ihr nicht gekommen. Das andere beschäftigte sie zu sehr, und sie schüttelte den Kopf.

»War es Ihr Kind?«, fragte er dann.

Sie nickte. Weil sie in diesem Moment die Trauer spürte und weil sie sich wunderte, dass es so lange gedauert hatte, bis sie aufgetaucht war. War es wirklich möglich, so etwas vor sich herzuschieben, sodass Jahre zwischen Ursache und Wirkung lagen?

Er räusperte sich. Sah sie leicht unsicher an, als wollte er etwas Teilnehmendes sagen oder sie mit einer kleinen Zusatzfrage zum Reden bringen. Und sie hielt fast den Atem an, weil sie spürte, dass er sie aus irgendeinem Grund dazu bewegen konnte. Falls er fragte, würde sie auf alles antworten. Ihm erzählen, wie sie auf ihre Schwester aufgepasst hatte und es immer noch tat, selbst jetzt, wo Kit sich von ihr im Stich gelassen fühlte. Wie ihre Mutter sie in Sanftheit ertränkt und ihr Vater die Härte in sie geschweißt hatte, weil sie die Älteste war und in Wirklichkeit vielleicht ein Junge hätte werden sollen. Weil er glaubte, sie könnte das ertragen und weil sie eines Tages seinen Platz in der Familie übernehmen sollte. Weil sie das Bild verteidigen sollte, das alle von ihm hatten.

»Wie heißen Sie?«, fragte er.

»Karen-Lis.«

Er lächelte leicht. »Ich heiße Lance.«

Sie wollte noch etwas sagen. Ihm erklären, dass es das Kind nie gegeben hatte. Dass es eine Abtreibung gewesen war. Dass sie damals nicht eine Sekunde gezweifelt, sondern nur gewollt hatte, dass es weggemacht wurde. Aus ihrem Körper, weil es ein Hindernis war genau wie eine Erkältung oder eine Halsentzündung. Dass sie auch später nur Erleichterung gespürt und gedacht hatte, wie gut es war, eine Wahl zu haben, die so viele Frauen auf der Welt nicht hatten. Die Makus oder Ivys Mutter nicht gehabt hatte, dachte sie mit Verachtung für sich selbst. Weil die Kinder nicht existiert hätten, ihr nicht das hätten geben können, was sie ihr gegeben hatten, wären es ihre gewesen. Weil sie sich von ihnen getrennt hätte, noch bevor sie groß genug gewesen wären, dass sie Leben im Bauch hätte spüren können. Sie von den Ärzten hätte heraussaugen lassen, um in ihrem Leben weiterhasten zu können.

Mit einem Klingeln ging die Tür auf. Er sah richtiggehend erleichtert aus.

»Da sieht man es wieder«, sagte er, indem er auf die Etage hinaustrat. »Geduld zahlt sich aus.«

Er hielt die Tür einen Moment mit einer Hand auf. »Nett Sie getroffen zu haben, Karen-Lis.«

Die Tür schloss sich, doch in der Fantasie folgte sie ihm mit ihrem Blick. Lief hinter ihm her und sprach mit ihm. Erzählte ihm von einem Boot, das »Goldener Drache« hieß und einem Mann mit dem gleichen Namen und einem blauen und einem braunen Auge, der ein kleines Mädchen ansehen konnte, als würde er sie gleich verspeisen. Ganz versunken in das, was einmal mit den falschen Obertönen von Spiel und Lachen und Glück das Land der Kindheit geheißen hatte.

25

Es hatte zu schneien begonnen. Große weiße Flocken wurden über die Vorderkotflügel des Autos nach oben geschoben und landeten in netten kleinen Haufen auf der Frontscheibe. Die Scheibenwischer machten Überstunden. Hatten kaum eine Ladung zur Seite geschoben, da kam auch schon die nächste. Die Scheibe beschlug wie gewöhnlich.

Verdammt. Kit schwitzte in ihrem Mantel. Was hatte sie eigentlich gehofft? Dass Henrik ihr eine Antwort auf alle Fragen präsentieren würde? Dass er plötzlich aufspringen und wie ein Ritter seinen Schutz anbieten würde? Dass er alles in Ordnung bringen, die Angst nehmen und die Zeit zurückspulen würde? Sie wieder glücklich machen würde, glücklich mit einem großen G?

Sie kramte mit der einen Hand im Handschuhfach nach einem Lappen, während sie das Auto langsam durch die Stadt rollen ließ. Spürte die Frustration über den Schnee und die Unsicherheit und ganz allgemein darüber, wie ein Idiot ohne Ziel und Zweck durch die Gegend zu fahren. Jetzt kam der Schnee auf die Scheibe zu, als würde jemand eine Gans rupfen und ihr die Federn an den Kopf werfen. Der Teufel sollte das verdammte Auto holen und die blöden Scheibenwischer und die ganze verflixte Situation, von der sie nicht wusste, wie sie damit umgehen sollte.

Die Gestalt trat vor das Auto, ohne ihr eine Chance zu lassen. Plötzlich war sie da, die kleine Gestalt mit der hochgezogenen roten Kapuze. Ihr Fuß fand die Bremse, und das Auto rutschte durch Schnee und Matsch. Sie merkte nicht, dass es etwas rammte. Doch durch das weiße Gestöber sah sie die Gestalt, die fiel, und im gleichen Moment hatte sie das Gefühl, als würde ein Riese da draußen stehen und das Auto schütteln, sodass ihre Zähne wie Kastagnetten klapperten und die Hände zitterten und sich an Lenkrad und Gangschaltung festhalten mussten, damit sie sie überhaupt spüren konnte. Durch den Lärm und die Erschütterung drang der Gedanke beinahe nicht bis zu ihr durch. Ein Kind. Sie hatte ein Kind überfahren, so sehr war sie mit sich selbst und ihrem Leben beschäftigt gewesen.

Sie blieb eine Weile sitzen. Konnte sich nicht rühren.

Hoffte, dass das hier vorbeiging. Sich in der Luft auflöste, die mehr grau als blau war.

Aber nichts verschwand. Im Gegenteil. Eine Menschenmenge hatte sich gebildet. Mehrere beugten sich über die Gestalt da draußen.

Endlich schaffte sie es, die Tür aufzumachen. Ihre Stiefel berührten den Asphalt. Schneidend kalte Luft und Schneeflocken zerrten sie in die Wirklichkeit. Sie hörte ihre eigene Stimme, aber sie erkannte sie nicht.

»Ist sie tot? Habe ich sie umgebracht? Es war nicht meine Schuld.«

Eine Frau mittleren Alters kümmerte sich um das Kind. Sie kniete neben dem Mädchen, das wie ein rotes Bündel im Schnee lag.

»Kannst du Arme und Beine bewegen?«, fragte sie.

Das Mädchen bewegte sich. Ein erleichtertes Murmeln breitete sich unter den Leuten aus.

»Du bist tapfer«, sagte die Dame. »Glaubst du, du kannst aufstehen?«

Langsam kam das Kind auf die Beine. Die Erleichterung saugte sich durch Kits Körper und ließ Wärme durch sie hindurchströmen, mitten im Schnee.

»Sie ist okay«, rief einer.

»Es war bestimmt nur ein leichter Aufprall«, sagte die Dame und führte das Mädchen zum Straßenrand.

Kit folgte ihnen. Merkte, wie ihre normale Stimme zurückkam.

»Es war nicht Ihre Schuld«, sagte die Dame zu ihr. »Ich habe es genau gesehen. Sie ist einfach vor Ihr Auto gelaufen. Sie haben sie nur umgestoßen.«

»Ich hätte sie vorher sehen müssen«, murmelte Kit. »Vielen Dank für Ihre Hilfe.«

Das Mädchen stand da in seinem mit Schneematsch beschmierten roten Parka und sah betreten aus.

»Tut dir irgendetwas weh?«, fragte Kit.

Das Mädchen war um die zwölf Jahre. Presste eine Plastiktüte an sich. »Ich wollte Weihnachtsgeschenke umtauschen«, sagte sie und zeigte auf die Tüte. »Da drüben.«

Kit lächelte. »Soll ich dich nicht nach Hause bringen? Wo wohnst du?

Aber sie wollte nicht gebracht werden. Sie wollte das Geschenk umtauschen. Außerdem wohnte sie ganz in der Nähe.

Die Dame sagte freundlich: »Es ist nicht gut, jetzt alleine zu sein. Ich kann dich begleiten, ich will auch etwas umtauschen. Anschließend bringe ich dich nach Hause.«

Das Mädchen sah die Dame vertrauensvoll an. Kit fischte ihre Karte aus dem Portemonnaie und gab sie der kleinen Gestalt im roten Mantel.

»Sag deiner Mutter, dass hierauf meine Telefonnummer steht. Sie kann mich gerne anrufen und mir erzählen, wie es dir geht. Eine Reaktion kann auch später noch kommen. Vielleicht solltet ihr doch in die Unfallstation fahren und dich untersuchen lassen.«

Das Mädchen schüttelte den Kopf. »Mir geht es gut.«

Kit holte einen Kugelschreiber heraus. »Ich möchte jedenfalls gerne deine Adresse haben, damit ich dir eine Schachtel mit Schokolade schicken kann.«

Das Wort Schokolade schien etwas Magisches zu vollbringen. Das Mädchen strahlte. Vergaß einen Moment sein Geschenk, das es umtauschen wollte, und schrieb seinen Namen und seine Adresse auf, die Zunge konzentriert im Mundwinkel.

Kit nahm den Zettel und lächelte. »Liva. Das ist ein schöner Name«, sagte sie, und die Dame lächelte und nickte. »Dich vergesse ich bestimmt nicht.«

Sie dachte an die Worte, als sie weiterfuhr. Ihr Körper fühlte sich merkwürdig schwer an. Seltsam, dachte sie, wie das eigene Leben sich plötzlich um 180 Grad drehen kann.

Sie fuhr jetzt besonders vorsichtig. Suchte nach einem Parkplatz. Brauchte plötzlich einen Ort, an dem sie ruhig sitzen und alles verdauen konnte. Ihr Leben hätte in dem Moment einstürzen können, indem sie Liva angefahren hatte. Es hätte sich in einen Albtraum verwandeln können. Das Leben eines Menschen auf dem Gewissen zu haben, musste das Schlimmste sein. Dann lieber all das andere. Was war es in Wirklichkeit? Nichts im Vergleich dazu. Selbst ihr Vater. Er hatte sein Leben gehabt. Bei Licht besehen fehlte ihm nichts Wichtigeres als ein behaglicher Lebensabend. Aber Liva hätte alles gefehlt.

Zu niedrig fakturiert. Frauen. Ein gutes neues Jahr. Der Kratzstuhl der Katze und das Gefühl von einer anderen Frau dort, wo sie vor so kurzer Zeit noch geglaubt hatte hinzugehören. In Wirklichkeit konnte man das überleben. Sie ließ das Auto auf etwas, das einem Parkplatz glich, stehen. Durch den ganzen Schneeregen und Matsch konnte man nicht sehen, wo die Markierungen begannen und wo sie endeten; wo das Erlaubte aufhörte und das Verbotene begann.

Sie warf sich die Tasche über die Schulter und machte sich auf die Jagd nach einer Tasse Tee. Sie dachte an ihren Vater und an das, was Henrik ihr erzählt hatte. An erlaubt und verboten. Kreative Geschäftsmethoden oder Schwindel.

Wo wurde das Richtige plötzlich falsch? Was machte es aus, dass das, was der eine als notwendig und moralisch vertretbar ansah, von dem anderen mit Abscheu und als amoralische Handlung betrachtet wurde? War es die Zeit, die das bestimmte? Die Jahre, die vergingen und plötzlich eine vergangene Handlung unverantwortlich aussehen ließen, betrachtet mit den Augen der Gegenwart. Oder war es der Ort? War ein Verbrechen, das auf der anderen Seite der Welt begangen wurde, genauso verwerflich wie eines, das hier begangen wurde?

Wenn es darum ging, ein Kind zu überfahren, gab es wohl keinen Unterschied. Aber es gab andere und unsichtbarere Grenzen für die Moral. Umstände, die anderen nicht schadeten und die auf die ein oder andere Weise Sinn machten.

Sie fand das Café und stieß die Tür auf. Spürte die Wärme, die ihr entgegenschlug und sie umfing, und langsam entspannte sie sich.

Sie hängte den Mantel auf einen stummen Diener, bestellte ihren Tee und setzte sich an einen Tisch in der Ecke. Versuchte Gedanken und Gefühle getrennt zu halten. Sie hatte gehofft, dass Henrik ihr helfen könnte. Ihr irgendetwas erzählen könnte, das alles zurechtrückte, sodass sie verstand, gegen was sie kämpfte. Gehofft, dass er, vielleicht ohne sich darüber im Klaren zu sein, der Person hinter der anonymen Karte Namen und Gesicht geben könnte. Er hatte ihr das gegeben, was er ihr geben konnte. Aber da war noch mehr, das wusste sie. Vielleicht etwas, worüber er sich nicht im Klaren war. Vielleicht etwas, das zu sagen, er nicht über das Herz brachte, weil er sie wie der Rest der Familie für jemanden hielt, der geschont werden musste.

Sie nippte an dem Tee. Ließ eine dünne Scheibe Zitrone hineinfallen und genoss es, die Tasse und ihre Wärme festzuhalten.

Sie dachte an Liva. An ihr war nichts Schwaches, denn weder Mutter noch Vater waren da gewesen, um sie zu bedauern und sich um sie zu kümmern. Vielleicht ging es nur darum, der Angst in die Augen zu sehen. Die Dinge selbst in die Hand zu nehmen und nicht zu jammern, was sie ja zweifellos getan hatte. Gottserbärmlich gejammert und sich wie ein Kind allein und verlassen gefühlt.

Liva jammerte nicht. Das Einzige, was half, war, wieder aufzustehen. Von vorne zu beginnen.

Kit schüttelte über sich selbst den Kopf. Jetzt musste es genug sein. Von jetzt an wollte sie wie Liva sein.

Sie suchte in ihrer Tasche nach dem Portemonnaie. Fühlte etwas in der Tiefe der Tasche und zog es heraus. Es war der Kalender ihres Vaters, den sie aus dem Firmenbüro mitgenommen hatte. In dem sie geblättert hatte, ohne etwas zu finden, das ihr weiterhelfen konnte.

Sie sah ihn noch einmal durch. Was hatte sie erwartet? Einen Namen? Eine Adresse? Eine Form von Tagebuchaufzeichnungen und angedrohter Erpressung?

Da waren nur Termine eingetragen, schwarz auf weiß. Keine Codes und keine mystischen Telefonnummern oder verdächtigen Namen.

Aber trotzdem wusste sie, dass es irgendwo einen Hinweis gab. Dass ihr etwas ins Auge springen und sie verstehen würde. Sie saß lange da. Bestellte noch eine Tasse Tee und schaufelte ein Stück Kuchen in sich hinein. Sie hatte ein Problem, nein, sie hatte mehrere. Am Zustand ihres Vaters konnte sie nichts ändern; das musste sie den Ärzten überlassen. Was Henrik anging, war sie unsicher, aber warum sollte sie eigentlich etwas von ihm erwarten? Er schuldete ihr nichts. Es sollte ihm erlaubt sein davonzukommen.

Mit der Firma und den beiden anonymen Karten war es etwas anderes. Sie hatte sie gefunden. Die letzte war vielleicht direkt für sie bestimmt. Sie gingen sie etwas an. Und ihren Vater. Sie waren das Problem, das sie zu allererst lösen musste.

Wieder blätterte sie in dem Kalender. Spürte, wie die Unsicherheit schwand und von Energie und Wut auf diese unbekannte Person, die ihr Leben aufmischte, abgelöst wurde. Ihr Blick suchte die Seiten von oben bis unten ab. Stolperte über Absprachen und Merkworte und Telefonnummern von Kunden und Mail-Adressen. Und dann war es plötzlich da. Das, was ihr weiterhelfen konnte.

Es war etwas ganz Direktes und Traditionelles. Etwas, das jedes Jahr um diese Zeit stattfand und worauf ihr Vater sich immer freute. Am 4. Januar. Um 13 Uhr im Hotel d'Angleterre in Kopenhagen. Warum hatte sie nicht gleich daran gedacht?

26

Ina wusste nicht, woher die Karten kamen. Wollte es lieber nicht wissen, obwohl sie in ehrlichen Momenten doch ihre vagen Vermutungen hatte.

Aber das war nicht die Hauptsache. Die Hauptsache war, dass sie verschwanden. Dass er ihnen nicht ausgesetzt war und sie die Gequältheit sah und merkte, wie er in sein Universum und seine Einsamkeit glitt und sich weiter von ihr entfernte. Das war immer das Schwerste an ihrer Ehe gewesen. Wenn er sich entfernte. Wenn sie fast physisch spürte, wie der Abstand größer wurde. Denn darauf lief es hinaus, hatte sie festgestellt. Jedes Mal, wenn er sich von ihr entfernte, war es unwiderruflich. Und sie wollte ihn so gerne festhalten, den letzten Rest von ihm.

Sie drückte die Tasche während des Gehens an sich. Sie schienen nahezu durch das Leder hindurchzubrennen. Die Buchstaben schienen vor ihren Augen zu tanzen. Chinesische und gewöhnliche durcheinander. Aber sie schlüpften nicht hinaus. Nicht zu ihm. Sie waren sicher in der Tasche eingeschlossen. Alle, mit Ausnahme des einen. Dessen, der sie darin bekräftigt hatte, dass sie das Richtige getan hatte. Dass man sie nur verschwinden lassen musste, weil dann das Leben seinen üblichen Lauf nahm.

An jenem Tag hatte all das ein Ende gehabt. An jenem Tag, an dem er die Post angenommen hatte, war es schief gelaufen. Denn sonst nahm sie sie ja immer an. Jedenfalls zu Hause. An dem, was in der Firma passierte, konnte sie nichts ändern, aber etwas sagte ihr, dass dorthin nichts geschickt worden war. Etwas sagte ihr, dass er lange verschont worden war und dass es ihm deshalb so gut gegangen war. So verhältnismäßig gut.

Sie ging an der Giebelseite des Krankenhauses entlang durch den Schneematsch. Hatte ungeachtet des Wetters plötzlich Luft gebraucht. Sie wusste genau, dass sie sich mehr entspannen musste. Nicht so viel stricken sollte. Sich nicht so viele Sorgen machen, sondern die Dinge einfach geschehen lassen sollte. Dann lief es in der Regel am besten. Aber das war mitunter schwer. Nicht wegen Karen-Lis oder ihm. Sondern wegen Kit.

Sie würde sich so gerne auf eine Bank setzen und einfach sitzen bleiben. Sich vom Schnee zudecken lassen und später gefunden werden, ganz verfroren, aber trotzdem lebendig. Vom Tod auferweckt werden. Wie sie hoffte, ihn auferwecken zu können. Mit einem Kuss. Mit Liebe.

Sie lehnte sich gegen die Mauer. Drückte die Tasche an sich. Dachte an sie als an etwas Lebendiges, da in der Tasche. Kleine Buchstaben, die im Kreis tanzten. Einen Totentanz. Wenn sie die Tasche öffnete, würden sie vielleicht herauskommen. Würden vielleicht abhauen und sie nie mehr plagen, so wie die Vergangenheit sie plagte. Wie sein Anblick zusammen mit ihr. Mit der anderen.

Es war den Versuch wert.

Ganz vorsichtig zog sie an dem Reißverschluss. Sah in den schwarzen Raum der Tasche. Der Umschlag lag in der Innentasche. Sie fischte ihn heraus. Spürte, wie der Schnee auf ihre Hände und auf das Papier fiel. Es durchweichte. Es waren fünf. Unterschiedlich und doch gleich. Sie waren über ein Jahr verteilt eingetroffen. Als der erste Umschlag gekommen war, hatte sie nicht geahnt, um was es sich handelte, hatte aber trotzdem den richtigen Instinkt gehabt. Den Instinkt, den auch Kit hatte. Sie hatte ihn versteckt. Und die anderen auch. Hatte sie eingeschlossen und sie nicht existieren lassen.

Sie bekämpfte den Drang, sie einfach loszulassen. Sie fallen und von dem Schnee zudecken zu lassen. Sie waren da. Liefen nirgendwo hin. Sollten eigentlich verbrannt werden, aber das hatte sie nicht über sich gebracht. Sie verstecken, ja. Aber sie verbrennen, das war wie eine Hinrichtung, die sie nicht fertig brachte. Außerdem wusste man nie, was man noch brauchen konnte. Auch wenn sie nicht das Geringste verstand und es auch sicher nie tun würde. Sie wusste einzig und allein, dass die Karten gefährlich für sie waren, für Erik, für sie, für die Familie. Dass sie eine Form von Gefahr darstellten.

Sie packte sie wieder ein und zog den Reißverschluss der Innentasche zu. Ging weiter durch den Matsch. Sie musste sehen, dass sie die Strickjacke fertig gestrickt bekam. Sie musste sehen, dass sie Kit auf andere Gedanken brachte.

Er sah sie freundlich an, als sie zurück ins Zimmer kam und sich wieder hinsetzte. Als wäre sie eine Krankenschwester, die gekommen war, um seine Temperatur zu messen.

Sie fühlte seine Stirn, die feucht und warm war. Dachte, wie so oft schon, dass sie ihn vielleicht dazu bringen könnte, sich ihr wieder zu nähern. Vielleicht, wenn sie Teile der Vergangenheit auswischen und die Briefe verschwinden lassen könnte. Das war es, was sie wollte. Die Post von ihm fern halten. Die Welt von ihm fern halten, sodass nur sie beide da waren. Er und sie. Vielleicht Karen-Lis. Und Kit, wenn sie nur lernen könnte, sich keine Sorgen zu machen.

Einen Moment erinnerte sie sich an den Schmerz. Er schien sie in der Mitte zu durchschneiden, und sie wusste, dass ihr Gesicht sich zusammenzog. Er runzelte leicht die Stirn, oder doch nicht?

»Ich habe an die Geburt gedacht«, murmelte sie halblaut. »Als Kit kam.«

Bei Karen-Lis war es so leicht gewesen. So herrlich leicht und schön. Doch bei Kit war es anders. Schon von Anfang an hatte sie das Gefühl gehabt, etwas anderes als einen Menschen bekommen zu haben. Ein Wesen. Gott bewahre, ein Wesen, dass sie beide lieb gewonnen hatten, denn das tat man ja und er besonders. Aber ein Wesen, das etwas anderes verlangte.

»Die Wahrheit«, sagte sie plötzlich, weil sie wusste, dass das das richtige Wort war. Kit forderte immer die Wahrheit. Konnte tagelang herumgehen und über einer weißen Lüge brüten, die zu ihrem eigenen Besten ausgesprochen worden war. War wie besessen von der Vorstellung, dass man nicht lügen durfte und immer die Wahrheit sagen musste, koste es, was es wolle.

Zu einem gewissen Grad hatte sie Recht gehabt, wenn sie immer auf der Lauer gelegen hatte. Denn natürlich hatten sie gelogen. Log man in gewissen Situationen seine Kinder nicht immer an? Genau wie den Menschen, mit dem man verheiratet war?

Sie dachte über Letzteres nach. Über die Unwahrheit, die sie eines Tages ganz unverschuldet aufgedeckt hatte.

Würde ihr heute jemand die Wahl lassen, wusste sie genau, was sie antworten würde. Sie hätte sich für die Lüge entschieden.

Sie sah ihn an und fragte sich, ob er wohl jemals an diesen Tag dachte.

27

»Meine Mutter ist krank.«

Die Worte wurden ihm ins Ohr geflüstert. Gefolgt von einer spitzen Zunge, die auf Entdeckung ging, sodass er das Gefühl hatte, in einem warmen Meer zu versinken. Er spürte, wie alle Zahlen, alle Gedanken an Geschäfte schwanden. Wie Dewi, die rittlings über ihm auf dem Bürostuhl saß, die Beine zusammenklemmte und ineinander verflocht.

Das Haar fiel ihr über die eine Wange und das eine Auge hinunter. Das andere betrachtete ihn einen kurzen Moment aufmerksam, bevor Lippen und Zunge ihre Wanderung fortsetzten und Luft und Widerstand gewissermaßen aus ihm heraussaugten.

»Sie muss ins Krankenhaus«, flüsterte das Mädchen auf seinem Schoß und begann sein Hemd aufzuknöpfen.

Erik wollte protestieren. Wollte ihr sagen, dass man nicht einfach in sein Büro spaziert kommen, sich ihm rittlings auf den Schoß setzen und sein Hemd aufknöpfen konnte. Dass man nicht damit rechnen konnte, dass ein Mann Zeit oder was das anging Lust hatte, nur weil eine Schönheit zu ihm hereinspaziert kam. Aber schließlich, als das Geschehen seinen Gang nahm, sah er ein, dass es ihm schwer fallen würde, sie davon zu überzeugen, dass er keine Lust hatte.

Er war erst vor zwei Tagen von Singapur nach Hongkong zurückgekommen. Vor zwei Tagen, an denen er sehr damit beschäftigt gewesen war, sich um den einen und den anderen zu kümmern. Um Ina, die er wirklich mochte und mit der er sich vor der Abreise verlobt hatte. Die bei ihren Eltern wohnte und die sich ihn als Führer ihres Lebens ausersehen hatte, das wusste er. Die schöne dänische Ina, die so gerne beschützt werden wollte. Und um Dewi, die er in einer Wohnung in Kowloon untergebracht hatte. Dewi, die ihn verschlang. Mit Haut und Haaren und Portemonnaie. Die ihm aber auch den Atem nahm; ihn zu den Sternen entführte.

Und jetzt saß sie hier. Hatte sich in sein Büro geschlichen, als alle anderen gegangen waren und er wie üblich länger arbeitete. Und er spürte ihre zarte Stärke, das Verlangen nach ihr, das nie aufhörte, die Wärme ihres Körpers, die auf seinen übergriff.

»Wie viel«, murmelte er. Denn einen Preis gab es immer.

»Fünftausend«, flüsterte die Stimme süß.

»Hongkong Dollars?«

Jetzt zog sie den Reißverschluss seiner Hose auf, und die Lust stieg enorm.

»Amerikanische.«

»Mmm. Was du nicht sagst.«

Sie glitt von seinem Schoß. Gebrauchte den Mund. Neckte ihn. Leckte. Saugte, dass er das Gefühl hatte, seine Seele würde ausgewrungen.

Dann erinnerte er sich plötzlich an die Verabredung mit Ina. Und in dem Moment, in dem der Gedanke ihn streifte, ging die Tür auf und sie stand da. Schön und still, als wäre sie nur gekommen, um zuzusehen und zu lernen. Das konnte er gerade noch denken, als er schnell den Stuhl zurückstieß. Falls überhaupt ein Ausdruck auf ihrem Gesicht zu sehen war, war es vielleicht Interesse. Wie wenn ein Botaniker sich über den gut entwickelten Sinn der Ameisen für Zusammenarbeit wundert. Hinterher erinnerte er sich kaum mehr, wie sie sich wieder gefasst hatten. Wie Dewi schnell verschwunden war, nicht voller Scham, sondern selbstbewusst. Wie er an seinen Sachen herumgefummelt hatte. Versucht hatte, das Unerklärliche zu erklären, während Ina nur da stand. Bleich und ausdruckslos. Stumm.

Nicht einmal verdammend. Aber trotzdem so, dass es nicht misszuverstehen war.

»Sie können bestimmt ein bisschen Entspannung brauchen.«

Es war Meyer, der ihn am nächsten Tag fand. Er hatte auf dem Sofa im Büro geschlafen. Hatte sich entschieden, einfach alles auszublenden, dazuliegen und über sein Leben und seine vielen Verantwortlichkeiten nachzudenken. Über die drei Frauen, die, jede aus ihrer Richtung, an ihm zerrten. Seine Mutter, die gerade in das neue Haus in Nyborg gezogen war und das Gefühl hatte, dass es zu groß war, Dewi, die Geld brauchte, und Ina, die heiraten wollte. Wie war er nur in all das hineingeraten?

»Fahren Sie mit nach Macao. Ich muss in die dortige Fabrik und mir die Hemden ansehen«, sagte Meyer und blinzelte ihm zu. »Genau das Richtige für Sie. Dort ist alles erlaubt. Keine Grenzen, keine Hemmungen.«

Erik nickte müde. »Genau das Richtige für mich.«

Er hatte von Macao gehört, natürlich hatte er das. Man konnte nicht nach Hongkong kommen, ohne die wilden Geschichten aus der kleinen portugiesischen Kolonie auf der andern Seite der Mündung des Pearl-Flusses zu hören. Aber aus irgendeinem Grund war er nie dort gewesen. Es war, als würde Hongkong ihm genügen. Als könnten die Verlockungen zu groß werden. Aber nicht heute. Nicht nach dem, was passiert war.

Also fuhr er mit, als Meyer am selben Tag gegen Mitternacht an Bord der alten Fähre ging, die wie ein Relikt aus einer romantischen Zeit am Kai lag. Genoss den Abend mit dem Essen und den leicht bekleideten Mädchen, die Cancan tanzten und ihnen mit Straußenfedern und dem Duft süßen Parfüms vor der Nase herumwedelten. Wachte in seiner geräumigen Kabine auf und hatte das Gefühl, dass an diesem Tag etwas passieren würde, das er nie vergessen sollte. Etwas, das sein Leben fundamental ändern sollte.

Es war nicht das Abendessen in der portugiesischen Posada oder der traurige Fadosänger, der klang, als könnte er jedes Aufziehen von Ausgelassenheit mit der Verzweiflung in seiner Stimme dämpfen. Es war auch nicht der Besuch in dem schwimmenden Kasino, obwohl auch so etwas in Hongkong verboten war, mit Ausnahme des Jockey Klubs, in dem man auf Pferde setzte, und der Mah-Jongg-Schulen natürlich. Nicht einmal, als er beim Black Jack die Kasse gewann, hatte er eine Vorahnung.

Doch dann verließen sie das Kasino mit den Taschen voller Geld, und Meyer erwies sich als kompetenter Führer, als er ihn hinunter zum Hafen führte und durch die kleinen dunklen Gassen, in denen gedämpftes Licht und Gestalten im Dunkeln und ein süßer, klebriger Duft ihre eigene Sprache sprachen.

In einem kleinen Gasthof nahm sie eine Frau in Empfang. Sie war schön. Trug einen hellblauen Cheongsam, der die Kurven ihres Körpers nachzeichnete. Meyer reichte ihr diskret die Hand, und Erik sah, wie Geld die Hände wechselte, unsichtbar, als ginge es nur um einen Händedruck. Die Frau führte sie und bewegte sich lautlos durch die hinteren Zimmer. Vorbei an der billigen Abteilung, wo die Männer in dreistöckigen Betten lagen. Wo blanke Augen in die Luft starrten, verloren in Zeit und Raum, wo die Knochen magerer Körper bei der kleinsten Bewegung fast gegeneinander rasselten. Und in das Innerste, wo ein gepolstertes, geschnitztes Bett mitten im Zimmer und mehrere schön dekorierte Sofas an den Seiten mit Bequemlichkeit lockten. Auf einigen der Sofas lagen Männer und pafften an ihren langen Pfeifen. Eine junge Frau kniete vor einem von ihnen. Sie nahm mit einer Zange einen kleinen Klumpen, stopfte ihn in die Pfeife, die sie in der Hand hielt, und begann sie geduldig anzuzünden. Saugte, stopfte, mischte und erinnerte verdächtig an Dewis Aktivitäten im Büro. Bis die Glut kam und das Mädchen kurz die Augen schloss. Dann reichte sie die Pfeife dem Mann, dessen Gesicht gelblich im Schein der Stearinkerzen leuchtete.

Erik saugte das Ganze in sich auf. Den Duft. Die Laute. Das Gefühl, im Allerheiligsten zu sein. Als würde er sich mit Körper und Seele in der Gebärmutter einer Frau befinden. Noch bevor er sich gehorsam hinlegte, wusste er, dass er verloren war. Vielleicht nicht ganz. Vielleicht nicht mit Körper und Seele und Herz und Hirn auf einmal. Aber auf längere Sicht verloren.

Und doch konnte er nicht widerstehen, als das Mädchen kam und sich vor ihn kniete und mit den zarten Fingern um die Zange den kleinen braunen Klumpen Opium in die Pfeife stopfte. Konnte nicht Nein sagen, als sie sie ihm reichte, sondern zog begehrlich an dem Mundstück. Der Pfeifenkopf glühte schwach, und langsam spürte er die sich einstellende Trägheit, Arme und Beine, die sich entspannten.

Das Herz, das schwebte.

»Setzen Sie sich.«

Zwei Tage nach der Rückkehr aus Macao wurde er in Zimmermanns Büro gerufen.

»Ich habe gehört, dass Sie und Meyer unterwegs gewesen sind und sich amüsiert haben.«

Erik nickte. Sollte das hier ein Verhör werden?

Zimmermann raschelte mit ein paar Papieren, die auf dem Tisch lagen. »Ich hoffe, Sie behalten einen kühlen und klaren Kopf. Den werden Sie brauchen.«

Was war jetzt in ihn gefahren? Eine Strafe für die Reise nach Macao? Er hatte nichts Ungesetzliches getan. Sowohl Spiel als auch Opium waren dort drüben vollkommen legal.

»Die Firma hat eine große Entwicklung durchgemacht«, fuhr Zimmermann fort und schien zu Eriks Erleichterung alles über Macao vergessen zu haben. »Eine Tochter von einem der New Yorker Besitzer ist mit dem Sohn des Besitzers von The Jubilee Garment Stores in den östlichen Staaten der USA verheiratet worden. Sie haben da drüben über hundert Geschäfte.«

Zimmermann lächelte zufrieden. »Und sie kaufen Kleidung von Herstellern hier aus Hongkong – Hemden, Hosen, Jacken, Kleider – für über fünf Millionen Dollar im Jahr.«

Die Zahl konnte jeden nüchtern machen. Nicht, dass er einen Rausch hatte, aber Macao saß ihm noch immer im Blut. Jetzt richtete er sich auf und sah Zimmermann aufmerksam an, der fortfuhr. »Sie haben hier natürlich ihren eigenen Exportagenten. Doch auf Grund der Hochzeit hat man ihm gekündigt. Wir haben seine Aufgabe übernommen. Wir bekommen fünf Prozent Kommission auf alles, was exportiert wird. Es geht also nicht um Kleingeld.«

Zimmermann erklärte weiter, dass die Firma in New York jedes Jahr eine Delegation aus vier Leuten nach Hongkong schickte, um einzukaufen.

»Was bedeutet das alles?«, erdreistete Erik sich zu fragen.

Zimmermann sah ihn unverhohlen forschend an. »Das bedeutet, dass wir eine Textilabteilung brauchen. Und einen Textilexperten. Einen, der genau über all die Arten von Kleidung informiert ist, die für sie interessant sind.«

Er beugte sich vor und trommelte mit den Fingern auf den Tisch. Lächelte zufrieden.

»Es freut mich, Ihnen sagen zu können, dass Sie unser neuer Textilexperte sind.«

Erik merkte sofort, wie sein Unterkiefer langsam herunterfiel. »Textilexperte?! Ich habe doch keine Ahnung von Textilien. Wann kommen sie?«

Zimmermann lächelte leutselig. »In zwei Wochen. Sie machen sich also besser an die Arbeit.«

28

Ina versuchte die Schultern während des Strickens zu senken. Doch Hände und Arme und Schultern verkrampften sich nur noch mehr.

Es war so lange her, dass sie daran gedacht hatte. Mehrere Jahre. In dem Moment, als es passierte, war sie wie versteinert. Spürte nicht einmal, dass sie reagierte, stand einfach da in der Tür seines Büros und starrte die beiden an, als wäre sie blind und taub zugleich. Später hatte sie begonnen, es als das erste Mal zu betrachten. Das allererste Mal, dass er sich einen Schritt von ihr entfernt hatte.

In den folgenden Monaten machte er noch weitere Schritte, und sie hatte ernsthaft Angst, ihn zu verlieren. Also hatte sie es ihm gesagt. Dass er tun konnte, was er wollte. Dass sie es akzeptieren würde. Solange er ihr Mann und der Vater ihrer Kinder blieb. Solange sie nie, nie mehr, in einer Tür stehen und ihn zusammen mit einer anderen Frau sehen musste.

Sie sah auf die Tasche, die in der Ecke stand. Dachte an die fünf Karten.

Eine fehlte. Nein, es fehlten zwei. Die erste und die letzte.

Die allererste hatte ihn fast umgebracht. Sie war sicher, dass sie der Auslöser für den ersten Herzanfall gewesen war, der jetzt über ein Jahr zurücklag. Aber sie erinnerte sich mit einer Klarheit daran, als hätte sie es gerade in einem Film gesehen. Sie war zu ihm gelaufen, als ihm schlecht wurde und er mitten auf dem Boden mit der Karte in der Hand zusammenbrach. Sie hörte ihn murmeln, dass das der Anfang vom Ende sei. So hatte sie ihn nie zuvor reden hören. Hatte nie geglaubt, dass irgendetwas ihn auf diese Weise erschüttern konnte. Sie rief nach Kit und Henrik, die den Notarzt anriefen. Aber vorher, bevor etwas oder jemand sie daran hindern konnte, nahm sie ihm die Karte weg und verbrannte sie. Zündete sie mit einem Streichholz an, sodass sie plötzlich verschwunden war.

»So, jetzt ist es vorbei«, sagte sie tröstend. »Bestimmt hat es nichts zu bedeuten. Ein Versehen. Nichts, worum man sich Sorgen machen muss.«

Aber er sah sie mit einem Gesicht an, in das die Besorgnis geätzt war. Und sie deutete es als Hilferuf.

»Das wird nicht wieder vorkommen«, versprach sie, während sie ihn zum Sofa hin stützte, auf das er sich legte. »Jetzt musst du dich entspannen. Du bist überanstrengt. Der Notarzt kommt gleich.«

Kit half. Glücklicherweise war Henrik auch da. Ina wagte gar nicht daran zu denken, was passiert wäre, wenn Henrik nicht da gewesen wäre. Karen-Lis wäre damit fertig geworden. Aber Kit nicht. Nicht alleine, jedenfalls nicht damals.

Die Stricknadeln schlugen gegeneinander. Sie machte eine kleine Pause und ließ die Hände in den Schoß sinken.

Kit war immer die Schwache gewesen. Auch rein physisch. Wie viele Male war sie nicht mit ihr im Krankenhaus gewesen, wo sie buchstäblich zwischen Leben und Tod geschwebt hatte. Da war der Hundebiss in den Oberschenkel, von dem sie eine Blutvergiftung bekam; dann die Grippe, die sich zu einer Lungenentzündung entwickelte und zu Gelenkrheumatismus, was glücklicherweise eine Fehldiagnose war. Damals.

Und heute. Sie konnte nicht genau sagen was, aber irgendetwas war passiert, sodass Kit sich bei ihrer Suche nach der Wahrheit heute mit den Problemen auseinandersetzte, anstatt sie einfach zu ignorieren. Im Kern war schließlich doch etwas Stahl. Ina hatte es eigentlich immer gewusst, auch wenn es sie hin und wieder irritiert hatte. In gewisser Weise wäre es anders leichter gewesen. Mit einem schwachen Kind, das immer schwach war, konnte man umgehen. Aber ein schwaches Kind mit einem eisernen Willen war nicht so leicht zu steuern.

Sie nahm ihre Strickarbeit wieder auf. Die Nadeln bewegten sich von selbst in ihren Händen.

Menschen änderten sich. Manche sehr, andere kaum.

Sie stand auf und ging zu ihm hinüber. Seine Augen waren jetzt geschlossen. Er sah bleich aus.

Das war aus ihm geworden, aus ihrem Mann. Angst und Wut hatten sich in ihm zusammengerottet. Waren dabei, ihn zu zerstören.

Vielleicht hatte sie vergebens gekämpft, darüber war sie sich sehr wohl im Klaren. Auch wenn sie die Post abgefangen hatte. Sie konnte ihn ja nicht ganz abschirmen, ebenso wenig wie sie Kit abschirmen konnte. Aber sie hatte alles getan, was sie konnte, das hatte sie wirklich. Und sie hatte ihn behalten. Während all der Jahre. Damals und jetzt.

Aber es hatte ein Jahr gegeben – sie würde es nie vergessen –, da hätte sie ihn fast verloren. Damals war sein Herz zwar stark, doch er mutete ihm viel zu: Er nahm sich eine ganz andere Geliebte.

29

Eriks Gedanken liefen zweigleisig. Die Arbeit war das eine Gleis, und hier ging es schnell voran. Über Stock und Stein, er konnte kaum folgen.

Auf dem anderen trieb er auf einem warmen Strom lautlos dahin. Es war ein Gleis voller Wahrnehmungen. Voller Düfte und Geräusche und dem Gefühl zu schweben. Es war die Sehnsucht zurückzukehren. Zu dem Hafen und den kleinen Gassen. Zu dem Mädchen in dem hellblauen Cheongsam und dem anderen Mädchen, das mit der Zange den kleinen braunen Klumpen in der Pfeife drehte. Ihn mit einer Geduld und einer Anmut drehte und wendete, saugte, bis er zu glühen begann und die Erwartung zusammen mit dem Duft zur Decke stieg. Es war die Sehnsucht nach Opium.

Er bildete sich ein, beide Gleise im Griff zu haben. Aber hin und wieder fiel es schwer, und er musste sich selbst ermahnen. Sich sagen, dass er sich jetzt konzentrieren musste. Und es gab genug, worauf er sich konzentrieren musste, jetzt, wo er, wie Zimmermann angeordnet hatte, der neue Textilexperte der Firma sein sollte.

Er sendete ein Fax an das Büro in New York und bekam eine Liste über die Hersteller, mit denen Jubilee Garment Stores in Hongkong zusammenzuarbeiten pflegte. Unter ihnen waren Firmen wie Smart Shirts, Dynasty Dress Company und Po Fang Sweaters.

Er fand heraus, dass der nun gefeuerte Agent für Seven Seas Export Ltd. arbeitete, eine Firma mit nur fünf oder sechs Angestellten. Seinen Berechnungen zufolge musste Jubilee ihr allergrößter Kunde gewesen sein. Nach dem Verlust dieses Kunden steckten sie wahrscheinlich in Schwierigkeiten.

Er begann um die Seven Seas Büros in der Kennedy Road herumzuschleichen. Beobachtete, dass die fünf Mitarbeiter ihr Mittagessen in einem dim-sum-Restaurant direkt um die Ecke einnahmen. Er folgte ihnen. Setzte sich uneingeladen an ihren Tisch, während chinesische Mädchen durch das Restaurant liefen und den Leuten die warmen dim sums von einem Tablett anboten, das um ihren Hals hing, als würden sie Süßigkeiten in einem amerikanischen Kino verkaufen.

»Meine Herren«, begann er, bevor sie protestieren konnten. »Ich heiße Erik Bennett. Ich komme von der Steinberg Far East Ltd. und bin auf der Suche nach Textilexperten.«

Sie sahen sich überrumpelt an. Ein dim-sum-Mädchen kam zu ihrem Tisch hinüber, wurde jedoch weggeschickt.

»Was soll das heißen?«, fragte einer.

»Das soll heißen«, antwortete Erik, winkte das Mädchen wieder heran und bestellte zwei dim sums, »dass Seven Seas gerade Jubilee Garment Stores als Kunde verloren hat. Ich glaube, Sie brauchen neue Jobs.«

Wieder sahen sie einander an. Sie wussten es nicht, das sah er deutlich. Er aß schnell seine dim sums, trocknete sich die Finger an der Serviette ab und holte seine Karte heraus. Er legte sie auf den Tisch. »Wir haben die Agentur für Jubilee übernommen. Rufen Sie mich an, wenn Sie interessiert sind.«

Er stand auf. »Es eilt nicht. Sie haben bis morgen zehn Uhr Zeit.«

Natürlich riefen sie an. Und natürlich stellte er sie ein. Ihr Wissen und ihre Einsicht waren im wahrsten Sinne des Wortes Gold wert.

Er begann seine Ausbildung. Denn er wusste genau, dass er nie im Stande sein würde, vor den Vertretern zu bestehen, es sei denn, er hatte selbst Ahnung von Textilien und Bekleidung. So verbrachte er seine gesamte Zeit in den Fabriken, einer Welt, die nie stillstand.

Die chinesischen Arbeiter schwitzten in Wechselschichten von vierundzwanzig Stunden; die Maschinen liefen ununterbrochen, gigantische Stoffballen wurden in null Komma nichts zu Hemden, Hosen und Blusen.

»Wenn Sie wollen, dass ich mit Ihnen zusammenarbeite, müssen Sie mir alles beibringen«, sagte er ohne Umschweife zu den großen chinesischen Fabrikbesitzern, die darauf hofften, Kleidung an Jubilee verkaufen zu können. »Ich will alles lernen, von Grund auf. Im Lauf der nächsten beiden Wochen.«

Er hielt sich Tag aus Tag ein in den Fabriken auf. Schlief auf Baumwollballen zum Geräusch der Maschinen und erwachte am Morgen zu dem gleichen Laut. Bekam den ganzen Tag den Kopf mit Wissen voll gestopft und fiel wieder in die Baumwollballen, wo der ein oder andere ihn am Morgen fand.

Er träumte jede Nacht. Sah die Gesichter über sich schweben, ganz deutlich; Lippen, die sich bewegten und ihm alles zwischen Himmel und Erde, zwischen Baumwolle und Wolle, Polyester und Akryl einbläuten.

Da war Mr. Chow mit der dicken Matte schwarzen Haars und den Augen wie geschnitzte Schlitze in honigfarbenem Holz.

»Nein, Mr. Bennett, das ist völlig falsch. Je dünner das Garn ist, desto höher ist die Zahl. So ist ein Pullover von fünf Gaugen sehr viel dicker als einer von zwanzig. Will man einen Satz Kleidung in feinem Doppelstrick herstellen, nimmt man zweimal zwanzig Gaugen.«

Mr. Chow verschwand wie eine Seifenblase, die zerplatzte und Mr. Fongs Gesicht erschien. Sein kahler Kopf hüpfte bei jedem Wort, das er sagte, auf und ab.

»Vergessen Sie das nicht. Stichsaum ist feiner als zweinadeliger Saum und von besserer Qualität. Und eine französische Manschette an einem Hemd ist das Gleiche wie eine doppelte Manschette für Manschettenknöpfe. Sie ist teurer in der Herstellung als eine gewöhnlich geknöpfte Manschette. Und Baumwolle mit langer Stapellänge ist besser als die mit kurzer. Das Beste, was es gibt, sind Mako-Baumwolle, Sea-Island-Baumwolle und ägyptische Baumwolle. Aber die sind sehr teuer.«

Als er gerade dabei war zu verstehen, verschwand Mr. Fong, und Mr. Ling löste ihn ab. Er hielt ihm eine Garnrolle vor die Nase.

»Es gibt drei Methoden, Wolle zu färben. Bevor sie gesponnen wird, nachdem sie gesponnen wurde und auf der Rolle sitzt und wenn das Kleidungsstück fertig ist. Diese drei Methoden nennt man Garnfärbung, Rollenfärbung und Stückfärbung. Die Garnfärbung ist natürlich am teuersten und die Stückfärbung am billigsten. Lassen Sie sich nicht hereinlegen!«

Mr. Fong verschwand und Mrs. Kwoks langes schwarzes Haar hing über ihm. Ihre kleinen Augen bohrten sich in seine.

»Sie müssen immer daran denken, an einer Strickjacke zu riechen. Warum?«

Er wollte den Mund öffnen, aber sie kam ihm zuvor und erklärte es selbst.

»Weil man das Öl riechen kann, wenn aufgearbeitete Wolle aus alten Bekleidungsstücken gebraucht worden ist.«

Mrs. Kwok lächelte begeistert auf ihn hinunter, wie er da auf der Baumwolle lag.

»Aber Sie dürfen nie an einem Mohairpullover riechen. Warum nicht?«

Wieder setzte sie an, ihre eigene Frage zu beantworten.

»Sie bekommen nur Kaninchenhaare in die Nase und müssen niesen, und man wird über Sie lachen. Man wird wissen, dass Sie ein Amateur sind.«

Mrs. Kwok verwandelte sich vor seinen Augen, wurde eine andere und stand plötzlich als das Mädchen in dem hellblauen Cheongsam vor ihm. Sie nahm ihn an der Hand und führte ihn wieder in die Höhle. Kümmerte sich um ihn. Drehte die Kugel in der Pfeife, bis sie glühte und ihren süßen Duft in seine Seele schickte.

Er erwachte beim Klappern der Maschinen. Atmete den Geruch von Öl und Textilien ein. Kniff die Augen zusammen und versuchte noch einmal, sich an das zu erinnern, woran er sich erinnern musste, und die Erinnerung an Macao in den hintersten Winkel seines Gedächtnisses zu schieben.

Er war bereit für einen weiteren Tag.

Nach zwei Wochen war er startklar mit seinem Wissen und seiner Beratertruppe von Seven Seas.

Die Amerikaner kamen. Erik begrüßte sie freundlich, spürte jedoch schnell die Feindseligkeit. Offenbar hatten sie gerade erst erfahren, dass die Firma von Seven Seas zu Steinberg gewechselt hatte.

Ihre Leiterin und Einkaufschefin hieß Margot Benson. Sie trug Diamanten so schwer wie Bleigewichte und ein groß geblümtes Kleid, das Ähnlichkeit mit einem missglückten Hawai-Hemd aufwies, aber sicher ein Vermögen gekostet hatte. Sie war um die fünfzig und sah ihn misstrauisch an, als er ihr seine Karte überreichte, auf der in geschwungenen Buchstaben stand: Erik Bennett, Textil- und Bekleidungsexperte.

Margot Benson hatte eine große Tasche mitgebracht, die sie neben ihren Stuhl stellte.

Sic waren zu sechst. Alle anderen waren Männer. Sie sah Erik und die Karte an. »Experte«, sagte sie, ohne ihre Verachtung zu verbergen. »Sie sind ja noch ein Grünschnabel. Rasieren Sie sich überhaupt schon?«

Ihre direkte Art überraschte ihn, und er musste sich zusammennehmen, höflich zu bleiben. Sich daran erinnern, dass Zimmermann ihn gewarnt und gesagt hatte, dass sie anfangs wütend sein würden und überzeugt werden mussten.

»Seit ungefähr acht Jahren«, antwortete er und entschloss sich, ehrlich zu sein. Angriff war in diesem Fall das Beste.

»Mrs. Benson. Ich bin vierundzwanzig. Und ich werde nie so viel über Textilien wissen wie Sie, auch wenn ich hundert werden sollte. Aber ich habe wie der Teufel gearbeitet, um zumindest eine Unterhaltung über das Thema führen zu können. Und wenn Sie das nächste Mal kommen, werde ich das meiste wissen.«

Einen Moment sah sie ihn mit einer Mischung aus Skepsis und Mitleid an. Dann griff sie hinunter und holte etwas aus der Tasche. Sie warf einen Pullover quer über den Tisch. Er landete in seinem Schoß.

»Erzählen Sie mir etwas darüber.«

Er nahm ihn in die Hand. Es war ein derber Pullover ohne Markenschild. Er führte ihn zur Nase und bemerkte den schwachen Ölgeruch. Prüfte die Qualität.

»Fünf Gaugen Shakerstrick. Aufgearbeitete Wolle«, befand er und warf ihn zurück. »Ziemlicher Mist.«

Margot Benson nahm sich reichlich Zeit. Faltete den Pullover sorgfältig zusammen und steckte ihn in die Tasche. Fünf Paar skeptische Augen beobachteten ihn, als sie ihm ein in Zellophan eingepacktes Paket quer über den Tisch zuwarf.

Er griff danach. Packte es wortlos aus. Ein Hemd. Er nahm vorsichtig die Nadeln heraus, eine nach der anderen, und entfernte die Pappstützen im Kragen. Er schüttelte es und legte es vor sich auf den Tisch. Befühlte vorsichtig den Stoff.

»Ein Herrenhemd für den Abend. Baumwolle mit langer Stapellänge. Schneideranfertigung mit Stichsaum. Kent-Kragen, französische Manschetten; gute Länge, feine Knopflochverarbeitung.«

Er sah zu Margot Benson hinüber, die ihn aufmerksam beobachtete.

»Ein sehr schönes Kleidungsstück.«

Sie saß eine Weile da. Sagte nichts. Sie wendete den Blick einem der Männer zu und Erik schätzte, dass er der Hemdeneinkäufer der Gruppe war. Der Mann nickte leicht, und Margot Benson fasste einen Entschluss.

»Okay, wir versuchen es«, beschloss sie. Sie beugte sich vor und hielt seinen Blick fest. »Sie sind ein Aufschneider. Aber ich mag Ihre Art.«

Das musste gefeiert werden.

Als die Amerikaner tonnenweise Hemden, Hosen, Blusen und Pullover in verschiedenen Qualitäten gekauft hatten, gab er nach. Der Traum hatte ihn an den Tagen, an denen die Einkäufe stattfanden, jede Nacht heimgesucht. Pünktlich auf die Minute hatte sich ihm das Mädchen in dem hellblauen Cheongsam gezeigt und ihn in das Innerste geführt. In die Höhle.

Er nahm die Fähre nach Macao.

30

»Wie geht es ihm?«

Carsten setzte zum Überholen eines Mannes mittleren Alters an, der aussah, als würde er für die Olympiade im Walken trainieren. Henrik hielt mit Mühe Schritt und verfluchte noch einmal Weihnachtsbier und Weihnachtsessen. Und es war noch nicht einmal zu Ende. Es war Silvester und Janne, seine Lieblingsschwester, wie er zu sagen pflegte – er hatte auch nur die eine –, hatte ihn und Mette zu einer Fete eingeladen, auf der sie mit Sicherheit bis zum Rand mit einer neumodischen Variante des obligatorischen Silvesterkabeljaus voll gestopft werden würden.

»Schwer zu sagen«, antwortete Henrik. »Kit sagt, dass es ihm körperlich ganz gut geht, aber dass er den Mund nicht aufmacht. Die Ärzte sind sich nicht sicher, ob er nicht kann oder nicht will.«

»Reden?«

»Jep.«

Sie liefen schweigend weiter. Sie waren nicht die Einzigen, die den Drang verspürten, sich den Weihnachtsspeck abzulaufen. Auf ihrem Weg rund um den Nyborger Wall waren sie nach und nach auf viele Optimisten gestoßen, die wie sie selbst glaubten, eine halbe Stunde Bewegung könnte eine mehrwöchige freiwillige Zwangsfütterung ungeschehen machen.

Henrik, der nicht gerne über Erik Bennett und seinen Zustand reden wollte, lenkte die Unterhaltung in eine andere Sackgasse.

»Wie geht es mit der Neuen? Siehst du sie noch?«

Carstens seliges Lächeln sagte alles.

»Vielleicht wird man ihr einmal vorgestellt?«

Sein Freund bekam eine rote Birne. Aber vielleicht kam das auch nur von der Anstrengung, denn jetzt ging es den Hügel hinauf. Der letzte Rest Schneematsch spritzte zusammen mit Büscheln von aufgeweichtem Gras zur Seite.

»Vielleicht.« Carsten putzte sich professionell die Nase mit den Fingern wie ein Nationalmannschaftsspieler. Vorsichtig sah er zu Henrik hinüber. »Sie ist doch verheiratet.«

Henrik schüttelte den Kopf. »Verdammt. Schon wieder. Hast du die Herumtreiberei nicht langsam satt?«

»Tja.«

»Aber sie muss irgendetwas haben«, versuchte es Henrik, der neugierig war. Er wusste nicht genau warum. Eigentlich interessierte er sich nicht sonderlich für das Liebesleben anderer. Aber vielleicht kam es daher, dass sein eigenes so durcheinander war. Oder weil Carsten diesmal so verdammt geheimnisvoll tat.

»Das hat sie«, hauchte Carsten und hatte in dem Moment Ähnlichkeit mit Bandit, wenn er die Packung Trockenfutter zu fassen bekommen und ein Loch hineingerissen hatte.

»Wo wohnt sie eigentlich? Was macht sie?«

Es war nicht seine Absicht, so neugierig zu klingen, und es ärgerte ihn. In einer Kurve wurde Carsten langsamer.

»Ich kann nicht viel sagen. Ihr wäre es am liebsten, wenn ich gar nichts sage. Sie sagt, dass so leicht Tratsch entsteht und den Falschen zu Ohren kommt.«

Es war deutlich, dass Carsten der Heimlichkeitskrämerei müde war. »Sie arbeitet an der Uni. Aber wir sind in der Regel bei mir. Sie wohnt mit ihrer Familie in Kerteminde, sagt sie.«

Henrik lachte. »›Sagt sie.‹ Was soll das denn heißen?«

Carsten lächelte entschuldigend, während er lief. »Ich bin ja nie da gewesen, also kann ich es nicht bezeugen.«

Immer das Gleiche mit verheirateten Frauen, das hatte Henrik selbst auch einmal erfahren. Sie hielten ihr ganzes Leben geheim. Auch das, was man teilen könnte, wenn man wollte.

»Also, was ist mit heute Abend? Sie ist wohl bei ihrer Familie.«

Carsten nickte. Die Enttäuschung stand ihm ins Gesicht geschrieben. »Sie haben bestimmt Gäste.«

»Und du?«, prustete Henrik los.

»Ich denke, ich bleibe zu Hause und sehe fern. Vielleicht gehe ich auch runter um die Ecke und genehmige mir einen.«

In Henriks Ohren klang das gezwungen fröhlich. »Komm mit zu meiner Schwester«, lud er ihn großmütig ein. »Da ist immer Platz.«

»Ich weiß nicht ...«

Sie näherten sich dem Ziel an der Schlossmauer. Carsten machte einen Endspurt, und Henrik mühte sich an seiner Seite ab.

»Komm schon. Du sollst nicht allein dasitzen. Dann kannst du auch Mette kennen lernen.«

Kaum hatte er es ausgesprochen, dachte er, dass es falsch klang. Nicht, dass er mit dem Finger hätte darauf zeigen können, aber da war etwas, das nicht ganz stimmte. Er schob den Gedanken beiseite und machte zusammen mit Carsten Streckübungen an der Mauer. Kit drängte sich in sein Bewusstsein. Die Ferien waren bald zu Ende. Kaliki würde wieder öffnen. Die Probleme würden auf sie einstürmen, und die Bank würde auf der Matte stehen.

»Sag mal, abgesehen von der Sache mit der Firma auf den Cayman Islands und den Pailletten besetzten Jacken, wie läuft es sonst da draußen?«

»Mit Kaliki?«, fragte Carsten, der ausgezeichnet wusste, was Henrik meinte. »Gut, glaube ich. Es warten noch einige Bestellungen. Nach Deutschland vor allem. Wir konnten sie nicht alle gleichzeitig erledigen.«

»Und was soll Deutschland bekommen?«

»Damenblusen mit Stickereien für ein Vermögen. Und Kaliki-Jeans natürlich. Die sind immer ein Verkaufsschlager. Norwegen und Schweden warten auch auf Sendungen.«

»Habt ihr die auf Lager?«

Carsten nickte.

Henrik stemmte das rechte Bein nach hinten gegen die Mauer, wodurch der Wadenmuskel gestreckt wurde.

»Komm heute Abend mit, okay? Janne wird sich freuen. Und Victor.«

Sie gingen zurück zum Auto. Henrik spürte den Schweiß, der ihm unter dem Trainingsanzug herunterlief. Er dachte wieder an Kit. An die Angst in ihrem Blick und an die chinesischen Karten. Kit war nervös veranlagt, daran bestand kein Zweifel. Aber vielleicht hatte sie diesmal ausnahmsweise Recht? Und was tat er eigentlich, um ihr zu helfen? Nichts. Er konnte sich nicht ganz darüber klar werden, ob er eine Verantwortung trug. Die Logik sagte ihm, dass eine Exfreundin eine Exfreundin war und dass von jetzt an jeder alleine zurechtkommen musste. Alles andere war auch Mette gegenüber unfair. Aber hier war etwas anderes als Logik im Spiel, das spürte er. Vielleicht nichts als ganz gewöhnliche Anständigkeit. Vielleicht etwas anderes. Was war das eigentlich für eine Liebe, die sie füreinander empfunden hatten? Das hatte er sich in den letzten Tagen oft gefragt. Denn wenn er zurückdachte, konnte er sich an Leidenschaft eigentlich nicht erinnern. Ihr Sexleben war okay gewesen, aber nicht immer das, was man mit einem beschönigenden Ausdruck als prickelnde Erotik bezeichnen konnte. Kit war nicht nachgiebig und zärtlich wie Mette. Sie war sensibel, manchmal übersensibel. Ihr Körper war wie der Rest von ihr: nur zu leicht konnte man das Gegenteil von dem erreichen, was man eigentlich wollte. Eine zu feste Umarmung, ein Druck auf den falschen Knopf, und sie zog sich zurück und man lag da mit seiner Lust und erreichte nichts. Es tat ihr selbst Leid. Ihr Körper irritierte sie, wenn er nicht so wollte wie sie. Aber hin und wieder passierte es doch, dass sie sich zu einem für beide richtigen Zeitpunkt fanden und sie beide vor Wonne ganz oben im Himmel schwebten. Das durfte er nicht vergessen, auch wenn es kein alltägliches Ereignis gewesen war, aber vielleicht gerade deshalb etwas ganz, ganz Besonderes. Etwas, das auf der ganzen Welt nur sie beide miteinander teilten.

Doch als er Seite an Seite neben Carsten herlief, kamen ihm

auch darüber Zweifel. Zweifel, was die Liebe zu einer Frau eigentlich war. Denn mit Kit war es nicht nur die Lust gewesen, die sie verbunden hatte, sondern noch etwas anderes: eine andere Form der Verbundenheit.

Er dachte an Mette. Er hatte immer geglaubt, dass Liebe so sein sollte, direkt und voller Erotik. Aber in Wirklichkeit war er sich nicht so sicher. Vielleicht hatte man keine Wahl. Vielleicht kam man um das Komplizierte nicht herum, war man erst einmal eingefangen worden.

Carstens Gedanken schienen sich in den gleichen Bahnen zu bewegen. »Hast du manchmal das Gefühl, dass Verliebtheit gefährlich sein kann?«, fragte er vorsichtig.

»Richtig gefährlich? Wie gefährlich? Für den Weltfrieden? Für den Treibhauseffekt? Für die Zahlungsbilanz?«

Carsten grübelte eine Weile. Das einzige Geräusch war das Quatschen ihrer Joggingschuhe, wenn sie aus dem Matsch auftauchten.

»Ich weiß nicht. Als könnte sie in irgendeiner Katastrophe enden«, sagte er und sah einfältig aus. »In irgendetwas Unbestimmbarem, das auf der Lauer liegt.«

Henrik seufzte. Vielleicht sollte er sich als Eheberater niederlassen. Es war leichter, anderer Leute Beziehungen in den Griff zu bekommen als die eigenen.

»Was ist das Schlimmste, das passieren kann?«, fragte er mit logischer Stimmführung. »Wovor hast du Angst? Vor dem Mann? Vor der Entdeckung? Oder vor verletzter Eitelkeit, wenn sie die Familie dir vorzieht? Und das wird sie tun, das weißt du genau.«

Carsten sah ganz verwirrt aus. »Das meine ich nicht. Es ist mehr so eine Art Vorahnung vielleicht.«

Sie blieben bei dem Auto stehen. Henrik klopfte ihm freundschaftlich auf den Rücken.

»Ich habe eine Vorahnung, dass du eines Tages ein Mädchen findest, das nicht diese Vorahnungen in dir wachruft. Komm heute Abend mit. Du brauchst ein bisschen Entspannung.«

Carsten nickte brav.

31

Ihr würde der Ton knapp werden. Die Geschäfte waren die nächsten beiden Tage geschlossen, und hier stand ihre Skulptur unfertig auf der Drehscheibe und starrte sie mit toten Augen an.

Kit umrundete sie. Guckte und dachte nach und fotografierte Kurven und Linien und Züge ab. Und spürte die Unzufriedenheit.

Es war nicht so sehr das Gesicht, denn sie hatte sich daran gewöhnt, an der Nase herumgeführt zu werden, und sich, was das betraf, eine gewisse Geduld angeeignet. Es war mehr das andere. Das, was irgendwo auf der Lauer lag, wie sie wusste, und dem sie sich mit den Sinnen zu nähern versuchte. Der Absender der chinesischen Karten, die sie in das Regal gestellt hatte, um sich auf diese Weise zu provozieren, eine Lösung zu finden. Nahezu egal welche.

Während sie an der Skulptur arbeitete, ließ sie ihrer restlichen Aufmerksamkeit freien Lauf. Umkreiste die Karten und ihre Bedeutung, um der Lösung näher zu kommen. Sie wusste, dass es ihn irgendwo gab, den Schlüssel zu der Bedeutung hinter den Worten. Sie wusste, dass sie ihn finden konnte, wenn sie die richtige Technik anwandte. Und hin und wieder hatte sie auch das Gefühl, sich ihm zu nähern. Als würde das Unterbewusstsein einen Zipfel zu fassen bekommen und daran ziehen. Aber dann musste sie wieder loslassen, und ihr blieb nichts als Frustration.

Und noch etwas nagte an ihr: Silvester. In den letzten Jahren hatte sie es immer mit Henrik bei seiner Schwester auf der traditionellen Silvesterparty verbracht. Heute Abend würde er ohne sie dort sein. Vielleicht mit seiner neuen Freundin, die so die Familie kennen lernen und mit Victor spielen sollte. Sie würden lachen und reden und tanzen und Raketen abfeuern und einander um den Hals fallen. Am nächsten Morgen würden sie im Gästezimmer davon aufwachen, dass Victor zu ihnen ins Bett gekrabbelt kam und verlangte, Feuerwehrauto zu spielen wie letztes Jahr, wo er durch das ganze Haus gelaufen war und *Babu Babu* gerufen und damit jeden Kater übertönt hatte.

Babu Babu. Sie starrte auf die Karte oben im Regal. Kung Hei Fat Choi. Ein gutes neues Jahr. Und betrachtete das viereckige Gebäude in kindlichen naiven Strichen, aus dem das Feuerwerk so festlich tanzte. So gesehen passte es sehr gut. Feuerwerk und Neujahr. Daran war nichts Geheimnisvolles. Aber was hatte es mit dem Gebäude auf sich? Falls das ein Gebäude und nicht nur ein Karton war. Einer mit Feuerwerk, vielleicht. Sie dachte kurz über diese neue Theorie nach. Aber nein, das war kein Karton, denn Kartons hatten keine Türen und keine Fenster, selbst wenn diese so hoch waren, dass niemand an sie herankam. Aber es war auch nicht irgendein Haus. Die Tür war anders. Breiter als eine gewöhnliche Tür. Mehr wie ein Tor.

Kit sah auf die Uhr. Es war vier. Ihre Mutter und Karen-Lis waren im Krankenhaus und sie warteten auf sie. Sie wollten dort zusammen Silvester feiern, obwohl sie sich ziemlich sicher war, dass Karen-Lis irgendwann nach Odense zu ihrer alten Kollegin fahren würde, die eine Party gab. Sie selbst war von einer Freundin nach Aarhus auf eine Party eingeladen worden. Aber das war zu weit weg. Sie musste hier in der Nähe bleiben.

Sie packte ihre Sachen. Ging ins Bad und zog einen Rock und eine Bluse an. Wie feierte man Silvester in einem Krankenhaus? Wieder starrte sie auf die Karte. Und wieder schien die Lösung direkt vor ihrer Nase zu liegen. Fast als könnte sie die Hand danach ausstrecken und sie greifen. Aber das ging nicht. Sie wusste, dass alles verschwinden würde, wenn sie es versuchte – oder jedenfalls das meiste. Sie musste Geduld haben. Die Lösung würde sich zeigen.

32

Karen-Lis spürte, dass sie von hier weg musste. Einfach irgendwo anders hin. Weg von dem Krankenhausgeruch und dem übervölkerten Krankenzimmer, in dem ihre Mutter und Kit sich in ihr Schweigen eingehüllt hatten. Weg von ihrem Vater, wie er dort im Bett lag und sie ansah, nicht flehentlich, denn dann wäre sie geblieben. Mehr mit Verwunderung im Blick, als würde er denken: »Warum in aller Welt sitzen sie hier, wenn sie draußen Silvester feiern könnten. Das hätte ich doch getan.«

Aber natürlich hätte er das nicht, das wusste sie genau. Wenn sie oder Kit im Bett lägen, wäre er geblieben. Dann würde er da am Bettrand sitzen, während seine Gedanken davonschweben und ihn zurück nach Hongkong und in die Zeit befördern würden, wo Familie und Liebe ihn nicht auf die gleiche Weise daran hinderten, das zu tun, wozu er Lust hatte. Auf seine Weise war er schon verantwortungsbewusst. Und nicht wie sie, die darüber brütete, wie sie aus dem Drang abzuhauen Ernst machen konnte.

Es war ihre Mutter, der ihre Rastlosigkeit auffiel. »Geh ruhig. Du bist ja den ganzen Tag hier gewesen«, sagte sie, während sie das Strickzeug zwischen den beiden Nadeln drehte und wendete. »Kit und ich bleiben hier. Es wird sicher nichts passieren, und Vater gönnt es dir bestimmt.«

Karen-Lis sah Kit unsicher an, die abwesend nickte. Kit hatte ihre eigenen Pläne, merkte sie. Da blickte man nicht durch. Vielleicht war es der goldene Drache, der Feuer spuckte. Vielleicht hatte sie etwas gemerkt und beschlossen, sich zurückzuziehen.

Verdammt. Sie hatte Lust, Kit zu packen und zu schütteln und ihr zu sagen, dass sie einfach alles vergessen sollte. Augen und Ohren schließen und ignorieren. Aber sie konnte nicht. Konnte nicht einmal darüber reden. Da gab es doch das Versprechen, und Versprechen mussten gehalten werden. So viel hatte sie gelernt. Sie konnte nur hoffen, dass alles sich von selbst ordnete. Dass Kit aufgab. Dass ihr Vater wieder zu Kräften kam und das Problem selbst in die Hand nahm.

Sie sah ihn an. Wünschte zum sie wusste nicht wievielten Mal, dass er anfangen würde zu reden. Dass er ihnen erzählen würde, was sie machen sollten. Alles auf den Tisch legen würde, damit sie davonkam. Aber er schwieg. Lag da und sah zu, wie Kit und sie sich immer weiter voneinander entfernten. Ein Vakuum schien dort entstanden zu sein, wo er früher gewesen war. Als sollten sie selbst dieses Vakuum füllen und wortlos darum kämpfen, wer seinen Platz übernehmen und die Familie von jetzt an führen sollte. Vielleicht war es immer so, wenn das Familienoberhaupt ausgeschaltet wurde. Denn das war er ja jetzt. Wie eine geschlagene Schachfigur lag er untätig da und würde vielleicht nie mehr zurückkommen. Davor fürchtete sie sich am allermeisten. Dass er sie für immer verlassen hatte. Vielleicht war er wirklich ohnmächtig, vielleicht konnte er tatsächlich nichts tun. Vielleicht hatte er aufgegeben, und dann war das Ganze ohnehin egal. Wenn der eigene Vater aufgab, konnte man nichts mehr tun.

Sie spürte eine beginnende Wut, ging aber trotzdem zu ihm hin und gab ihm einen Kuss auf die Stirn.

»Ein gutes neues Jahr, Vater … Pass auf dich auf«, fügte sie hinzu und kam sich blöde vor, denn genau das konnte er eben nicht.

Sie drehte sich in der Tür um, winkte und ging.

Das Auto schlängelte sich zwischen bengalischen Lichtern, Heulern und Knallfröschen und wie die Dinge alle hießen, die die Jungen lange vor zwölf abschossen, nach Odense hinein. Eigentlich hatte sie keine Lust auf eine Party, jedenfalls auf keine mit Albereien und Geschwätz und bunt schillernder, überdrehter Freude gemischt mit Trunkenheit und Silvesternostalgie. Aber trotzdem musste irgendetwas passieren. Sie wusste nicht genau was. Es war unwahrscheinlich, dass sie es auf der Party bei Maria fand, aber es war ihre einzige Chance. Man konnte ja nicht einfach an irgendeine Tür klopfen und bitten, dass die Leute einen ins Herz schlossen. Denn vielleicht hatte sie dazu am meisten Lust. Zu Nähe.

Das Haus lag in einer Villenstraße, die unter normalen Umständen abends um zehn sicher verschanzt hinter der Stille der Vorstadtidylle gelegen hätte. Aber heute bereiteten sich Kinder und verrückte Onkel langsam auf das Feuerwerk vor. Ein kleines Feuerwerk hoffentlich im Verhältnis zum Vorjahr, wo sie die Jahrtausendwende auf dem Times Square in New York gefeiert hatte. Aber nichtsdestotrotz ein Feuerwerk.

Draußen parkten viele Autos, und sie fragte sich, ob alle vorhatten, die Nacht über zu bleiben. Nicht, dass sie selbst diese Absicht hatte. Sie würde nichts trinken, obwohl sie aus Höflichkeit eine Flasche Champagner mitgebracht hatte.

Sie parkte ein wenig weiter den Weg hinauf und stieg aus. Schon von weitem hörte sie den Lärm. Das Essen war bestimmt vorbei, und jetzt war die Musik aufgedreht worden, damit die Leute tanzen konnten. Sie zögerte. War überhaupt nicht auf Tanzen eingestellt. Hatte monatelang nicht getanzt, fast jahrelang nicht. Sie sah an sich hinunter. Was hatte sie sich eigentlich gedacht? Hier kam sie in langen Hosen, schicker Bluse und Blazer, als wollte sie zur Arbeit gehen und einen Minister interviewen. Sie war total falsch angezogen. Sollte sich eigentlich umdrehen und einfach nach Hause fahren.

Ganz in der Nähe hörte sie Lachen und laute Stimmen. Ein paar Gäste waren hinausgegangen, um bei ein oder zwei Zigaretten etwas frische Luft zu schnappen. Sie standen auf der Treppe und kicherten.

»Oh, Gott. Hei, ist das nicht Karen-Lis?«, sagte die eine.

»Dann bist du also doch noch gekommen!«, fügte die andere hinzu.

Zu spät, sie konnte nicht mehr umkehren. Denn da stand Maria zusammen mit Helle von TV2, und sie kannte beide von der Journalistenschule, die sie vor vielen Jahren gemeinsam besucht hatten. Vor einem ganzen Leben, so gesehen.

Man nahm sich ihrer an. Zog sie herein, wo festliche Stimmen sich bereits ein bisschen heiser zuprosteten und wo das Wohnzimmer in etwas verwandelt worden war, das an eine Discothek aus der Zeit erinnerte, als alles braun und orange war und man Kerzen in mit Bast umwickelte Flaschen steckte.

»Habe ich vergessen, dir das zu sagen?«, fragte Maria. »Wir haben die Siebziger zum Thema genommen. Deshalb sehen wir so bescheuert aus«, kicherte sie und Karen-Lis schätzte, dass sie während des Essens reichlich Wein getrunken hatte.

»Sorry«, murmelte sie, denn jetzt erinnerte sie sich genau, dass Maria etwas zu dem verdammten Thema gesagt hatte. »Ich komme direkt aus dem Krankenhaus.«

Wie schwer es doch sein konnte, sich partygerecht zu benehmen. Das Wort Krankenhaus schien alle um sie herum verstummen zu lassen.

»Das mit deinem Vater tut mir Leid«, murmelte Maria und machte eine hilflose Geste in den Raum. »Also, bedien dich. Da drüben sind Drinks und in der Küche ist noch Essen, falls du hungrig bist. Und ansonsten kannst du dich einfach unter die Leute mischen.«

Karen-Lis ging in die Ecke hinüber und legte einen Zehner in die Kasse. Sie öffnete ein Mineralwasser und hoffte, dass niemand es sah. Sie wollte hier weg. Es war ein Fehler. Ein großer Fehler. Sie drehte sich um und starrte in die Menge, die in Glitzerkleidern und Discohemden mit riesigen Krägen zu der Musik herumhopste. Alles schien vor ihren Augen zu flimmern, und sie spürte die Müdigkeit. Nur ein wenig hier stehen. Und sich dann wegschleichen, genauso still.

»Karen-Lis?«

Diese Stimme hatte sie schon einmal gehört. Sie kam von hinten zusammen mit einem würzigen Duft von irgendeinem teuren Aftershave, dessen Namen sie kannte, obwohl sie sich nicht an ihn erinnerte. Sie drehte sich um. Und hatte plötzlich noch größere Lust abzuhauen.

»Lance.«

»Gut erinnert«, lächelte er.

»Das ist kein Name, den man gleich wieder vergisst.«

Seine Stimme nahm einen bedauernden Ton an. »Meine Mutter hatte bestimmt irgendeine romantische Vorstellung von Sir Lancelot. Der von den Rittern um den runden Tisch.«

Karen-Lis verhielt sich abwartend. Die Erinnerung an ihr Geheule im Fahrstuhl war beinahe nicht auszuhalten. Sie musste sich immens beherrschen, um nicht aus der Tür zu stürzen.

»Ein Ritter«, murmelte sie und hörte den Sarkasmus selbst. »Genau das, was ich brauche. Ist der Nachname genauso exotisch?

»De Santiago.« Er klang, als läse er von einem Totenschein ab.

Das ist ja unglaublich, dachte sie. Typisch sie, einen Mann mit einem so merkwürdigen Namen zu treffen. Für sie gab es keinen Henrik und auch keinen Jens oder Peter.

»Sagen Sie bloß nicht, dass Sie auch adelig sind.«

»Nicht im Mindesten. Ich bin nur Halbspanier. Ansonsten bin ich unschuldig«, sagte er und hielt die Hände hoch, als würde sie mit einem abgesägten Jagdgewehr auf ihn zielen. »Sie sahen übrigens aus, als wollten Sie abhauen«, fügte er hinzu.

»Sie haben mich doch nur von hinten gesehen«, bemerkte sie. »Wie sieht man von hinten aus, wenn man abhauen will?«

»Das hat etwas mit der Haltung zu tun«, erklärte er. »Wie eine Feder, bereit aus der Tür zu springen. Nervosität, vielleicht.«

»Ich bin nicht nervös.« Sie wünschte, dass er verschwinden würde.

»Vielleicht sehen Sie nur nicht aus wie jemand, der auf einer Party ist.«

Sie musste fast schreien, um die Musik zu übertönen. Sie starrte ihn an. Wieder Lederhosen. Fast der gleiche Aufzug. »Tun Sie das vielleicht?«

Er nahm ein Mineralwasser aus dem Kasten.

Sie hob die Augenbrauen. »Sie schlagen ja richtig zu heute Abend. Was ist *Ihre* Entschuldigung?«

»Bereitschaftsdienst«, erklärte er.

»Als was? Als Stripper?«

Er quittierte es mit einem fröhlichen Blick. »Leider nicht. Nichts so Exotisches. Ich bin Arzt.«

»Entschuldigung.«

Sie war eine tolle Journalistin. War auf alle klassischen Vorurteile hereingefallen. Lederhose und Arzt passten schlecht zusammen. Das dunkle Aussehen hatte sie eher an einen Beruf wie Musiker oder Schauspieler oder etwas anderes Exhibitionistisches denken lassen. Sie konnte ihn sich nicht im weißen Kittel mit Arzneigeruch vorstellen.

Er trat einen Schritt näher, beugte sich vor und sagte ihr ins Ohr. »Ich will auch abhauen.«

Sie starrte ihn an. Hatte Schwierigkeiten, die Worte auszusprechen, zwang sie aber heraus. »Unsere Begegnung im Fahrstuhl«, begann sie. »Ich habe Sie für einen Angehörigen gehalten. Geglaubt, dass jemand aus Ihrer Familie im Krankenhaus liegt.«

Er trank einen Schluck von seinem Mineralwasser. »Das war mein freier Tag.«

»Und da haben Sie jemanden besucht?«

Er lächelte. »Nein, ich gehe einfach gerne im Krankenhaus spazieren, wenn ich frei habe. Ich bin einer von denen, die nicht loslassen können. Das Arztversprechen und all das, Sie wissen schon.«

»Lügner.«

»Mein Vater«, sagte er ernst. »Er hat letzte Woche eine Bypassoperation gehabt.«

Er hatte auch einen Vater, der vielleicht irgendwo zwischen Leben und Tod schwebte. Sie konnte ihm die Sorge ansehen. Ob er auch versucht hatte, sich für das Loslassen zu rüsten? Ob er auch Geschwister und eine Mutter hatte, die er gern vor all dem beschützen wollte, was wehtat? Sie wusste, dass es lächerlich war. Der älteste Trick der Welt, wenn man plötzlich das Gefühl hatte, etwas gemeinsam zu haben. Aber sie wurde trotzdem schwach und spürte, wie die Verlegenheit wegen des Fahrstuhls verschwunden war.

»Nehmen Sie mich mit«, rutschte es ihr heraus.

Einen Augenblick sah er sie an. Nicht irgendwie begehrlich, nur neugierig. Sie meinte Verständnis in seinen Augen zu erkennen, die braun waren, soweit sie das erkennen konnte.

Er hob die Hand und tat etwas, das sie noch nie zuvor bei einem Mann erlebt hatte. Er tätschelte ihr die Wange, und es fühlte sich nicht herablassend an. Es fühlte sich nach mehr an.

»Also los.«

Noch nie hatte sie so etwas getan. Natürlich war sie mit Männern nach Hause gegangen. Aber noch nie so selbstverständlich, ohne einen Gedanken daran zu verschwenden, was passieren würde. Ohne Sicherheitsnetz.

Sie ließ ihr Auto stehen und fuhr mit ihm. Gab es nicht etwas, das blindes Vertrauen hieß? Das musste es sein. Ein seltsames Gefühl, dass nichts schief gehen konnte. Vielleicht war es auch Wunschdenken, vielleicht weil er Arzt war. Ein umgekehrtes Vorurteil. Bei einem Arzt konnte einem nichts Schlimmes passieren, würden die meisten doch meinen. Aber auch Ärzte konnten Serienmörder sein. Mit ihrer Kenntnis der Anatomie würden sie genau wissen, wie eine Leiche zerteilt werden musste.

Sie blickte verstohlen zu ihm hinüber und musste über sich selbst lächeln. Versuchte ihn danach zu beurteilen, wie er Auto fuhr. Jacques war ruckartig gefahren, als wäre das Auto sein Feind. Ihr Vater riskierte zu viel. Kit fuhr, als wäre ihr der Tod auf den Fersen, selbst im VW. Ihre Mutter kroch. Doch Lance fuhr anders als sie. Das Auto schien all seinen Winken zu gehorchen. Als wäre es gewohnt zu raten, was er wollte. Sie sah, dass er nicht besonders viel tat. Alle Bewegungen erfolgten diskret und nahezu unsichtbar; alles ging lautlos und fließend vor sich. Gangschaltung und Beschleunigung waren nicht zu hören, keine Proteste des Motors. Es war als glitte man in einem Gummiboot über stilles Wasser.

»Was ist?«, er blickte verstohlen zu ihr hin. »Woran denken Sie?«

Sie merkte, dass sie lächelte. »An Sie. Daran, wer Sie sind und was ich hier zusammen mit Ihnen mache.«

Er war nicht schön. Die Nase war ein wenig zu groß, das Gesicht zu lang. Das Haar glich irgendeiner dunklen Holzart und war ohne jeden Ansatz von Wellen.

»Ich könnte mich das Gleiche fragen«, sagte er. »Aber ich verstehe, was Sie meinen. Und nein, ich bin nicht gefährlich. Ich gehe nicht davon aus, dass Sie mit mir ins Bett gehen, nur weil Sie mit mir nach Hause fahren.«

Er hielt an einer roten Ampel. Eine Gruppe junger Leute feuerte auf dem Bürgersteig eine Rakete ab.

»Ich glaube, Sie brauchen einfach Gesellschaft«, sagte er dann.

Sie schwieg eine Weile. Die Wärme des Autos glitt unter ihren Mantel und ließ sie entspannen. »Wo wohnen Sie?«

»In Kerteminde. Es ist nicht weit.«

Sie wusste genau, wie weit das war.

»Ich habe eine Wohnung in Odense«, fügte er hinzu. »Aber die wird gerade in Stand gesetzt, deshalb wohne ich diesen Winter im Sommerhaus meiner Eltern.«

»Wer sind Sie eigentlich, Lancelot?«

Er runzelte die Stirn, als wüsste er es selbst nicht richtig. Feuerte ein paar Fragen zurück.

»Was ist mit Ihnen? Was ist mit Ihrem Kind?«

Sie seufzte und sah aus dem Fenster. Es war fast halb elf, und die Welt nahm Anlauf, das neue Jahr einzuschießen. Das Dunkel wurde am Horizont mehrmals von Raketen in bunten Farben erhellt.

»Es gibt kein Kind. Es war nur eine Abtreibung vor einiger Zeit. Nichts, worüber man reden muss.«

Seine Hand ließ das Lenkrad los, als wollte sie nach ihrer greifen. Aber dann besann sie sich und legte sich auf die Gangschaltung.

»Nichts, worüber man reden muss«, murmelte er.

Das Sommerhaus lag am Fjord. Während sie auf dem Beifahrersitz döste, fuhren sie über schmale Wege. Sie spielten keine Musik. Stellten keine weiteren Fragen. Sie wusste nicht einmal, wie er auf die Party in Odense gekommen war, aber sie ging davon aus, dass er Maria oder Marias Mann, John, kannte. Es war ihr auch egal. Es kam ihr plötzlich so unbedeutend vor, genau wie ihr vollständig gleichgültig war, wer er war und was er für einen Hintergrund hatte. Wenn er sie nur mitnahm.

Und das tat er. Half ihr vorsichtig aus dem Auto und führte sie zur Eingangstür. Sie sah sich um. Im Nachbarhaus war Licht, ansonsten war es dunkel und öde hier, und zwischen den Häusern lagen große Abstände.

Er schloss ihnen auf, und als sie ins Wohnzimmer kamen, legte er Holz in den Kaminofen und machte Feuer. Es duftete nach Sommerhaus, als das Holz langsam anbrannte und Gemütlichkeit anstelle von etwas Klammem und Kaltem auszustrahlen begann. Er holte Tee und Brot mit Käse, und sie setzten sich auf das Sofa, Schulter an Schulter, Hand in Hand, wie ein Ehepaar, und ihr fiel auf, dass sie diese Form der Vertrautheit bisher nicht gekannt hatte. Nie hatte sie mit ihren früheren Freunden und Liebhabern so sitzen können, einfach so, und Tee trinken und Käsebrote essen und sich an der Hand halten, ohne Gedanken und Hintergedanken zügeln und ohne die Welt im Allgemeinen und sich selbst im Besonderen auseinander nehmen zu müssen.

Die Stille wurde von einer Tür durchbrochen, die beim Nachbarn zuknallte. Von dort, wo sie auf dem Sofa saßen, konnten sie hinüberschauen. Da war eine kleine Gestalt in einer dunklen Jacke und praktischen Stiefeln und Hosen. Eine Frau, schätzte Karen-Lis und sah auf ihre Uhr. Es war Viertel nach elf.

»Wo mag sie nur hin wollen? An Silvester?«

Er strich ihr über die Haare. »Vielleicht will sie noch auf eine Party«, murmelte er.

»Sie sieht nicht festlich gekleidet aus. Ein merkwürdiger Zeitpunkt.«

Sie kuschelte sich an ihn. Das ist verrückt, sagte irgendwo in ihr eine Stimme. So etwas tat man einfach nicht. Mit einem fremden Mann nach Hause in ein verlassenes Sommerhaus fahren, ohne jemandem Bescheid zu geben.

Sie küssten sich zu dem Geräusch des anspringenden Lieferwagens der Nachbarin. Scharfe Lichter glitten wie Projektoren über sie, als das Auto auf den Weg abdrehte und beschleunigte.

»Jetzt gibt es nur noch uns beide«, flüsterte er. »In ganz Kerteminde.«

33

Von dem Fenster des Krankenzimmers konnte sie auf die Straße hinuntersehen. Es war kaum Verkehr. Jetzt saßen die Familien zu Hause und warteten auf den großen Moment. Liebespaare warfen sich verliebte Blicke zu, jetzt begannen sie gemeinsam ein neues Jahr. Ehepaare hielten sich vielleicht an der Hand. Jugendliche liefen ungeduldig durch die Gegend. Noch eine halbe Stunde.

Ihre Mutter strickte. Der Fernseher lief leise. Ihr Vater schlief. Sie wollten um zwölf mit einem Glas Wein anstoßen. Auf Champagner hatte sowieso keiner Lust.

Kit starrte auf den Bildschirm, während die Gedanken arbeiteten. Sie konnte ihnen nicht entkommen. Sie schienen um irgendetwas zu kreisen. Schienen zu versuchen, etwas in den Griff zu bekommen. Es war das Rätsel um die Karten. Sie wusste, dass es etwas gab, das sich folgern ließ. Etwas, das sie selbst tun konnte, wenn sie nur darauf kam.

»Bald haben wir wieder Alltag«, sagte ihre Mutter. »Gehst du Dienstag in die Firma?«

Kit nickte. Natürlich würde sie arbeiten. Es musste ja weitergehen. Sie musste sich einen Überblick über die Finanzen und den durch die Firma auf den Cayman Islands entstandenen Verlust verschaffen. Vielleicht bei der Bank vorsprechen.

»Es gibt einiges zu tun«, sagte sie. »Massen von Bestellungen, die verschifft werden müssen.«

Der Blick ihrer Mutter wanderte vom Fernseher zu der Gestalt im Bett und zum Strickzeug. Kit musste gegen den Drang ankämpfen, die Karten aus der Tasche zu ziehen und ihr zu zeigen und sie zu fragen, was sie bedeuteten. Ob sie einen Sinn darin sehen konnte.

Von der Straße her hörte sie ein Einsatzfahrzeug. Zuerst glaubte sie, es sei ein Krankenwagen, der sich dem Krankenhaus näherte. Doch heftiges blaues Blinken flimmerte durch das Dunkel, erreichte ihr Fenster und fuhr vorbei. Feuerwehrfahrzeuge. Leiterwagen. Löschfahrzeuge. Feuer. Die Worte koppelten sich in ihrem Gehirn aneinander. Wie ein Rebus kurz vor der Lösung. Silvester war mehr als Raketen und Heuler und zur Not ein Kanonenschlag. War nicht nur Feuerwerk, sondern auch erhöhte Bereitschaft, weil eine Rakete sich verirren und auf einem Strohdach landen konnte oder auf etwas anderem Brennbaren in der Nähe von Menschen. In den Ambulanzen und Feuerwachen und bei der Polizei herrschte Chaos. Alle waren damit beschäftigt, Schaden an Personen und Gebäuden zu begrenzen.

Gebäuden. Wohnungen hatten natürlich erste Priorität. Ein Brand in einem Wohnhaus kam vor einem Brand in einer Fabrik. In einem Lager. War man auf so etwas aus, konnte man keinen besseren Zeitpunkt als Silvester wählen, wo alle mit allem möglichen anderen beschäftigt waren als damit, an materielle Schäden zu denken.

Die Karte. Das Feuerwerk. Ein gutes neues Jahr.

Wie hatte sie den Zusammenhang übersehen können? Wie hatte sie nicht sehen können, was für ein Gebäude mit einer Tür wie ein Tor und so hoch liegenden Fenstern das war?

Sie stand mit einem Ruck auf. »Ich muss gehen, Mutter.«

»Jetzt?«

Kit warf sich schnell den Mantel über und die Tasche über die Schulter. Sie umarmte ihre Mutter kurz.

»Pass auf Vater auf. Erklärung folgt.«

Zum ersten Mal wünschte sie sich, dass der VW ein Rennauto wäre. Ihre Gedanken brodelten. Sie konnte sich irren. Sie hoffte, dass sie sich irrte. Aber die Logik passte. Die Unruhe passte. Denn sie hatte ja gewusst, dass etwas passieren würde. Dass ihr

Instinkt sie nicht so ohne weiteres alarmieren würde, wenn da nichts wäre.

Sie sah auf die Uhr. Es war Viertel vor zwölf. Ihre Gedanken streiften Henrik. Jetzt saß er im Schoß der Familie zusammen mit seiner neuen Freundin und mit Victor, der sich beharrlich wach halten würde, obwohl die Lider schwerer und schwerer wurden und er immer unruhiger. Jetzt würden sie bald aufstehen und sich zuprosten. Dann würden sie sich umarmen und anstoßen und sich ein gutes neues Jahr wünschen und Henrik und die Freundin würden sich küssen und aneinander schmiegen und sich zuflüstern, wie sehr sie einander liebten und sich versprechen …

Kit schüttelte über sich selbst den Kopf. Unglaublich, wie durcheinander sie war. Hier fuhr sie in Großmutters altem Auto durch die Gegend, während Familie und Exfreund sich auf The Big Bang vorbereiteten. Sie konnte fast die Titelmelodie aus Batman vor ihrem inneren Ohr hören und sehen, wie die Verbrecher in Gotham City vor Angst zitterten.

»Aus dem Weg. Hier kommt Batwoman«, murmelte sie und schaffte es endlich, mit ihrem Auto ein anderes Auto zu überholen.

Nichts war zu sehen, als sie vor dem Kaliki-Büro vorfuhr. Sie parkte und stieg aus. Die Nacht war klamm und kalt, aber es regnete nicht. Sie meinte Schritte zu hören, als sie quer über den Platz zum Lager ging. Sie drehte sich um. Aber da war nichts, nur Dunkelheit. Sie wünschte, sie hätte eine Taschenlampe mitgenommen. In Ermangelung eines Besseren fischte sie den Autoschlüssel heraus. Der Schlüsselring war wie eine kleine Pistole geformt. Man drückte auf den Abzug und ein kleines Licht leuchtete auf, gerade ausreichend, um ein Schlüsselloch zu finden.

Sie streckte die Hand aus und wollte den Code eingeben. Indem sie das tat, stieß sie gegen die Tür, die wie von selbst aufging. Kein Alarm.

Sie schauderte. Zog den Mantel fester um sich; es brachte nichts, Angst zu haben. Jedenfalls durfte sie nicht zulassen, dass die Angst die Oberhand gewann. Sie konnte ihr nützlich sein. Um die Sinne zu schärfen. Um mit zu sehen, zu fühlen und zu riechen. Wenn sie nur irgendetwas gehabt hätte. Einen Stock. Einen Baseballschläger. Eine Gaspistole. Eine Atombombe.

Sie trat in das Dunkel und streckte die Hand aus und machte Licht. Ließ die Tür offen stehen. Ging an den Regalen entlang, wo die Waren auf Paletten gestapelt lagen. Hoch bis zur Decke, Reihe rauf und Reihe runter. Baumwolle, Akryl, Polyester, Viskose. Hosen, Blusen, Jacken, Kleider, Röcke in allen möglichen Größen und Modellen und Farben.

Der Geruch war durchdringend. Er traf ihre Nasenlöcher mit metallischer chemischer Schärfe. Dieselöl. Das Lager wurde mit Fernwärme beheizt. Wie kam der Geruch von Diesel hierher?

Sie ging durch den Mittelgang weiter. Merkte, wie sie in eine Wasserpfütze oder etwas anderes Matschiges trat. Eine Sekunde blieb sie steif stehen. Dann kniete sie sich hin und steckte zwei Finger in den Matsch. Führte die Finger zur Nase. Alles, Reihe rauf und Reihe runter, war mit Diesel besudelt.

Die Gedanken explodierten. Raus. Sie musste weg. Die Tür. Sie lief. Und während sie lief, sah sie durch die offene Tür das Feuer draußen. Es näherte sich wie eine Schlange, die sich von einem fünfzig Meter entfernten Punkt heranschlängelte. Jetzt lief es quer über den Parkplatz. Jetzt war es zehn Meter vom Lager entfernt. Jetzt! Ihre Beine trugen sie, ganz von selbst. Sie hatte das Gefühl, gegen Gegenwind zu laufen und von der Wärme aufgefressen zu werden. Hinterher wusste sie nicht, wie sie es geschafft hatte. Wie sie es vermieden hatte, von dem Feuer erfasst zu werden, das mit aller Kraft explodierte. Sie hatte das Gefühl, es würde sie zehn Meter hoch in die Luft werfen und ihre Sachen versengen, ihre Haut, ihre gesamten Nervenspitzen.

Sie merkte, dass sie in etwas Gestrüppähnlichem landete. Gebüsch und Äste. Stellte fest, dass es eine Hecke sein musste. Lag einfach da und atmete und spürte, dass sie trotz allem noch lebte, während die Flammen in einem Inferno aus Licht und Lauten den Himmel erleuchteten. Und dann hörte sie das Auto. Es sprang irgendwo auf der anderen Seite der Hecke mit einem Brüllen an. Sie konnte nicht. Schaffte es nicht, sich umzudrehen und zu gucken. Aber sie hörte, dass es sich entfernte.

Verwundert starrte sie auf ihre Hände, als sie mit dem Handy die 112 wählte. Sie zitterten, sodass sie die Zahlen kaum traf.

»Feuerwehrzentrale.«

Allein das Wort ließ einen Alarm in ihr anschlagen. Sie kämpfte, um ruhig zu atmen. Um die Gedanken auf praktische Gleise zu lenken.

»Es brennt«, schaffte sie zu sagen. »Die Lagerhalle von Kaliki Wear.«

»Adresse?«, fragte die Stimme, die einer Frau gehörte und verblüffend ruhig klang.

»Vindingevej 210. Sie müssen sofort kommen. Alles ist explodiert ... Bald ist nichts mehr da.«

Sie merkte, dass sie kurz vor dem Hyperventilieren stand. Versuchte tief durchzuatmen, musste jedoch von dem Rauch husten, der jetzt wie ein von den Flammen erhellter Nebel über der Szenerie lag.

»Wie heißen Sie?«, fragte die Stimme.

»Mein Name«, rief sie fast. »Was, zum Teufel, hat das mit der Sache zu tun? Schicken Sie verdammt noch mal das Feuerwehrauto los.«

»Ich brauche Ihren Namen«, insistierte die Stimme kühl. »An Silvester bekommen wir oft falschen Alarm.«

»Kit Bennett«, murmelte sie verbissen. »Die Firma gehört meinem Vater.«

»Sind Personen zu Schaden gekommen?«, wollte die Stimme wissen.

»Verdammt noch mal! Was soll das? Ich rufe wegen eines Brandes an. Wegen eines gelegten Brandes. Es geht um ein Warenlager im Wert von Millionen.«

Die Frau am Telefon ließ sich nicht beeindrucken. »Es ist Silvester«, erinnerte sie Kit. »Personenschäden haben Vorrang, und gerade im Moment brennt ein Wohnhaus mitten in der

Stadt. Wir müssen Verstärkung aus Odense anfordern, aber wir kommen, so schnell wir können. Sie bleiben besser, wo Sie sind.«

»Ich gehe schon nirgendwo hin«, sagte Kit und drückte auf den Ausschalter.

Nach dem Gespräch mit der Feuerwehrzentrale zitterte sie noch mehr. Die Gedanken schwirrten in ihrem Kopf wie eine Horde verwirrter Fliegen. Sie war ganz auf den Weg hinausgetreten. Keine Seele zu sehen. An so einem Silvesterabend lag das Industriegebiet verlassen da. Natürlich war die Feuerwehrzentrale unter Druck. Unglaublich, wie es brannte.

Wieder fummelte sie an dem Handy herum. Merkte, wie die Beine unter ihr nachgaben und der Rotz ihr aus der Nase lief. Sie musste geweint haben. Vielleicht weinte sie noch immer. Vielleicht war es das, was in ihr riss und zerrte und Magen und Zwerchfell auf und ab wogen ließ. Als sie das dachte, stieg die Übelkeit bis zum Hals auf und sie erbrach sich, während sie mit dem Handy in der Hand dastand. Anschließend musste sie sich an den Wegrand setzen. Sie starrte das Telefon an. Karen-Lis. Sie musste Karen-Lis erreichen.

34

»Jetzt pass mal auf. Man steckt die Rakete in die Flasche, und dann stellt man die Flasche an einen sicheren Platz, damit sie nicht umkippt.«

»Das weiß ich doch«, sagte Victor ungeduldig und sah Mette durch die Sicherheitsbrille an.

Henrik beschloss, Mette zu Hilfe zu eilen. Es war nicht das erste Mal an diesem Abend, dass Victor sie gereizt angefahren hatte.

»Natürlich weißt du das. Aber es schadet doch nicht, das mehrmals zu hören. Es ist sehr wichtig«, unterstrich er.

Victor sah ihn an, als wäre er geistesgestört. »Ich weiß, dass das wichtig ist«, sagte das Kind. »Wo ist Kit?«, fragte er zum mindestens siebenten Mal mit hoher Stimme. »Sonst mache ich das immer zusammen mit Kit.«

»Kit hier und Kit da«, murrte Henrik irritiert. »Kannst du von nichts anderem reden. Guck, jetzt hilft Mette dir.«

Aber Mette hatte ihnen den Rücken zugewandt. Er sah, dass sie in ihrem dünnen Kleid mit nur dem Mantel darüber und in den Abendschuhen fror. Mette, die sich den ganzen Abend über bemüht hatte, das hatte sie wirklich. So gesehen war der Abend eigentlich gemütlich gewesen. Carsten war mit zwei Flaschen Champagner aufgetaucht, und Janne und Christian und ein paar ihrer Freunde hatten für das Essen gesorgt, das einem Silvesterbüfett aus einem besseren Frauenmagazin glich.

Er ließ Victor Victor sein und legte den Arm um sie.

»Du frierst.«

Sie schniefte. »Ich will nach Hause. Kannst du mich nicht fahren? Oder mir ein Taxi rufen.«

Er drehte sie zu sich herum. War plötzlich irritiert, auch über sie. »Ich habe sowohl Wein als auch Champagner getrunken und kann es mir nicht leisten, den Führerschein zu verlieren. Komm. Wir haben ausgemacht, dass wir hier übernachten.«

Sie blickte wütend zu Victor hinüber, der sich jetzt vertrauensvoll an Carsten gewandt hatte. »Er ist ein verzogener Bengel.«

Natürlich war er das. Henrik schloss einen kurzen Moment die Augen. Die Irritation stieg. »Er ist ein Kind«, versuchte er es. »Er vermisst Kit, dafür kann ich doch nichts. Du bist die Erwachsene«, erinnerte er sie.

»Du bist die Erwachsene«, sagte sie mit spöttisch verzerrter Stimme und klang wie eine Zehnjährige, die ihren Willen nicht bekommt. »Du hättest mich auf keinen Fall mit hier raus nehmen dürfen.«

Sie nickte wieder zu Victor hinüber, der jetzt mit Carstens Hilfe die Rakete abgefeuert hatte, sodass sie in einem Lichtbogen quer über dem Himmel stand. »Er ist bestimmt nicht der Einzige, der sie vermisst.«

»Wie meinst du das?«

»Was glaubst du wohl?«

Jetzt war sie wirklich kindisch. Glaubte sie vielleicht, dass es leicht war? Dass man so mir nichts dir nichts mehrere Jahre des eigenen Lebens ausradieren konnte?

Er starrte sie an, wie sie dort mit dem verwischten Make-up in dem zerknitterten Abendkleid stand, in dem sie ziemlich desolat aussah. Er verstand es nicht: Wie hatte er sie vor ein paar Stunden, als sie in voller Kriegsbemalung in seine Wohnung gekommen war, noch so begehren können, wenn er sie jetzt fast verabscheute?

Er sah sich um. Die anderen waren alle auf dem sonst so stillen Villenweg mit dem Feuerwerk beschäftigt. Natürlich verstand er es: Mette hatte gewissermaßen schlechte Stimmung verbreitet. Es war nicht ihre Schuld. Es war auch nicht Victors.

Aber die Chemie passte nicht, eine andere Erklärung hatte er nicht. Von Rechts wegen sollte er ihre Partei ergreifen. Er sollte auf sie hören und ihrem Wunsch nachkommen, ein Taxi besorgen und mit ihr nach Hause fahren, weil es ganz einfach zu früh war, sie der Familie vorzustellen. Vor allem Victor.

Er ballte die Hände in den Taschen. Am meisten war er über sich selbst irritiert. Denn mehr als jeder andere Abend sollte der Silvesterabend ein Erfolg sein. Und jetzt saß er hier in Jannes und Christians Haus mit einer Freundin, die er im Moment eigentlich nicht mochte.

Er machte eine ausladende Bewegung mit den Armen. »Das mit dem Taxi kannst du vergessen. Es ist Silvester, verdammt noch mal.«

Sie sah ihn sauer an. Dann lachte sie auf, und der guten Stimmung halber lachte er mit.

»Sollen wir nicht bald ins Bett gehen«, fragte sie und schmiegte sich leicht an ihn. Zu seiner Überraschung merkte er, wie die Lust wie eine Rakete angesaust kam. Offenbar konnte man gleichzeitig irritiert sein und Lust haben, und für einen Moment kam ihm der Verdacht, dass er nur des Sexes wegen mit Mette zusammen war. Er schob den Gedanken jedoch schnell beiseite und sah auf seine Uhr.

»Es ist erst Viertel nach zwölf. Vielleicht in einer halben Stunde. Ich glaube, bald gibt es Kaffee.«

»Kaffee und Kuchen, Kaffee und Kuchen«, leierte sie.

Irgendwo hörte er ein Feuerwehrauto. »Jetzt hat es irgendwo eingeschlagen«, schätzte er.

»Vielleicht war das Victors Rakete«, sagte sie.

Nacheinander kamen sie alle hinein ins Warme. Janne hatte Kaffee gekocht, und die anderen waren dabei, schnell etwas Nachtessen auf den Esstisch zu stellen.

»Selbstbedienung«, verkündete Janne. »Das Dienstmädchen streikt. Ich habe mir verdient …«

Sie wurde von dem unverkennbaren Klang eines schellenden Handys unterbrochen. »Wessen ist das?«

»Das ist bestimmt meins«, sagte Henrik verwundert. »Ich habe es auf die Kommode im Gang gelegt.«

Victor war über das Schlafstadium hinaus und zu allen Schandtaten bereit. Bevor jemand sich dazu äußern konnte, hatte er das Telefon geschnappt und auf den Knopf gedrückt.

»Gutes neues Jahr«, schrie er in das Handy, weil sich die Worte von den vielen Malen, die sie sich zugeprostet hatten, bei ihm festgesetzt hatten.

Ein oder zwei Sekunden war es still. Dann rief er freudestrahlend: »Kit. Kit! Kommst du und schießt mit mir Raketen ab?«

Henrik registrierte Mettes verwunderten Blick.

»Da muss etwas nicht in Ordnung sein«, murmelte er, stand auf und ging in den Gang hinaus. »Komm, Kamerad. Her damit!«

»Kit tut es Leid«, konnte er noch sagen, bevor Henrik sich das Handy schnappte.

»Was ist passiert?«

Die Stimme, die durch den Äther drang, klang überhaupt nicht wie Kits. Sie war deutlich verwirrt und verweint, als wüsste sie kaum, wer sie war.

»Henrik ... Wo ... Ich habe geglaubt, ich hätte Karen-Lis ... Die Nummer ... Ich konnte mich nicht an die Nummer erinnern ... Es brennt ...«

»Es brennt? Was brennt?«

»Bald ist alles weg ... Nichts ist mehr da.«

»Kit! Wo, zum Teufel, bist du? Was brennt?«

Einen Moment glaubte er, keine Antwort zu bekommen. Sie hustete kräftig und lange. Dann schien sie Anlauf zu nehmen.

»Kaliki«, sagte sie, und im gleichen Moment hörte er die Sirenen der Feuerwehr durch die Geräusche der Leitung. Dann brach die Verbindung ab.

Als sie fünf Minuten später im Auto saßen, klangen Mettes Worte noch immer in seinen Ohren. Er hatte sie eigentlich nicht für eifersüchtig gehalten, aber Alkohol und Silvester waren offenbar auch für sie eine gefährliche Mischung.

»Vor zehn Minuten wolltest du mich nicht nach Hause fahren. Und jetzt springst du plötzlich in dein Auto, um deiner Exfreundin zu helfen. Was, zum Teufel, soll das?«

Sie hatte die Frage gestellt, als er erzählt hatte, was passiert war. Jetzt starrten alle im Wohnzimmer sie an.

»Das hier ist etwas anderes«, schnitt er ihr das Wort ab. »Es ist eine Frage von Leben und Tod.«

Er konnte selbst hören, dass das pathetisch klang. Mette äffte ihn auch blitzschnell nach. »Leben und Tod. Sie hat, zum Teufel noch mal, doch gerade angerufen, ganz tot kann sie also nicht sein. Es ist schließlich nur eine Fabrik. Nichts Lebendiges.«

Er holte seine Jacke von dem Haken im Gang. Merkte, dass der Alkohol glücklicherweise verdunstet war. Jedenfalls kam es ihm so vor. Adrenalin war an seine Stelle getreten und schärfte seine Sinne und zusätzlich seine Irritation über Mette.

»Sie sollte dich überhaupt nicht anrufen«, sagte Mette steif. »Das ist nicht okay.«

Henrik seufzte. »Sie hat sich verwählt. Sie hat geglaubt, es wäre die Nummer ihrer Schwester.«

Mette lachte. »Glaubst du das? Und darauf fällst du herein?« Sie zeigte ihm ihre Faust.

»Sie hat dich in der Hand. Und das war die ganze Zeit so.«

Jetzt mischte Janne sich ein. »Jetzt beruhigen wir uns erst einmal. Mette, ein Brand ist eine ernste Angelegenheit. Kit hat bestimmt einen Schock. Vielleicht weiß sie nicht ganz, was sie tut.«

Carsten war auch aufgestanden. »Ich komme mit.«

»Dann will ich auch mit«, sagte Mette.

Henrik schüttelte den Kopf. »Bleib hier. Ich komme zurück, so schnell ich kann. Aber ich muss das tun.«

Janne schenkte ihm eine Tasse schwarzen Kaffee ein, die er schnell in sich hineinschüttete.

»Natürlich musst du das tun«, sagte sie und gab ihm einen schwesterlichen Kuss auf die Wange. »So bist du nun einmal. Das muss sie verstehen. Fahr vorsichtig!«

Er spürte den Alkohol trotzdem. War sich darüber im Klaren, dass seine Bewegungen sich nicht ganz so leicht steuern ließen wie sonst. Gott sei Dank herrschte wenig Verkehr, denn die Leute feierten immer noch den Jahreswechsel in ihren Häusern und draußen auf der Straße, und was sollten sie auch sonst tun? Es stimmte ja, dass kein Taxi aufzutreiben war, deshalb fuhr er bewusst langsam und schlich sich die Wege entlang, über denen die Raketen noch immer den nächtlichen Himmel in allen Farben erhellten.

»Unglaublich«, rief Carsten plötzlich. Und dann sah er es selbst.

»Sag, dass das gelogen ist!«, fuhr Carsten fort, der bestimmt nicht an den Brand geglaubt hatte. »Das sieht ja aus wie nach einer Brandbombe.«

Sie näherten sich. Drei Feuerwehrautos mit eingeschaltetem Blaulicht standen vor Ort. Offensichtlich hatte man aufgegeben, das Lager zu retten, und war jetzt dabei, die Nachbargebäude zu löschen. Wasserkaskaden ergossen sich über das Bürogebäude und die Lagerhalle des Nachbarn. Auch Kits VW bekam eine Dusche. Er stand einsam am Rand des Parkplatzes. Kit war nirgendwo zu sehen.

Sie parkten und stiegen aus. Spürten den Druck und die Wärme des Feuers, das noch immer vor ihren Nasen prasselte, sodass sie kaum ihre Stimmen hören konnten.

»Das nützt nichts«, sagte Carsten ärgerlich. »Gut, dass wir die Versicherung haben.«

Henrik nickte. Das war zumindest etwas. Er sah sich nach Kit um. Dann sah er eine kleine, in eine Decke gehüllte Gestalt in einem der Autos. Er ging zu ihr. Klopfte leicht ans Fenster.

»Kit.«

Einen Augenblick starrte sie ihn mit leerem Blick an. Er öffnete die Tür und krabbelte zu ihr hinein. Nahm ihre Hand und drückte sie. Sie klang weder wie sie selbst, noch glich sie sich selbst. Das Haar war zerzaust und ihr Gesicht schwarz von Rauch.

»Es war einer, der den Code kannte«, sagte sie dann.

35

»Er ist sehr unruhig.«

Die Krankenschwester sah nachdenklich aus. Erik focht im Schlaf mit den Armen. Warf die Decke fort und schwitzte, dass ihm das Wasser herunterlief. Murmelte etwas Unverständliches. Ina fühlte seine Stirn. Sie war brennend heiß. Es war während der letzten halben Stunde passiert, und sie hatte es kaum bemerkt, so gefesselt hatte sie aus dem Fenster geguckt und sich das Feuerwerk angesehen.

»Ob er Fieber hat?«

Die Krankenschwester nickte. »Wir messen gleich einmal. Wenn er Fieber hat, müssen wir den Arzt rufen. Leider kann das eine Weile dauern.« Sie sah Ina entschuldigend an. »Es ist schließlich Silvester.«

Ina starrte in die Luft. »Ja, das ist es wohl«, sagte sie nur und hatte Lust hinzuzufügen, dass es eine richtig schlechte Idee war, sich an so einem Tag zum Sterben hinzulegen. Eigentlich sollte man nicht krank werden, wenn andere Menschen zu Hause saßen und es sich mit ihren Familien gemütlich machten oder mit Freunden feierten. Wie ungünstig und unachtsam.

»Es bringt vielleicht etwas Linderung, wenn Sie ein feuchtes Tuch auf seine Stirn oder die Handgelenke legen«, schlug die Krankenschwester hilfsbereit vor und steckte dem Patienten ein Thermometer unter den Arm.

Ina tat, was ihr gesagt wurde. Nahm einen Einmalwaschlappen aus dem Stapel am Waschbecken und machte ihn nass. Vorsichtig legte sie ihn auf die Stirn ihres Mannes. Aber es half nicht. Er stieß sie fort, und völlig unlogischerweise fühlte sie sich zurückgewiesen. Sie musste sich zusammennehmen. Sich sagen, dass er nicht wusste, was er tat.

Sie setzte sich einen Moment hin. Konnte die Gedanken nicht auf Abstand halten. Den Vergleich.

Genau wie damals, dachte sie, als er nicht mehr Herr seiner Reaktionen gewesen war. Da hatte er sie auch zurückgewiesen, und sie hatte ihm verständnislos und verletzt den Rücken zugewandt. Hatte geglaubt, dass sie es war, die andere, die herumspukte. Dass er nicht genug Kraft oder Interesse für sie beide hatte. Dass der Zeitpunkt gekommen war, an dem er wählen musste.

Sie hatte keinen Grund zur Klage gehabt, er begehrte sie. Die Gefühle, die waren so, wie sie eben waren. Weil er war, wie er war. Aber was das Leben innerhalb der vier Wände des Schlafzimmers anging, hatte es nie auch nur einen Moment gegeben, wo sie an seiner Aufrichtigkeit oder seinem Hunger nach ihr gezweifelt hätte.

Es hatte ja auch Konsequenzen gehabt. Die Ironie war, dass sie ihre Schwangerschaft genau an jenem Morgen entdeckte und seine Zurückweisung damit verband.

Sie hatten lange davon gesprochen zu heiraten. Als sie die Treppe bei dem Arzt hinunterspazierte, hatte sie gedacht, dass es jetzt einen richtig guten Grund dafür gab. Den besten.

Am selben Abend erzählte sie ihm die Neuigkeit bei einem Essen in Jimmy's Kitchen. Aber seine Reaktion fiel anders als erwartet aus, auch wenn er sich Mühe gab, das konnte sie sehen. Er versuchte wirklich, froh zu sein, aber die Wahrheit war, dass es ihn gleichgültig ließ. Er war nicht aufgewühlt, nicht wütend, aber auch nicht glücklich. Gleichgültig.

Sie hatte das Gefühl, als würden die Wände zusammenrücken und auf sie zukommen. Als würde ihre Welt, ihre eigene Welt, sie zerdrücken.

Als sie begriff, nahm sie fein säuberlich die Serviette von ihrem Schoß, faltete sie zusammen und legte sie auf den Tisch.

Schob den Teller mit Hummersuppe fort und stand auf und ging.

Er machte einen halbherzigen Versuch, sie zum Bleiben zu überreden, aber nicht mehr. Und als er später an diesem Abend nach Hause kam, spürte sie seinen Körper, der sich ihrem in einem vergeblichen Versuch näherte, alles wieder gut zu machen.

Aber sein Körper war ein schlechter Lügner, der die Zusammenarbeit verweigerte, und seine Küsse und Zärtlichkeiten taten weh.

»Neununddreißigfünf«, stellte die Krankenschwester energisch fest. »Wir rufen einen Arzt. Er braucht intravenöse Antibiotika.«

Ina nickte mechanisch. Fragte sich, ob sein Körper dabei war aufzugeben. Ob er sich wieder von ihr davonmachen würde.

36

Es war, als würde er von innen verbrennen. Als würde sein ganzer Körper zu einem grauen Haufen Asche, die der Wind verwehen und die sich wie eine feine Lage Staub über den Aberdeen Harbour legen konnte.

Das Schlimmste war, dass es ihm gleichgültig war. Genau wie ihm langsam auch Essen und sogar Sex gleichgültig geworden waren. Dewi hatte ihn offen verhöhnt und war von einem Mittagessen in dem chinesischen Restaurant auf dem Dach des Mandarin Hotels davongerauscht, nachdem sie auf ihre übliche direkte Art den Tisch umgeworfen hatte, inklusive zwei vollen Tellern mit Haifischsuppe erster Qualität.

»Was glaubst du eigentlich, wer ich bin? Deine *Frau*?«, rief sie verärgert, als sei das die größte Beleidigung der Welt.

Inas Reaktion war sanfter, aber auch nicht misszuverstehen. Durch den Schleier der Gleichgültigkeit konnte er kein Gefühl in sich hervorbringen, als sie ihm von der Schwangerschaft erzählte. Sie warf keine Tische um und schrie nicht, sondern schwieg und ging ruhig ihrer Wege. Und sie hatte Recht, als sie später in der Nacht auf ihre übliche feinfühlige Art seinen missglückten Versuch, sich ihr zu nähern, ihr zumindest seinen guten Willen zu zeigen, abbrach.

»Du bist ganz woanders. Überall, nur nicht hier«, sagte sie und wandte ihm im Bett den Rücken zu.

Er wusste, dass sie an Dewi dachte und glaubte, seine Gedanken wären bei ihr. Und er ließ es dabei, weil es so am einfachsten war. Weil er auf diese Weise nicht erklären musste, wofür er kaum Worte fand. Und weil das der Demütigung den Stachel nahm.

Ab und zu, wenn er sich versehentlich im Spiegel sah, sah er einen Mann, den er nicht kannte. Die Pfunde waren dahingeschwunden. Sein Gesicht glänzte vor Schweiß. Das war nicht das Spiegelbild eines Mannes in den Zwanzigern, sondern eines Ende Vierzig. Den Job erledigte er mit links; die Ergebnisse wie auch die damit verbundenen Bonusse stimmten. Aber der Hunger nach dem guten Geschäft war verschwunden. Die Ideen kamen nicht länger wie am Fließband, denn ein anderer Hunger überschattete alles. Nicht, dass er sich dessen sonderlich bewusst war, es war einfach ein fester Programmpunkt in seinem Leben geworden: Zweimal die Woche nahm er die Fähre nach Macao. Das hinterfragte er nicht; überlegte nicht, ob es nicht anders sein könnte oder müsste.

Deshalb war er zuerst nicht weiter beunruhigt, als Zimmermann ihn an einem späten Septembertag in sein Büro rief.

»Die Herbsthandelsmesse in Kanton steht vor der Tür«, sagte er ohne Umschweife. »Ich möchte, dass Sie hinfahren.«

»Kanton! Das ist doch ein Loch«, stöhnte Erik und erwartete eine sofortige Zurechtweisung. Aber Zimmermann lächelte nur aufmunternd, als hätte er ihn gerade gebeten, nach Hawaii zu reisen und den Markt für Bikinis zu untersuchen.

»Es wird nicht so schlimm werden. Sie werden den ganzen Monat im Tung Fang Hotel wohnen. Alles ist arrangiert.«

»Den ganzen Monat!« Sein Gehirn begann fieberhaft zu arbeiten. Das kommunistische China. Dort war alles verboten. Nicht wie in Macao. »Ist das nicht ungewöhnlich?«

Zimmermann zuckte mit den Schultern und spielte mit seinem Kugelschreiber, der auf dem Schreibtisch klirrte. »Das kann man schon sagen. Aber es soll ja etwas bringen, deshalb schicken wir unseren besten Mann.«

Es war beabsichtigt, dass er sich geschmeichelt fühlen sollte. Aber seine einzige Gefühlsregung war ein nervöses Zittern. Er wusste genau, dass die Worte unzulässig waren, trotzdem rutschten sie ihm heraus.

»Tung Fang!«, beklagte er sich. »Das ist ja die reine Tortur. Nicht über dem Zwei-Sterne-Niveau. Können Sie nicht jemand anderen schicken?«

Jetzt beugte Zimmermann sich über den Tisch und sah ihn mit seinem Diamantblick an. Er bohrte sich in seinen mit einer Härte, die schon einmal gesehen zu haben er sich nicht erinnern konnte.

»Sprechen Sie mir nicht von Tortur. Sie haben keine Ahnung, was Tortur ist. Sie fahren. Das ist ein Befehl.«

Er nickte Richtung Tür, wie um zu zeigen, dass die Unterhaltung beendet war.

»Besorgen Sie sich ein Visum.«

Er war schon früher für die Firma in Kanton gewesen, aber in der Regel höchstens eine Woche. Das reichte. Auch was die Geschäfte anging. Deshalb wunderte er sich, dass ein ganzer Monat vorgesehen war, und ihn befiel der Gedanke, dass Zimmermann ihn aus dem einen oder anderen Grund loswerden wollte. Vielleicht weil er ihn aufgegeben hatte. Vielleicht weil er durchschaut hatte, dass er nichts war als heiße Luft und ein riesiges großtuerisches Selbstbewusstsein.

Die Gedanken wirbelten durch seinen Kopf, als er einige Tage später mit Pass und Visum in der Tasche mit dem Zug von Kowloon aus davonbummelte. Er war im Bahnhof neben dem luxuriösen Peninsula Hotel in den Zug gestiegen. Hatte dem Gebäude sehnsuchtsvoll hinterhergeblickt, während er sich noch einmal an die deprimierende Kanton-Messe im letzten Jahr erinnerte, wo Ausländer das Hotel und seinen Hundefraß nicht verlassen durften, um in private Restaurants zu gehen. Wo die einzige zugängliche Form von Alkohol der süße russische Champagner war, den die Kantonesen einmal in einem Tauschhandel mit den Sowjets ergattert hatten. Ein furchtbares Zeug. Gar nicht davon zu reden, dass es dort kein Nachtleben gab. Da war nur der so genannten Club auf dem Dach des Tung Fangs, in dem ein chinesisches Orchester spielte und Serviererinnen, die das Pensionsalter weit hinter sich gelassen hatten, in Porzellantassen warmen Champagner servierten, weil es keinen Kühlschrank gab.

Nach einer Stunde Fahrt hielt der Zug am Grenzübergang Lo Wu. Die Fahrgäste mussten aussteigen und über die Brücke neben den Schienen zu Fuß ins kommunistische China gehen. Die Atmosphäre war milde ausgedrückt bereits von der Grenze an unfreundlich. Bewaffnete Polizei und Soldaten liefen mit Gesichtern wie schießwütige Cowboys herum. Alles Gepäck wurde gründlich untersucht und die Papiere überprüft, als könnten sie Bomben und Schlimmeres enthalten. Schließlich wurden sie alle in einen chinesischen Zug getrieben und kamen nach einer anderthalbstündigen Fahrt mit der Aussicht auf Reisfelder und kleine Dörfer im Bahnhof von Kanton an.

Zimmermann hatte ihn informiert, dass Leute vom Handelsministerium ihn in Empfang nehmen würden. Deshalb war er erleichtert, als er in dem farblosen Durcheinander von barfüßigen chinesischen Bauern mit Strohhüten, schwarz gekleideten Kulis mit den üblichen Tragestangen über den Schultern und Frauen in Plunderhosen, die alles Feminine verdeckten, einen jungen westlich gekleideten Mann erblickte.

Er hielt ein Schild hoch, auf dem groß und deutlich *Erik Bennett* stand.

Er ging zu dem Mann und gab ihm die Hand. Der andere nahm stumm seinen Koffer und führte ihn nach draußen zu einem geräumigen schwarzen Auto. Erik stieg hinten ein, wo bereits ein weiterer chinesischer Mann saß, älter und grauhaarig.

»Willkommen in Kanton«, sagte er zu Erik und bot ihm den üblichen schlaffen Händedruck. Die Chinesen lernten es einfach nicht, sich für die westlichen Sitten zu erwärmen, und was sollten sie im Grunde genommen auch damit, dachte Erik flüchtig, als er in den Blick hinter den dicken Brillengläsern sah.

»Mein Name ist Mr. Chang«, informierte ihn der Mann.

Der andere, der mit dem Schild, setzte sich auf den Beifahrersitz neben den Chauffeur. Sie fuhren durch die geschäftige Stadt, wo drei Millionen Einwohner in vollem Gang waren, die Straßen mit Leben zu füllen. Die Stadt sah baufällig aus; die drei- oder vierstöckigen Gebäude blätterten an Giebeln und Mauern ab. Rechts kamen sie an einem großen Park vorbei, in dem Tausende von Kindern spielten oder sich Puppentheater ansahen.

Plötzlich sah Erik das Hotelgebäude und das einzige Schild der Stadt mit lesbaren Buchstaben. *Tung Fang Hotel* verkündete es. Er erwartete, dass das Auto die Geschwindigkeit drosseln und abbiegen würde, aber nichts geschah. Sie fuhren direkt daran vorbei.

»Stopp! Das war mein Hotel!«, hörte er sich selbst fast schreien.

»Very sorry, Sir«, beklagte Mr. Chang. »Alles war besetzt, deshalb mussten wir etwas anderes arrangieren.«

Erik spürte die Irritation, die parallel zu der Nervosität stieg. Der Schweiß lief ihm unter dem Hemd den Rücken hinunter und von der Stirn über das Gesicht. Er fischte ein Taschentuch heraus und tupfte ihn ab. Verdammt. Jetzt landete er bestimmt irgendwo mit Spucknäpfen und gebratenem Hund in Karamelsauce.

Sie fuhren weiter aus der Stadt hinaus und bogen nach einigen Minuten auf einen holperigen Kiesweg ab. Ein paar hundert Meter den Weg hinunter stießen sie auf ein riesiges Metalltor in einer Mauer. Das Tor öffnete sich und sie fuhren hindurch. Das Areal glich einer Militärbasis mit einem langen Verwaltungsgebäude, flankiert von drei niedrigen Holzhütten. Auf einem Platz links des Gebäudes wurden ungefähr fünfzig barfüßige Männer in weißen Shorts durch ein Gymnastikprogramm geführt. Aus einem Lautsprecher bellten unverständliche chinesische Worte.

»Was, zum Teufel, ist das hier?«

Mr. Chang fischte einen Umschlag aus der Innentasche und gab ihn ihm wortlos. Er nahm ihn. Wartete und drehte ihn um. *An Erik Bennett* stand darauf. Die Schrift gehörte Abel Zimmermann:

Lieber Erik,
Ihr Zustand ist eindeutig. Ich habe Sie auch in Macao beobachten lassen. Sie befinden sich jetzt in der Entzugsanstalt Leng Pei,

wo Sie einen Monat bleiben werden. Tun Sie, was Ihnen gesagt wird, und versuchen Sie nicht, die Anstalt zu verlassen. Es wird Ihnen nichts nützen. Es ist zu Ihrem eigenen Besten.
Gruß
Zimmermann

Das war Verrat. Nicht weniger. Ein Komplott.

Er drehte und wendete den Brief in der Hand. Der reine Unsinn war das. Eine Art ihn loszuwerden.

Aber damit sollte Zimmermann nicht davonkommen.

»Das ist ein Missverständnis. Drehen Sie und fahren Sie zurück zum Hotel«, befahl er.

Mr. Chang sah ihn milde an. »So sorry, Sir. Aber ich habe meine Befehle.«

»Das ist, zum Teufel, auch ein Befehl«, rief Erik und packte den Chauffeur von hinten am Kragen und schüttelte ihn. »Fahren Sie, Mann.«

Aber das Auto rührte sich nicht. Stattdessen wurde die Tür geöffnet, und irgendjemand nahm ihn freundlich aber bestimmt am Arm. Um ihn herum stand plötzlich das, was einer ganzen Abteilung von Wächtern glich. Er sah von einem ausdruckslosen Gesicht zum anderen. Da war nichts zu machen.

Die nächsten drei Tage wogte die Wut auf und nieder, während der Unglaube wuchs. Entgiftung. Als wäre er ein Fixer. Als wäre er eine dieser jämmerlichen Existenzen, die sich durchs Leben schlugen und Einbrüche begingen, um an die tägliche Dosis zu kommen. Er war total deplatziert hier. Und worin bestand dieser Entzug letztendlich. Niemand war da, der etwas sagte oder tat, das er verstand. Niemand, der Englisch mit ihm sprach oder ihm irgendetwas erklärte. Die anderen Insassen waren alle Chinesen. Er war sich selbst überlassen.

Am dritten Tag begannen ihm die Symptome ernsthafte Sorgen zu machen. Er schwitzte fürchterlich. Konnte unmöglich etwas von dem Hundefraß herunterbringen, der ihm vor die Nase gesetzt wurde. Die Gedanken wanderten nach Macao. Er fantasierte von dem Mädchen in dem blauen Cheongsam und dem Ritual, dem Duft und dem Geschmack. Es war ja an der Zeit. Wäre er in Freiheit, hätte er die Fähre nach Macao genommen. So leicht war das. So leicht war das gewesen. Aber hier, wo er sich befand, gab es keine anständige Opiumhöhle in meilenweitem Umkreis. Opium war sowohl in China als auch in Hongkong verboten.

Stattdessen musste er sich mit Leng Pei abfinden. Damit, morgens über Lautsprecher von einer Frauenstimme geweckt zu werden, die – den auf gebrochenem Englisch vorgebrachten Erklärungen der anderen zufolge – die aufbauenden Worte des Vorsitzenden Mao für den Tag zitierte und außerdem chinesische Militärmusik in alle Gehörgänge sandte.

Er musste sich mit einem Frühstück aus Bohnen und groben Brötchen abfinden, mit Tee und totalem Schweigen. Die Sorge in ihm wuchs, und er begann sich Fragen zu stellen. Warum reagierte sein Körper so heftig? Warum dachte er die ganze Zeit an Macao? Warum drehten sich ihm die Eingeweide herum bei dem Gedanken an Essen und Sex und an das Leben überhaupt?

Am vierten Tag kam die Erkenntnis. Niemand hatte ihm dazu verholfen. Man hatte ihn nur eingesperrt. Niemand in Leng Pei hatte mit ihm gesprochen. Niemand hatte ihm gesagt, dass er opiumsüchtig war oder auf dem Weg es zu werden.

Er begriff, dass das Teil des Prozesses war. Dass er selbst zu ihnen kommen musste. Dass er selbst darum bitten musste, bevor sie mit dem Entzug begannen, sonst passierte nichts.

Er bat um Hilfe.

Es vergingen ein paar Tage, dann war er in der Routine drin.

Jeden Morgen wurden sie um sechs von der Frauenstimme geweckt, die die Worte des Vorsitzenden Mao über das Vaterland per Lautsprecher verkündete. Danach gab es Frühstück mit den üblichen Bohnen, dem üblichen Graubrot und dem üblichen Tee. Anschließend nahm man seine Medizin, ein ganzes kleines Reagenzglas voller Pillen in Stecknadelkopfgröße. Alle schluckten die Pillen gleichzeitig wie auf Kommando und spülten mit Wasser nach.

Bei der Morgenakupunktur blieben die Nadeln zirka eine Stunde drinnen. Es waren zwölf. Einige saßen hinter dem Knie, andere am Magen und wieder andere auf dem Hals. Nach einigen Tagen wurden sie an anderen Körperstellen platziert.

Nach dem Mittagessen folgte eine zweistündige Ruhepause im Bett und danach eine Stunde Bewegung. Dann war es Zeit für die politische Propaganda, zu der zu erscheinen von ihm erwartet wurde, auch wenn er kein Wort verstand.

Bei der Abendakupunktur blieben die Nadeln zwei Stunden drinnen. Anschießend aß man zu Abend, und um acht war Schlafenszeit.

Mit niemanden konnte er richtig reden. Mr. Chang erklärte ihm auf gebrochenem Englisch, dass alle Chinesen aus guter Familie kamen oder gute Jobs hatten. Dass nicht viele Chinesen Leng Pei kannten. Der Mann von der Straße bekam keinen Entzug. Er erfuhr auch, dass er der erste Abendländer war, der jemals in der Anstalt zu Gast gewesen war.

Mr. Chang verdrehte imponiert die Augen. »Ihr Boss muss in China über gute Verbindungen verfügen.«

Erik nickte, sagte aber nichts. Denn jedes Mal, wenn er an Zimmermann dachte, schien etwas in ihm hochzukommen. Eine seltsame Mischung aus Demütigung, Dankbarkeit und Irritation. Er war gerettet worden, sicher, natürlich war er das. Aber was war er für Zimmermann anderes als eine gute Arbeitskraft, die in der letzten Zeit weniger geleistet hatte und die mit einer derartigen Investition erhalten werden konnte?

Zu seiner Verwunderung merkte er, wie etwas von Zimmermanns Skepsis in ihm wuchs. Woher wusste man, wann andere Menschen aus nicht egoistischen Gründen etwas für einen taten? Die Frage plagte ihn, mehr als er zuzugeben bereit war. Er fragte sich, ob der Grund der war, dass er selbst die Kunst beherrschte, so genannte gute Taten mit seinen eigenen persönlichen Interessen zu verbinden. Nie war er auch nur eine Sekunde von Gewissensbissen über derartige Dinge geplagt worden, doch jetzt spürte er den Drang, die Wahrheit zu erfahren. Einen Hunger zu wissen, dass Zimmermann das für ihn getan hatte, zu seinem eigenen Besten. Weil er ihn mochte, wie einen Sohn.

Jeden Abend schloss er auf seinem harten Bett in dem Schlafsaal die Augen und dachte zum ersten Mal in seinem Leben über das Wesen der Liebe nach. Hatte er jemals etwas ohne die Erwartung getan, es vielfach zurückzubekommen?

Er begann an das Kind zu denken.

Das Treffen fand am dreizehnten Tag statt und er sollte es nie vergessen. Oder besser: Es sollte ihm nie erlaubt werden, es zu vergessen.

Der Chinese war ungefähr in seinem Alter, auch wenn er das Alter von Asiaten für schwer bestimmbar hielt. Er sprach ein leidliches Englisch und war gerade von einem Schlafsaal in einen anderen umgezogen. Ihm wurde das Nachbarbett zugeteilt, und er starrte Erik ungeniert an, der mitten in der obligatorischen Mittagsruhe war.

Der Chinese war blass und mager wie so viele der Patienten, aber es war deutlich sichtbar, dass die Lebenskraft nach der Behandlung auch zu ihm zurückgekehrt war. Aus einer Tasche in der Tiefe des Hemdes zog er ein Miniaturschachspiel und platzierte es mitten auf seinem Bett. Mit einem Blick zu Erik begann er die Figuren aufzustellen.

»Sie spielen?«

Erik nickte.

»Ich habe das in meinem Dorf gelernt«, sagte der Fremde. »Sie fangen an.«

Erik stemmte sich auf den Ellenbogen. »Das ist bestimmt nicht erlaubt.« Er fühlte sich wie ein nervöser Schuljunge.

Der Chinese ignorierte die Worte. »Mein Name ist Feng Lim.«

Ihre Blicke begegneten sich. Erik fiel auf, dass der Chinese ein braunes und ein blaues Auge hatte.

Seine Lippen teilten sich zu einem Grinsen, das ein gelbliches Gebiss mit vielen verfaulten Stumpen enthüllte.

»Die meisten nennen mich Goldener Drache.«

37

Der Traum war wieder da, mit einer Veränderung. Die Bilder waren die gleichen. Der Pavillon mit den mit Spiegeln verkleideten Wänden. Der Garten mit den Bäumen und der Sonne, die ihre letzten Strahlen über den künstlichen See warf. Alles sah wie gewöhnlich aus, aber der Geruch war ein anderer. Im Traum kniete sie am Ufer des Sees und plantschte vorsichtig mit einer Hand im Wasser. Sie führte die Hand zur Nase. Der Geruch von Diesel erfüllte ihre Nasenlöcher, und plötzlich sah sie die Feuersäule, die sich irgendwo draußen von der Mitte des Sees her näherte. Und der ganze See schien in Lauten und Licht zu explodieren, vor allem in Licht.

Sie erwachte langsam, den Geruch noch immer in der Nase. Bevor sie die Augen öffnete, begann die Erinnerung zu arbeiten. Kaliki. Der Brand. Das Geräusch des Autos, das mit quietschenden Reifen davonfuhr, und das Handy, dessen Zahlen sie so schlecht hatte sehen können, dass ihre Finger automatisch Henriks Nummer gedrückt hatten. Das Zusammenschmelzen der Gedanken nach allem, was passiert war, und der Körper, der sich gegen die Wirklichkeit wehrte, indem sie sich die Eingeweide aus dem Leib brach.

Sie öffnete die Augen und sah zur Decke. Konnte sich nicht erinnern, wo sie war. Diese Decke mit ihren weißen Gipsplatten war keine, die sie sofort wiedererkannte. Ihr Blick wanderte die Wand hinunter, die auch neutral weiß war. Über den grauen Teppich, auf dem eine rote Papierschlange lag und ganz verlassen aussah und weiter über einen olivgrünen Lederstuhl mit schönen Rundungen. Sie lächelte unwillkürlich. Das war ein Arne Jacobsen Svanen, in dem Victor so oft hatte Karussell fahren wollen. Das Gehirn sendete den Bescheid, dass sie bei Henriks Schwester war, die drei der teuren Designerstühle von ihrer Großmutter geerbt hatte. Ihr Blick glitt weiter zu Stuhl Nummer zwei und stieß auf ein paar ordentlich nebeneinander stehende Frauenbeine, die aussahen, als frören sie in den dünnen Strümpfen und den Silberschuhen. Die Augen fingen den Rand eines silbern glitzernden Kleides ein und bewegten sich von dort weiter aufwärts. Das Kleid gehörte einem schönen blonden Mädchen, das sie neugierig anstarrte.

»Wer sind Sie?« Kit hörte ihre eigene Stimme wie ein heiseres Quäken.

Das Silberkleid beugte sich ein wenig vor. Der Busen war üppig und drohte herauszufallen. Die Gestalt unter dem Kleid war genauso weich in den Rundungen wie der Stuhl, auf dem sie saß. »Ssst. Sie schlafen noch. Alle«, sagte die Stimme.

»Ich kann mich nicht erinnern, wie ich hierher gekommen bin«, gestand Kit.

Sie setzte sich langsam auf. Der Körper tat weh. Alles tat weh. Das Licht blendete sie, und genau das hatte sie geweckt.

»Henrik«, sagte das Mädchen. »Er ist gekommen und hat Sie gerettet.«

Die Stimme hatte einen sarkastischen Unterton, der Kit nicht gefiel.

»Ich bin niemand, der gerettet werden muss. Ich habe mich verwählt. Ich wollte meine Schwester erreichen«, erinnerte sie sich.

Die Augenbrauen des Mädchens schnellten in die Höhe. Kit konnte sehen, dass sie ihr nicht glaubte. Und plötzlich wusste sie, wer die andere war, und erinnerte sich an ihren Anblick in dem Café.

»Sie sind Henriks Freundin«, stellte sie fest.

»Wie man's nimmt«, sagte das Mädchen säuerlich.

Kit sah auf ihre Uhr. Es war zehn. Sie blickte an sich hinunter. Spürte ihre Arme und Beine und fuhr sich mit einer Hand, die einen intakten Eindruck machte, durchs Haar. Aber sie war völlig verrußt. Sie hatten ein Betttuch über das Sofa gelegt, das auch an manchen Stellen schwarz war.

»Ach, du meine Güte«, murmelte sie. »Habe ich das so schmutzig gemacht?«

»Sie sollten sich im Spiegel sehen«, sagte das Mädchen hilfsbereit. »Sie werden einen Schock bekommen.«

Kit räusperte sich. Die Stimme klang noch immer wie ein rostiger Nagel. Das mussten die Wärme und der Rauch von dem Feuer sein, die auf die Kälte der Silvesternacht geprallt waren.

»Hören Sie, ich gebe zu, dass es seltsam aussehen mag, einfach so anzurufen. Aber es war wirklich ein Versehen, okay. Ich will überhaupt nicht, dass Henrik mit in diese Geschichte hineingezogen wird. Er hat genug getan.«

Das Mädchen stand auf. Kit sah, dass sie einen Mantel und eine Tasche auf dem Sofa liegen hatte. Sie nahm den Mantel und ging zur Tür.

»Sie haben völlig Recht«, sagte sie über die Schulter. »Er hat genug getan.«

»Dann hören Sie doch auf, verdammt noch mal.«

Das Mädchen zögerte. Drehte sich um und sah Kit neugierig an. »Ich wollte Sie nur sehen«, sagte sie dann. »Deshalb habe ich da gesessen und gewartet. Ich wollte sehen, was Sie Besonderes haben.«

»Ich habe weiß Gott nichts«, murmelte Kit. »Nichts außer genug damit zu tun, mir über mich und meine Familie Klarheit zu verschaffen«, fügte sie hinzu.

Eine kleine nachdenkliche Falte zeigte sich auf der Stirn des Mädchens. »Vielleicht ist das der Grund«, grübelte sie. »Dass Sie so chaotisch sind. Deshalb brauchen Sie jemanden, der hinter Ihnen aufräumt. Jemanden wie Henrik, der nett und praktisch ist, aber auch von etwas angezogen wird, das exotisch ist.«

»Exotisch. Wer, ich?«, fragte Kit und kam sich dumm vor.

Das Mädchen nickte und sah ein bisschen traurig aus. »In Wirklichkeit will er überhaupt niemanden, der durchschnittlich ist.«

Sie ging.

Kit saß eine Weile da und erholte sich, lauschte, ob langsam jemand aufstand, und genoss gegen ihren Willen das Gefühl von Sicherheit in diesem Haus. Es schien schwer und gleichmäßig zu atmen. Ein. Aus. Ein. Aus. Sie zwang ihren eigenen Atem in diesen Rhythmus und entspannte sich besser. Dann spürte sie Hunger und ging in die Küche, um nach einem Stück Brot zu suchen. Während sie Butter auf ein Brötchen schmierte und den Kessel aufsetzte, liefen die Gedanken ihr voraus wie das Feuer auf seinem Weg über den Parkplatz, und der ruhige Atem war wie weggeblasen. Sie dachte an ihren Vater. Nicht an das Mädchen in dem Stuhl, an Karen-Lis oder ihre Mutter oder Henrik, sondern an ihren Vater. Denn er war der Kern des Ganzen. Das spürte sie mit einer Gewissheit, die den verletzten Körper noch mehr schmerzen ließ. Alles wies auf ihn. Alles. Sowohl ihr eigenes Leben wie das, was passiert war. Alles hatte eine Wurzel. Einen Ursprung. Er war immer ein Teil von ihr gewesen, und sie hatte immer auf ihn gehört.

Aber wen hatte sie da eigentlich geliebt? Auf wen hatte sie gehört? Wie gut kennt man die Menschen, die man liebt?

Sie fand einen Teebeutel und goss kochendes Wasser in den Becher. Setzte sich an den Küchentisch.

Vielleicht war das so mit Menschen, die man liebte, dass man sie nicht richtig sah. Andere Menschen sahen den eigenen Freund und die eigene Familie mit anderen Augen. Manchmal sogar mit einem feindlichen Blick. Vielleicht hatte sie ihren Vater nie richtig gesehen. Vielleicht hatte sie in Wirklichkeit überhaupt keine Ahnung, wer er war.

Sie tauchte den Teebeutel ein paar Mal in die Tasse, dann leg te sie ihn auf einen Teller. Sie war einfach davon ausgegangen, ihn gut zu kennen. Hatte das Gefühl gehabt, alles zu wissen und sich nach seinen Erzählungen von der Familie und von Hongkong alles zusammensetzen zu können. Und doch musste es etwas geben, das er nicht erzählt hatte. Etwas, das er vergessen hatte. Etwas, das zu verschweigen er sich entschieden hatte.

Sie kaute auf dem Brötchen herum und spülte mit warmem

Tee nach. Spürte, wie allmählich Leben in ihren Körper kam, der seit dem Sturz, als das Feuer explodiert war, wehtat.

Vielleicht hatte auch sie eine Auswahl getroffen, dachte sie nüchtern. Vielleicht hatte es Zeiten gegeben, wo sie ihren Vater hätte besser kennen lernen, wo sie ihn hätte ausfragen und mehr Information bekommen können, wo sie jedoch geschwiegen hatte. Vielleicht aus Angst vor dem, was sie zu hören bekommen hätte. Denn sie hatte Angst, musste sie einräumen, wie sie da mit dem Teebecher in der Hand saß und alles plötzlich klar und im Licht des Brandes vor sich sah. Eigentlich schon immer. Die Angst, dass ihr Vater nicht der war, für den sie ihn hielt, nicht der, den sie gerne in ihm sehen wollte.

Sie spürte die Kälte, die sich anschlich und sie von innen heraus erschauern ließ.

Denn jetzt lag er im Krankenhaus, außerhalb ihrer Reichweite. Sie konnte ihm nicht sagen, dass sie ihn liebte. Aber sie konnte ihn auch nicht nach der Wahrheit fragen. Und dieser Gedanke war beinahe unerträglich, dieses Gefühl, das immer stärker wurde, als wäre sie ein kleines Mädchen und sie spielten *Topfschlagen.* Das Gefühl, dass es etwas in seiner Vergangenheit gab, das bis in die Gegenwart und ihrer aller Leben hineinreichte. Etwas, das sie ihm möglicherweise vorwerfen konnten.

Sie schluckte. Aber das Brötchen saß so fest in ihrem Hals, dass sie fast daran erstickte.

Es war schwer genug, einen Vater zu haben, der krank war und zu dem man keinen Kontakt aufnehmen konnte. Das allein reichte, um einen fertig zu machen. Aber mit Misstrauen war noch schwerer umzugehen. Denn vielleicht war da gar nichts, und vielleicht würde sie das nie erfahren und für immer und alle Zeit mit diesem nagenden Zweifel und der Scham herumlaufen, diesen Gedanken, dass ihr Vater alles andere als perfekt war, überhaupt gedacht zu haben.

Sie hörte eine Tür gehen. Und sie konnte sich gerade noch sagen, dass schließlich nicht ihr Vater der Schurke war. Irgendjemand hatte die Karten geschickt und Diesel verschüttet und angezündet. Möglicherweise war diese Person für irgendetwas, das in der Vergangenheit lag, auf Rache aus, aber es konnte sich auch einfach um einen Verrückten handeln, der keinen ersichtlichen Grund hatte, seine Wut gegen ihren Vater zu richten.

Ganz erleichtert über diesen Gedanken, hörte sie nackte Füße, die sich vorsichtig näherten. Victor steckte sein Schelmengesicht zur Tür herein.

»Ein gutes neues Jahr«, flüsterte er glücklich. »Du siehst aus wie ein Neger, Kit.«

»Neger sagt man nicht«, lächelte sie.

»Warum nicht?«

»Weil das nicht nett ist.«

Er lachte. »Ich finde das nett. Ich finde auch, dass du nett bist. Wo bist du gewesen?«

Er zog einen Stuhl vor und setzte sich, offensichtlich auf eine längere Unterhaltung eingestellt.

»Ich war bei einem Feuer«, sagte sie ernst. »Deshalb bin ich ganz schwarz und reiche nach Rauch.«

Victor schnüffelte. »Das riecht genauso, wie wenn man Raketen abschießt.«

Henriks Stimme erreichte sie, dem Klang nach zu urteilen mitten in einem Gähnen. »Und wenn du nicht aufpasst, schießen wir dich auch ab. Also, ab mit dir und zieh dir Schuhe an. Ich muss mit Kit reden.«

Victor hüpfte widerstrebend von dem Stuhl. »Du musst immer mit Kit reden. Aber dabei kommt nichts heraus.«

Henrik lächelte ihm hinterher, als er ging. Er kratzte sich seinen Eintagebart und setzte den Kessel auf. »Er ist gar nicht so dumm.«

»Deine Freundin ist gegangen«, murmelte Kit und fühlte sich schuldig. »Und ich kann mich überhaupt nicht erinnern, wie ich hierher gekommen bin. Garantiert nicht freiwillig«, fügte sie hinzu.

Er schüttelte den Kopf. Sein Gesicht war ganz verschlafen und die Augen waren rot. »Unglaublich. Ich war noch nie so schnell nüchtern.«

»Du siehst eher müde als nüchtern aus«, sagte Kit. »Wie heißt sie?«

»Mette«, murmelte er und schüttete Kaffee in eine Tasse und anschließend Wasser darauf.

Sie wartete, aber nur seine übliche Morgenschweigsamkeit folgte.

»Es war ein Versehen«, sagte sie. »Entschuldige, bitte. Ich wollte dich nicht hineinziehen, und das habe ich ihr auch zu erklären versucht.«

Er lächelte das, was einem listigen Lächeln glich. »Diese Erklärung hat sie hundertprozentig gutgeheißen, da bin ich mir sicher.

Kit lächelte nicht. »Fünfzig wären vielleicht realistischer. Liebst du sie?«

Die Frage war ihr herausgerutscht, bevor sie sie zurückhalten konnte. Nicht, dass sie eigentlich eifersüchtig war. Sie wusste nicht, was sie war. Vielleicht nicht ganz bei Sinnen, nach dem, was passiert war. Vielleicht war sie auch nur etwas erwachsener.

Er dachte gründlich nach. Sie kannte den Ausdruck mit der kleinen Falte auf der Stirn und der Hand, die die Schläfe knetete. Sie spürte den Drang, ihn zu berühren. Ihm einfach das Haar aus der Stirn zu streichen und selbst einmal die zu sein, die Probleme löst und gute Stimmung verbreitet.

»Ich weiß es nicht«, sagte er dann.

Das war genau die Antwort, die sie erwartet hatte. Sie stand auf. Brachte die Tasse zum Spülbecken. »Ich sollte mich besser auf den Weg machen. Ich muss auch Karen-Lis erreichen und Mutter und ...«

Sie unterbrach sich. Das Wort Vater lag ihr auf den Lippen. Aber wieder war da die unmögliche Situation und die sich ausbreitende Frustration. Sie machte eine ausladende Armbewegung.

»Wie um alles in der Welt bin ich übrigens hier gelandet? Das wollte ich nicht. Ich wollte überhaupt nicht, dass du etwas erfährst.«

Er schüttelte den Kopf. »Du warst auch schwer zu überreden«, sagte er mit belegter Stimme. »Völlig durcheinander und verwirrt. Ich wollte dich in die Ambulanz bringen, aber du hast dich geweigert. Deshalb habe ich dich mit nach Hause genommen, und hier bist du einfach umgekippt. Ich hatte Angst um dich.«

Sie nahm ein Stück Küchenrolle und wischte etwas verschütteten Tee vom Tisch und warf das Papier in den Abfalleimer. »Vielleicht bin ich doch nicht so leicht umzupusten, wie man meinen sollte.«

Sie beugte sich hinunter und gab ihm einen schwesterlichen Kuss auf die Stirn. Seine Hand griff nach ihrer und hielt sie fest. Er drehte ihr Gesicht zu sich und küsste sie auf den Mund, und ihre eingebildete Stumpfheit der Sinne schwand mit einem Seufzer.

Sie sahen einander an. Sie merkte, wie Gedanken und Gefühle durcheinander wirbelten. Aber es gab Grenzen, was man einem Mann zumuten konnte, der der Exfreund war.

»Ansonsten hat sie einen netten Eindruck gemacht, deine Mette«, sagte sie. »Vielleicht ist sie die Frau deines Lebens.«

»Vielleicht«, murmelte er, während sein Blick an ihrem hing und sie die Versuchung spürte, sich noch einmal hinunterzubeugen. Um seinen Duft einzuatmen und sich auf seinen Schoß ziehen zu lassen.

Sie zwang sich, den Gedanken wegzuschieben. »Ich sollte mich besser waschen, bevor ich raus gehe und dem Tag entgegentrete«, sagte sie und ging ins Bad.

Als sie zurückkam, half Henrik ihr in den Mantel.

»Du hast etwas davon gesagt, dass der Alarm ausgeschaltet war.«

»Habe ich das gesagt? Dann wird es wohl stimmen«, sagte sie leichthin. »Darum sollen sich Feuerwehr und Polizei kümmern.«

Er nahm ihren Ellenbogen und zwang sie, ihn anzusehen. »Du weißt genau, was das heißt, nicht? Das heißt, dass es möglicherweise jemand war, den wir kennen.«

»Jemand, den *ich* kenne«, berichtigte sie ihn und wand sich aus seinem Griff. Sie versuchte, entschlossen auszusehen. »Das hier hat nichts mit dir zu tun. Nicht mehr. Ich will nicht, dass du meinetwegen etwas tust, du hast schon genug getan.«

Der Kuss, bevor sie die Tür öffnete, war wirklich schwesterlich und sehr flüchtig.

»Ein gutes neues Jahr, übrigens. Und danke.«

Er nickte zu dem VW hinüber, der am Weg parkte. »Carsten hat ihn von Kaliki hergefahren.«

»Carsten?«

»Wir haben ihn vor einem einsamen Silvesterabend gerettet.«

Sie lächelte. »Man sollte aufpassen, wen man rettet. Man weiß nie, wohin das führt.«

Auf dem Nachhauseweg in ihrem frisch gewaschenen Käfer wanderten ihre Gedanken zurück zu dem Traum. Zu dem Pavillon und der Angst vor dem bösen Geist hinter den mit Spiegeln verkleideten Mauern. Es war ein Traum, nicht mehr und nicht weniger. Das hatte sie sich immer zu sagen versucht. Das hatte ihr Vater ihr immer erzählt. Genau wie er ihr so viel anderes aus Hongkong erzählt hatte, sodass sie sich ab und zu einbildete, sich selbst daran zu erinnern. Aber in Wirklichkeit erinnerte sie sich nur an wenig. In Wirklichkeit hatte sie keine Ahnung, woher der Traum kam. Woher die Angst kam. Sie wusste nur, dass sie sie in all den Jahren verfolgt hatte. Und sie wusste, dass sie ihr jetzt direkt ins Gesicht starrte. Sie konnte sich umdrehen und fortlaufen, aber sie würde immer da sein, wenn sie sich ihr nicht stellte. In Wirklichkeit hatte sie keine Wahl. So einfach war das. Sie musste das Böse bekämpfen, woher es auch kam. Und sie musste es selbst tun.

38

Alles war fort. Das Ziehen im Magen, das körperliche Verlangen nach dem Mann, den sie kaum kannte. Der rosarote Himmel. Karen-Lis sah ihre Schwester an, die an ihrer Skulptur arbeitete. Noch nie war sie so schnell in die Realität zurückgeholt worden.

»Was hat dich veranlasst, dort hinaus zu fahren?«

Kit hatte ein Bad genommen und sah verhältnismäßig normal aus. Aber sie klang nicht normal. »Intuition«, sagte sie so neutral, dass Karen-Lis die Lüge deutlich hörte.

»Komm schon, Kit. Was, zum Teufel, geht hier vor?«

Kit sah sie wütend an. »Wenn ich sicher sein könnte, eine ehrliche Antwort zu bekommen, würde ich dich vielleicht das Gleiche fragen. Aber du weichst ja immer aus.«

Karen-Lis spürte die Schuld auf sich lasten.

Kit seufzte. »Ich mache dir keine Vorwürfe«, sagte sie etwas sanfter und starrte auf die Nase der Skulptur, die die ganze Zeit ihre Form änderte. »Du glaubst, das Richtige zu tun. Aber ich weiß, dass du etwas für dich behältst, deshalb meine ich, wir sollten aufhören zu diskutieren und einfach feststellen, was passiert ist. Kaliki ist abgebrannt und jetzt müssen wir abwarten und sehen, was die Versicherung sagt. Und die Polizei, natürlich.«

Karen-Lis nickte automatisch. »Die Polizei, natürlich«, wiederholte sie.

Kit warf ihr einen messerscharfen Blick zu. »Das *war* Brandstiftung, Schwester. Daran besteht so gesehen kein Zweifel.

Aber meinetwegen kannst du gerne den Bericht der Brandtechniker abwarten, bevor du es glaubst.«

Sie wusste nicht, was sie glauben sollte. Sie hatte aufgehört zu glauben, was sie Kit schlecht erklären konnte. Sie wünschte das Ganze weit weg. Wünschte einen Augenblick, sich wie Henrik einfach ausklinken zu können.

»Wo warst du um zwölf, Schwester?«, fragte Kit.

Sie spürte, wie sie rot wurde. »Du klingst plötzlich, als würdest du einen Verdächtigen verhören.«

Kit lachte. »Das tue ich auch. Ich verdächtige dich, auf Abenteuer aus gewesen zu sein. Du siehst ja ziemlich munter aus.«

»Munter?«

»Ja, so, wie soll ich sagen ... Upbeat, auf ausländisch.«

Sie beobachtete eine Weile Kits Hände, die arbeiteten. Hin und wieder trocknete sie sie an der Schürze ab, wo sie Tonstreifen hinterließen. Sie dachte an Lance. An die Nacht, die zum Tag geworden war. An den morgendlichen Anruf auf ihrem Handy und Kits nüchterne Stimme, die ihr von dem Brand erzählt hatte. Die Stimme hatte etwas Beunruhigendes gehabt. Und etwas sehr Einsames.

»Ich habe einen Mann kennen gelernt«, begann sie mit gespielter Ungezwungenheit, weil alles andere so verdammt schwer war.

Kit sah überrascht aus. »Was du nicht sagst. Und du sagst auch nicht, dass er verheiratet ist, dass seine Frau das fünfte Kind erwartet und er als Außenkorrespondent des Fernsehens in Phnom Penh arbeitet und in seiner Freizeit in einem Kajak um die Welt segelt. In einem Einer«, fügte sie hinzu.

Karen-Lis seufzte. »Du glaubst, dass ich lüge. Aber er ist wirklich nicht verheiratet. Und du würdest ihn mögen.«

»Warum?«, fragte Kit misstrauisch.

»Weil er Arzt ist und gut zuhören kann, eine Eigenschaft, die dir fehlt.«

Kits Gesicht erstrahlte in einem Lächeln. »Super. Ich kann in meinem großen Zeh spüren, dass wir Busenfreunde werden. Wie heißt er?«

»Lancelot.«

Kit machte große Augen. »Hieß so nicht einer der Ritter der Tafelrunde?«

»Das ist doch nur ein Name.«

Kit lachte. »Unglaublich. Ein Schurke lässt den Laden meines Vaters in Flammen aufgehen, und meine Schwester findet einen Ritter. Was kommt als Nächstes? Ein Drache?«

Sie sahen einander an. Sie fühlte, wie sich Kits Blick tief in ihr Gehirn bohrte. Sie wusste auch, wonach er suchte. Nach dem Goldenen Drachen. Einen Moment war die Versuchung so nahe. Einfach abladen können. Von all dem befreit werden, das sie bedrückte. Sie wandte den Blick ab. Vielleicht würde der Zeitpunkt kommen. Es hatte nicht den Anschein, als wäre die Vergangenheit einfach tot, nur weil man sich das wünschte. Aber nicht jetzt. Und nicht bei Kit. Vielleicht gab es noch immer die Möglichkeit, einfach zu vergessen.

Später kam die Polizei zu ihnen heraus. Ein Mann in Zivil und eine stark parfümierte Frau in Uniform. Sie konnten berichten, dass der Brand, wie Kit ganz richtig vermutet hatte, gelegt worden war. Irgendjemand hatte alles mit Dieselöl eingeschmiert und anschließend eine Benzinlunte in einer direkten Linie von der Halle zu einem Platz hinter dem Parkplatz gegossen. Es war die Feuerlunte, die Kit gesehen und die sie veranlasst hatte, aus der Tür zu springen und weiter zu der Hecke zu rennen.

»Sie haben gesagt, dass Sie ein Auto gehört haben«, sagte der Mann zu Kit. »Können Sie das Geräusch beschreiben?«

Kit schüttelte den Kopf.

Der Beamte sagte hilfreich: »Glauben Sie, dass es ein großes Auto war? Vielleicht ein Lastwagen?«

Kit zuckte mit den Schultern. »Ein Lastwagen, vielleicht. Ein Diesel, glaube ich. Laut«, erklärte sie.

Der Mann in Zivil nickte zufrieden. »Ein Lieferwagen scheint am wahrscheinlichsten. Für so etwas braucht man mindestens zweihundert Liter Diesel. Haben Sie eine Ahnung, wer das Feuer gelegt haben könnte?«

Kit sah zu Karen-Lis hinüber. Dann schüttelte sie den Kopf.

»Der Einbruchsmelder war ausgeschaltet«, informierte sie der Beamte. »Ich muss Sie um eine Liste derjenigen bitten, die den Code kennen.«

Sie verfassten die Liste, dann erhoben sich die Beamten. Bevor sie gingen, fragte die Polizistin: »Wie hoch ist eigentlich die Versicherungssumme für so ein Lagerhaus?«

Karen-Lis sah den Ärger, der in Kits Gesicht schoss. »Das können Sie getrost vergessen«, sagte sie bissig.

»Wir waren das nicht. Das Geschäft läuft gut«, beharrte Kit. »Fragen Sie ruhig bei der Bank nach. Wir haben keinen Grund, so etwas zu tun.«

Als sie gegangen waren, sagte Kit: »Verdammt. Einen Moment habe ich geglaubt, sie wären hier um zu helfen. Ich hätte ihnen beinahe alles erzählt.«

Karen-Lis wartete. Sah, dass Kit dem Weinen nahe war, und bereitete sich darauf vor, sie zu trösten. Aber es kam nichts. Kit drehte sich um und ging in ihr Atelier und schloss die Tür hinter sich.

Ihre Mutter war im Krankenhaus. Natürlich war der Schock groß, aber sie und Kit hatten ihr die Neuigkeit so schonend wie möglich und vor dem Krankenzimmer erzählt. Sie waren sich vorläufig einig, dass ihr Vater nichts erfahren sollte. Was sollte es auch bringen, dachte Karen-Lis, während sie sich anzog und an die Luft ging. Einfach gehen. Die Frische genießen und das Traurige in den Hintergrund drängen. Den Geschmack des rosaroten Himmels wiederfinden. Es musste doch erlaubt sein, für einen Moment glücklich zu sein.

Sie wusste nicht, woher das Glück gekommen war und warum es plötzlich an so einem Abend und in so einer Nacht zu ihr gekommen war. Sie wusste nur, dass es passiert war. Und dass ihr in den Stunden, die es dauerte, nichts gefehlt hatte. Natürlich war er kein Ritter. Natürlich konnte viel schief gehen, warnte sie sich. Und vielleicht würde sie eines Tages aufwachen und feststellen, dass sie zwei unvereinbare Größen waren.

Aber im Moment wollte sie daran glauben und nichts hinterfragen.

Sie ging zum Hafen hinunter. Sie hatten Eisregen angesagt, aber jetzt stand die Sonne über Nyborg. Der Himmel war hoch, und Schneeklumpen lagen auf den Einfassungen und in den Ecken und tauten still vor sich hin.

Sie hatte gelernt, sich an dieses Gefühl zu klammern. Weil es ihr so selten begegnet war, dass sie die Male sofort aufzählen konnte. Ein einziges Mal mit ihrem allerersten Freund, weil sie es nicht besser gewusst hatte, dachte sie ironisch. Und mit Jacques, der sich als Fehler erweisen sollte. Und mit noch ein paar anderen, wo es nur wenige Minuten gedauert hatte, bevor sie einsehen musste, dass sie sich geirrt hatte. Und dann waren da natürlich die Kinder in Simbabwe. Ganz anders, aber trotzdem ähnlich. Das Gefühl, das hier etwas war, worauf man bauen konnte. Etwas Ganzes. Aber mit Lance war es noch mal anders. Irgendwie natürlicher. Wie etwas, das ihr in die Hände gefallen war, ohne dass sie danach gesucht hatte.

Sie hob eine nasse Neujahrsrakete auf und warf sie in einen Papierkorb. Spürte ihre Energie und bekam Lust, die ganze Stadt sauber zu machen. Obwohl Kaliki abgebrannt war, dachte sie verwundert. Und obwohl ihr Vater im Krankenhaus lag. Offenbar konnte man trotzdem glücklich sein. Sauber machen. Reinen Tisch machen. Vielleicht war die Zeit doch reif. War es nicht möglich, von seinen Versprechen entbunden zu werden? Durfte man denn nie längere Zeit hintereinander einfach nur man selbst sein?

Ihr Handy klingelte. An der Nummer konnte sie sehen, dass er es war.

»Karen-Lis«, meldete sie sich, und selbst ihre Stimme klang anders als sonst.

»Wo bist du?«

Sie sah sich um. Die Sonne spielte über dem Hafenbecken und auf den kleinen Fischkuttern und Segelschiffen, die noch immer im Wasser lagen. »Am Hafen«, sagte sie. »Draußen, verdauen.«

»Was verdauen?«

»Dich. Und mich.«

Er lachte, und sein Lachen erreichte sie wie eine warme, schöne Welle. Dann wurde er ernst. »Was ist mit deiner Schwester? Und dem Brand? Hast du es gesehen?«

»Nein, aber sie sagen, dass jemand den Brand gelegt hat. Vorsätzlich. Wo bist du? Was sollen wir machen? Werden wir überhaupt etwas machen?«

Plötzlich war sie nervös. Erinnerte sich, dass alles plötzlich verschwinden konnte. Zweifelte, inwieweit er überhaupt existierte. An seinem dunklen Haar und seinen Augen. An seinem Duft und seinem Körper und seinen Berührungen. Seinen Händen, die vielleicht das Allerschönste waren. Und seinem Lächeln und seinem Flüstern direkt in ihr Ohr und ihre Seele.

Wieder lachte er. »Natürlich werden wir etwas machen. Wir werden zusammen sein. Wieder.«

»Und wieder?«

»Und wieder.«

»Wo bist du?«, wiederholte sie.

»Zu Hause. Gerade durch die Tür. Ich stehe vor dem Schrank und suche nach einem sauberen Hemd.«

»Mmm. Mit nacktem Oberkörper?«

»Jep. Und es ist eisekalt.«

Sie hörte das Klappern der Kleiderbügel. »Sag noch etwas. Was passiert sonst noch?«

»Jetzt kommt die Nachbarin raus. Sie holt etwas aus ihrem Auto.«

»Huch«, lächelte sie. »Versteck dich besser hinter der Gardine. Was holt sie?«

Seine Stimme veränderte sich und klang plötzlich erstaunt. »Verdammt. Eine Maschinenpistole!«

Er klang so ernst, und sie kannte ihn doch nicht. Das Herz schoss ihr in den Hals, und der Puls tickte wie eine Bombe.

»Stimmt das?«

Jetzt lachte er wieder. Beruhigend. »Only kidding, kiddo. Entschuldige. Das war blöd.«

Sie schluckte. Spürte die Erleichterung. Dachte, dass die Nerven wirklich blank lagen.

»Karen-Lis, bist du noch dran?«, klang es besorgt.

»Ja«, antwortete sie nur. »Ja, natürlich bin ich dran.«

»Das war nur ein Scherz.«

»Okay. Du lebst also noch«, stellte sie fest.

»Ich bin quicklebendig, wie du hören kannst. Und wie ich dir später beweisen werde. Wenn du willst.«

Und das wollte sie.

Sie verabredeten sich für den Abend. Doch das Gefühl fand sie trotzdem nicht ganz wieder. Sie wusste nicht, was es war. Etwas, das gesagt worden war. Der Ton. Der Zeitpunkt. Oder einfach die ganze Situation mit dem Brand. Aber sie spürte, dass es etwas war, an das sie hätte denken müssen. Etwas, das Bedeutung hatte, das sie jedoch nicht zu fassen bekam.

Sie seufzte. Sie sollte besser zum Krankenhaus fahren.

39

Kit zog die dünne Plastikfolie von der Skulptur und starrte das unbekannte Gesicht an. Die Wut nach dem Besuch der Polizei steckte ihr noch immer in den Knochen.

»Jetzt sind wir zwei allein, Kamerad.«

Sie ging auf und ab. Versuchte, in den Linien einen Sinn zu finden. Erwog, die Arbeit ganz zur Seite zu legen und vielleicht mit etwas Neuem zu beginnen. Etwas Neuem.

Man stand immer alleine da. Die Polizei war nicht dazu da, um zu helfen, sondern auf leichte Lösungen aus. In ihren Augen war es kein weiter Weg vom Opfer bis zum Täter, und hin und wieder bekamen sie sicher Recht. Vielleicht bekamen sie meistens Recht, was wusste sie schon? Tatsache war jedoch, dass sie sie nicht brauchen konnte. Genau wie sie all die anderen nicht brauchen konnte.

Böse starrte sie die Skulptur an. Hätte am liebsten eine Axt genommen und den Kopf in zwei Teile geschlagen. Merkwürdig. Nie hatte sie bei einem Gesicht eine solche Frustration empfunden. Natürlich konnte es sie an der Nase herumführen, natürlich konnte es seine Zeit dauern. Doch das hier glich einem in ein Mysterium verpackten Rätsel. Sie kam nicht weiter. Das Gesicht provozierte sie nur.

Sie zwang sich, über seinen Ausdruck nachzudenken. Kam mit sich überein, dass es die asiatischen Züge waren, die sie irritierten. Die flache Nase. Die schrägen Augen. Da war etwas, das überhaupt nicht passte.

Karen-Lis war spazieren gegangen, um ihre Verliebtheit auszuführen, und ihre Mutter war im Krankenhaus. Sie selbst hatte kurz in die Übertragung des Neujahrskonzerts aus Wien geguckt. Und als ihr das nicht genügt hatte, hatte sie aufs Geratewohl das Auto genommen und war zu Kaliki hinausgefahren. Aber das hätte sie nicht tun sollen. Der Anblick war deprimierend. Die Lagerhalle war zu einem Haufen dampfenden Staubs zusammengesunken. Alles war abgesperrt, und eine Wache war aufgestellt worden, damit niemand sich auf die falsche Seite des roten Bandes verirrte.

Glücklicherweise war das Bürogebäude unversehrt. Die Feuerwehrleute hatten es mit Wasser überschüttet, um den Umfang des Unglücks zu begrenzen und die Strahlungswärme daran zu hindern, von einem Gebäude zum nächsten überzuspringen.

Sie hatte den Code eingegeben und sich Einlass in das Gebäude verschafft, als ihr der Gedanke kam, dass der Täter oder die Täterin, wenn er den Code zu der Lagerhalle hatte, auch den Code zu dem Bürogebäude haben musste oder ihn zumindest erraten konnte. Er unterschied sich nur in einer einzigen Zahl. Einer Null anstelle einer Eins als letzte Ziffer. Das dürfte eine annähernd clevere Person erraten können, weshalb Kit auch überlegte, wer in der Firma sich die schwachsinnigen Codes ausgedacht hatte. Sie jedenfalls nicht.

Wie ein Museumswärter ging sie durch das Büro. Untersuchte, ob jemand da gewesen war; etwas umgedreht hatte, im Computersystem gewesen war oder irgendeine Spur hinterlassen hatte. Aber da war nichts, und nach einem Besuch im Krankenhaus war sie unverrichteter Dinge nach Hause gefahren.

Wieder starrte sie die Skulptur an. Sie hasste sie nicht. Ganz und gar nicht. Sie konnte sie nur nicht verstehen. Und sie kam sich unzulänglich vor, weil sie nicht das aus ihr herausholen konnte, von dem sie wusste, dass es irgendwo verborgen war und heraus wollte.

Vielleicht, wenn sie eine bessere Technik gehabt hätte. Eine Ausbildung, die Hände zu etwas anderem und zu mehr zu gebrauchen, als einen Computer zu bedienen und ins Telefon zu sprechen. Zu mehr als zur Sekretärin ihres Vaters.

Sie setzte sich einen Moment und betrachtete die Skulptur, von Angesicht zu Angesicht.

Warum hatte sie die Skulpturen eigentlich nie jemandem gezeigt außer der Familie und ihren Nächsten? Viele, vor allem Freunde, hatten sie dazu aufgefordert und gesagt, dass sie Talent hätte. Aber sie hatte sich zurückgehalten. Hatte sich nicht getraut.

Sie versuchte, sich selbst gegenüber ehrlich zu sein, und merkte, wie ungewohnt das war. Sie musste sich zwingen und sich versprechen, von nun an immer danach zu handeln. Von jetzt an wollte sie die Dinge hinterfragen. Von jetzt an wollte sie sich nur auf sich selbst verlassen.

Sie ging zu dem CD-Player und legte Cäcilie Nordby auf, während sie spürte, wie sich plötzlich der Schock von dem Brand bemerkbar machte und ihre Beine sich wie Gelee anfühlten. Ihr Leben hätte zu Ende sein, sie hätte bei dem Brand ums Leben kommen können. Genau wie Liva ihr Leben unter dem Rad des VW hätte verlieren können. Der Gedanke ließ sie erschauern. Sie konnte nicht ausmachen, ob es aus der Angst zu sterben geschah oder aus der, nicht all das erreicht zu haben, was sie sich erträumt hatte.

Sie setzte sich wieder und starrte die Figur an.

Wessen Leben hatte sie bis jetzt gelebt? Welchen Träumen hatte sie versucht zu entsprechen?

Niemand hatte sie gezwungen. Aber trotzdem gab es irgendwo eine innere Stimme. Nur dass das nicht ihre eigene Stimme war.

Sie schloss die Augen. Die zärtliche Stimme der Sängerin wandt sich um einen Ton wie eine Katze um einen Fressnapf. Weich und doch mit einer Sicherheit in Ausdruck und Wiedergabe und dem auf ein Ziel gerichteten Blick. In einem kurzen Moment wusste sie, dass es das war, was ihr fehlte. Es war nicht das Talent, wie sie so oft geglaubt hatte. Es war die Sicherheit. Es war der Glaube an sich selbst und der Glaube daran, dass auch sie ein Ziel haben konnte, das gut war, gut genug war. Okay, vielleicht war sie nicht für das ganz Große gemacht. Vielleicht war sie keine große Geschäftsfrau und keine Abenteurerin und überlebensgroß und stark. So wie ihr Vater. Aber sie hatte auch ein Recht auf ein Leben. Und sie spürte, wie die Wut auf ihn in ihr hochschoss, dass sie ganz verblüfft war.

Sie konnte sich nicht erinnern, jemals Wut auf ihren Vater gehabt zu haben. Jedenfalls keine, die tiefer ging. Doch wie sie hier saß, von Angesicht zu Angesicht mit der Skulptur, fragte sie sich, wie ihr Leben sich mit einem andern Vater entwickelt hätte. Einem gewöhnlichen Vater mit Arbeitszeiten von neun bis vier, dessen Arbeit und Leben nicht sein Hobby waren, und der ganz einfach seine Familie liebte, ohne so verdammt viel von ihr zu verlangen.

Denn die Stimme gehörte ihm. Die Stimme, die sie in all den Jahren von innen gesteuert hatte, gehörte ihrem Vater.

Sie stand auf. Ging in die Küche, um sich ein verspätetes Mittagessen zu holen.

Im Wohnzimmer erinnerte sie sich wieder an die Polizisten und wurde noch wütender. Spürte, wie sich ihre Nasenlöcher vor Verachtung weiteten, als sie den Duft der uniformierten Frau einatmete und noch einmal hörte, wie unverblümt sie angedeutet hatte, dass der Brand in Wirklichkeit vielleicht ein Versicherungsbetrug war.

Sie schmierte sich ein Roggenbrot mit Leberpastete, als ihre Gedanken sich wie die Stimme der Sängerin um die Polizistin zu winden begannen. Etwas war mit ihrem Duft. Ein schweres Parfüm, das sicher ein Überbleibsel des vergangenen Abends war, wo sie vermutlich ohne Uniform gefeiert hatte. Kit stellte sich vor, wie sie sauer und schlecht gelaunt am Neujahrsmorgen beim Schellen des Weckers aufgestanden war, irritiert, dass sie an einem Feiertag und mit einem Kater, der ihren Kopf explodieren ließ, Dienst hatte. Vielleicht war sie deshalb so unangenehm gewesen.

Kit goss sich ein Glas Milch ein und stellte die Leberpastete zurück. Ging mit dem Ganzen auf einem Tablett ins Wohnzimmer, warf sich matt auf das Sofa und ließ ihren Gedanken freien Lauf, wild durcheinander.

Aber wieder war da der Duft. Er erinnerte sie an etwas. An irgendetwas, das möglicherweise wichtig war.

Sie hatte das Brot halb aufgegessen, als es ihr einfiel.

Kaliki. Der Duft in dem Büro an dem Tag, an dem sie den Kalender ihres Vaters geholt hatte. Wie hieß er nur, dieser Duft?

Sie erhob sich. Ging im Wohnzimmer herum und schnüffelte wie ein Spürhund. Aber was nutzte das in Wirklichkeit? Man konnte doch nicht bei der Polizei in Nyborg erscheinen, auf die Polizistin zeigen und behaupten, dass eine Person mit dem gleichen Duft in die Firma eingebrochen hatte. Dass diese Person mit ihrem durchdringenden Parfüm sich wahrscheinlich noch in den Tagen vor dem Brand Einlass in das Büro verschafft hatte. Und dass es bestimmt dieselbe Person war, die das Lager von Kaliki angezündet hatte.

Fast musste sie über sich selbst lächeln. Sie würden vor Lachen schreien.

Aber die Neugierde blieb. Sie selbst benutzte kein Parfüm. Sie hatte Angst, auch dagegen eine Allergie zu entwickeln. Aber ihre Mutter besaß ein ganzes Arsenal, das wusste sie. Es stand in Reih und Glied auf dem Toilettentisch, einem Überbleibsel aus Großmutters Zeit. Ein großes Möbel aus Nussbaum mit einem ovalen Spiegel in der Mitte und Fächern für Cremes und Parfüms aller Duftnoten.

Kit setzte sich auf den mit Velours gepolsterten Stuhl und begann an einem Ende. Balmains Vent Verte, Chanels No. 5 und No. 19. Estee Lauders White Linen; Lancomes Magie Noire. Ihre Mutter mochte die klassischen Düfte. Sie probierte sie der Reihe nach aus. Eins war frisch und sportlich, ein anderes blumig und ein drittes sinnlich. Ihr Lieblingsparfüm war auch da, Aromatics Elixir von Clinique. Aber das war es nicht. Es war auch keins der anderen, die vor ihr standen.

Es versteckte sich irgendwo ganz weit hinten. Vielleicht weil es sich wegen seiner Schwere und seinem kräftigen kräuterigen

Duft, der wohl eher für den ganz großen Auftritt und für lange Kleider bestimmt war, sowieso nicht für viele Gelegenheiten eignete. Das hatte sie stutzig gemacht, dachte sie plötzlich, der Ort war falsch. Dieser Duft passte nicht an einen Arbeitsplatz; nicht in ein Büro von Kaliki. Er war genauso unlogisch wie die Tatsache, dass eine mürrische Polizistin in Uniform ihn trug.

Sie erkannte ihn sofort, als sie an dem Flacon roch, ohne den Zerstäuber zu brauchen. Das war nicht nötig. Der Duft von Yves Saint Laurents klassischem Parfüm Opium war auch so durchdringend genug.

40

Mette nahm noch einen Bissen und sah ihn an, während sie kaute und sich anschließend diskret den Mund ableckte. Die Zungenspitze war schnell und präzise. Und hellrot.

Er erinnerte sich an Situationen, wo es nicht Krümel von Schokoladenkuchen waren, die von ihrem Können profitiert hatten, und wo die beteiligten Personen sich nicht an einem so öffentlichen Ort wie einem der bestbesuchten Cafés der Stadt aufgehalten hatten.

Aber vielleicht war das auch beabsichtigt, dachte er müde und revidierte blitzschnell seine frühere Meinung über sie als genügsamer Kaktus, der nicht ständig umsorgt und gepflegt werden musste. Solche Frauen gab es genau genommen wohl nicht.

Es war beabsichtigt, dass er sich erinnerte.

»Henrik.«

Still legte sie ihre Hand auf seine, die absichtslos auf dem Tisch lag. Sie spielte ein wenig mit seinen Fingern.

»Wir müssen darüber reden«, sagte sie erwachsen. »Wir können nicht einfach so unbekümmert weitermachen.«

Unbekümmert weitermachen. So sah er das eigentlich nicht. Er trank von seinem Bier und sah auf die Uhr. Sie hatten jetzt zehn Minuten hier gesessen, hier, am ersten Arbeitstag des neuen Jahres. Und schon wollte sie reden. Eigentlich hatte er gehofft, mit einem stillen, ruhigen Tag in Gesellschaft des alten Austins und – zur Not – mit einem Besuch Victors in der Garage davonzukommen. Doch nachdem sie einen Tag gebraucht hatte, um sich zu beruhigen, war sie offenbar der Ansicht, dass sie noch immer eine Beziehung hatten, die gepflegt werden musste, und sie hatte angerufen und ein Treffen vorgeschlagen.

»Was ist los? Worüber sollen wir reden?«

Er zwang sich zu fragen, sehr wohl wissend, dass er auf den Knopf drückte, von dem sie wollte, dass er darauf drückte.

Sie atmete tief durch, als nähme sie Anlauf.

»Kit. Wir müssen über Kit reden. Über euer Verhältnis zueinander.« Sie drückte leicht seine Finger und ein Fingernagel bohrte sich in seine Hand, dass es richtig wehtat. »Wir müssen darüber reden, dass du offenbar noch nicht mit ihr fertig bist.«

Fertig mit Kit. Was, zum Teufel, war das für ein Ausdruck? Als wäre sie ein Lied, das man zu Ende sang, oder ein Buch, das man einfach schließen konnte.

Mette starrte ihn mit ihren tief blauen Augen an. Die Zunge spielte einen kurzen Moment und tat, als würde sie einen durchsichtigen Krumen entfernen. Die Wirkung blieb nicht aus, und er spürte Wärme und Begehren bis in die Zehenspitzen. Parallel zu der Irritation, natürlich, was es nicht leichter machte.

»Was meinst du mit *fertig*?«, fragte er dann.

Etwas wie Trotz blitzte in ihrem Blick auf. »Ich habe nicht vor, die zweite Geige zu spielen. Das kannst du sicher verstehen.«

Er seufzte. Trank sein Bier aus, weil er nicht wusste, was er sonst tun sollte. Das war wohl das, wonach die Situation verlangte. Und nach ein paar gut formulierten Sätzen über verantwortungsvolles Handeln, wenn jemand seine Hilfe brauchte. Selbst Exfreundinnen.

Doch die richtigen Worte wichen ihm aus, und er schien dazu verurteilt, über leichtem Feuer geröstet zu werden.

»Du verstehst das nicht«, begann er und wusste sofort, dass das die falsche Einleitung war. Eigentlich genau so blödsinnig, wie wenn der untreue Ehemann im Film den Mund mit den Worten öffnet: »Ich kann dir erklären … Es ist nicht, wie du glaubst …« So etwas endete immer mit ein paar scharfen Erwiderungen der verschmähten Ehefrau, die fast den Charakter einer psychischen Kastration hatten.

Er sah sich verzweifelt nach einem Kellner um, der ihm noch ein Bier bringen konnte. Aber es gab keine Bedienung am Tisch.

»Und was genau verstehe ich nicht«, sagte Mette mit ihrer Kleinmädchenstimme. »Du solltest es mir besser erklären.«

Er durchforstete seinen Wortschatz, war jedoch nicht ganz zufrieden, als er endlich fündig wurde.

»Kit braucht Hilfe. Sie befindet sich in einer für sie nicht leichten Situation.«

Mette lehnte sich über den Tisch. Wie hatte er nur glauben können, sie wäre direkt und unkompliziert. Plötzlich hatte sie etwas Politikerhaftes an sich, empfand er. Sie glich jemandem, der an einem wichtigen Verhandlungstisch sitzt und ein Kaninchen im Ärmel versteckt hat. Oder im Ausschnitt.

»Arme Kit. Sie ist überhaupt nicht darauf aus, dich zurückzubekommen. Nein, sie ist einfach nur klein und hilflos und rechnet überhaupt nicht damit, dass du angerannt kommst. Sie hat nicht die geringste Kontrolle über dich.«

Henrik hatte den Eindruck, dass der letzte Satz mit einer Stimme gesprochen worden war, die vor Zuckersüße nur so knisterte.

Er kratzte sich am Kopf und rutschte unruhig hin und her. Er brauchte das Bier jetzt. Er stand halb auf. »Möchtest du etwas haben?«, erinnerte er sich glücklicherweise zu fragen.

»Ein Mineralwasser mit Zitrone, danke.«

Er entkam an die Bar, wusste jedoch, dass es sich nur um eine kurze Verschnaufpause handelte, während er darauf wartete, dass der Kellner ihn bemerkte. Er benutzte die Zeit zu dem Versuch, seine Gedanken zu ordnen. Sie hatte Unrecht, meinte er. Kit und er waren miteinander fertig, was die Beziehung anging. Aber es bestand noch immer ein Band. Die Vergangenheit. All das, was sie gemeinsam gehabt hatten. Und natürlich waren da auch ein paar Gefühle. Ein paar andere Gefühle. Soweit er das überblicken konnte.

Aber es war schwer. Und Mette machte es nicht leichter. Alles wäre erheblich einfacher gewesen, hätte sie ihn nicht die ganze Zeit mit dem Problem konfrontiert und versucht, ihn zu manipulieren, das zu tun, was sie für richtig hielt. Und in Mettes Universum war eine Exfreundin weg vom Fenster und nicht jemand, dem gegenüber man Verpflichtungen hatte.

»Was möchten Sie?«

Er bestellte bei dem Kellner, während er sich eingestand, dass er selbst auch nie geglaubt hatte, dass Exfreundinnen so einen Platz in seinem Leben einnehmen konnten. Aber hier handelte es sich nicht um irgendeine. Sondern um Kit. Und sie schwebte tatsächlich in großer Gefahr. Irgendjemand hatte sie buchstäblich gesprochen abfackeln wollen – mit oder ohne Vorsatz. Ihr Vater war schwer krank, lag vielleicht im Sterben. Sollte man so etwas einfach ignorieren und die Familie sich selbst überlassen? Hätte er ihr sagen sollen, dass sie auf die Feuerwehr warten musste?

Der Kellner stellte das Glas mit Bier vor ihn hin, und er bedauerte, kein Großes bestellt zu haben. Er bezahlte und trug die Getränke zum Tisch hinüber.

Mette hatte Lippenstift aufgelegt und ihre Lippen glänzten in einem verführerischen Pink. Das blonde Haar umspielte ihren Hals und fiel wie zufällig auf den Ausschnitt des limonengrünen T-Shirts zu. Es sah tatsächlich so aus, als hätte sich eine Locke bis ganz dort hinunter verirrt. Aus dem Augenwinkel sah er, wie die anderen Männer sie bewundernd ansahen. Er richtete sich auf. Er musste sehen, dass er das in Ordnung brachte. Er hatte ja wirklich nichts getan. Das musste sie verstehen.

Genau in dem Moment fiel ihm der Kuss am Neujahrsmorgen ein, und eine Viertelsekunde spürte er das Rauschgefühl, das seinen Magen bis zur Brust hatte steigen lassen. Aber er schob das Gefühl schnell beiseite. Herrgott noch mal. Das war doch unschuldig. Ein Neujahrsmorgenkuss mit einer Exfreundin, die auf dem Sofa geschlafen hatte und nach dem Brand noch immer unter Schock stand. Nichts anderes. Die reine Keuschheit.

Mette nahm das Mineralwasser mit dem Ausdruck leichter Langeweile entgegen. Sie ließ den Blick durch das Café wandern, und er bildete sich ein, dass sie einem Mann an der Bar zulächelte. Dann richtete sie den Blick auf ihn, und er wunderte sich noch einmal über die weibliche Feinmotorik, denn jetzt war die Süße verschwunden. Sie sah ihn ziemlich verächtlich an.

»Du wirst dich entscheiden müssen, Henrik. Du musst dir klar werden, wen du haben willst. Willst du zurück zu Kit und all ihren Problemen oder willst du mich?«

Sie goss sich sprudelndes Wasser ins Glas und nippte daran. »Ich habe es Silvester in deinem Blick gesehen«, fuhr sie fort. »Du kannst das nicht wegdiskutieren, auch wenn du das glaubst. Sowie sie anrief, warst du bereit den Helden zu spielen. Du bist für sie sogar in angetrunkenem Zustand gefahren.«

Sie lehnte sich zurück und schickte ein weiteres Lächeln in Richtung Bar, bevor sie den Blick auf ihn richtete. »Für mich warst du dazu nicht bereit. Denn ich genieße nicht so hohe Priorität wie Kit. Ich brauche dich nicht so wie Kit.«

Apuh. Das klang verdammt noch mal, als käme es direkt aus einer Frauenzeitschrift. Aber so war das mit Frauen. Immer hatten sie zig Formulierungen parat, doch er verdächtigte sie, das meiste aus Zeitschriftenartikeln geklaut zu haben. Immer warfen sie mit Begriffen wie Selbstwert und Sublimieren und Realisieren und Gleichwertigkeit um sich. Aber das Schlimmste war, dass sie immer einen Treffer landeten. Wie jetzt. Denn an dem, was sie gesagt hatte, war etwas dran, das musste er zugeben. Wenn nicht vor ihr, dann doch vor sich selbst. Kit gehörte zu den Menschen, die man immer im Bewusstsein hatte. Das war nicht Mettes Schuld. Vielleicht hinterließ sie selbst schlichtweg keinen so starken Eindruck, was er ihr ja schlecht sagen konnte.

»Du liebst mich nicht«, stellte sie plötzlich fest. Er wollte protestieren und sagen, dass er ihre Sanftheit und ihre Zärtlichkeit liebte, wenn sie sanft und zärtlich war; und dass er es liebte, wenn sie sich liebten. Aber das waren nicht die Worte, die sie gerne hören wollte.

Er seufzte wieder. Dachte kurz, dass sie ohnehin zu jung war. Oder dass es an ihm lag und sie vielleicht Recht hatte. Vielleicht war er nicht bereit, und es reichte ihm, alte Autos zu reparieren.

»Mette, zum Teufel. Mit uns hat es doch gerade erst angefangen. Wie lange kennen wir uns? Sechs Wochen?«

»Sieben«, berichtigte sie ihn.

»Dann eben sieben. Aber so etwas braucht Zeit. Man muss sich doch erst kennen lernen.«

»Man muss Forderungen stellen«, sagte sie.

Jetzt war es an ihm, mit spöttischer Stimme zu antworten. »Forderungen stellen. Gott bewahre. Was ist das für ein Ausdruck? Wo hast du den denn her? Ich habe doch nichts getan, verdammt noch mal.«

Wieder hatte er etwas Falsches gesagt, aber allmählich war es ihm gleichgültig. Er konnte sehen, dass sie ihm mit scharfer Stimme antworten wollte, aber dann wandte sich ihr Blick von ihm ab und wanderte wieder zur Bar.

»Ist das nicht Carsten? Meine Güte, sieht der komisch aus.«

Henrik drehte sich auf dem Stuhl um. Natürlich war das Carsten, der da an der Bar stand und ungeduldig auf und ab trippelte. Er war bleich, und seine Finger trommelten rastlos auf die Theke, während er erfolglos versuchte, die Aufmerksamkeit des Barkeepers zu erhaschen.

»Hei, Carsten.« Henrik stieß den Stuhl zurück und ging zu ihm. In dem Moment drehte der Barkeeper sich um, und Henrik hörte, wie Carsten zwei Päckchen Marlboro Light verlangte. »Zum Teufel noch mal, hast du im neuen Jahr zu rauchen angefangen?«

Carsten fuhr zusammen, als hätte er seinen eigenen Geist gesehen. »Hei, du. Nee, die sind nur ... die sind nicht für mich.«

Der Barkeeper reichte ihm die Zigaretten, und er bezahlte schnell.

»Ja, entschuldige, ich habe es etwas eilig. Ich muss los. Wir sehen uns«, nickte er und sagte über die Schulter auf dem Weg zur Tür: »Danke für neulich, übrigens.«

Henrik schüttelte den Kopf und setzte sich verwundert wieder an den Tisch.

»Er hat eine Freundin«, informierte ihn Mette, die offenbar alles sah. »Sie sieht aus wie eine aus Korea oder so.«

»Woher weißt du das?«

Mette nickte zur Straße hin. Auf der anderen Seite der Straße parkte Carstens roter Mazda, und auf dem Beifahrersitz saß ganz richtig eine Frau.

»Das ist ja der Hammer«, entfuhr es ihm.

»Glaubst du, dass sie seine heimliche Geliebte ist?«, fragte Mette.

»Was weiß ich?«

In dem Moment drehte die Frau im Auto den Kopf und schien ihn direkt anzusehen. Sie war keine Koreanerin, wie Mette glaubte. Sie war Chinesin oder jedenfalls teilweise Chinesin. Wie so viele Europäer hatte er einmal gemeint, dass alle Asiaten irgendwie gleich aussähen. Aber auf seinen Reisen nach Hongkong hatte er etwas anderes gelernt.

In dem Augenblick, in dem der Blick der Frau seinem begegnete, wusste er, dass er sie schon einmal gesehen hatte. Mit Sicherheit nicht aus Fleisch und Blut. Aber aus Ton.

»Wir müssen eine Abmachung treffen«, sagte Mette, die jetzt zu der Unterhaltung von vorher zurückgekehrt war. »Wenn wir weiter zusammenbleiben wollen, musst du Kit vergessen. Du darfst sie nicht mehr sehen, sonst geht es einfach nicht.«

Er hörte ihre Stimme, als käme sie von weither. Kit vergessen, sagte sie. Und jetzt wollte sie, dass er ihr das versprach. Hoch und heilig und all das.

Er nickte abwesend, und auf wunderbare Weise schien sie das Nicken als Billigung ihrer Absprache aufzufassen. Er konnte ihr ja nicht erklären, dass das, was er gerade gesehen hatte, jede Absicht zu vergessen mit Sicherheit zunichte machte.

41

»Vielleicht sollten wir ihm von dem Brand erzählen. Wir können doch nicht einfach so tun, als wäre nichts passiert.«

Ina sah, dass der Blick ihrer ältesten Tochter forschend durch das Zimmer schoss.

»Ich meine, wir sollten warten«, sagte sie mit leiser Stimme. »Er hat Fieber. Das schlaucht doch.«

»Du weißt, dass er alles versteht, nicht, Mutter? Er weiß genau, was vor sich geht. Auch in der Familie.«

Ina streckte eine Hand aus und strich das Laken glatt. Im Moment schlief er. Das Fieber ließ kleine Schweißperlen von seiner Stirn in die Haare laufen, die sich vor Feuchtigkeit kringelten.

Karen-Lis' Stimme hatte etwas Scharfes, obwohl auch sie leise redete. Es war die Journalistenstimme, die sprach und sich festbohrte. Ina griff nach den Stricknadeln und der halbfertigen Jacke in der Tasche neben dem Stuhl.

»Du weißt, dass es ihn langsam einholt, nicht? Ich weiß nicht genau, wie alles zusammenhängt. Wer es ist. Aber es ist die Vergangenheit, Mutter. Sie rückt näher und näher …«

»Ssst. Er wacht auf.«

Karen-Lis seufzte. »Der Brand. Das kann kein Zufall sein. Alles ist zerstört worden. Nichts ist mehr da.«

Ina schüttelte beharrlich den Kopf. »Wer sagt, dass der Brand etwas damit zu tun hat. Du solltest dir nicht solche Sorgen machen.«

Sie versuchte, ihrer Stimme einen optimistischen Klang zu geben. Versuchte zu bagatellisieren, das wusste sie genau. Natürlich war der Brand ein Schock. Kaliki gab es im Grunde genommen nicht mehr. Nicht im Moment. Sein Lebenswerk. Sie spürte, wie das Weinen sich seinen Weg bahnte. Sollte er jetzt sterben, sollte es im Frieden geschehen. Nicht voller Unruhe und mit dem Wissen, was passiert war. Wem stand es an, einen Menschen zu verurteilen. Der letzte Tag konnte schon bald kommen, und die, die ihn liebten, sollten nicht die sein, die über ihn zu Gericht saßen.

Sie begann zu stricken und merkte, wie es sie beruhigte. Die letzten vierundzwanzig Stunden waren ein Albtraum gewesen. Das Fieber wollte nicht ganz zurückgehen. Das Penizillin nahm der Krankheit, die noch hinzugekommen war, weil er so schwach war, nicht den Stachel. Anfangs hatte sie es nicht zur Kenntnis nehmen wollen. Aber die Vernunft hatte trotzdem begonnen, sie darauf vorzubereiten, dass sie ihn vielleicht verlieren würde. Dass er vielleicht sterben würde. Aber sie würde ihr Möglichstes tun, dass es auf die beste und richtigste Weise geschah.

»Es ist auch wegen Kit«, beharrte Karen-Lis. »Ich weiß sehr wohl, dass ihr sie beschützen wollt. Ihr habt sie immer beschützen wollen.«

Jetzt war es an Ina zu seufzen. »Kit ist für Belastungen, welcher Art auch immer, nicht gemacht.«

»Du meinst, sie ist für die Wahrheit nicht gemacht«, berichtigte Karen-Lis. »Weil ihr Angst habt, von ihr verurteilt zu werden.«

Die letzten Worte hingen kurz in der Luft und klangen nach.

Karen-Lis fuhr mit ein wenig sanfterer Stimme fort: »Siehst du nicht, was dabei herausgekommen ist? Siehst du nicht, dass sie darum kämpft, in all den Unwahrheiten einen Weg zu finden? Dass sie sich von uns allen entfernt?«

Sie hatte es gesehen, und sie war machtlos gewesen. Denn jetzt war so viel Zeit vergangen, und Kit würde es nie verstehen. Karen-Lis war die Pragmatische, die, die akzeptieren und vergeben konnte. Kit nicht. Karen-Lis hatte Recht. Kit würde sie verurteilen, und damit konnte keiner von ihnen leben. Herrgott noch mal. Alle Menschen begingen im Laufe eines langen Lebens Fehler. Alles andere war Utopie. Alle Menschen sorgten auch für Trauer und Katastrophen in ihrem Umfeld, genau wie sie Glück und Freude verbreiteten. Durch ihr Handeln oder durch ihr Nicht-Handeln.

Sie sah ihren Mann an und nahm seine Hand, die vom Fieber brannte.

Viel konnte man über ihn sagen. Vielleicht hatte er sie alle, in dem Versuch, sein eigenes Leben und das anderer zu steuern, zu eng an sich gebunden. Darüber konnte man diskutieren. Aber er hatte denen, die er liebte, nie absichtlich wehgetan. Er hatte geliebt. Und er hatte gehandelt und nicht dagesessen und über die Ungerechtigkeit der Welt gejammert und allen möglichen anderen Menschen die Schuld an seinem Schicksal gegeben.

Sie griff nach dem Lappen, der neben dem Bett hing. Ging zum Waschbecken und machte ihn nass und kam zurück und drückte ihn gegen sein Handgelenk.

Sie könnte sich dazu entschließen, ihm Vorwürfe zu machen. Aber sie hatte bereits früh eingesehen, dass das ein falscher Weg wäre. Man konnte anderen Menschen keine Entscheidungen vorwerfen, die man selbst getroffen hatte. Sie hatte sich dafür entschieden, bei ihm zu bleiben und ihn zu lieben. Und sie hatte es nie bereut, auch wenn es hin und wieder schwer gewesen war. Sie hatte ihn immer den Starken sein lassen und den, der das Sagen hatte. Sie selbst hatte sich darauf konzentriert, eine Familie zu schaffen; einen Rahmen für sich, aber vor allem für ihn.

Weiß Gott, sie hätte ihn heute wieder geheiratet, wenn sie vor die Entscheidung gestellt würde.

Er öffnete leicht die Augen. Sie spürte, dass er sie suchte, und machte Karen-Lis ein Zeichen zu kommen.

»Hallo, Vater«, erklang Karen-Lis' verweinte Stimme. Ina hörte die versteckte Liebeserklärung darin, als sie sagte: »Jetzt musst du aber wieder gesund werden, damit wir uns richtig unterhalten können.«

Karen-Lis nahm die Hand ihres Vaters und hielt sie in ihrer fest. Ina ließ sie gewähren. Setzte sich auf ihren Stuhl und nahm ihr Strickzeug. Vielleicht, wenn sie nur einen ganz kleinen Teil ihres gemeinsamen Lebens hätte noch einmal leben können, hätte sie das anders gemacht. Sie hätte die Kluft zwischen einem Vater und seiner ältesten Tochter verringert. Hätte ihn gebeten, nicht das Unmögliche von ihr zu verlangen. Er hätte wissen müssen, dass es sie nur von ihm entfernen und er am Ende einsam zurückbleiben würde. Das hätte er vermeiden können. Mit riesigen Entbehrungen für ihrer aller Leben. Aber vielleicht wäre es das wert gewesen.

Sie lächelte vor sich hin. Als er sich erst an den Gedanken an ein Kind gewöhnt hatte, war er überzeugt gewesen, dass sie einen Jungen bekommen würden. Das erzählte er Gott und der Welt und bei der Rugbymannschaft hatte er sich darüber ausgelassen, dass dieser Sohn die Welt erobern würde. Dieser Sohn sollte alles können und noch mehr; sollte alle früheren Sportler an Stärke und Ausdauer übertreffen; sollte mit einer Intelligenz zur Welt kommen, die die größten Schachgehirne schachmatt setzen konnte.

Die, die dabei waren, berichteten von seiner Enttäuschung, als er auf der Entbindungsstation hörte, dass es eine Tochter war.

Doch als er Karen-Lis zum ersten Mal auf dem Arm hielt, war deutlich erkennbar, dass er dieses kleine lang gestreckte Mädchen von allen Geschöpfen auf der Welt für das größte Geschenk hielt, das jemand ihm hatte machen können. Denn sie sollte das weiterführen, was er begonnen hatte. Sie sollte eine Verlängerung seiner selbst und seiner Weise zu denken und zu handeln sein. Sie sollte alles verkraften können und noch mehr.

42

Sie lag da drinnen. Er hatte sie selbst hierher gefahren. Völlig ruhig und Herr der Situation hatte er sie bei den Krankenschwestern abgeliefert.

Aber jetzt war die Ruhe verschwunden, und Rastlosigkeit hatte sich seiner bemächtigt. Erik lief auf der Veranda auf und ab und trank mehrere Kannen von dem verdammten Saftwasser, das sie auf den Tisch gestellt hatten. Wanderte ziellos hin und her und starrte hinaus. Wasser, Wasser und noch mal Wasser, so weit das Auge reichte. Das private Matilda-Krankenhaus lag mit Aussicht über das südchinesische Meer und die kleineren Inseln auf The Peak. Als wäre es entworfen worden, um blank liegende Nerven zu beruhigen und nervöse Väter und gebärende Frauen auf die Wunder des Lebens vorzubereiten.

Während er auf das eine Wunder wartete, dachte er an ein anderes. Ein etwas greifbareres Wunder vielleicht. Es war jetzt lange her, ganze drei Monate. Und viel war seitdem passiert, unter anderem die Hochzeit mit Ina, bei der er ihr benommen von Morphium und mit einer bei einem Rugbyspiel vor zwei Tagen gebrochenen Schulter sein Jawort gegeben hatte. Danach war er umnebelt auf dem Hochzeitsempfang mit zweihundert Menschen im Hongkong-Klub erschienen und hatte eine Rede gehalten, die alle ausgezeichnet fanden und von der er sich an kein einziges Wort mehr erinnerte.

Aber es war nicht die Hochzeit, mit der sich seine Gedanken beschäftigten. Er dachte an das bevorstehende Wunder und das bereits Geschehene.

Er dachte an Kanton.

Eines Morgens war er auf der Pritsche neben dem Goldenen Drachen erwacht und hatte nach langer Zeit zum ersten Mal seinen Körper gespürt. Er hatte zugenommen. Die Knochen stachen nicht länger wie spitze Ahlen hervor. Er führte eine Hand zum Gesicht und konnte sein Kinn umfassen und daran ziehen. Wärme durchlief ihn und die Sehnsucht nach einem Frauenkörper erwachte. Nach Dewis weichem Seidendreieck, nach ihrem duftenden Nacken und den Augen wie Kohle, wenn sie vor Lust glühten. Nach Inas weißer Taille und ihren Hüften, die man umfassen und an denen man sich festklammern konnte, bis man explodierte. In seinem Gehirn verschmolzen sie zu einer, seine helle Auserwählte und die Geliebte der Finsternis. Und er wusste, dass er gesund war.

Zwei Tage später setzten sie ihn in den Zug nach Hongkong. Zimmermann stand an der Haltestelle am Peninsula Hotel und wartete auf ihn – eine einsame krumme Gestalt in einem maßgeschneiderten Anzug, die trotz der Wärme einen Hut trug. Erik sah ihn durch das Abteilfenster. Bevor der Zug hielt, hatte er Zeit gehabt, über den Brief nachzudenken. Über seine Zweifel, ob Zimmermann ihn aus egoistischen Gründen oder um seinetwillen nach Kanton geschickt hatte. Vielleicht würde er das nie erfahren. Vielleicht war es eine wohl überlegte Mischung. Eigeninteresse gepaart mit Güte und Sorge um einen Mitmenschen, der sich langsam zu Grunde richtete. Über die Beweggründe der anderen konnte man sich nie sicher sein. Er schob die Frage beiseite. Dachte, dass er glücklich sein sollte, dass er sich gerettet hatte. Dass Zimmermann ihn gerettet hatte.

Der Zug hielt, und er stieg aus. Wusste nicht genau, was er erwartet hatte, als er auf die Gestalt zuging, die da stand und auf ihn wartete. Doch dann spürte er plötzlich, wie er die Kontrolle verlor und den Klumpen im Hals, der sich in Wasser auflöste. Es war so lange her, dass er geweint hatte, dass er sich kaum erinnerte, wie das ging und wie man sich verhielt. Er ließ den Koffer zu Boden fallen und nahm die Umarmung an, die ihm angeboten wurde. Starke Arme umfassten ihn und hielten ihn fest, sodass er kaum Luft bekam.

»Gut, dich zu sehen, mein Junge«, sagte Zimmermann. »Wenn du wüsstest, wie viele Aufgaben auf dich warten.«

Er lauschte, hörte aber nichts. Nicht ein einziger kleiner Seufzer oder ein winziger Schrei entwichen den dicken Mauern dessen, was einmal ein Kloster gewesen war. Doch nach, wie er meinte, Stunden kam Schwester Maria heraus und lächelte ihn sanft an.

»Herzlichen Glückwunsch. Sie haben eine kleine Tochter bekommen. Mutter und Kind sind wohlauf.«

Er spürte, wie sein Gesicht zusammenfiel. Eine Tochter.

So viele Illusionen wurden plötzlich zerschlagen. Er hatte doch Pläne für den Sohn gehabt, der die Nachfolge des Vaters antreten sollte. In seinem Bewusstsein war kein Platz für ein Mädchen.

Die Krankenschwester nahm seine Hand und lächelte wieder, als wüsste sie etwas, von dem er nicht die geringste Ahnung hatte. »Kommen Sie. Sie ist sehr schön.«

Was wusste er über Neugeborene? Kleine runzlige Wesen ohne Persönlichkeit, stellte er sich vor. Neugeborene gehörten in das Ressort der Mutter. Später, wenn das Kind gehen und sprechen konnte, kam der Vater an die Reihe. Aber was fing man mit einem Mädchen an? Mädchen spielten nicht Rugby. Er hatte sich gleich bei seiner Ankunft in Hongkong im Rugbyklub angemeldet und war seitdem von dem Spiel besessen. Er war ein schneller und rücksichtsloser Spieler, aber das half ihm jetzt nicht das Geringste. Was konnte er, das er einem Mädchen beibringen konnte?

Er folgte Schwester Maria. Sie gingen durch lange kühle Gänge, bis er sich nicht mehr orientieren konnte.

Schwester Maria klopfte leicht an eine Tür und öffnete sie. Dahinter standen mehrere Betten mit Neugeborenen, und sie ging in ihrer knisternden, steifen Krankenschwesteruniform zu dem hinüber, das am Fenster stand. Vorsichtig nahm sie ein Bündel auf und platzierte es in seinem Arm. Und er sah verwundert auf die kleine Gestalt hinunter, die im Miniaturformat bereits alles hatte. Die helle Haut, das feine Haar, die kleinen vollendeten Finger mit den hellroten Nägeln. Der Mund bewegte sich leicht wie zu einem Gebet. Die Augen waren geschlossen wie bei einem neugeborenen Kätzchen, und die Arme fochten ein wenig in der Luft, als versuchte sie sich in dieser neuen Welt zu orientieren. Aber nicht alles war Verletzlichkeit. Eine kleine entschlossene Falte in der Stirn ließ sie aussehen, als sollte die Welt nur kommen. Es war die Falte, die ihm auffiel. Die Entschlossenheit. Er wertete sie als Zeichen von Stärke.

»Warum ist sie nicht bei ihrer Mutter? Sollte sie nicht bei ihr sein?«

Die Krankenschwester sah ihn überrascht an. »Das ist hier nicht üblich. Ihre Frau braucht Ruhe.«

Er kannte Ina besser als Schwester Maria. »Sie soll das Kind bei sich haben. Wo liegt sie?«

Die Kinderschwester sah aus, als wollte sie protestieren. Doch dann schien sie den Protest zu unterdrücken, bevor er sich irgendwie Luft gemacht hatte, und sie bedeutete ihm, er solle ihr folgen. Mit seiner Tochter auf dem Arm ging er wieder den Gang hinunter, bis sie zu Inas Zimmer kamen, in dem sie lag und müde lächelte.

»Ihr Mann meint, dass Sie das Kind gerne bei sich haben wollen«, sagte Schwester Maria kühl.

»Mein Mann meint in der Regel das Richtige«, sagte Ina und streckte die Arme nach dem Bündel aus. Doch plötzlich fiel es ihm schwer, das Kind abzugeben; er blieb kurz mit ihm im Arm stehen, während Ina lächelte.

»Wie soll sie heißen?«, fragte sie.

»Karen-Lis«, sagte er dann leise und benannte sie nach der Schwester, die er nie kennen gelernt, von der seine Mutter ihm jedoch so viel erzählt hatte. Sie war ein Jahr vor seiner Geburt gestorben, und einen schöneren Namen gab es für ihn nicht.

»Karen-Lis«, wiederholte er und hielt sie behutsam hoch und drückte einen Kuss auf die kleine Falte in der Stirn, bevor er sie Ina gab.

Das Kind schien deutlich zu lächeln, und er wusste, dass noch eine Frau, ein kostbarer Schatz, in seine Obhut gegeben worden war. Aber sie hier war trotzdem anders. Sie hatte sein Wesen, das spürte er. Die Lust zu kämpfen und zu erobern. Sie sollte werden wie er.

Die Arbeit lief wieder reibungslos. Als neuer Textilexperte der Firma verkaufte er Hemden und Blusen, Hosen und Kleider und Röcke in die USA, sodass das Geld hereinströmte. In die Firma. Nicht in seine Tasche. Natürlich fiel hin und wieder ein Bonus für ihn ab, aber alles in allem stand er in keinem Verhältnis zu den Anstrengungen und der Arbeit, die er in den Job hineinsteckte. Jedenfalls nicht, wenn er gleichzeitig nicht nur Frau und Kind versorgen musste, sondern auch Dewi in der allmählich ziemlich teuren Wohnung in Kowloon und seine Mutter in dem Haus in Nyborg. Lange sträubte er sich, an Zimmermanns Tür zu klopfen und um eine Gehaltserhöhung zu bitten. Der Mann hatte ihm schließlich das Leben gerettet. Aber dann traf eines Tages die Katastrophe ein, und ihm wurde klar, dass er einen Entschluss fassen musste.

Dewi war nicht sie selbst gewesen, seit er aus Kanton zurück war. Er schrieb es der Hochzeit und der Geburt von Karen-Lis zu und versuchte, sich so weit wie möglich in zwei zu teilen. Aber es half nicht. Sie machte einen so merkwürdig passiven Eindruck und ihr gewohnter Lebensmut schien verschwunden.

Ihre kurzen gemeinsamen Nächte – er fuhr immer anschließend nach Hause – erinnerten langsam an die eines alten Ehepaars, und er fragte sich, ob es an ihm lag. Hatte er sie verloren, weil er sie vernachlässigte? Sie selbst hatte ihm die Ehe verweigert und ihn die Unmöglichkeit dieses Wunsches einsehen gelehrt. Sie selbst hatte bestimmt, dass ihr Kind nicht geboren werden sollte. Machte sie ihm doch Vorwürfe? Saß tief in ihrer Seele ein Wurm und nagte und beneidete Ina um das, was sie selbst nicht hatte?

Die Wahrheit stellte sich als weitaus schlimmer heraus. So ganz anders, als er sie sich vorgestellt hatte.

Es passierte bei einem Abendessen in Jimmys Kitchen. Sie feierten ihren Geburtstag. Sie wurde dreiundzwanzig, und er wunderte sich wieder einmal über den erwachsenen Geist in diesem dünnen Mädchenkörper und über ihre Konversation, die jedem Börsenmakler Ehre gemacht hätte. Dewi jonglierte mit Zahlen und Namen der derzeitigen Akteure der finanziellen Szene, so wie die Direktoren der Textilfabrikanten über die Beschaffenheit von Stoffen und Designer von ihren Schnitten sprachen.

»Du solltest deine eigene Firma haben«, sagte sie plötzlich und sah ihm in die Augen, während sie eine Olive aß. »Du kannst so nicht weitermachen. Das bringt nichts. All deine Ideen kommen anderen zu Gute und nicht dir.«

Ihm war der Gedanke nie gekommen. Ja, natürlich hatte er die Vorstellung, sich einmal selbstständig zu machen. Aber er war jung. Er hatte Massen von Zeit und noch viel zu lernen. »Es ist zu früh«, sagte er. »Außerdem schulde ich Zimmermann …

»Du schuldest Zimmermann, dass du deine Fähigkeiten nutzt«, behauptete sie. »Und du schuldest dir, dass du deinen Traum verwirklichst.«

Er rutschte unruhig hin und her. Griff nach dem Wein und dachte kurz an Macao. Er hatte Zeit verloren, das stimmte. Aber er war jung. »Ich habe massenhaft Zeit«, sagte er und fasste einen Entschluss. »Zuerst muss ich Zimmermann die Pistole auf die Brust setzen.«

Ihr Gesicht nahm einen besorgten Ausdruck an. Sie griff über den Tisch nach seiner Hand. »Man glaubt immer, Zeit zu haben. Alles erreichen zu können.« Sie hielt inne. Biss sich auf die Lippe; fest, konnte er sehen. Er betrachtete sie. Mit aufgesteckten Haaren saß sie in einem roten Seiden-Cheongsam vor ihm, der sich um ihren Körper schmiegte. Aber sie konnte die Mattheit des Haars und die bleiche Farbe der Haut nicht verbergen. Die Müdigkeit der Augen war selbst unter dem dick aufgetragenen Augenmake-up zu sehen.

Er spulte die Zeit zurück und dachte an die ersten Male. An ihr Lachen, das immer noch viele Tage später in seinen Ohren klang; an ihre Beharrlichkeit, die ihn amüsierte und an ihre

Sinnlichkeit, ihre Liebe zur Liebe, die ihn mitten in jeder Beschäftigung erregen konnte.

»Was fehlt dir?«, fragte er vorsichtig.

Der Blick wurde geschäftsmäßig wie immer, wenn es um sie ging. Sie lächelte mechanisch. »Ich habe Leukämie.«

Ein paar Tage später aß er mit Abel Zimmermann in dem Terrassen-Restaurant des Repulse Bay Hotels zu Abend.

Nach dem Hauptgericht stieß Zimmermann den Stuhl vom Tisch weg und beugte sich beschwerlich über seine Mappe, die an das Tischbein gelehnt stand. Erik sah von seinem Platz ihm gegenüber aus zu. Der Ober hatte sich gerade diskret zurückgezogen, doch nicht bevor er von dem Zigarrentablett angeboten, die Zigarren angeschnitten und angezündet und Cognac eingeschenkt hatte.

Zimmermann zog vorsichtig sein Minitaturschachspiel aus der Mappe, nahm die Zigarre aus dem Mund und legte sie auf den Aschenbecher. Es war kein großes Brett. Die Figuren lagen in einer dazugehörigen kleinen, mit Perlmutt belegten Holzkiste. Es war dasselbe Schachspiel, das immer in Abel Zimmermanns Büro stand.

Zimmermann strich mit einer Hand über das Brett mit den dunklen und hellen Feldern aus Ebenholz und Elfenbein. Wie eine Liebkosung, dachte er.

»Habe ich dir jemals die Geschichte dieses Spiels erzählt?«, fragte Zimmermann.

Erik schüttelte den Kopf.

Zimmermann schien den Blick nach innen zu wenden. »Ich habe es als Zwölfjähriger von meinem Vater bekommen«, begann er. »In unserer Stadt, in Harbin, wohnte ein Kunsthandwerker, der mit Ebenholz und Elfenbein wahre Wunder vollbringen konnte. Ihm war aufgetragen worden, es anzufertigen.«

Er nickte zu dem Brett hinunter. »Das Spiel hat mir das Leben gerettet.«

Zimmermann lächelte sanft, als dächte er an einen lange Verstorbenen oder einen geliebten Verwandten. Nahm vorsichtig eine der Figuren, die schwarze Königin aus Ebenholz, und drehte und wendete sie zwischen den Fingern.

»Eine ausgesuchte Arbeit«, murmelte er wie zu sich selbst. »Von höchster Qualität. Regelmäßig in den Linien. Harmonisch.«

Er reichte die Figur Erik, der sie entgegennahm. Für ihn war sie nur eine Figur in dem Spiel, um das er gebeten hatte. Er fühlte sich gerüstet. In Singapur hatte er den jungen Großmeister Chau Aun Lee aufgesucht.

Er war eines Tages in den Schachklub gekommen, als Chau mit einem Tuch vor den Augen blind gegen zwölf der Klubmitglieder spielte. Er schlug sie alle zusammen innerhalb einer halben Stunde und ging anschließend zur Bar hinüber, um sich das übliche Tiger-Bier geben zu lassen. Erik war ihm gefolgt, hatte das Bier bezahlt und gesagt: »Ich wohne in Hongkong. Kennen Sie einen Schachspieler namens Abel Zimmermann?« Der Chinese sagte: »Natürlich; alle guten Schachspieler der Welt kennen Abel Zimmermann. Er ist Großmeister und war vor dem Krieg lange Jahre chinesischer Meister. Ich habe mehrere Male gegen ihn gespielt.«

»Haben Sie gewonnen?«, fragte Erik.

»Ungefähr fifty-fifty«, sagte Chau lächelnd. »Womit kann ich Ihnen dienen?«

Erik erklärte ihm die Situation. »Ich weiß, dass ich nicht gewinnen kann. Aber für jeden Zug, den ich nach den ersten fünfzehn schaffe, gewinne ich einen Bonus. Und den brauche ich«, fügte er hinzu.

Chau sah ihn forschend an, bevor er antwortete. »Fangen wir an.«

Und er bekam seine erste Stunde.

Erik rollte die Figur zwischen den Fingern hin und her. Blickte verstohlen und unsicher zu Zimmermann hinüber. War das ein Ablenkungsmanöver? Sein Gegenspieler wusste alles über psychologische Spielführung. Vielleicht wollte er seine Aufmerksamkeit ablenken.

»Sie haben es mir im Gefängnis gelassen«, erzählte Zimmermann. »Als Einziges. Alles andere haben sie mir weggenommen. Alles. Meine Kleidung. Selbst meine Schuhe.«

»Wer sind *sie*?«, fragte Erik.

Zimmermann richtete den Blick auf ihn. »Du hast die Geschichte zweifellos im Büro gehört, aber ich erzähle sie dir gerne noch einmal. Vielleicht ist es an der Zeit, dass du die richtige Version kennen lernst.«

Er setzte sich in dem Stuhl bequemer zurecht, griff nach der Zigarre und zog daran. Erik trank von seinem Cognac und ließ den Geschmack auf der Zunge zergehen, während er kurz an Dewi dachte. Er musste einen klaren, kühlen Kopf bewahren. Ihretwegen. Um sich einen Bonus zu verdienen, um über Mittel für ihre Behandlung im Krankenhaus zu verfügen. Er durfte sich nicht ablenken lassen.

»1946 haben wir natürlich unter der chinesischen Revolution gelitten. Als Jude hat man immer zu leiden, wenn die Gesellschaft sich im Wandel befindet. Genau wie die Weißrussen waren auch wir Feinde des Kommunismus. Wir waren die ultimativen Kapitalisten. Die Firma hatte auch damals eine Filiale in Shanghai. Ich war Abteilungsleiter, und die Chinesen waren überzeugt, dass Geld zur Seite geschafft worden war. Viel Geld, das wir an einem sicheren Ort versteckt hatten.«

»War das so?«, warf Erik ein, der trotz allem neugierig war.

Zimmermann schüttelte den Kopf. »Sowohl als auch. Das Geld war weg. Durch eine Illusion von einer Transaktion. Ich hatte ein Abkommen mit den Franziskanermönchen getroffen, weil ich den Abt der Provinz kannte.«

Er zwinkerte Erik zu. »De facto teilten wir uns eine Geliebte, aber das ist eine andere Geschichte. Die Mönche brauchten Geld in China, und in den USA verfügten sie über reichliche Mittel. Ich verhalf ihnen in China zu Bargeld, und sie zahlten an die Firma in New York.«

Zimmermann machte eine ausladende Handbewegung. »Eine Art alternativer Geldüberweisung, kann man sagen. Ich hatte nur einen kleinen Rest als Notration.«

Er streckte die Hand aus und hob das Schachbrett hoch. Drückte in folgender Reihenfolge auf vier Felder. »G2, A5, C4, F7«, murmelte er beschwörend.

Ein kleiner Teil des Bodens glitt zur Seite und legte einen Hohlraum frei.

»Siehst du«, erklärte Zimmermann. »Dieses Brett ist eigentlich aus massiven Teakholz. Wenn man es in der Hand hält, ist es schwer. Wie du siehst, sind die Figuren immer separat in einer Kiste gewesen. Niemand wusste etwas von dem Hohlraum. Sie haben alles auf den Kopf gestellt, aber nichts gefunden. Ganz unmenschlich waren sie schließlich nicht. Sie ließen mir das Spiel, damit ich etwas hatte, womit ich mich in meiner Einzelzelle beschäftigen konnte, und außerdem war der Gefängnisdirektor ein tüchtiger Schachspieler. Ich hatte vor der Revolution mehrere Male mit ihm gespielt und war freundlich genug gewesen, ihn einige Male gewinnen zu lassen.«

Erik konnte ein Lächeln nicht unterdrücken. Das war typisch Zimmermann, jemandem in Erwartung nachträglicher Vergütung einen Dienst zu erweisen.

»Vier Jahre habe ich gesessen. Sie haben mich nicht gefoltert, aber hart war es trotzdem. Sie haben gefragt und gefragt, Tag und Nacht die gleichen Fragen gestellt. In diesen Jahren habe ich mein größtes und wichtigstes Schachspiel gespielt.«

Er klopfte mit dem Fingerknöchel auf das Brett. »Das Spiel hier hat mir auf mehr als eine Weise geholfen. Teils hielt es mein Gehirn in Gang. Ich habe meine Erinnerung trainiert und meinen eigenen Erklärungen nie widersprochen. Teils hatte ich in dem Hohlraum einen kleinen Betrag in Seide eingepackter Goldmünzen zur Bestechung der Wachen versteckt, von denen ich wusste, dass sie empfänglich dafür waren.«

Wieder heftete er den Blick auf Erik. »Es ist unglaublich, wie viele extra Decken und Schalen mit Nudeln man einem überzeugten Kommunisten entlocken kann, wenn man ihm ein bisschen Gold vor die Nase hält.«

Langsam begann er die Figuren aufzustellen. Erik half, während er überlegte, was er sagen konnte. Aber die Worte schienen nicht an ihrem Platz zu sein. Stattdessen nahm er einen hellen und einen dunklen Bauern in jede Hand und streckte die Hände vor. Zimmermann sah ihn an. Einen kurzen Moment lag ein Schimmer von Zuwendung in seinen Augen, dann wurde er von Konzentration überschattet. Er wählte die linke Hand und Erik öffnete sie. Mit zwei Fingern nahm Zimmermann den schwarzen Bauern und setzte ihn auf seinen Platz auf dem Brett und drehte es einmal herum.

Erik begann. Erinnerte sich, was Chau ihn gelehrt hatte. Er ließ den Cognac stehen, zog jedoch gierig an der Zigarre. Fühlte Zimmermans Blick auf sich, als er seinen Zug machte. Zimmermann sprach kein Wort. Saß lediglich eine halbe Minute stumm da, als wäre er wieder ganz in sich selbst versunken. Dann streckte er die Hand aus und setzte den ersten Bauern. Ohne zu zögern setzte Erik noch einen Bauern. Plötzlich war die Luft wie mit Elektrizität aufgeladen. Zimmermanns Augen strahlten. Erik fühlte seinen Blick auf sich ruhen. Spielte ein Lächeln um seine Lippen?

Zimmermann streckte die Hand aus und machte seinen zweiten Zug, und das Spiel nahm seinen Lauf.

Erik erinnerte sich klar und deutlich an Chau's Rat: »Wenn er sofort angreift und seinen Bauern opfert, musst du seine Läufer schlagen. Dazu machst du folgenden Zug.« Er erinnerte sich an jede einzelne Instruktion und zögerte nicht. Keine langen Denkpausen. Nach zwölf Zügen führte er. Zimmermann sah ihn wieder an. Jetzt war Erik überzeugt, die Andeutung eines Lächelns zu sehen.

»Als du in Singapur warst, bist du bestimmt nicht jeden Abend in der Boogie Street auf Mädchenjagd gegangen«, sagte sein Chef. »Ich glaube, du hast womöglich einen jungen Mann namens Chau Aun Lee getroffen.«

Erik zuckte mit den Schultern. »Ich habe in Singapur ziemlich viel unternommen.«

Sie spielten weiter. Keiner sagte etwas. Nur das unterdrückte Seufzen des einen und ein unterdrückter Husten unterbrachen die Stille. Der Kellner bewegte sich an der Peripherie ihres Gesichtsfeldes, aber keiner von ihnen brauchte ihn. Ihre Blicke klebten an dem Schachbrett.

»Wie viele sind es?«, murmelte er.

Erik lächelte breit. »Sechs Züge über die Fünfzehn. Zehntausend Dollar pro Zug. Das macht 60 000 Dollar.«

Zimmermann schob das Schachspiel quer über den Tisch zu ihm hin und nickte. Erik sah verwundert darauf.

»Von jetzt an gehört es dir.«

Erik schüttelte verständnislos den Kopf. »Das kann ich nicht annehmen. Es bedeutet Ihnen so viel. Seine Geschichte. Ihr Vater.«

Zimmermann nahm den schwarzen König und drehte die Figur in der Hand. »Ich habe selbst nie Kinder gehabt. Ich möchte, dass du es annimmst und an deinen Sohn weitergibst, falls oder wenn du eines Tages einen bekommst. Wenn nicht, dann an deinen Schwiegersohn, falls er etwas taugt«, fügte er barsch hinzu.

Was sollte das? Sollte er wegen des hohen Bonus Schuldgefühle bekommen? War es ein Trick? Oder war es aufrichtig? Er versuchte die Wahrheit in Zimmermanns Blick zu lesen, und früher schon einmal gedachte Gedanken, um wessentwillen man ein Geschenk macht und jemandem das Leben neu schenkt, schwirrten durch seinen Kopf.

Es war, als würde sein Chef in ihm lesen. Als wollte er den Zweifel für immer in seinem Gehirn festfrieren, sodass er nie eine klare Antwort bekam. Aber eine Art Antwort war er doch bereit zu geben.

»Und außerdem bist du gefeuert«, sagte Zimmermann und stand auf.

43

Großmutters VW war nicht an die Großstadt gewöhnt, deshalb nahm Kit den Zug nach Kopenhagen.

Während sie in den Tunnel unter dem Großen Belt hinabtauchten, fragte sie sich, ob ihr die Reise überhaupt etwas bringen oder ob sie nur Zeit vergeuden würde. Es war schon etwas gewagt, bei dem alljährlichen Mittagessen der Dänen zu erscheinen, die in den sechziger Jahren und Anfang der Siebziger in Hongkong gelebt hatten.

Nach dem Tunnel kam die Zugbegleiterin mit ihrem Wagen, und sie kaufte sich ein Sandwich, zwei Snickers im Angebot und eine Tasse Kaffee. Es kostete ein Vermögen, was sie nicht gerade in bessere Stimmung versetzte.

Vergebens versuchte sie, eine Strategie zu entwickeln. Aber der Verlauf des Treffens war nicht vorhersehbar, sodass sie aufgab. Das mitgenommene Buch konnte nicht mit den Gedanken und mit der Angst und dem Geruch des Brandes konkurrieren, der auch nach drei Tagen noch immer an ihr haftete. Verflixt noch mal, dass man immer wieder eingeholt wurde, dachte sie und fragte sich einen Moment, ob Karen-Lis sich wohl so gefühlt hatte. Als würde sie von der Situation vollständig aufgesogen, aufgefressen. Von ihrem Vater, sagte irgendwo eine kleine Stimme und sofort kamen die Schuldgefühle, als hätte sie einen Bumerang geworfen, der zurückkam und sie im Nacken traf. Aber wie war das eigentlich mit Vätern und Töchtern? War doch etwas daran, dass zwischen ihnen ein ganz besonderes Band miteinander war?

Vielleicht war das so. Vielleicht hatte ihr Vater sich immer gewünscht, sie und Karen-Lis kontrollieren zu können; zweifellos, weil er der Ansicht war, dass es das Beste für sie war, wenn er sie führte und lenkte und ihnen sagte, wie sie das Leben angehen sollten; was er ja immer getan hatte.

Aber vielleicht fiel es ihnen selbst auch schwer, erwachsen zu werden. Denn wie sollte man das, wenn der eigene Vater wie ein Kraftwerk aus Energie und Tatkraft war? Wenn man nie das Gefühl hatte, seinen Anforderungen, seinem Einfallsreichtum und seinen Räubergeschichten und der Art, immer seinen Willen durchzusetzen, genügen zu können.

Der Zug begann zu ruckeln, und es klang, als würde der Motor gleich seinen Geist aufgeben. Der Kaffee lief über, und die Gedanken schienen in eine Zentrifuge zu geraten. Während sie den Kaffee mit der Serviette aufwischte, erinnerte sie sich plötzlich an Henriks Worte an dem Tag, an dem sie sich getrennt hatten. »Du bist so sehr Teil von ihm, dass du nicht sehen kannst, wo er aufhört und du anfängst.«

Vielleicht hatte er Recht. Vielleicht war das einer der Gründe, dass der Gedanke an eine Familie und Kinder sie erschreckte. Vielleicht war sie in Wirklichkeit selbst nur ein großes Kind.

Vom Hauptbahnhof in Kopenhagen nahm sie den Bus zum Kongens Nytorv und dachte dankbar, dass die alten Freunde und Kollegen sich glücklicherweise einen Ort ausgesucht hatten, der leicht zu finden war. Sie überquerte die Straße und steuerte das Hotel d'Angleterre an.

Mit ihr waren sie neun. Sie hatte nicht angerufen und gesagt, dass sie anstelle ihres Vaters kommen würde. Vielleicht aus Angst, dass das die Situation ändern und sie ihr in schönen Worten erklären würden, dass das kein Ort für Frauen sei. Bei Männern aus einer anderen Zeit konnte man sich nie sicher sein.

Sie stellte sich vor und gab allen die Hand. Sie sah Überraschung in den Gesichtern, hörte Bedauern über den Zustand ihres Vaters, erntete einen oder zwei forschende Blicke, wurde jedoch ansonsten in dem Kreis willkommen geheißen.

Sie saß neben Finn Sörensen, einem frühen Märsk-Mann und dem jetzigen Senior der Gruppe. Alles an ihm schien lang zu sein. Das Gesicht, der Körper, die Nase. Selbst die Hände, deren Schlankheit ihr auffiel, als er vor dem Mittagessen eine kleine Tischrede hielt und anschließend zum Prosten eine Hand nach dem Glas ausstreckte.

»Ihr Vater war ja sonst immer für eine Geschichte gut«, sagte er zu ihr, als er sich wieder hinsetzte. »Hoffentlich erholt er sich wieder, sodass er nächstes Jahr dabei sein kann.«

»Vielleicht«, sagte sie und hörte selbst den Zweifel. »Haben Sie meinen Vater gut gekannt?«

Er schüttelte bedauernd den Kopf. »Damit kann ich nicht prahlen. Nur oberflächlich von diversen Empfängen. Ihr Vater war eine bekannte Gestalt in den europäischen Kreisen der Stadt. Immer gingen irgendwelche Gerüchte herum, was Erik Bennett sich nun wieder hatte einfallen lassen.«

»Das glaube ich gerne.« Kit nippte am Weißwein.

»Nee«, sagte Finn Sörensen kauend und spülte mit Wein nach. »Es gibt andere hier am Tisch, die ihn besser gekannt haben. Obwohl bestimmt keiner von uns sehr viel mehr als ein Landsmann und ein Bekannter war. Unsere Firmen und unser Alltag waren ja auch grundverschieden.«

Kit probierte die Rotzunge, die mit Fenchel und leckeren Kräutern gefüllt war. Sie ließ den Blick von Gesicht zu Gesicht wandern. Versuchte zu erraten, wer ihren Vater besser gekannt hatte als die anderen. Nach dem ersten Glas Wein und dem Willkommenstrunk war die Unterhaltung in Schwung gekommen. Die Stimmen vermischten sich zu einem Ganzen, begleitet von den Klängen des Silberbestecks, das gegen die Teller schlug.

»Da drüben sitzt zum Beispiel der Fotograf Jan Toft. Der ohne Schlips. Ich meine, dass Ihr Vater und er sich rein geschäftlich auch gekannt haben. Ihr Vater brauchte ja hin und wieder einen Fotografen für die Saisonkataloge, so weit ich weiß.«

Letzteres war als dezenter Hinweis darauf gemeint, dass Schiff- und Modebranche, sowohl was Inhalt als auch was Bedeutung betraf, Galaxien voneinander getrennt waren.

Kit sah zu dem Mann ohne Schlips hinüber. Sie hatte den Namen schon einmal gehört, bestimmt von ihrem Vater. Sie erinnerte sich an irgendeine Geschichte, dass er in seinen wilden jungen Jahren mit ein paar Fotografen gezecht hatte. Einer von ihnen hatte ihn anschließend mit seiner Harley Davidson nach Hause gebracht, buchstäblich die ganzen Treppen zu seiner Wohnung im dritten Stock hinauf.

Während sie den Mann ansah, der mit seinem Nachbarn sprach, wandte er ihr das Gesicht zu und begegnete ihrem Blick. Er lächelte, und der Schalk war ihm über das ganze viereckige Gesicht geschrieben, das unter einer Mähne struppigen silberfarbenen Haars, das früher bestimmt einmal dunkel gewesen war, hervorschaute. Dann streckte er die Hand aus und hob das Glas in ihre Richtung.

»Wie Sie Ihrem Vater doch ähnlich sehen. Aber ich kann mich auch gut an Sie erinnern, Kit. Und natürlich an Ihre Schwester. Ich glaube, Sie waren drei oder vier Jahre alt, als ich Sie zuletzt gesehen habe. Sie waren ein verschrecktes kleines Mädchen, aber das scheint sich ja gelegt zu haben.«

Kit stieß mit dem Mann an. »Ich kann mich an Ihren Namen erinnern«, sagte sie. »Da war etwas mit einer Harley Davidson.«

Er legte den Kopf in den Nacken und lachte. »Das war eine Husquarna. Ja, die war ziemlich gut, aber das war ich nicht. Das war mein Kumpel, Lasse. Wir hatten ein paar Jahre ein gemeinsames Atelier.«

Er schüttelte den Kopf. »Lasse hatte etwas von einem Wilden. Bei seiner Hochzeit haben wir Marihuana unter die Suppe gemischt, um die Stimmung ein wenig aufzuheitern. Es stellte sich aber heraus, dass Lasse und ein paar andere die gleiche Idee gehabt hatten. Die Leute waren so high, dass sie kaum etwas sehen konnten.«

Kits Nachbar zur anderen Seite, ein Mann von der ostasiatischen Gesellschaft namens Mogens Hansen, sagte leise und mit vergnügter Stimme: »An den Abend mit dem Motorrad kann ich mich gut erinnern. Das war damals, als wir uns gewöhnlich im Godown Bistro in Victoria getroffen haben, wo es jeden Donnerstag Amateurjazz gab. Im Hinterhof hielten sie auch noch nach Mitternacht eine Bar für die Stammgäste geöffnet.«

Bei dem Gedanken lächelte er schelmisch. »Das war so eine geheime Bar, wo man durch die Küche und einen langen Gang gehen musste, bevor man in das Allerheiligste kam. Ich kann mich erinnern, dass an den Wänden Zitate aus Kiplings Gedichten hingen – nach bestem Kolonialstil.«

Er nickte in Richtung eines dünnen Mannes mit einer Brille mit Goldrand, der sich mit seinem Nachbarn unterhielt. »An dem Abend hat Alfred Bank seinen 25. Geburtstag gefeiert. Es wurde gefeiert bis zum Abwinken. Ihr Vater und Lasse standen im Mittelpunkt. Und die Geschichte mit dem Motorrad dürfte wohl stimmen.«

Jetzt übernahm Jan Toft das Wort. Aller Aufmerksamkeit konzentrierte sich inzwischen auf diesen Abend.

»Spät in der Nacht wollte Ihr Vater nach Hause, aber er war zu voll, um selbst fahren zu können, und sein Fahrer hatte aus irgendeinem Grund frei. Deshalb bot Lasse ihm eine Mitfahrgelegenheit an. Als sie zu seinem Haus kamen, fuhr er mit dem Motorrad direkt ins Treppenhaus und die ganzen Treppen hinauf. In dem Haus wohnten ausschließlich Holländer von einem holländischen Schifffahrtskontor. Alle kamen sie um fünf Uhr morgens ins Treppenhaus gestürzt und glotzten.«

»Das hätte ich bei dem Krach bestimmt auch getan«, sagte Mogens Hansen. »Aber sie haben es ziemlich gut aufgenommen«, fuhr er zu Kit gewandt fort. »Sie kannten Ihren Vater und Lasse und waren wohl nicht die Spur überrascht.«

Alfred Bank blinzelte hinter seiner Brille mit Goldrand. »Habe ich da gerade meinen Namen in Verbindung mit dem Godown Bistro gehört?«, lächelte er und sah plötzlich zwanzig Jahre jünger aus. »Das waren noch Zeiten. Was stand da noch mal an den Wänden?«

Er sah sich in dem Kreis um.

»Kipling«, wiederholte Mogens Hansen und zitierte feierlich: »›East is east and west is west and never the twain shall meet‹.«

Jan Toft schüttelte den Kopf. »Unzählige Male habe ich mir

diese Zitate angesehen, während ich darauf gewartet habe, dass der Barkeeper aufwacht.«

Wieder schickte er sein schelmisches Lächeln über den Tisch. Kit fiel es nicht schwer, sich ihn und ihren Vater vorzustellen, wie sie an einer Theke die Drinks hinunterkippten.

»Da war noch ein anderes Zitat«, sagte er und wurde plötzlich ernst. »Wir sagten immer, dass es wie maßgeschneidert auf Ihren Vater passte, Kit.«

»War das nicht das aus *Mary Gloster*?«, fragte Mogens Hansen, der sich offenbar gut mit Kipling auskannte. Kit zugewandt erklärte er: »Das ist ein Gedicht über einen schottischen Reeder, der Handel mit dem Fernen Osten getrieben und als einer der Ersten Dampfschiffe eingesetzt hat. Eine Art Märsk Möller der Vergangenheit«, sagte er mit einem Blick zu Finn Sörensen, der lächelte.

»Vielleicht ein etwas farbigerer Charakter«, berichtigte der.

»Ihr Vater ist eine Klasse ganz für sich, Kit«, sagte Jan Toft. »Wir werden ihn vermissen, wenn er nicht bald wieder gesund wird. Wie lautet jetzt das Zitat, Mogens?«

Die beiden begannen einstimmig zu rezitieren und einer nach dem anderen fiel ein. Kit spürte, wie sie bei ihrem Anblick und dem Klang der verschiedenen Stimmen, die sich in der Erinnerung fanden, eine Gänsehaut bekam:

And they asked me how I did it;
And I gave 'em the scripture text
You keep your light so shining
A little in front o' the next
They copied me all they could follow
But they couldn't copy my mind
I left 'em sweating and stealing
A year and a half behind.

Einen Moment war es still. Dann sagte Jan Toft: »Es gab wohl niemanden, der Schritt halten konnte, wenn Eriks Gehirnzellen erst zu arbeiten begannen.«

Kit hatte sich Gedanken gemacht, wie sie fragen sollte und wann. Ob sie sie einzeln fragen sollte. Jetzt hielt sie die Zeit für gekommen, die Frage in die Runde zu werfen.

»Ich erinnere mich selbst an nicht sehr viel aus dieser Zeit, ich war ja noch ein Kind. Aber da ist ein Name, der in dieser Verbindung aufgetaucht ist. Ich weiß nicht, ob es sich um eine Person, einen Ort oder um etwas Drittes handelt.«

Sie hatte ihre Aufmerksamkeit. Alle sahen sie abwartend an. »Es ist der Name Goldener Drache«, sagte sie.

Sie beobachtete sie. Die Stille war wieder da. Sie wurde nur von dem Kellner unterbrochen, der die Teller der Vorspeise abzuräumen begann.

Dann räusperte Finn Sörensen sich schließlich. »Es gab viele Gerüchte. War da nicht etwas mit Peter Godber?« Sein Blick wanderte fragend im Kreis herum.

Mogens Hansen schüttelte den Kopf. »Wenn du an den Mann denkst, den sie den Goldenen Drachen nannten und der eine kleine Handelsflotte aus einigen mit Dampf betriebenen Fahrzeugen und einigen Schlangenbooten besaß, dann handelt es sich nur um Gerüchte, wie du selbst gesagt hast. Er lebt übrigens noch.«

»Warum fragen Sie nach ihm?«, fragte Jan Toft.

Kit überlegte, was sie antworten sollte. »Ich habe mich gefragt, ob er meinen Vater gekannt hat.«

Jan Toft nickte. »Sicher kannte er Ihren Vater. Sie waren ja eine Zeit lang unzertrennlich.«

»Und wer ist Peter Godber?«

Sie wechselten sich mit Erzählen ab. Bei noch mehr Wein und Essen lösten sich die Zungen, und sie genossen es offensichtlich, in die Vergangenheit eintauchen zu dürfen, ohne sich vorwerfen lassen zu müssen, ein Verein sentimentaler alter Herren zu sein.

Kit bekam die Informationen in kleinen Portionen. Erst als sie im Zug nach Hause saß, konnte sie alles sortieren und zusammensetzen.

Peter Godber war damals Polizeikommissar in Hongkong. In

den Sechzigern war er einmal in Hebe Heaven auf frischer Tat ertappt worden, wie er aus einer Grünen Minna eingeschmuggeltes Opium auslud. Er und ein Typ namens Bobby Yang, der Polizist auf der Monkok Polizeiwache war, wurden verhaftet, der Korruption beschuldigt und später zu harten Gefängnisstrafen verurteilt.

Man konnte nie beweisen, wer die Ladung Opium eingeschmuggelt hatte. Aber die Gerüchte wollten wissen, dass der Goldene Drache – dessen richtiger Name Feng Lim war – einer der Hintermänner war und dass er in seinen Handelsfahrzeugen, die zwischen Indochina, Japan und den Philippinen segelten, Opium schmuggelte. Der Goldene Drache, hieß es, hatte selbst eine Vergangenheit als Opiumsüchtiger, hatte seine Sucht jedoch überwunden und später begriffen, wie viel Geld und Möglichkeiten in diesem Stoff lagen, für den ein Narkomane zu morden bereit war.

»Aber es gab möglicherweise noch ein anderes Motiv«, meinte Jan Toft. »Und zwar ein rein historisches.«

Während der Zug seines Weges tuckerte, dachte Kit verwundert an die Unterhaltung am Tisch zurück.

»Ohne dass ich den geringsten Verdacht gegen ihn hatte, hörte ich einmal eine Unterhaltung zwischen ihm und Ihrem Vater an der Bar des Godown Bistros mit an«, sagte Jan Toft. »Ich erinnere mich so genau daran, weil mir bewusst wurde, wie Recht er hatte. Das heißt, ich erinnere mich, was Feng Lim gesagt hat, aber ich erinnere mich nicht, worüber sie sich unterhalten haben.«

Er legte kurz Messer und Gabel zur Seite und griff nach der Serviette. »Er hat gesagt: ›Einmal werden wir euch Europäer für das in die Knie zwingen, was ihr uns im Krieg angetan habt.‹ Ihr Vater sah ihn staunend an und wies darauf hin, dass wir im Zweiten Weltkrieg doch Alliierte gegen die Japaner waren, aber Feng Lim schüttelte den Kopf und antwortete: ›Von diesem Krieg spreche ich nicht. Ich meine den Opiumkrieg.‹ Und dann sagte er das, woran ich mich erinnere und was äußerst zutreffend war. ›Wir Chinesen vergessen nie.‹«

Die Worte berührten etwas in Kit. Sie erinnerte sich, wie oft ihr Vater sie gesagt hatte. Wie sehr sie ihr und seiner Umgebung eingebläut worden waren.

Toft sah sie an. »Es stellte sich heraus, dass Fengs Familie seit Generationen opiumsüchtig war. Bis in die Zeit zurück, als die Briten – mit seinen eigenen Worten – die ganze chinesische Nation zu Narkomanen machten.«

Die ganzen alten Freunde aus der Zeit in Hongkong kannten natürlich ihre Geschichten von China und den Opiumkriegen mit den Briten auswendig, während Kit kaum etwas darüber in der Schule gelernt hatte. Gemeinsam gelang es ihnen, den historischen Hintergrund aufzuzeichnen.

Opium wurde als Produkt um 1830 und 1840 von den britischen Handelshäusern in China eingeführt. Die Briten kauften Tee und Seide in China. Hatten jedoch das Problem, dass die Chinesen als Tausch nichts aus England haben wollten, sodass der Kaiser von China ein Gesetz eingeführt hatte, nach dem alles, womit in China gehandelt wurde, mit Gold bezahlt werden musste. Irgendwann ging den Briten das Gold aus, und sie sahen sich nach einem anderen Zahlungsmittel um. Wenn sie in der Provinz Kanton Handel trieben, die von Kriegsherren und Mandarins regiert wurde und weit von dem Peking des Kaisers und dessen Kontrolle entfernt lag, zahlten sie mit Opium, das sie in ihrer Kolonie Indien anpflanzten. Zu dem Zeitpunkt waren nur wenige Chinesen opiumsüchtig.

»Die Briten führten Opium offen ein und lagerten es in großen Handelshäusern am Pearlfluss«, sagte Mogens Hansen. »Schließlich wurde es ein so großes Problem, dass der Kaiser seine Männer ausschickte, um den Inhalt der Packhäuser zu beschlagnahmen, was die Briten so erzürnte, dass sie den Chinesen den Krieg erklärten. Die Chinesen wurden geschlagen und der Kaiser gezwungen, die britischen Handelshäuser für das Opium mit Gold zu bezahlen – zum Beispiel Jardine Matheson, die immer noch existieren. Einige Jahre später wiederholte sich das Ganze, und der zweite Opiumkrieg wurde ausgefochten.

Als Teil des Friedensabkommens erhielten die Briten Hongkong als Kolonie.«

Er streckte die Hand aus und trank von seinem Rotwein.

»Der Opiumhandel ging noch viele Jahre weiter, bevor das britische Parlament ihm ein Ende machte. Es stimmt demnach, dass die Liebe der Chinesen zum Opium größtenteils von den britischen Handelshäusern begründet wurde.«

»Aber was ist mit dem Goldenen Drachen?«, fragte Kit.

Jan Toft lehnte sich zur Seite, damit ihm der Kellner Wein nachschenken konnte. »Er war der Erste seiner Familie, der aus eigener Kraft und mit Hilfe einer Entzugsanstalt seinen Opiummissbrauch überwinden konnte«, sagte er. »Ich glaube, dass seine gesamte kriminelle Laufbahn – wenn es die überhaupt gegeben hat – eine Art Rachefeldzug war.«

Kit verstand nicht. »Aber er hat doch das Gleiche getan wie die Engländer, wenn er Opium geschmuggelt hat. Hat seine Landsleute zu Narkomanen gemacht.«

Toft schüttelte den Kopf. »Das Opium, das eingeführt wurde und das Godber verteilte, landete nicht bei den Chinesen. Es landete in illegalen Opiumhöhlen rund um Hongkong, die von Europäern frequentiert wurden.«

»Sie glauben also, dass der Goldene Drache die Ladung nach Hongkong geschmuggelt hat?«, fragte Kit.

Jan Toft zuckte die Schultern. »Das sind alles Vermutungen. Aber wenn er es getan hat, hat er es nicht alleine getan. Es fehlt ein Glied in der Kette, und diese Person kennt niemand.«

»Aber es gab Gerüchte?«, fragte Kit und hielt den Atem an.

Wieder sah Jan Toft sie an. Sie konnte seinen Gesichtsausdruck nicht deuten.

»Man sollte Gerüchten nicht immer Glauben schenken.«

Als der Zug in Nyborg hielt, ging sie zu ihrem geparkten Auto und fuhr direkt zum Krankenhaus. Es war später Abend. Ihre Mutter war nach Hause gegangen, und nur die piepsenden Geräte leisteten ihrem Vater Gesellschaft. Eine Nachtschwester kam und runzelte die Stirn über den späten Besuch.

»Ich bleibe nur einen Moment«, versprach Kit. »Ich will nur nach ihm sehen.«

Die Krankenschwester ging, als ihr Piepser sich meldete, und Kit war mit ihrem Vater alleine im Zimmer. Er war wach, und sie war sich sicher, dass er klar war. Sein Blick war ganz scharf, als sie sich an das Bett setzte.

»Was in aller Welt hast du getan, Vater?«

44

Der dünne Arm streckte sich, und die Hand griff überraschend fest nach ihm. Er blieb stehen. Unter der Haut schlängelten sich deutlich sichtbare blaue Adern fein wie Pergament. Dewis Lippen formten ungesagte Worte. Er wusste, was sie sagen wollte. Dass sie ihn bitten wollte, noch etwas zu bleiben, an dem Bett zu sitzen und einfach zu reden, während sie döste. Aber er wusste auch, dass sie die Worte zurückhielt, weil sie keine Forderungen an ihn stellen wollte. Weil sie wusste, dass er immer so viel zu tun hatte und dass er es auch für sie tat.

»Du sollst dich ausruhen«, sagte er und nahm ihre Finger, einen nach dem anderen, und löste sie aus dem Griff um seinen Arm. »Das sagt der Arzt.«

»Der Arzt.« Sie rollte die Augen zur Decke, und ein Funken des alten Humors leuchtete in dem Blick auf. »Er ist ein alter Geißbock.«

Erik lächelte. Beugte sich hinunter und küsste sie und spürte die Kälte der Haut. Das Leben schien sie bereits zu verlassen. Aber das war nicht das erste Mal. Und auch diesmal würde sie die Krankheit überwinden, das wusste er. Sie konnte nicht sterben. Weil es das Wort in ihrem Bewusstsein nicht gab – und in seinem auch nicht. Falls sie starb, würde auch er sterben oder zumindest das meiste von ihm. Und das passierte nicht, denn er war unverletzlich. Er musste die Welt erobern und für so viele alles zum Guten wenden. Bei dem Gedanken wurde er ganz müde.

»USA«, sagte sie plötzlich und griff wieder nach ihm. »Pass auf.«

Einen Moment fragte er sich, ob sie etwas wusste, das er nicht wusste. Aber das war unmöglich. Es musste ihre Intuition sein, die Angst vor Nemesis, weil seine neue Firma sich auf den Handel mit den Amerikanern stützte.

»Das ist okay«, beruhigte er sie. »Alles ist unter Kontrolle. Schlaf jetzt.«

Sie blickte ihn zweifelnd an. Er sah, dass sie noch etwas sagen wollte, aber die Müdigkeit gewann die Oberhand, und sie schloss halb die Augen. Einen Moment stand er da und betrachtete sie. Die Gesichtszüge waren wie in vergilbtes Elfenbein geschnitzt und die Augenschlitze wie zwei schräge Schnitte über den kantigen Backenknochen, die einmal weich gewesen waren. Es war im Augenwinkel, in dem er immer die Liebe fand. Genau da, wo die Wimper aufhörte und hin und wieder Feuchtigkeit hervorquellen und ihn an ein kleines Mädchen erinnern konnte, das sich verletzt hatte. Da, wo die Unschuld wohnte. Und die Todesangst.

So würde er sich den ganzen Tag an sie erinnern, ihr Bild dicht bei sich tragen. Bis auf seine physische Gegenwart mit seinem ganzen Wesen bei ihr sein.

»Ich muss gehen, sonst komme ich zu spät zu der Besprechung«, flüsterte er und küsste sie noch einmal. Sie hielt ihn ein letztes Mal fest, doch diesmal ohne Kraft.

»Das war gut«, murmelte sie und er ahnte einen Schatten in ihrem Mundwinkel und wurde an ihr strahlendes Lächeln erinnert.

Als er das Krankenhaus verließ, parkte sein Fahrer noch immer vor dem Eingang, wo er ihn abgesetzt hatte. Einen Moment freute er sich über den Anblick des neuen Mercedes, aber dann kam der Ärger angekrochen. In Wirklichkeit hatte er kein Geld für so etwas, aber Mary Wong, die er seiner alten Firma gestohlen und zu seiner Privatsekretärin gemacht hatte, hatte ihn dazu überredet.

»Robinson hat ein neues Auto, größer als Ihres«, hatte sie über seinen direkten Konkurrenten gesagt. »Sie verlieren an Gesicht.«

Er war mit dem alten Mercedes sehr zufrieden gewesen, was er ihr gegenüber auch hervorgehoben hatte. Aber sie war beharrlich geblieben.

»Die Leute haben keinen Respekt vor alten Autos. Neues Auto, mehr Respekt. Groß und teuer, viel mehr Respekt. Neue Uniform für den Fahrer, noch mehr Respekt.«

»Mit Knöpfen aus 14-karätigem Gold, nehme ich an«, hatte er trocken gesagt, aber der Witz war an sie verschwendet.

»Genau«, hatte sie mit einem breiten Lächeln geantwortet. »Mehr Gold, mehr Respekt.«

Das Schlimmste war, dass sie Recht hatte.

Während er sich auf dem Rücksitz des Mercedes zu einem Treffen mit den amerikanischen Käufern fahren ließ, bewunderte er die weißen Ledersitze und nahm sich einen Drink aus der eingebauten Bar. Er dachte an die drei Jahre, die vergangen waren, seit Zimmermann ihn gefeuert und zu einem selbstständigen Leben gezwungen hatte. Anfangs war er wütend und verletzt gewesen, aber nach und nach und mit Dewis Hilfe hatte sich die Erkenntnis eingeschlichen, dass alles um seinetwillen geschehen war. Um ihm die Freiheit zu geben, selbst Geschäfte zu machen. Es zeigte sich auch, dass die alte Firma sich veränderte. Zimmermann war zwei Jahre später in Pension gegangen, und ein neuer pedantischer Chef mit einem Hang zu Stabsunteroffiziersmanieren hatte die Leitung übernommen. Seitdem war nichts mehr wie früher, hatte er von alten Kollegen gehört.

Auf der Fahrt durch Hongkongs Straßen musste er einräumen, dass auch die Stadt nicht mehr wie früher war. Sie schien in ihrer Größe überwältigend geworden zu sein, Lärm und Verkehr schienen sich vervielfacht zu haben, und die Rufe der Straße und das Hupen der Autos und das Klingeln der Fahrradklingeln steigerten sich zu einer undurchdringlichen Kakophonie und mischten sich mit dem Geruch der Straßenküchen und dem Krach von erheblich mehr Fliegern, die täglich auf dem Kai Tak Flughafen landeten. Oder war er es, der sich verändert hatte? Vor acht Jahren war er voller Energie und Tatkraft angekommen. Bereit zu beweisen, dass er etwas Besonderes war. Jetzt näherte sich das Jahrzehnt seinem Ende; Tatkraft und Energie waren noch immer da, aber die Zukunft lag nicht mehr vor ihm. Er stand mitten drin, und hin und wieder wurde er von einer sonderbaren Melancholie ergriffen bei dem Gedanken, dass die Jugend verflogen und Verantwortung an ihre Stelle getreten war. Sicher war das normal, bedingt auch durch Dewis Krankheit, aber er wusste, dass er aufpassen musste. Er wusste, dass hier für nichts als Rastlosigkeit und Energie und Tatkraft Platz war. Alles andere musste warten. Wie lange, wusste er nicht, denn er konnte sich nicht vorstellen, jemals woanders zu leben. Der Gedanke an Dänemark verursachte ihm Klaustrophobie. Irgendwo dort draußen schien all das auf ihn zu warten. Das Gefühl konnte ihn frösteln lassen. Dänemark war für Leute wie ihn nicht gemacht.

Und doch verspürte er manchmal so eine Müdigkeit. Er dachte oft, dass sein Leben wie eine Gitarre mit drei Saiten war, von denen jede Saite immerzu gespielt werden wollte. Dewi war die eine Saite. Freuden gab es viele, aber auch viele Spekulationen. Die Krankheit verschlang große Teile von ihr und drohte sie ihm ganz zu nehmen, aber jedes Mal hatte sie die Leukämie vorübergehend besiegt und einen Teil ihrer Kräfte wiedergewonnen. Ina und die Familie waren die andere Seite. Zu Karen-Lis empfand er eine Liebe, von der er nie geglaubt hatte, dass es sie in dieser Größenordnung gab. Jetzt war Ina wieder schwanger und lief blühend wie das Leben mit ihrem dicken Bauch umher wie eine fruchtbare Pflanze, die in seiner Nähe gedieh. Und dann war da die Firma. Er war überrascht, wie leicht es gewesen war, bei der Bank ein Darlehen aufzunehmen, sodass er mit einem Kapital von 200 000 Hongkong Dollar hatte anfangen können. Von der alten Firma hatte er seine Kunden aus den USA behalten, und jetzt versorgte er die großen Ketten Macy's, Alexanders und Sears Reobuck mit Röcken und Damenblusen. Er hatte seine eigene Fabrik in Wong Tai Sin in der siebten Etage eines Industriegebäudes. Er kaufte billig Baumwolle aus China und Taiwan. Die Fabrik beschäftigte mehr als sechshundert Arbeiter, die sieben Tage die Woche mit einer halbstündigen Mittagspause im

Zwölf-Stunden-Akkord arbeiteten. Ihr Tagelohn betrug ein bis zwei amerikanische Dollar. Sein Verdienst war enorm.

Bereits früh hatte er Geld in eine Strickwarenfabrik investiert, die Pullover in Doppelstrick und aus Rock und Bluse und Jacke bestehende Strickkombinationen mit 12-Gaugenmaschinen herstellte. Hohe Qualität zu niedrigem Preis.

Und genau darum ging es heute, dachte er, als der Fahrer vor dem Fabrikgebäude hielt und ausstieg und ihm die Tür öffnete, während er die Hand an die Mütze legte. Erik ertappte sich, wie er den Blick über die Uniform wandern ließ und Mary Wong Recht gab. Goldknöpfe würden sich gut machen.

»Hohe Qualität zu niedrigen Preisen«, wiederholte die Chefeinkäuferin von Macy's, Jody Markovitz. »Das ist genau das, was wir wollen.«

Sie war mit einer Gruppe von Beratern eingetroffen. Wie ein Geierschwarm, der darauf wartete, die Klauen in das Aas zu hauen, hatten sie sich an seinem Konferenztisch niedergelassen. Er holte tief Luft, musste einen klaren Kopf behalten, um keine Dummheit zu begehen und einen Handel abzuschließen, der allzu sehr zu ihrem Vorteil war.

Jody Markovitz legte ein Stricktop mitten auf den Tisch. Es war mit Pailletten und Perlen in einem komplizierten Muster übersät. Sie legte fünf weitere Paillettentops in verschiedenen Designs neben das erste.

»Handgenäht, natürlich, so etwas lässt sich nicht mit der Maschine herstellen«, sagte sie und fuhr fort: »Das ist für Pierre Cardins Sommerkollektion angefertigt worden. Auf Grund der Handarbeit sind die Herstellungskosten in Frankreich enorm. So enorm, dass man, um Geld zu sparen, die Pailletten mit einem langen Faden angenäht hat, ohne sie separat zu verknoten.«

Sie nahm das erste Top und schnitt mit einem scharfen, rosa lackierten Zeigefingernagel den Faden durch. Als sie das Top schüttelte, fiel eine Hand voll Pailletten leise klickend auf den Boden.

»Das kommt ganz groß raus«, sagte sie mit einem Ausdruck, der besagte, dass man *sie* nie in einem ärmellosen Top mit Pailletten sehen würde. Jody Markovitz war eine praktisch, aber untadelig gekleidete Frau, die nie etwas Überflüssiges trug. Genau wie sie keine Zeit mit überflüssigem Gerede vergeudete. »Wenn Sie solche Tops mit langen schlichten Satinröcken für fünfundzwanzig Dollar oder weniger produzieren können, kann ich Ihnen einen Auftrag über zehntausend Stück geben.«

Sein Gehirn arbeitete in dem Versuch, die Herstellungskosten auszurechnen. In Hongkong war das für dreiundzwanzig Dollar das Stück machbar, schätzte er, aber mit dem Verdienst war er nicht zufrieden. Mehr musste möglich sein.

»Wie viel Zeit habe ich?«

Jody Markovitz erhob sich gemeinsam mit der Beratergruppe. »Fünf Tage«, sagte sie und rauschte mit ihrem Gefolge aus dem Büro. Die Tops ließ sie auf dem Tisch liegen.

Die Pailletten waren der teure Faktor. Das Aufnähen war eine langwierige Arbeit, vor allem einzeln. Die Löhne in Hongkong waren niedrig, aber in China, wo die Arbeitskapazität grenzenlos war, waren sie zehnmal niedriger. Es war jedoch verboten, Kleidung im kommunistischen China nähen zu lassen und von Hongkong aus zu verkaufen. Gefängnis und hohe Geldstrafen standen darauf, allerdings nur wenn es entdeckt wurde.

Er handelte schnell. Einer seiner Techniker kam aus einem kleinen chinesischen Dorf auf der anderen Seite der Grenze. Im Laufe des nächsten Tages ließ er die Tops in seiner eigenen Fabrik nähen und arrangierte, dass sie zusammen mit losen Pailletten und Perlen nach China geschmuggelt wurden. Dafür fischte er die Kontaktadresse des Goldenen Drachen aus seiner Dokumentenmappe. Lange stand er mit dem abgenutzten Papier in der Hand da und dachte nach. Widersprüchliche Gefühle arbeiteten in ihm. Vom ersten Tag an war etwas Verhängnisvolles an dem Mann gewesen, etwas fast Unumgängliches, das ihn anzog, in dem merkwürdigen Blick mit dem braunen und dem blauen Auge. Er musste sich zwingen, klar zu denken. Was war das Schlimmste, das passieren konnte? Herrgott noch mal, so ein großes Verbrechen war es nun auch wieder nicht. Also dachte er an das Geld und nahm Kontakt zu dem Mann auf, der von seiner Handelsflotte lebte, die zu den Nachbarländern und weiter entfernten Zielen segelte. Aber das war nicht alles. In der Entzugsanstalt hatte er eines späten Abends über einer Partie Schach mit seinen Snakeboats geprahlt; schnelle, schlangenförmige Boote, mit denen es die Polizei von Hongkong auf Grund von Geldknappheit nicht aufnehmen konnte und die er einsetzte, um Flüchtlinge aus China und Macao nach Hongkong zu bringen. Für eine schöne Summe musste auf den Schlangenbooten Platz für ein oder zwei Ladungen Textilien sein.

Zu seiner Verblüffung klappte das Ganze. Es kostete ihn zirka einen Dollar, ein Top mit Pailletten und Perlen besetzen zu lassen. Seine Gesamtunkosten für ein Set beliefen sich auf dreieinhalb Dollar.

Drei Tage später hielt er die Proben Jody Markovitz in ihrer Suite im Peninsula Hotel unter die Nase. Sie nahm eine nach der anderen und untersuchte sie genau, während sie vergebens versuchte, ihre Verblüffung zu verbergen.

»Die sind ja perfekt. Viel besser als die Originale. Jede Perle und jede Paillette ist einzeln angenäht. Können Sie sie wirklich für fünfundzwanzig Dollar das Set herstellen?«

Erik klopfte ihr freundschaftlich auf die Schulter. »Sie haben mir mit Aufträgen geholfen, als ich neu auf dem Markt war. Sie bekommen sie für 23,50.«

An dem Geschäft verdiente er 200 000 amerikanische Dollar. Die fertigen Sets wurden von Hongkong mit den heimkehrenden Jetfliegern in die USA gebracht, die die amerikanische Regierung zur Verpflegung der Truppen in Vietnam charterte.

Die Paillettentops waren mehrere Jahrzehnte der größte Modehit. Die Nachfrage war unerschöpflich. Andere Firmen standen Schlange, um an der Beute Anteil zu haben, was es zu verhindern galt.

Wieder handelte er schnell. Die Firma, die weltweit die größte Menge Pailletten herstellen konnte, war Weisskopf in Österreich. Also setzte er sich in ein Flugzeug nach Wien und sicherte sich einen Exklusivvertrag für den Fernen Osten.

Nach und nach wurden immer mehr Dörfer an der südchinesischen Küste zu Produktionszentren umfunktioniert. Die Zöllner in den Häfen wurden mit reichlichen Mitteln überredet, die Augen zuzudrücken, wenn die Schlangenboote vom Morgen bis zum Abend anlegten. Er hatte nahezu das Monopol auf dem Paillettenmarkt und war fest entschlossen, das Äußerste aus dem Geschäft herauszuholen.

Es fehlte nicht an Warnungen. Dewi nutzte jede Möglichkeit darauf hinzuweisen, dass man den Amerikanern nicht trauen konnte und dass es dumm war, alles auf einen Markt und ein Produkt zu setzen.

Ina war verhaltener. »Ist das klug?«, fragte sie auf ihre vorsichtige Art und hielt sich den wachsenden Bauch, in dem das Kind sich bewegte.

Sie saßen an einem ihrer seltenen stillen Abende zu Hause. Karen-Lis lag im Bett.

»Merkwürdig«, sagte sie und wechselte das Thema. »Wie anders es beim zweiten Mal ist.«

»Wie anders?«, fragte er abwesend.

Ihr Gesicht zog sich zusammen, als das Kind besonders fest trat. »Unruhiger«, versuchte sie es zu erklären. »Irgendwie nervöser. Jedes Mal, wenn ich mir etwas vornehme, kommt eine Reaktion.«

»Mmm«, sagte er, während seine Gedanken mit etwas anderem beschäftigt waren. Er dachte an den Artikel in der South China Morning Post, der heute über ihn erschienen war und in dem er als *Boommaker* bezeichnet und seine Genialität in Geschäften gerühmt wurde. Und das zu einem Zeitpunkt, wo Hongkong zum viertgrößten Textilexporteur der Welt geworden war.

»Du hörst mir nicht zu«, sagte sie mit einem Lächeln.

»Natürlich höre ich zu«, antwortete er indigniert.

Sie nahm seine Hand. Wie so viele Male zuvor spürte er die Dankbarkeit. Sie verstand. Sie bat nicht um mehr, als er geben konnte. Er wusste, dass er sie im Großen und Ganzen glücklich machte. Sie schien sich ganz automatisch auf *zufrieden* programmiert zu haben, und sie begegnete ihm immer mit ihrem stillen Lächeln und ihrer sanften Art, die wie Balsam für seine Seele war. Hin und wieder fragte er sich, ob sie sich entschieden hatte, Dewis Dasein in seinem Leben zu ignorieren, ob sie sie vielleicht verdrängt hatte. Aber dann, wenn sie glaubte, er sah es nicht, erkannte er einen flüchtigen Schimmer von Traurigkeit an ihr, und das schlechte Gewissen rührte sich. Sie hatte etwas Besseres verdient als das, was er zu bieten hatte. Aber dafür war er ein froher Geber, so lange er auch etwas für sich behalten durfte.

Am nächsten Tag passierten zwei Dinge, die sein Dasein erschütterten.

Ina kam sechs Wochen zu früh mit einem Winzling von einer schwarzhaarigen Tochter nieder. Ein kleines, verletzlich aussehendes Mädchen mit dünnen Gliedern und Miniaturzügen. Er hielt sie auf dem Arm und spürte, wie sich die merkwürdigsten Vibrationen von dem Kind auf ihn übertrugen. Und er dachte, beinahe abergläubisch, dass Ina Recht gehabt hatte. Dieses Kind war ganz anders als das erste.

»Sie ist schwach«, sagte die Krankenschwester, nahm ihnen das Kind ab und zog sich mit einem Knistern der steifen Uniform zurück. »Der Arzt empfiehlt ein Sauerstoffzelt, damit die Lungen sich voll entwickeln können.«

Diesmal protestierte er nicht, als das Kind seiner Mutter weggenommen wurde. Er folgte ihm mit dem Blick, wie es wimmernd im Arm der Krankenschwester lag. Ein kleines, unruhiges Geschöpf, so sensibel gegenüber der kleinsten Erschütterung oder Bewegung. Und er dachte, dass diese Liebe anders werden würde. Sie würde auf eine ganz andere Weise wachsen als die, die er bisher gekannt hatte. Sie würde schwierig werden, denn dieses Kind war all das, was er nicht war. Besser gesagt all das, was er selbst nicht sein wollte.

Dieses Kind war furchtsam und musste beschützt werden.

Das Telefon schellte, als er drei Stunden später für eine kurze Besprechung ins Büro schaute. Es war zwei Uhr nachmittags und Jody Markovitz' Stimme kam schnarrend und undeutlich durch die Leitung, sodass er Schwierigkeiten hatte, die Worte zu verstehen. Er hörte vereinzelte Worte wie *Verkaufszahlen, Paillettentops, Aktiensturz, alle Sendungen zurückgehalten.* In seinem Glauben, dass das Pailletten-Abenteuer ewig währen würde, hatte er sich sowohl bei Weisskopf als auch bei den Händlern, die ihn mit Garn und Stoff versorgten, verschuldet. Er hatte hohe Schulden, hatte jedoch geglaubt, durch die fast fertigen 400 000 Tops, die er in einem Lager zurückgehalten hatte, um den Markt nicht mit eigenen Produkten zu überschwemmen und den Preis oben zu halten, eine Sicherheit zu haben.

Nach dem ersten Kälteschock begann er zu schwitzen. Der Schweiß lief ihm den Rücken hinunter und unter den Kragen. Blitzartig begriff er, dass es mit den Paillettentops wie mit dem Opium war. Er war übermütig geworden und hatte geglaubt, immer weitermachen zu können, bis er von dem Rausch abhängig geworden war, der sich mit jedem neuen Käufer einstellte. Er hatte sich für unbesiegbar gehalten und vergessen, die Natur der Mode in Betracht zu ziehen und Dewi zuzuhören, die ihn gewarnt hatte: »Die Mode ändert sich. Und wenn das passiert, passiert es von einem Tag auf den anderen.«

Und genau das war geschehen, dachte er. Die Mode hatte sich geändert. Und plötzlich waren aus dem einen oder anderen unerklärlichen Grund keine führenden Käufer mehr an Pailletten und Perlen interessiert.

Er stand auf und fuhr nach Hause in das leere Haus. Er nahm eine Dusche und zog sich an. Und dann griff er zum Telefon und rief die Käufer in den USA in der Hoffnung an, dass er die Neuigkeit vor ihnen gehört hatte. Aber er kam zu spät: Die Buschtrommeln waren bereits erklungen, und er konnte nicht für fünf Cent verkaufen.

Nur langsam ging ihm die Bedeutung des Tages auf. Er hatte noch eine Tochter bekommen, eine neue Verantwortung und er hatte sein Geschäft verloren. Alles, was er besaß, steckte in der

Produktion von Paillettentops. Selbst wenn er schnell handelte, würde er im Lauf eines Monats Bankrott sein.

Es sei denn, er ergriff drastische Maßnahmen.

Er dachte lange nach. Versuchte still und ruhig alle Möglichkeiten in Gedanken durchzugehen. Doch wie er es auch drehte und wendete, sah er nur eine Möglichkeit, und das war keine, die ihm gefiel. Vor seinem inneren Auge sah er die Schlangenboote, die sich mit ihren lang gestreckten, zigarrenförmigen Körpern ihren Weg durch das Wasser schnitten. Und er sah den Goldenen Drachen, als würde er ihn zum allerersten Mal sehen. Mit einem Ausdruck, der ihn gleichermaßen beunruhigte und lockte. Den Goldenen Drachen, der in dem glücklichsten Jahr geboren war und dem nie ein Geschäft fehlschlug. Alles, was er anfasste, wurde zu Geld.

Erik starrte das Telefon an. Er hatte es in seinem allerersten Jahr in Hongkong für sein erstes Gehalt bei einem Chinesen gekauft, der den Sockel mit eingelegtem Perlmutt und Blattgold verziert hatte. Es hatte bereits viele Geschäfte besiegelt und mehr Schicksale zerstört, als sich zu erinnern ihm lieb war. Jetzt sollte es wieder eine Rolle spielen, die weit in eine unsichere Zukunft hineinreichte.

Er dachte an seine Kinder. Karen-Lis würde verstehen, falls der Tag einmal kommen sollte. So klein sie noch war, hatte sie seine eigene praktische Natur, gepaart mit einer Beharrlichkeit, die er von sich kannte. Ließ sich etwas nicht auf die herkömmliche Art machen, fand sie schnell einen anderen Weg. Bei Kit, so sollte das Neugeborene heißen, wusste man nicht. Dieses Kind hatte etwas Beunruhigendes an sich. Als kündigte es bereits seine Rolle als dasjenige an, das sein Gewissen aufrütteln und sich mit seinem Hunger nach Liebe an ihn hängen sollte.

Doch falls sie jemals danach fragen sollte, würde sie keine Antwort bekommen.

Er griff noch einmal nach dem Hörer.

45

Das Handy schellte, während er fuhr.

»Henrik? Wo bist du?«

Mettes Stimme, die Seidenlaken und duftende Bettdecken versprach, klang verführerisch. Doch diesmal verfehlte sie ihre Wirkung, und er war beinahe irritiert.

Er fuhr langsamer und wappnete sich. Ärgerte sich, dass er ganz automatisch geantwortet hatte. »Ich bin mit dem Auto unterwegs. Ich kann jetzt nicht reden.«

»Du bist unterwegs?«, sie klang verblüfft. »Um diese Zeit? Wann bist du zu Hause?«

Verdammt. Sie wollte kommen und bei ihm übernachten. Das fehlte ihm gerade noch, er war bereits verwirrt genug.

»Das dauert noch«, sagte er vorsichtig.

»Was in aller Welt treibst du?«

Plötzlich war die Stimme schroff vor Misstrauen. Er seufzte. Wie sollte er ihr erklären, dass er um halb elf abends durch den spritzenden Schneematsch der Stadt fuhr und nicht auf dem Nachhauseweg war. Klatschend landete schmutziger Schneeregen, der im Dunkeln wie Blitze aus Licht aussah, auf der Scheibe, während er wie verrückt nachdachte. Den ganzen Tag hatte er versucht Kit zu erreichen, bis Karen-Lis ihm schließlich gesagt hatte, dass sie nach Kopenhagen gefahren war und heute Abend zurückkommen würde. Darauf setzte er. Dass sie zurück war.

Während er das Auto mit der linken Hand lenkte und mit dem Handy in der rechten versuchte, den Gang zu wechseln, kramte er in seinem Kopf nach Worten, die nicht zu viel verrieten und doch keine direkte Lüge waren. Er tat sich mit Unwahrheiten äußerst schwer, was ihn immer ärgerte. Die Veranlagung, sich mit Notlügen aus der Patsche zu helfen, wäre jetzt praktisch gewesen.

»Ich bin mit dem Auto unterwegs, das habe ich dir doch gesagt«, sagte er irritiert und bereute es sofort.

»Ich war auf dem Weg zu dir«, sagte Mette. »Du fehlst mir.«

Er stoppte bei Rot und hielt das Auto mit der Kupplung fest, weil der Motor sonst absoff.

»Heute Abend passt es nicht so gut«, murmelte er.

Einen Moment war es still. Dann war das Misstrauen wieder da.

»Warst du draußen bei Kit?«

Wieder seufzte er. Er musste da durch. »Ich bin auf dem Weg zu ihr.«

Die Stimme wurde kalt. »Ich dachte, wir hätten eine Vereinbarung.«

»Das hatten wir auch.«

»Aber jetzt nicht mehr?«

Sie klang traurig, und er kam sich wie ein Schweinehund vor. »Ich muss das tun, Mette.«

»Liebst du sie?«

Natürlich tat er das. Aber vielleicht nicht auf die von ihr angenommene Weise, was er ihr jedoch schlecht sagen konnte. Nicht jetzt.

»Ich kann dich gut verstehen«, sagte er so leise, wie es bei laufendem Motor möglich war. »Dir gegenüber ist das unfair.«

Sie legte den Hörer auf, und er hatte das sichere Gefühl, dass er ihr Verhältnis mit dem ältesten Klischee der Welt beendet hatte.

Während er in die Birchsallee einbog und feststellte, dass im Atelier Licht brannte, dachte er über Mettes letzte Frage nach. Was wusste er von der Liebe? Die großen, glamourösen Liebesgeschichten waren nie sein Ding gewesen. Die paar Male, die er und Mette im Kino waren, hatte er versucht, sie zu Star Wars und Mission Impossible zu überreden, während sie ihn unbedingt in irgendeine blödsinnige romantische Komödie mit Hugh Grant oder Richard Gere hatte zerren wollen, was immer sie in denen sah. Frauen kreisten immer um die Liebe, hatte er das Gefühl. Entweder oder. Entweder liebte man oder man tat es nicht. Es gab keinen Mittelweg.

Das Schlimmste war, dass sie bestimmt Recht hatten. Seit Kits Vater ins Krankenhaus gekommen war, hatte er fälschlicherweise geglaubt, dass es für ihn vielleicht einen Mittelweg geben würde. Zuerst hatte er versucht, sich ganz herauszuhalten. Doch langsam war der Glaube in ihm gewachsen, ein Teil von ihr sein zu können, ohne all das, was er in ihrer dreimonatigen Trennung so mühsam aufgebaut hatte, aufs Spiel setzen zu müssen. Das Gefühl, nur für sich selbst und das eigene Leben verantwortlich zu sein. Den Abstand zu Kits alles verschlingender Persönlichkeit. Und nicht zuletzt den Abstand zu Erik Bennett und all dem, was der Familie wie Spinnenweben anhaftete, die nie entfernt worden waren. Doch je mehr Zeit verging, desto tiefer wurde er wieder in Kits Universum gezogen, und fast hatte er das Gefühl, überhaupt nicht mehr außerhalb stehen zu wollen.

Er stellte den Motor ab und stieg aus. Vielleicht hatte es etwas mit der Situation und damit zu tun, wie sie mit ihr umging. Sie schien selbstständiger geworden zu sein, schien die Probleme vielleicht sogar lieber alleine lösen zu wollen. Ihm kam der Gedanke, dass sie ihn vielleicht gar nicht mehr brauchte. Merkwürdigerweise beunruhigte ihn das. Doch dann fiel ihm ein, dass sie ihn brauchte. Sie brauchte die Information, die ihr zu geben er heute Abend gekommen war.

Er klopfte vorsichtig an die Tür, aber niemand antwortete. Karen-Lis war sicher bei ihrem neuen Freund, und ihre Mutter schlief vielleicht schon. Kit stand wahrscheinlich im Atelier und hörte laut Musik. Ihm fiel ein, dass er sie anrufen konnte.

»Hallo?«

»Gibst du einen Kaffee aus?«

Sie lachte kurz, und er wünschte sich, mehr Lachen zu hören. Wünschte sich, das alte sprudelnde Lachen zu hören und nicht dieses traurige gequälte, das ihn an all das erinnerte, was passiert war.

»Wo bist du?«

»Hier.«

»Wo hier?«

Ein Satz aus einer alten Thomas-Helmig-Nummer tauchte in seinem Kopf auf. »Ich stehe hier draußen und klopfe an«, sang er und klopfte an die Tür.

Jetzt lachte sie richtig. »Du bist ein verdammter Idiot!«

Sie machte ihm in einem Kittel mit Tonflecken und mit zerzausten Haaren auf. Der Pixie-Blick starrte ihn neugierig an. »Wie komme ich zu der Ehre? Solltest du nicht zu Hause sein und die Scherben kitten?«

Sie ließ ihn herein, und er folgte ihr ins Atelier.

»Ich glaube nicht, dass es da noch etwas zu kitten gibt.«

Sie drehte sich zu ihm um. Sah aufrichtig traurig aus. Etwas zu traurig, nach seinem Geschmack.

»Verdammter Mist!« Sie fischte eine Packung Zigaretten aus der Tasche und bot ihm eine an.

»Du weißt doch, dass ich nicht rauche.«

»Es könnte doch sein, dass du angefangen hast.«

Sie nahm selbst eine. Er erinnerte sich, wie sie an dem Tag im Krankenhaus versucht hatte, die Zigarette vor ihm zu verstecken. Jetzt rauchte sie mit offensichtlichem Genuss.

»Ich hatte geglaubt, du hättest aufgehört«, rutschte es ihm heraus, aber ein Blick von ihr brachte ihn zum Schweigen. »Sorry.«

Sie nickte. Sie bestimmte. Es war ihr Leben, ihr Chaos. Er war sozusagen nur auf der Durchreise, log er sich vor.

»Du arbeitest«, stellte er mit einem Nicken zu dem Tongesicht auf dem Piedestal fest.

Sie nickte und blies Rauch in die Luft. Fächelte ihn nicht von ihm weg, wie sie es immer getan hatte, sondern ließ ihn durch den Raum schweben und sich irgendwo zwischen Boden und Decke auflösen.

»Dann kann ich besser denken.«

Er wusste es. Wie oft war er aufgewacht und hatte ihren Platz im Bett leer vorgefunden und vom Arbeitszimmer her gedämpfte Musik gehört – nachdem sie eine halbe Nacht mit Albträumen oder unkontrollierbaren Gedanken verbracht hatte, die diszipliniert werden mussten.

»Weißt du, wer das ist?«

Sie starrte nachdenklich auf das Gesicht. Schüttelte den Kopf. »Keine Ahnung. Aber es hat eine Bedeutung. Es kommt nicht von ungefähr.«

Natürlich stimmte das nicht. Nichts kam von ungefähr bei Kit, das hatte er längst gelernt, genau wie er gelernt hatte zu akzeptieren, dass sie irgendeine Verbindung zu irgendeiner Dimension hatte, die gewöhnliche Menschen nicht haben.

»Du meinst, es ist jemand, den du kennst?«

Sie nickte wieder. »Natürlich. Es hat etwas mit Hongkong zu tun, das ist ganz klar. Mit Vater.«

Noch einmal sah er sich das Tongesicht genau an. Rief sich die Frau in Carstens Auto in Erinnerung. Er war so nahe dran, dass er unwillkürlich erschauderte. »Es ist die Nase«, sagte er dann.

»Die Nase?«

»Sie muss gerader sein.«

Sie neigte den Kopf ein wenig zur Seite. Schien zögernd zu überlegen. Ging eine Weile um die Skulptur herum.

Dann begann sie wie vom Teufel gepackt zu arbeiten. Fügte etwas hinzu und nahm etwas weg. Fügte noch etwas hinzu und nahm etwas weg. Er blieb still stehen und sah zu, während das Modell Form annahm und ganz langsam zu einer genauen Wiedergabe des Gesichts wurde, das er im Auto gesehen hatte. Bis auf das kleinste Detail, bis auf den leicht triumphierenden Gesichtsausdruck und die spöttisch nach oben gebogene Kurve des Mundes, die fast ein Lächeln andeutete, aber auch nur fast. Bis auf das halbwegs Asiatische, die Backenknochen und die schrägen Augen, gewürzt mit etwas unverkennbar Kaukasischem.

Als sie fertig war, sah er, dass sie müde war. Aber die Augen leuchteten in einem seltsamen Glanz, als wäre sie soeben aus einer Art Trance erwacht. Blitzartig sah er ihren Körper und ihr Gesicht vor sich, wie sie, nachdem sie sich leidenschaftlich geliebt hatten, im Bett lag und ihn mit dem seltenen Wunder in den Augen anstarrte. Und er musste sich beherrschen, sich zusammennehmen, um nicht die Hand auszustrecken und sie an sich zu ziehen.

»Woher weißt du das?«, fragte sie schließlich atemlos.

Er erzählte es ihr. Sie hörte aufmerksam zu.

»Carsten. Es ist Carsten«, murmelte sie.

Er setzte sich auf einen schmutzigen Hocker. »Ich bin mir nicht sicher, ob er etwas damit zu tun hat. Ich glaube, dass sie es war. Ich glaube, dass sie sich aus dem einen oder anderen Grund Zugang zu der Firma deines Vaters verschaffen wollte.«

Kit sah ihn mit einem Unglauben an, der langsam von Verständnis abgelöst wurde. Die Ironie in ihrer Stimme war deutlich. »Du meinst, sie hat seine Schwäche für das so genannte schwache Geschlecht ausgenutzt?«

Henrik nickte. »Das wäre nicht das erste Mal im Lauf der Geschichte. Die Frage ist natürlich, wer sie ist und was sie will.«

»Und warum«, murmelte Kit.

Er beugte sich vor und betrachtete sie. Es war ein Gesicht, das sie kannte, aber keins, an das sie sich erinnerte. Wie konnte er sie dazu bringen, sich zu erinnern?

»Kannst du nicht versuchen zurückzudenken? Denk an das, was du noch von Hongkong weißt.«

Sie setzte sich in einen zerfetzten Lehnstuhl ihm gegenüber. Hielt den Blick auf das Tongesicht gerichtet. Einen Moment bildete er sich ein, dass die Skulptur ihnen mit den Augen folgte.

»Ich erinnere mich nur an wenig. Vor allem an die Geschichten, die Vater erzählt hat. Und an das Gefühl von Hongkong.«

»Beschreib das Gefühl«, sagte er und kam sich lächerlich vor, wie eine Reinkarnation von Sigmund Freud.

Sie schloss die Augen. Schatten von Angst glitten über ihr Gesicht. »Ich habe mich immer vor Hongkong gefürchtet«, flüsterte sie.

Er nahm ihre Hand und drückte sie. »Denk nach. Wovor hattest du Angst?«

Lange Zeit war es still. Das Gesicht starrte sie mit seinem insistierenden, bohrenden Blick an. Er musste sich korrigieren. Es starrte nicht ihn an. Die Augen hingen ganz eindeutig an Kit, als hätten die beiden noch eine persönliche Rechnung offen.

»Das Böse«, sagte sie heiser und ohne zu weinen. Trotzdem liefen Tränen über ihr Gesicht. »Vater.«

»Hast du Angst vor deinem Vater?«, fragte er verwundert, aber sie schüttelte den Kopf.

»Davor, ihn zu verlieren. An das Böse«, wiederholte sie mit sehr dünner Stimme. »An den bösen Geist im Pavillon. Ich darf ihn nicht entwischen lassen.«

Der Traum. Er kannte ihn bis zur Besinnungslosigkeit. Weil er sie so oft festgehalten hatte, während die Nebel des Albtraums sich verzogen.

»Was passiert, wenn du den bösen Geist herauslässt?«, fragte er mit angehaltenem Atem.

Sie schluckte schwer. Er konnte nahezu sehen, dass ihre Lippen vor Angst ganz trocken waren.

»Dann sterben sie alle vor mir weg. Einer nach dem anderen.«

»Und was ist mit dir, Kit. Was passiert mit dir?«

Schweißperlen hatten sich auf ihrer Oberlippe gebildet. Sie drückte seine Hand, dass es wehtat. »Ich bleibe ganz allein zurück.«

»Ohne deine Familie?«

»Ohne Vater. Ohne Mutter und Karen-Lis. Alleine mit den Gesichtern.«

Ihm war ganz kalt. Die ultimative Angst. Ganz alleine in der Welt zu sein ohne die, die man liebte. Unwillkürlich dachte er an Victor. An seine bedingungslose Liebe zu seiner Mutter und seinem Vater, zu ihm und Kit. An seine zerbrechliche Selbstständigkeit, die so sehr von ihrer Liebe abhängig war. Und er dachte, dass keine Androhung von Tortur oder Demütigung einem Kind gegenüber wirkungsvoller sein konnte als die Androhung von Einsamkeit.

Kit öffnete die Augen und begegnete dem Blick der Skulptur. Er sah, wie sich ihr Ausdruck veränderte, als ein Erkennen über ihr Gesicht glitt.

»Agnes«, flüsterte sie verwundert. »Agnes Ling.«

46

Kit erwachte mit einem Kater. Oder mit etwas, das Ähnlichkeit damit hatte.

Agnes Ling. Der Name schien auf die Innenseite ihres Kraniums tätowiert worden zu sein. Als hätte sich jemand langsam und unerbittlich versichert, dass er jetzt fest verankert war und sich nie wieder zu Traumnebeln verflüchtigen konnte. Starke Kopfschmerzen und Mundtrockenheit begleiteten den Namen, der sich wie die Schleife eines Endlosbandes die ganze Zeit wiederholte. Agnes Ling.

Als sie das Gesicht aus dem Traum mit ihren eigenen Augen betrachtet hatte, war sie keinen Augenblick im Zweifel gewesen, wen die Skulptur darstellte. Natürlich war es ein erwachsenes Gesicht. Aber die Züge des kleinen Mädchens waren noch immer erkennbar, halb chinesisch, halb dänisch. Mit der europäischen Nase der Mutter und den asiatischen Augen und den Backenknochen des Vaters. Agnes Ling, die nie vor etwas Angst gehabt und sie zu Dingen überredet hatte, die sie später bereute. Die zwei Jahre älter war als sie, aber bereits damals einen erwachsenen, wissenden Ausdruck hatte.

Sie stand auf und nahm ein Bad und merkte, wie Bruchstücke der Erinnerung plötzlich und ohne Warnung über sie hereinbrachen. Agnes und Agnes' Vater, Billy Ling, Hand in Hand auf dem Weg von dem einen Haus zum anderen. Agnes, die die Bäume des Gartens hochkletterte, wenn ihre Eltern im Haus saßen und zu Abend aßen. Sie und Agnes im Boot von Agnes Vater, mit ihm am Ruder und das Brausen und der Duft des Hafens und der

Anblick der Dschunken mit ihren Ladungen von Früchten und Fisch. Das Wasser der Dusche schien sie in die Geräusche und den Duft und das Gefühl von Hongkong zu versenken, als würde ihre Haut mit der Seife auch die Unruhe aufsaugen. Sie war kaum aus der Dusche gestiegen und hatte sich abgetrocknet, als das Telefon schellte. Sie wartete, dass jemand abnahm. Aber entweder schlief ihre Mutter noch oder sie war, was wahrscheinlicher war, bereits im Krankenhaus.

Sie wickelte das Handtuch um sich und rannte los. Konnte den Hörer gerade noch aufnehmen, bevor es zum allerletzten Mal klingelte.

»Bei Bennett.«

»Bist du das, Kit?«

»Ja«, sagte sie außer Atem.

»Kit! Ich bin's, Bibbie!«

»Bibbie? Wo in aller Welt hast du die ganzen Jahre gesteckt?«

Die Stimme der Frau lachte entschuldigend. Kit erkannte das Lachen aus ihrer gemeinsamen Schulzeit in der Birkhovedschule. Bibbie, die immer gute Laune hatte. Bibbie, die dem am nächsten kam, was sie damals unter einer Freundin verstand.

»Ich habe in den letzten Jahren viel an dich gedacht«, sagte die Stimme ein wenig linkisch. »Aber Kinder und Mann und Job haben alle Zeit in Anspruch genommen. Vielleicht kennst du das ja.«

»Nicht so«, sagte Kit vorsichtig. »Aber wo in aller Welt steckst du?«

Bibbie kicherte mädchenhaft. »Hier. In Nyborg. Ist das nicht verrückt? Wir sind nach Kopenhagen gezogen und haben drei Jahre dort gewohnt, aber dann hat Jörn hier einen Job bekommen. Und ich Liva.«

»Liva?«

»Ja, deshalb rufe ich ja an. Liva ist eines Tages nach Hause gekommen und hat gesagt, dass eine nette Dame sie angefahren hat.«

Kit lachte. »Glücklicherweise ist nichts passiert. Und du bist Livas MUTTER? Unglaublich!«

Wieder sprudelte das Schulmädchenlachen. »Ja, das ist unglaublich, nicht? Ich hätte schon früher angerufen, aber es war so viel zu tun, durch Neujahr und so. Du weißt ja, wie das ist. Was ist mit dir? Was machst du?«

Kit wollte ihr gerade alles lang und breit erzählen, wurde jedoch von Bibbie unterbrochen.

»Nein, nicht am Telefon. Eigentlich habe ich angerufen, um dich zu fragen,ob du mich nicht besuchen magst. Ich kann einen Tee machen, oder wir trinken ein Glas Wein und wir versuchen Rückschau zu halten. Es ist schade, den Kontakt zueinander zu verlieren.«

Kit überlegte einen Moment, wie sie Bibbie ihr Leben erklären sollte. Wie sie erzählen sollte, um was sich ihr Leben drehte und wofür sie lebte, wenn sie es nicht einmal selbst wusste. Sie hatte keine Kinder, keinen Lebensplan, der bis ins Alter reichte. Keinen Job, der sie begeisterte, und keinen Mann, mit dem sie bereit war, nach Kopenhagen oder auf den Mond zu ziehen. Einerseits hatte sie Lust, sich mit ihr zu treffen, andererseits würde sie dem gerne ausweichen. Außerdem hatte sie genug mit ihrem eigenen Leben zu tun. Genug, um das sie sich gerade jetzt kümmern musste.

Aber die Neugier und der Hunger nach Freundschaft gewannen die Oberhand. »Das wäre schön. Wann?«

»Was ist mit morgen? Jörn arbeitet lange, und ich bin mit den Kindern zu Hause. Um vier?«

»Vier ist okay.«

Kit bekam die Adresse. Bibbie wohnte in einer Wohnung mitten in der Stadt. Sie notierte alles, und sie beendeten ihr Gespräch mit der gegenseitigen Versicherung, dass sie sich freuten, einander zu sehen.

Anschließend ging sie ins Atelier und betrachtete die Büste von Agnes Ling. Und fragte sich, ob es eine Bedeutung hatte, dass sie innerhalb von zwei Tagen an zwei Freundinnen erinnert worden war, die sie seit ihrer Kindheit nicht mehr gesehen hatte.

47

»Erzähl was«, sagte Lance.

»Was?«

Sie rollte sich auf die Seite und betrachtete ihn. Nahm seinen Körper mit den Augen auf. Seinen Blick, der in konzentriertem Braun mit der ganzen Ruhe seines Wesens auf ihr ruhte. Wie eine feine Sauce, die mit einem Schuss guten Rotweins reduziert worden war, dachte sie, weil sie Hunger hatte. Den hatte man nach Sex, hatte sie schon früher festgestellt.

»Etwas von dir«, schlug er vor. »Du bist so geheimnistuerisch. Erzähl mir von deiner Familie.«

Der Hunger schwand. Die Lust auch. Er sah es sofort.

»Habe ich jetzt wieder etwas Falsches gesagt?«

Sie konnte an seiner Stimme hören, dass ihn das nicht zurückhalten würde. Er ließ sie nicht so einfach davonkommen, nur weil sie ihm auswich. Stattdessen zog er sie enger an sich, sodass ihr Gesicht an seiner Brust lag und ein beschützender Arm sie umfasste. Banal, dachte sie. Aber es war so lange her, dass jemand das gewollt hatte, dass sie sich begehrlich an ihn schmiegte, sich an ihn drückte.

»Ich bin in Hongkong zur Welt gekommen«, begann sie.

»Mmm, exotisch«, murmelte er.

Sie seufzte. Es war exotischer als ihr lieb war. »Ich war neun, als wir hierher gezogen sind.«

»Warum seid ihr umgezogen?«

»Mein Vater meinte, Kit und ich sollten eine dänische Schule besuchen. Zu dem Zeitpunkt gab es in Hongkong keine richtig gute internationale Schule. Aber es gab auch noch einen anderen Grund.«

Sie spürte, wie seine Hand ihren Arm streichelte, still und leise und mit einer beruhigenden Monotonie, die die Worte aus ihr herauslockte.

»Es hatte mit meinem Vater und seinem Geschäft zu tun«, sagte sie vage.

»Steuerschulden?«

»Etwas in der Richtung. Sagen wir einfach, dass er jemandem etwas schuldete, das er nicht zurückzahlen konnte.«

Sie stützte sich auf den Ellenbogen und sah ihn an. Seine Aufmerksamkeit war noch immer voll auf sie gerichtet. Sie schien sie ganz einzuhüllen, und sie spürte, wie sie sich entspannte.

»Das klingt, als hättest du für ein neunjähriges Mädchen furchtbar viel gewusst.«

Er bewegte sich am Rand von etwas allzu Intimem. Bei jedem anderen hätte sie dichtgemacht. Aber sie blieb liegen. Fragte sich, ob es jetzt sein sollte. Ob der Augenblick gekommen war, wo sie nicht mehr alles alleine tragen musste.

»Ich wusste noch mehr als das«, sagte sie leise. »Ich wusste alles.«

»Alles?«

»Alles, was Kit nicht wissen durfte. Und Mutter, obwohl sie es bestimmt trotzdem wusste. Sie war ja nicht dumm. Sie verschloss nur die Augen.«

»Erzähl mir von deiner Schwester.«

Sie erzählte, wie sie noch nie zuvor erzählt hatte. Von Kit, die immer schwächlich gewesen war. Die die ersten sechs Wochen ihres Lebens in einem Sauerstoffzelt verbracht und der später immer alles Mögliche gefehlt hatte. Kit, für die ihr Vater die Sonne des Universums war und auf die sie in ihrer Rolle als große Schwester immer aufpassen und für die sie die Verantwortung übernehmen musste. Davon, wie sie nie selbst beschützt worden war, weil sie ein Junge hätte werden sollen. Wie sie Verletzungen einstecken konnte, innere wie äußere, weil ihr Vater davon überzeugt war, dass sie wie er war, furchtlos und unüberwindlich. Und davon, wie sie das zuletzt selbst geglaubt hatte.

»Was heißt das?«, fragte er. »Gib mir ein Beispiel.«

Sie schloss die Augen und erinnerte sich.

»Es gab da einen bestimmten Tag. Kit war sechs und ich neun. Da war ein Schlangenboot, das an der Brücke unterhalb des Hauses anlegte, wo das Boot meines Vaters lag. Da war ein Chinese, sein Name war Goldener Drache, und das Boot war nach ihm benannt. Er setzte mich auf seine Knie, als mein Vater es nicht sah. Er schob heimlich eine Hand unter mein Kleid, während er mir erzählte, dass er meine Schwester töten würde, wenn ich redete.«

»Über ihn? Über das, was er dir antat?«

Sie schüttelte den Kopf. Das hatte nichts zu bedeuten. Nichts im Verhältnis zu dem anderen.

»Opium«, sagte sie tonlos. »Der Goldene Drache und mein Vater haben jahrelang Opium nach Hongkong geschmuggelt.«

Lance runzelte verständnislos die Stirn. »Wie in aller Welt konntest du das als Neunjährige wissen?«

Sie zuckte mit den Schultern. »Er wusste, dass ich es wusste. Ich hatte gesehen, wie sie das Boot entluden und Geld die Hände wechselte. Vielleicht war es mehr Instinkt als etwas Konkretes. Aber Kinder wissen mehr, als die Erwachsenen glauben. Und der Goldene Drache sah alles.«

Sie erinnerte sich zurück. Erinnerte sich an den Blick des Mannes, an das blaue und das braune Auge, die sie mit Röntgenstrahlen anstarrten. Er sah, wie sie war und wie er sie manipulieren konnte.

»Ich hatte mir die Wahrheit über lange Zeit und aus vielen Einzelheiten zusammengereimt«, murmelte sie. »Aus den Telefongesprächen meines Vaters. Aus dem, was ich über die Opiumschmuggler in der Schule hörte, und aus den Bildern, die wir von den Opiumhöhlen sahen. Aus Zeitungsartikeln über die Jagd der Polizei auf die Schlangenboote. Du darfst nicht vergessen, dass Opium ein Wort war, das Angst einflößte. Die gesamte chinesische Kultur war von Opiumproblemen durchsetzt.«

Sie zögerte.

»Und dann war da natürlich der Film.«

Sie erinnerte sich, wie sie am Vortag in das private Büro ihres Vaters gerufen worden war. Wie er auf die neue Schmalfilmkamera gezeigt hatte, die, eingeschmiert mit Gras, auf dem Tisch lag.

»Die habe ich im Garten gefunden. Jemand hat sie unten bei dem Pavillon ins Gras geworfen«, hatte er gesagt. »Karen-Lis, weißt du, was du getan hast?«

Sie öffnete die Augen und suchte Lances Blick. »Ich wusste, dass Kit das gewesen sein musste. Sie und die Tochter des Nachbarn, Agnes, die bei Streichen immer die Anführerin war. Niemand anderer konnte es gewesen sein, aber darauf kam er nicht. Deshalb habe ich nur genickt.«

»Und die Schuld auf dich genommen?«

Sie war so daran gewöhnt gewesen, dass sie kaum darüber nachgedacht hatte.

»Was ist dann passiert?«

Merkwürdig, dachte sie, dass sie sich an alles so genau erinnerte, obwohl sie über die Jahre versucht hatte, die Erinnerung auszuwischen. Wie er sie dazu gebracht hatte zu gestehen, dass sie wusste, was vor sich ging. Seine Raserei und sein darauf folgender Versuch, sie zu seiner Verschworenen zu machen.

»Seiner Meinung nach war ich schon fast erwachsen«, erklärte sie. »Deshalb hat er sich mir anvertraut. Ich glaube, er wollte mich abhärten. Mich darauf vorbereiten, wie die Welt war. Dass man um seine Belange kämpfen musste, mit allen Mitteln. Es war eigentlich nur die Weiterführung der Linie, die er immer eingeschlagen hatte.«

Lance streckte die Hand aus und streichelte ihr vorsichtig die Wange. Sie erinnerte sich, dass es genau diese Bewegung gewesen war, die bei der Silvesterparty etwas in ihr ausgelöst hatte. Dachte schemenhaft, dass sie das immer vermisst hatte. Jemanden, der ihr die Wange streichelte. Sie wie ein Kind behandelte, nur für einen kurzen Moment.

»Was ist dann passiert?«, fragte er wieder.

Sie drückte ihre Wange gegen seine Hand, die sich um ihren Nacken legte. Berührt werden. Verantwortung teilen. Sie spürte, wie die Last langsam von ihr genommen wurde.

»Er hat mir den Film gezeigt.«

Plötzlich war die Mattigkeit da. Sie breitete sich in Armen und Beinen aus und sie legte sich hin, ruhte den Kopf auf seiner Brust aus; spürte die Wärme seines Atems.

»Pause?«, bat sie, weil sie den Rest jetzt nicht schaffte. Weil sie in der wirklichen Welt atmen musste, um nicht von der Vergangenheit aufgefressen zu werden. »Nur kurz. Ich erzähle später weiter.«

Er zog sie zu sich hoch und küsste sie. Sanft, als könnte sie zerbrechen. »Okay, mein Schatz. Was willst du zum Frühstück?«

Seine Stimme war sanft, und ein anderer Hunger überkam sie. Der Drang, die eine Wirklichkeit mit einer anderen auszuradieren und Gedanken gegen Handlung einzutauschen.

»Gebratenen Speck mit Petersiliensauce. Geräucherten Aal. Vanilleeis«, murmelte sie und senkte den Kopf zu seiner Brust hin. Schnüffelte sich an Hals und Mund aufwärts. »Gebratenen Ritter«, fuhr sie fort. »Mit Kreuz und Schlange.«

Er lachte gedämpft. »Die Schlange ist kein Problem. Mit dem Kreuz sieht es da schon schlechter aus.«

Sie liebten sich. Aber auf eine ganz andere Weise als zuvor, wo sie sich ungeduldig und fast wie im Irrsinn in das Universum des anderen hineingewirbelt hatten. Jetzt schienen sie sich in einem warmen Meer zu befinden. Schön und sicher und alles umfassend. Und sie dachte, dass es in der Zukunft, die ihr gehörte und die sie selbst schuf, so sein sollte. So sollte der Rest ihres Lebens aussehen.

Später servierte er Toast und Rührei im Bett, aber er ließ sie nicht davonkommen.

»Erzähl mir von dem Tag. Von dem Film und von Kit.«

Sie dachte zurück, gestärkt durch seine Nähe und das Essen, das sie gierig in sich hineinschlang.

»Mein Vater hat an diesem Tag etwas von mir verloren«, stellte sie fest und wunderte sich, dass sie die Worte aussprechen konnte. »Ich habe tausende von Malen darüber nachgedacht und bin immer wieder zu dem Schluss gekommen, dass es genau an diesem Tag passiert ist. Er hat mich geopfert, um Kit zu schonen. Hat mich versprechen lassen, Kit nie etwas davon erfahren zu lassen.«

»Und das hat sie auch nicht?«

Sie schüttelte den Kopf. »Später wurde ihm klar, dass Kit den Film aufgenommen hatte, denn sie begann von dem bösen Geist im Pavillon zu reden. Davon, dass sie ihn freigelassen hatte.«

»Den bösen Geist?«

Sie erklärte, wie ihr Vater versucht hatte, sie von dem Pavillon fern zu halten, indem er ihnen erzählt hatte, dass dort ein böser Geist wohnte. Wenn er freigelassen würde, wenn jemand sich dem Pavillon näherte und hineinsähe, würde die ganze Familie sterben. Bis auf den, der den Geist freigelassen hatte. Er oder sie würde alleine zurückbleiben.

»Kit war total entsetzt. Glaubte, an der Schlechtigkeit der Welt Schuld zu haben und dass sie uns alle verlieren würde. Von dem Tag an schien sie von Angst durchdrungen zu sein. Mein Vater hoffte, dass sie vergessen würde, und ließ mich schwören, dass ich ihr nie, nie die Wahrheit sagte. Auch nicht, wenn wir erwachsen sein würden.«

Sie lagen noch immer im Bett. Draußen wurde der Tag langsam zum Vormittag und eine bleiche Sonne guckte herein. Lance nahm das Tablett, stellte es auf den Tisch und kroch zurück unter die Decke.

Karen-Lis spürte die Tränen, hielt sie jedoch zurück. »Er hatte Angst, sie zu verlieren«, erklärte sie. »Für Kit war er Gott. War es immer gewesen.«

Sie lachte kurz. »Kit hat immer geglaubt, dass er mich lieber hat. Aber das kam später, als er herausfand, dass er mich verloren hatte, und verzweifelt versuchte, mich zurückzubekommen.« Sie spürte, wie die Worte aus ihr herausströmten. »Kit war sein Augenstern, sein kleines Mädchen. Ich war er. Ich hatte sein Wissen und seine Skrupellosigkeit, meinte er. Und zuletzt habe ich selbst daran geglaubt. Ich habe geglaubt, dass es so am besten war. Und dass Kit mit den Jahren vergessen würde, wie auch ich so viel aus den frühen Jahren vergessen hatte.«

»Aber sie hat nicht vergessen?«

Sie nickte. »Sicher hat sie vergessen. Es ist uns gemeinsam gelungen, das meiste von Hongkong aus ihrer Erinnerung zu löschen. Drei Monate später sind wir zurück nach Nyborg gegangen. Aber der Traum war immer da.«

Sie sah zu ihm auf. Wusste, dass sie um Vergebung bat.

»Kit hatte einen immer wiederkehrenden Albtraum. Von dem, was sie im Pavillon gesehen hatte.«

Wieder strich Lance ihr über das Haar. »Was war denn mit dem Pavillon?«

Sie erinnerte sich, was sie in dem Film gesehen hatte. Wie die Gestalten im Dämmerlicht wie Dämonen gewirkt hatten, auch auf sie. An ihre langsamen Bewegungen, ihre leeren Blicke und ihre eingesunkenen Augenhöhlen und ihre absonderlichen Rituale.

»Ein Erwachsener könnte es verstehen«, sagte sie zögernd. »Eine Neunjährige, die weiß, um was es geht, zur Not auch. Aber ein sechsjähriges Kind, das glaubt, es starrt direkt in das Haus des Bösen, vergisst das nie.«

In seinem Blick lagen Fragen, aber er sagte nichts. Wartete geduldig, als könnte auch er die Bilder sehen, die vor ihrem inneren Blick vorbeizogen.

»Hast du jemals eine Opiumhöhle gesehen?«, fragte sie.

48

»Wie hast du sie eigentlich kennen gelernt?«

Carsten sah einen Moment gequält aus. Nach ihrem üblichen Lauf hatte Henrik ihn mit nach Hause gelockt, auf einen Kaffee oder etwas anderes. Die Wahl war auf Bier gefallen. Nach ein paar einleitenden Worten hatte er ihm von Kits Entdeckung erzählt, wer Carstens so genannte Freundin war.

»In dem Café um die Ecke«, erinnerte sich Carsten, der über die Information nicht überrascht zu sein schien. Eher erleichtert. Er schüttelte ärgerlich den Kopf.

»Ich habe von Anfang an gewusst, dass etwas nicht stimmt. Aber ich habe geglaubt, dass es damit zu tun hat, dass sie verheiratet ist. Dass deshalb alles so streng geheim sein musste.«

Er trank einen Schluck von seinem Bier. »Sie ist zu mir gekommen und hat gefragt, ob sie mich zu einem Drink einladen darf. Hat gesagt, dass sie vorübergehend in der Stadt sei und niemanden kennen würde. Wenn ich weiter darüber nachdenke, war das natürlich ziemlich befremdlich«, sagte er und sah einfältig aus.

Henrik dachte, dass Agnes Ling genau auf die Weise vorgegangen war, auf die Carsten hereinfiel. Man könnte fast glauben, dass sie ihn beobachtet hatte. Jedenfalls musste sie einiges an Vorarbeit geleistet haben, um herauszufinden, dass genau Carsten, der ewige und ewig unglückliche Don Juan der Firma, immer auf der Suche nach einem neuen Flirt war.

»Hat sie Dänisch gesprochen?«

Carsten nickte. Er hatte sich in dem Kratzstuhl der Katze niedergelassen, der zwar ein teures Designerstück, aber viel zu niedrig für einen Mann mit so langen Beinen war. Es sah aus, als würden die Knie unter dem Kinn sitzen.

»Fließend. Ich bin davon ausgegangen, dass sie eins dieser adoptierten Koreakinder ist oder so.« Erfolglos versuchte er eine bessere Position in dem Stuhl einzunehmen und streckte die Beine aus, sodass sie bis unter den Sofatisch reichten.

»Sie hat erzählt, dass sie an der Universität Geschichte unterrichtet. Ich habe nie erfahren, wo sie wohnt.«

Das passte ins Bild, dachte Henrik. Mit einer dänischen Mutter und einem chinesischen Vater sprach Agnes Ling bestimmt beide Sprachen. Wer wusste schon, wie sie sonst aufgewachsen war. Vielleicht war sie in Wirklichkeit dänische Staatsbürgerin und wohnte hier. Vielleicht war sie auf ihrer ganz persönlichen Mission von Hongkong hierher gekommen, was immer diese Mission in Gang gesetzt hatte. Und natürlich hatte sie ihre hiesige Adresse geheim gehalten, das verstand sich von selbst.

Als könnte er Gedanken lesen, sagte Carsten: »Aus dem einen oder anderen Grund habe ich mir nicht so viele Gedanken gemacht, wo sie wohnt.«

Nee, denn dein Gehirn saß zwischen den Beinen, dachte Henrik und entschuldigte Carsten im Stillen sofort. Ihm hätte das genauso gut passieren können. Hätte Mette sich an ihm oder jemandem in seinem Bekanntenkreis rächen wollen, er hätte sich ebenso lächerlich gemacht. Man konnte sich nie ganz auf die eigene Urteilskraft verlassen, wenn das Gehirn in einem schwachen Moment unter die Gürtellinie rutschte. Wovor, wie bekannt, selbst die Besten nicht gefeit waren.

»Sie hat immer zu mir Kontakt aufgenommen. Und wir sind immer in meiner Wohnung gewesen.«

Henrik öffnete noch ein paar Biere. Er dachte an Carstens Wohnung, die wie in der TV-Reklame aussah, in der der Nachbar des Typen erklärt, dass bei ihm eingebrochen worden ist, obwohl er in Wirklichkeit jemanden zum Aufräumen und Saubermachen braucht. Agnes Ling musste einer sehr wichtigen Mission nachgegangen sein, um das auszuhalten.

Sie tranken schweigend. Henrik stellte Salzstangen hin, nahm sich ein paar und kaute nachdenklich darauf herum, während er Carsten ansah, der sich in seinem Stuhl wandt. Er tat ihm Leid. Carsten hatte nichts damit zu tun. Hatte nichts geahnt. War nur Mittel zum Zweck gewesen.

Er spürte, dass er müde war und das Bier machte es nicht besser. In den letzten vierundzwanzig Stunden hatte sein Gehirn um Agnes Ling gekreist wie eine hängen gebliebene Platte in derselben Rille. Sich immer wieder um den Punkt gedreht, den er nicht zu fassen bekam. Um die Frage, warum sie aufgetaucht war und das Leben der Familie Bennett durcheinander gewirbelt hatte. Denn sie war es gewesen, das wussten sie jetzt. Die chinesischen Karten mit der sonderbaren Warnung und der Brand, der Kit fast das Leben gekostet hatte. Es war Agnes Ling, die herumspukte, aber warum? Und wo war sie jetzt?

»Wie lange ist es her, dass du sie zum ersten Mal getroffen hast?«

Er kam sich wie ein Polizeifahnder vor. Carsten sah auch entsprechend schuldbewusst aus.

»Ungefähr einen Monat. Es hat sich ziemlich schnell ziemlich heiß entwickelt«, sagte er verlegen.

Henrik nickte. »Das kann ich mir vorstellen«, sagte er und dachte, dass das eine Untertreibung war. Carsten hatte vor Schlafmangel ganz übernächtigt ausgesehen, wenn sie sich zu einem seltenen Lauf oder einem Drink in der Stadt verabredet hatten.

»Hast du sie irgendwann mit zu Kaliki genommen?«

Carsten nickte und Henrik sah Scham in seinem Blick. Er griff verlegen nach seinem Bier und legte den Kopf zu einem langen Schluck in den Nacken, als müsste er sich stärken, bevor er eine Antwort wagen durfte.

»Ich habe mir deswegen selbst Vorwürfe gemacht. Aber passiert ist passiert. Ich bin unvorsichtig gewesen.«

»Erzähl.«

Carsten seufzte. »Zwischen Weihnachten und Neujahr ist

mir eingefallen, dass ich etwas im Büro vergessen hatte. Also sind wir zusammen rausgefahren.«

Henrik beugte sich vor. »Kann es sein, dass sie den Code gesehen hat, als du ihn eingegeben hast? Denn das warst doch wohl du, der ihn eingegeben hat, oder?«

Carsten nickte schwach. Sein Blick war an einem anderen Ort als in Henriks Wohnzimmer. Hatte sich nach innen gekehrt, als würde er die Szene vor sich wachrufen.

»Das war ich. Aber sie hat direkt neben mir gestanden. Ich erinnere mich daran, weil ...« Er zögerte, war wieder verlegen. »... es ziemlich, sagen wir, intim war.«

Henrik rollte die Augen zur Decke. »Unglaublich, wie sie dich hinters Licht geführt hat.«

Er brauchte nur an Mette zu denken und wie sie sich kätzchenhaft um ihn winden konnte, wenn sie etwas erreichen wollte. Es bedurfte nicht viel Fantasie, um sich vorzustellen, wie Agnes Ling Carsten in dem Augenblick umschlungen hatte, in dem er den Code eingab und die Tür öffnete. Männer waren und blieben käuflich angesichts eines aufreizenden Frauenkörpers und einer Zungenspitze im Ohr.

Sie saßen eine Weile schweigend da. Wussten beide, was das zu bedeuten hatte. Agnes Ling hatte sich nur vortasten und eine einzige Ziffer in dem Code ändern müssen, um den Code des Lagers zu erraten. Denn es war das Lager, woran sie interessiert war. Dort konnte sie den größten Schaden anrichten.

Henrik lehnte sich im Stuhl zurück. Er glaubte nicht einen Augenblick, dass Carsten persönlich in die Sache verwickelt war, wie Kit angedeutet hatte. Aber er war unverzeihlich naiv gewesen, was ja auch eine Art Verbrechen war. Auf das mit Sicherheit nach dem Gesetz keine Strafe stand, aber die Konsequenzen waren Strafe genug, dachte Henrik. Sein Job und seine Zukunft standen auf dem Spiel.

»Alles ist meine Schuld«, sagte Carsten mit belegter Stimme. »Aber sie war so überzeugend. Ich habe wirklich geglaubt, dass sie verrückt nach mir ist. Aber ich muss schon zugeben, dass ich nach Silvester unruhig geworden bin.«

»Warum unruhig?«

Carsten schüttelte den Kopf. »Es war ganz banal, es hatte mit ihrem Duft zu tun. Sie roch gewöhnlich nach irgendeinem teuren Parfüm. Aber als wir uns nach Silvester getroffen haben, ist mir aufgefallen, dass sie genauso roch, wie es draußen bei dem Brand gerochen hat.«

»Nach Rauch?«, fragte Henrik. Die Nase war nie sein ausgebildetster Körperteil gewesen.

Carsten schüttelte den Kopf. »Nach Diesel.«

»Du hast sie also verdächtigt?«

»Nicht direkt. Ich fand es nur merkwürdig. Ein sonderbarer Zufall. Da habe ich angefangen mich zu fragen, wer sie in Wirklichkeit ist.«

Henrik beugte sich vor. »Wenn sie noch einmal Kontakt zu dir aufnimmt, musst du mir das unbedingt sagen.«

Carsten schüttelte den Kopf. »Das tut sie nicht. Sie hat gestern Schluss gemacht. Hat gesagt, dass es ihr Leid tut und dass ihr Mann misstrauisch geworden ist.«

»Verdammt!«

»Genau.«

Sie kauten eine Weile an der Information. Carsten sah aus, als würde er am liebsten unter den Teppich kriechen.

»Was hattest du eigentlich im Büro vergessen?«

Carsten wurde rot. Wusste offensichtlich nicht, wohin er gucken sollte, weshalb er aus dem Fenster sah, wo es bereits zu dämmern begann.

»Die Versicherung«, sagte er leise. »Die Gebäudeversicherung. Für das Lager und das Büro.«

»Und hast du die Papiere rausgeschickt?«

Carsten begegnete seinem Blick. Schatten von Schuld schwebten darin. »Ich habe ihr den Brief gegeben. Sie hat versprochen, ihn in den Briefkasten zu stecken, als sie ging.«

Henrik fühlte den Schock wie einen physischen Schlag ins Zwerchfell. Er dachte an Kit, an die ganze Familie und daran, womit sie zu kämpfen hatten. Das war ihr Ruin. Ohne die Versicherungssumme und mit dem durch die Firma auf den Cayman

Islands verursachten Verlust, für den Agnes Ling sicher auch verantwortlich war, bestand kaum eine Chance, die Firma zu retten.

»Lass mich das richtig verstehen«, sagte er langsam. »Es besteht also die Möglichkeit, dass Kaliki überhaupt nicht versichert ist?«

Carsten nickte düster. »Der 30. Januar war die allerletzte Frist. Die Wahrscheinlichkeit ist groß, dass sie keine einzige Krone zahlen.«

49

Das Fieber war hartnäckig. Nichts schien zu helfen. Als gäbe es keine Möglichkeit, dass er je wieder nach Hause kam. Sie sah ihn an, seine wachsartige Farbe und sein Gesicht, verzerrt als befände er sich mitten in einer schwierigen Verhandlung oder eher noch als stünde er vor einer der schwierigen Entscheidungen des Lebens. Seine Bewegungen, die ruckartig erfolgten, als fiele er tiefer und tiefer in einen bodenlosen Albtraum, aus dem es keine Rettung gab.

Ina sah es dem Arzt und den wechselnden Krankenschwestern an, die hinter Masken professionellen Ernstes die Situation unter Kontrolle zu halten versuchten. Gefühlsausbrüche und Tränen fielen nicht in ihr Ressort, und wenn es Anzeichen dafür gab, wurde einem schnell eine kleine Hoffnung gemacht, damit ihnen Tränen und Verzweiflung erspart blieben. Man sollte nie nie sagen. Es war nicht unmöglich, dass es ihm plötzlich besser ging. Das hatte es schon gegeben, sagten sie und der Satz wurde nicht beendet, dass die Zeit der Wunder noch nicht vorbei war.

Aber all das konnten sie sich sparen. Sie wusste, was auf sie zukam, und versuchte sich zu wappnen. Doch die Drohung, ihn zu verlieren, hing über ihr wie eine große leere Blase. Nach Erik würde ihr Leben keinen Inhalt mehr haben, dachte sie. Natürlich waren die Kinder da, aber sie hatten ihr eigenes Leben und eigene Karrieren und Interessen. Sie würden Trost finden. Männer finden und Kinder bekommen und eine Zukunft haben. Daran glaubten sie vielleicht nicht, aber das Leben lag noch vor ihnen, und die Jugend würde ihnen helfen, die Trauer zu verarbeiten. Sie selbst sah keine Zukunft, nur Vergangenheit. Jeden Tag schienen sich mehr und mehr Kapitel ihres Lebens in Hongkong in ihr Bewusstsein zu drängen, schien ein vakuumverpacktes Paket geöffnet und sein Inhalt plötzlich und gewaltsam auf einem Strom von Luft hinausgepumpt zu werden.

Sie erinnerte sich an Tage, an die sie Jahre nicht gedacht hatte. Abendstimmungen, Streitereien, Kleinkinderchaos und Sorgen, Umbrüche und kleine belanglose Episoden, die plötzlich einen Platz fanden und eine Bedeutung bekamen, genau wie jede einzelne Masche in dem Strickzeug in ihrem Schoß unverzichtbar und eine Bedingung für die nächste und die übernächste war.

Sie hatte keine Chance, konnte den Strom nicht aufhalten, saß einfach machtlos da, während sich alles wie ein Teppich um sie legte und sie in das einpackte, was einmal gewesen war. Heute Morgen hatte Kit auf den Knopf gedrückt. Kit, die sie mit ihrem neuen prüfenden Blick und ohne Umschweife nach Agnes Ling gefragt hatte. Sie hatte behauptet, sich langsam zu erinnern.

Kit wollte alles über damals und über die Familie wissen, die in den Jahren in den New Territories ihre Nachbarn gewesen waren. Billy Ling und seine dänische Frau Susanne, die öfter zu ihnen gekommen waren, als sie gutgeheißen hatte.

Und Agnes, das Kind, das ihnen allen mit den Augen folgte, stumm und mit aufmerksamem Blick, als wäre es ein kleines menschliches Tonbandgerät.

»Warum willst du das wissen?«, hatte sie Kit gefragt und versucht, ihre Stimme neutral klingen zu lassen.

Sie hatte das Abwägen in Kits Blick gesehen, so als müsse sie sich entscheiden, wie viel sie sagen sollte. In diesem Moment erkannte sie, dass das von den Eltern Gelebte von den Kindern übernommen wurde. Die Rücksicht auf die Gefühle, die Vorrang vor der Wahrheit hatte. Der gute Wille, der einen schließlich einholte und strafte, in seiner Macht vervielfältigt durch die Zeit und die mit der Lüge gelebten Jahre.

»Ich erinnere mich noch immer an so wenig. Vielleicht hilft

mir das«, sagte Kit, aber Ina sah in ihrem Blick, dass sie etwas zurückhielt. Wie sie selbst immer etwas zurückhielt.

Einen Moment lang war sie versucht, ihr alles zu erzählen. Aber nur ganz kurz, dann hatte sie sich wieder unter Kontrolle. Für sie war es zu spät. Oder vielleicht zu früh. Solange sie hier an Eriks Bett saß, so lange galt ihre Loyalität ihm und so lange hatte sie keine andere Wahl, als dem Weg zu folgen, den er eingeschlagen hatte. Denn er hatte sie mit sich genommen.

»Das ist so lange her«, sagte sie, wusste aber genau, dass sie so leicht nicht davonkam.

»Komm schon, Mutter. Wie war Agnes? Ich kann mich erinnern, wie sie ausgesehen hat. Dass wir zusammen gespielt haben. Erzähl mir etwas mehr.«

Sie zuckte mit den Schultern. »Agnes Ling war ein Einzelkind und verwöhnt«, begann sie gegen ihren Willen. »Sie war die Tochter ihres Vaters.«

»Was meinst du damit?«

Ina suchte nach Worten. Dann war er plötzlich da, der offensichtliche Vergleich. »Wie du auch«, sagte sie. »Alles, was ihr Vater tat, war gut und richtig. Sie folgte ihm auf den Fersen, wenn sie konnte. Nutzte jede Chance zu erzählen, dass ihr Vater in Hongkong eine sehr wichtige Persönlichkeit war, dass er der klügste und tüchtigste aller Väter in der ganzen Kronkolonie war.«

Kit lächelte ruhig. »War ich wirklich so?«

Ina hörte auf zu stricken. »So bist du immer gewesen. Und so war Agnes Ling. Das hattet ihr gemeinsam, aber das war wohl auch das Einzige.«

Sie versuchte im Plauderton zu reden. Kit zu erzählen, dass Agnes ja nur eines von vielen Kindern war, die mit oder ohne ihre Eltern ins Haus kamen und Nudeln oder Zuckerbrote bei der Ama in der Küche aßen. Ganz gelogen war das nicht. Aber mit der Wahrheit war es wie mit dem Garn in ihren Händen, es konnte zu verschiedenen Mustern verstrickt werden und war doch aus dem gleichen Grundstoff gemacht, dem Faden, der alles zusammenhielt.

Denn es war ja kein Zufall, dass sie Nachbarn von Billy Lings Familie wurden, und es war kein Zufall, dass sie selbst mehr Abendessen für die Familie Ling veranstaltete, als ihr lieb war, und dass sie sich mit der schönen, aber zaghaften Susanne anfreundete. Und es war kein Zufall, dass die kleine intelligente Agnes mit dem aufmerksamen Blick, der alles aufsaugte, mehr zu sehen und zu verstehen begann, als gut war.

Die Erinnerung stürzte erst richtig auf sie ein, als Kit gegangen war, deutlich unzufrieden mit der Auswahl der Informationen.

Agnes war die Tochter ihres Vaters. Der Ausdruck passte ausgezeichnet. Zwar hatte sie einige Züge der Mutter und sprach sowohl Dänisch als auch Kantonesisch. Aber sie war mehr Chinesin als Dänin. Sie war das stille Wasser, das Kind mit dem ausdruckslosen Gesicht, das immer wie aus dem Nichts auftauchte. Das sich plötzlich materialisieren konnte, vor allem wenn sie bei einem vertraulichen Gespräch oder einem privaten Treffen saßen. Wie ein Schatten bewegte es sich im Grenzland der beiden Häuser, die nur durch eine niedrige Hecke voneinander getrennt waren, und mehr als einmal fand Ina sie in der Küche bei der Ama, schlafend in einem Bett irgendwo im Haus oder an einer Tür lauschend.

Agnes behandelte Kit mit der natürlichen Autorität des Führerhundes, die aus dem Altersunterschied von zwei Jahren und einer viel freimütigeren Natur resultierte. Und Kit sah zu Agnes auf. Folgte ihr wie ein kleiner, demütiger Schoßhund, der darüber hinwegsah, dass sein Besitzer ihn nicht immer feinfühlig behandelte.

Während die Schleuse der Erinnerung sich zu öffnen begann, erinnerte sie sich an einen bestimmten Tag, als sie eine Unterhaltung der beiden Mädchen mitangehört hatte.

Sie war vom Einkaufen nach Hause gekommen und hatte aus Kits Zimmer Stimmen gehört. Kein eigentliches Gespräch, sondern etwas, das fast einem lautstarken Kampf um das letzte Wort glich. Untypisch, da Kit in der Regel die war, die auswich und das Territorium der Macht Agnes überließ. Aber nicht dieses Mal. Und Ina begriff, dass es mit dem Thema der Unterhaltung zu tun hatte.

Sie brauchte nicht an der Tür zu lauschen. Sie stand offen, und Agnes Stimme hatte sich aufgebläht.

»Mein Vater ist tüchtiger als dein Vater«, sagte sie mit dem selbstsicheren Wissen einer Achtjährigen.

Das war für Kit ein rotes Tuch. »Ist er nicht. Mein Vater ist in allem besser als dein Vater.«

»In was?«, gab Agnes zurück.

»In allem, das sage ich doch.«

»Ha, dir fällt nichts ein!«, zog Agnes sie auf.

Ina konnte fast hören, wie Kit verzweifelt nachdachte.

»Er kann besser telefonieren«, sagte sie dann.

Agnes lachte höhnisch. »So etwas Blödsinniges. Mein Vater arbeitet an der Börse, das tut dein Vater nicht. Mein Vater jongliert jeden Tag mit Millionen von Dollars und weiß alles, was vor sich geht.«

Es war deutlich, dass das Kind den Unterhaltungen der Erwachsenen gelauscht hatte.

»Mein Vater weiß einfach alles«, piepste Kit.

»Tut er nicht«, stellte Agnes fest. »Er weiß nicht all das, was ich über ihn weiß.«

»Und was weißt du?«, fragte Kits Stimme, wütend, aber trotzdem neugierig.

Agnes sagte leichthin. »Ich weiß, dass er etwas tut, was man nicht tun darf.«

Jetzt war Kit wieder auf sicherem Grund. »Ha! Das stimmt nicht, denn mein Vater darf alles.«

Agnes sagte boshaft: »Mein Vater sagt, dass dein Vater GLAUBT, dass er alles darf. Mein Vater hasst deinen Vater.«

Kit war deutlich verwirrt. »Aber mein Vater und dein Vater sind doch Freunde«, protestierte sie, nicht an den Gedanken gewohnt, dass jemand ihren Vater hassen könnte. Denn das tat niemand in Kits Universum. Alle liebten Erik Bennett und Erik Bennett liebte alle.

Ina wählte diesen Moment, um die Mädchen zu rufen, und die

Bombe wurde entschärft. Sie gab jeder ein Eis und schickte sie zum Spielen in den Garten hinaus. Doch später an diesem Abend war Kit sehr still und aß fast nichts. An ihrem verzagten Gesicht konnte sie sehen, dass die Gedanken zu rotieren begonnen hatten. Plötzlich fragte sie ihren Vater zögernd: »Vater, gibt es jemanden, der dich hasst?«

»Wer sagt das?«, brummte Erik, der die South China Morning Post las.

»Agnes sagt das.«

Er sah von der Zeitung auf. Begegnete dem unruhigen Blick seiner Tochter. Dann legte er die Zeitung weg und nahm sie auf den Schoß und umarmte sie. »Eins kann ich dir versprechen. Dich hasst niemand.«

»Aber was ist mit dir?«, flüsterte Kit.

»Und wenn es jemanden gibt?«, fragte er leichthin.

Kit dachte gründlich nach. Dann sagte sie mutig. »Dann schlage ich ihn tot.«

Erik schmunzelte. »Und wenn ich das verdient hätte? Wenn ich etwas Schlimmes getan hätte?«

Wieder dachte Kit nach. Aber nicht so lange. »Dann würde ich ihn auch tot schlagen.«

Es war eine entschwundene Zeit. Sie kam nie zurück. Und doch schien sie sich aufzudrängen. Wollte etwas von ihr. Von ihnen allen.

Sie steckte das Strickzeug in die Tasche und setzte sich ganz zu ihm. Er atmete nur flach. Nicht die tiefen zufriedenen Atemzüge eines Menschen, der einen süßen Schlaf schläft. Sie dachte an Kit. An das Kind, das erwachsen geworden war. Fragte sich, was in der letzten Zeit passiert war. Ob der blinde Glaube an den Vater noch immer da war. Denn das war er all die Jahre gewesen, das wusste sie. Für Kit konnte Erik keinen Fehler machen. Bis auf den, sie zu übersehen. Nur wenn er in der Eile vergaß, ihr Aufmerksamkeit zu schenken, sah sie einen Bruchteil dessen, wie er auch sein konnte.

Sie beugte sich zu ihm hin. Spürte seinen warmen Atem, der

sich mit der Luft des Zimmers vermischte, und fand Trost darin, dass er noch immer da war und die Welt für sie ausmachte. Und sie fragte sich, ob Kit noch immer bereit wäre, für ihren Vater zu töten, wenn sie ihn so gut kennen würde, wie sie selbst das tat.

50

Das Geld, das durch die Fahrten der Schlangenboote zwischen China und Hongkong hereinkam, stellte ein Problem dar. Es war zu viel, und es war zu offensichtlich. Es musste investiert werden, um arbeiten und mehr werden zu können. Um kein Schwarzgeld mehr zu sein.

Es war die Stadt, die seine Aufmerksamkeit erregte und die ihm sagte, dass er hier seine Dollars anlegen sollte. Nicht in weiteren Fabriken als den beiden, die er bereits besaß, und nicht im schnellen Kauf und Verkauf einer so verderblichen Ware wie Mode. Er brauchte etwas Sicheres, und die Stadt war genau das Richtige. Hongkong boomte, als wäre es nie anders gewesen. Im Laufe der zwei Jahre, die er in der Kronkolonie gewohnt hatte, war die Bautätigkeit explosionsartig nach oben geschnellt. Die Regierung hatte sich in das weltgrößte Unterbringungsprojekt für die Millionen von chinesischen Flüchtlingen gestürzt, die seit dem Krieg eingetroffen waren. In seinem ersten Jahr in Hongkong hatten sie das Bild dominiert. Arme Menschen, die auf den Straßen schliefen, auf den Berghängen Slumsiedlungen bauten oder in ihren baufälligen Dschunken im Aberdeen Harbour wohnten, wo sie Hühner und Hunde hielten und in ihrem ewigen chinesischen Arbeitseifer hin und wieder auf die Idee kamen, schwimmende Restaurants zu eröffnen. Oft hatte er Kunden oder die Familie mit dem Speedboot zu einer der Dschunken hinausgefahren, wo man die ausgesuchtesten einfachen Mahlzeiten für sie zubereitet hatte, während die Dschunke im Wasser des Haufens schaukelte.

In Europa wurde jetzt viel über Gesundheit und die verschiedenen Möglichkeiten abzunehmen geredet. Frauenzeitschriften stellten eine Diät nach der anderen vor, um die westlichen Frauen Twiggy oder Mary Quant ähnlich sehen zu lassen. Er könnte ihnen das Rezept verraten, dachte er manchmal und erwog halbwegs ernsthaft, in die Schlankheitsbranche einzusteigen. Eine Untersuchung hatte ergeben, dass von allen Völkern der Welt die Bootflüchtlinge im Aberdeen Harbour die gesündeste Kost zu sich nahmen. Es gab drei einfache Codeworte, die man als Mantra an die verwöhnten westlichen Frauen verkaufen konnte, die nicht begriffen, dass es ein Luxus war, überhaupt eine Diät zu brauchen: Fisch, Gemüse und Reis.

Erik fuhr nachdenklich mit einem Finger an der Kante des Glases entlang. Er saß in der Captain's Bar des Mandarin Hotels, wo er gerade mit einem Kunden zu Mittag gegessen hatte. Er war noch geblieben, denn er musste nachdenken, und das konnte er am besten umgeben von Lärm und Unruhe, Musik und Menschenstimmen.

Mit Hilfe des zweiten Wodka-Soda dieses Tages stürmten seine Gedanken davon. Das war sein Dessert nach dem ausgesuchten Mittagessen.

Wieder dachte er an Hongkong und dessen Verwandlung. Er hatte sie verfolgt, war Teil des Herzschlags gewesen und hatte den Umschwung selbst mitgeschaffen. Er dachte an den allerersten Tag. Erinnerte sich an das Gefühl von Spannung und Andacht, als er zusammen mit Mary Wong durch das Wirrwarr aus Menschen, Tieren und Fahrzeugen gefahren war. Dieses Gefühl hatte ihn nie verlassen. Hongkong war noch immer seine Stadt, auch wenn es nicht ganz so gelaufen war, wie er es sich erträumt hatte. Er liebte jede Ecke, von der kleinsten Wellblechhüte am Rand der Stadt bis zu den großen imponierenden Hauptquartieren der Handelsgesellschaften im Zentrum. Und sein Respekt für die Chinesen und ihre Betriebsamkeit wurde mit jedem Jahr, das verging, größer. Er fühlte sich zunehmend selbst als einer von ihnen. Dachte wie sie, handelte wie sie. Las ihre Gedanken.

Besonders die Flüchtlinge machten ihm Eindruck. Sie kamen

zu seinen Fabriken, arbeiteten zwölf Stunden am Tag für einen geringen Lohn, aber ohne zu mucken. Man konnte in ihren Augen sehen, dass sie ein Ziel verfolgten. Dass sie Ambitionen hatten. Viele besuchten in ihrer spärlichen Freizeit Kurse. Sie qualifizierten sich in der Branche, und später stellte er sie in höheren Positionen zu einem höheren Gehalt ein.

In den ersten Jahren hatte man sie in Baracken gesteckt, manchmal zwölf Menschen in einen einzigen Raum und mit einer Toilette für viele draußen auf dem Gang. Aber nach und nach wurden die Flüchtlingswohnungen besser; Hochhausblocks, in denen Tausende von Menschen in ordentlichen Verhältnissen lebten, doch in Ghettos so dicht beieinander, dass sie sich fast an der Schulter stießen, wenn sie sich auch nur im Bett drehten.

Westliche Soziologen hatten gewarnt, dass Kriminalität und Gewalt ansteigen würden, wenn man so viele Menschen zusammenpferchte. Aber sie hatten die chinesische Mentalität nicht in Betracht gezogen, denn genau das Umgekehrte passierte. Die Chinesen waren wie er, der Lärm und Unruhe zum Denken brauchte. Sie liebten es, zusammengepfercht zu wohnen. Liebten die Gemütlichkeit der engen Nachbarschaft oder der großen Familie. Gut, dachte Erik und nahm einen Schluck von seinem Wodka. Er hatte gehört, dass auf zwei Quadratkilometern bis zu 300 000 Menschen wohnen konnten. Das Unterbringungsprojekt war imponierend, aber auch nötig, weil jedes Jahr viele Flüchtlinge in einstürzenden Slumstädten umkamen, wenn Taifune wüteten, und weil die sanitären Verhältnisse und der allgemeine Gesundheitszustand so schlecht waren, dass Epidemien sich schnell ausbreiteten. Tuberkulose war noch immer das größte Problem, und regelmäßig gab es Ausbrüche von Cholera, Diphtherie und Durchfall.

Auch die private Bauwirtschaft boomte. Es gab mehr Bambusgerüste als je zuvor in der Stadt. Hongkong war in wenigen Jahren zum dicht besiedeltsten Fleck der Erde geworden, und die Wohnungspreise schossen raketenartig in den Himmel – genau wie die vielen Wolkenkratzer, die mit immer mehr Stockwerken erbaut wurden. Je mehr er darüber nachdachte, desto sicherer wurde er, dass er Geld in Bausteine umfunktionieren musste. Er musste einen Teil der Kolonie besitzen.

Vielleicht weil seine Gedanken bereits in diesen Bahnen liefen, fielen ihm zwei chinesische Herren auf, die an einem Tisch saßen und leise miteinander sprachen. Nach so vielen Jahren verstand er ein wenig Kantonesisch und zwischen seinen Gedanken begann er Worte aufzuschnappen. Einer der Männer sagte:

»Das ist das bestgehütete Geheimnis der Stadt. Niemand weiß, welche Gesellschaft sie kaufen wollen. Aber man sagt, dass es sehr bald passieren wird.«

Erik begann mehr und mehr Worte in dem Lärm der Bar zu unterscheiden. Er hörte, dass Hongkongs neue expandierende Börse erwähnt wurde und der Name Wei Fong Finance. Aus der Unterhaltung entnahm er, dass Wei Fong in den Eigentumsmarkt einsteigen wollte und dicht davor stand, durch einen geheimen Handel eine der alten, gut etablierten Baugesellschaften zu übernehmen.

»Ihre Aktien werden im Wert explodieren«, sagte der eine Chinese leise zu dem anderen, und Erik spürte das Adrenalin Wärme durch seinen Körper pumpen – wie immer vor einem Geschäft.

Am Abend dieses Tages fiel ihm Billy Ling ein.

Vor ein paar Jahren hatte er ihn an einem Sonntag auf der Rennbahn in der privaten Box des Handelsunternehmens Jardine Matheson getroffen, wohin sie beide zusammen mit einigen anderen Persönlichkeiten aus der städtischen Handels- und Finanzwelt eingeladen worden waren. Und mit dem Gouverneur natürlich.

Billy Ling war Abteilungsdirektor an der Börse. Bei dem Rennen hatte Erik ihn beobachtet und war zu dem Schluss gekommen, dass er ein Problem mit Glücksspielen hatte. Von keinem sonst beachtet, fielen ihm die vielen Zettel auf, die Billy Ling dem Mann gab, der gegen Bezahlung Pferdewetten für andere abschloss. Jeder wusste natürlich, dass der Ausgang des Rennens im Vorhinein abgesprochen war. Die Frage war nur, was abgesprochen worden war. So gesehen ging es bei der ganzen Übung nur darum, besser über das abgesprochene Spiel informiert zu sein, als darüber, welches Pferd das schnellste war.

Als schließlich ein Rennen nach dem anderen gelaufen war, sah Billy Ling immer ärgerlicher aus. Trotzdem drückte er dem Spielassistenten weiter große Geldbündel in die Hand und flüsterte ihm Instruktionen ins Ohr.

Schließlich reichte es Erik. Er wandte sich diskret an Billy Ling. »Black Mamba gewinnt das nächste Rennen«, sagte er leise. »Gefolgt von Golden Heaven und Oschkosch.«

Billy Ling starrte ihn einen langen Augenblick an. Sah ihm tief in die Augen, als wollte er dort die Absicht des Tipps erkennen.

»Ich hasse es, jemanden so viel verlieren zu sehen. Und ganz unnötig«, erklärte Erik, der nie selbst spielte, aber immer gut informiert war.

Von dem Moment an gewann Billy Ling, und die Grundlage zu einem einseitigen Dankbarkeitsverhältnis war gelegt.

Erik notierte sich den offensichtlichen Fall von Spielsucht; speicherte ihn irgendwo in seinem Bewusstsein, wo er so oft Informationen aufbewahrte, die ihm später vielleicht einmal nützlich sein konnten. Und als das Nachbarhaus neben dem Haus der Familie Ling in den New Territories zum Verkauf stand, kaufte er das Haus in der sicheren Überzeugung, dass sich das bezahlt machen könnte. Es konnte nur von Vorteil sein, neben einer potenziell so wichtigen Informationsquelle über die Finanzen der Stadt zu wohnen.

Die beiden Familien trafen sich mehr und mehr privat. Über die Jahre hatte er Billy Ling in unzähligen Situationen mit baren Darlehen für seine Spielschulden aus der Patsche geholfen. Nie war auch nur ein Dollar zurückbezahlt worden.

Doch jetzt war die Zeit gekommen, die Schuld zu begleichen.

Sie trafen sich am selben Abend in der City im Klub der Auslandskorrespondenten.

Die halbrunde Bar war so gut wie leer. Der Vietnamkrieg hatte seinen Höhepunkt erreicht, und die meisten Klubmitglieder gingen ihrem Job in Saigon nach. Nur ein paar Werbeleute saßen in einer Ecke und versuchten unterhalb der von Gewalt und Tod zeugenden Bilder bekannter Fotografen, die an der Wand hinter ihnen einen Ehrenplatz gefunden hatten, zähen Kriegskorrespondenten zu gleichen. Der andere Fixpunkt der Bar war der stets leere Barhocker, der bis in alle Ewigkeit für Dickie Hughes reserviert war, den berühmten australischen Journalisten, der immer die besten Geschichten auf Lager hatte.

»Wie läuft es an der Börse?«, fragte Erik unschuldig, als der Barkeeper ihre Drinks vor sie hingestellt und sich anderen Gästen zugewandt hatte.

»Es boomt. Wie alles in dieser Stadt«, sagte Billy Ling optimistisch. »Jeder will an die Börse. Millionen von Dollars schwimmen herum und suchen nach einem Ankerplatz.«

Erik lauschte. In Billys Stimme war eine Andeutung von Nervosität, auch wenn er nach außen den Eindruck machte, als sei alles in bester Ordnung. Vielleicht eine neue Spielschuld. Oder ein siebter Sinn, der ihm sagte, dass jetzt eine ganz andere Schuld eingetrieben werden sollte.

»Ich habe gehört, dass der Eigentumsmarkt boomt«, sagte Erik versuchsweise.

Billy nickte. Streifte Erik kurz mit seinem Blick, bevor er ihn über die Fotos schweifen ließ.

»Darauf kannst du wetten«, sagte er mit Nachdruck und blieb an dem Bild eines von Napalm verbrannten Mädchens hängen, das schreiend durch ein vietnamesisches Dorf lief. »Der Preis pro Quadratmeter hat sich in den letzten vier Monaten verdoppelt«, sagte er geistesabwesend.

Erik folgte seinem Blick. Er las, was Billy durch den Kopf ging. Der eine Teil sah auf das Bild und dachte an seine eigene Tochter, Agnes, an ihre Zukunft und die Möglichkeiten, die so sehr von dem anderen Teil abhängig waren. Dem, der versuchte herauszufinden, worauf all diese Fragen hinaus wollten. Er beschloss, gnädig zu sein und zur Sache zu kommen. »Wen wird Wei Fong Finance übernehmen?«

Die Stimmung schien plötzlich umzuschlagen. Ling riss den Blick von dem Foto des Mädchens los. Er sah Erik mit unverhohlenem Ärger an.

»Du weißt genau, dass ich diese Frage nicht beantworten kann. Das verstößt gegen die Regeln. Es ist mein Job, Fusionen und Ankäufe auf dem Markt zu überwachen.«

Erik wusste, dass er gewonnen hatte. Dass es nur eine Frage der Zeit und des Ruhebewahrens war. Er wartete einen Augenblick. Bat den Barkeeper, ihnen nachzufüllen.

»Habe ich dir je die Hilfe verweigert, wenn du zu mir gekommen bist, Billy?«, fragte er mit enttäuschter Stimme. »Habe ich je auch nur mit einem Wort die Beträge erwähnt, um die es dabei geht?«

Billy wandte den Kopf ab, aber Erik konnte die Tränen in seinen Augen sehen. Ein schwacher Mann. Es machte ihm keinen Spaß, aber schwache Menschen mit unschätzbarem Wissen baten selbst darum, ausgenutzt zu werden. In Hongkong kämpfte jeder gegen jeden.

»Jetzt bitte ich dich um eine Gefälligkeit«, sagte er leise. »Die Zeiten sind schwer. Ich brauche eine sichere Investition.«

Er wusste, dass das viel verlangt war. Vielleicht zu viel. Wusste, dass Billy vielleicht nicht den Mut dazu hatte. Hier bedurfte es einer anderen Lösung.

»Okay«, sagte er nach einigen Überlegungen und einem langen Schweigen von Billy. »Sag es mir nicht. Gib mir nur einen Tipp.«

Er glitt von dem Barhocker und ging schräg durch den Raum zu den Toiletten. Manchmal musste man den Leuten Zeit lassen. Sie mit ihren Gedanken alleine lassen, damit sie einsahen, dass sie keine Wahl hatten.

Er wartete eine angemessene Zeit und ging wieder zurück in die Bar. Aber Billy Ling war fort, und er ärgerte sich über seine fehlgeschlagene Taktik. Setzte sich und griff wütend nach dem Drink auf der Bar.

Als er das Glas hob, sah er die drei Buchstaben, die auf dem Pappuntersetzer unter seinem Drink standen: PLH.

Er seufzte. Lehnte sich zufrieden zurück und trank den Rest seines Wodka-Soda.

Pac Lau Holdings war eine der größten Baugesellschaften der Kolonie.

Drei Tage später ging die Neuigkeit über die Fusion durch die Presse. Und eine Woche später klopfte Billy an die Tür des Hauses in den New Territories und trat mit einem Gesicht ein, auf dem Entsetzen und Verwirrung standen.

»Ich habe große Probleme«, stammelte er, als Erik ihn in sein Büro geführt hatte. »Gegen mich läuft eine Untersuchung wegen Insiderhandels.«

Er starrte Erik anklagend an. Seine ganze Person zitterte vor Nervosität, und er konnte kaum den Cognac halten, den Erik ihm eingeschenkt hatte.

»Du musst eine ganze Wagenladung Aktien gekauft haben. Dieser Deal war das bestgehütete Geheimnis auf dem Markt. Jetzt bin ich dran.«

»Unsinn.«

Erik bedeutete Billy, sich zu setzen. Ergeben ließ sich der Chinese auf das Ledersofa fallen.

»Du kannst ganz beruhigt sein, Billy. Ich habe sie alle durch einen Strohmann in Singapur und Kuala Lumpur gekauft. Nichts lässt sich zu mir zurückverfolgen.«

Er beugte sich vor in dem Versuch, Billys panischen Blick festzuhalten. »Und wenn sich nichts zu mir zurückverfolgen lässt, kann auch nichts zu dir zurückverfolgt werden.«

Er konnte es nicht lassen, da er die Zukunftsaussichten einer Zusammenarbeit zwischen ihm und Billy Ling plötzlich klar vor sich sah. Er hob das Glas zu einem Prost. »Wir können damit ein Vermögen verdienen. Wenn wir eiskalt sind.«

»Eiskalt?«

Billy fixierte ihn mit seinem panischen Blick. Hielt mit zitternden Händen sein Glas fest, während er es an die Lippen führte. Erik seufzte. Hier bedurfte es einer außergewöhnlichen Maßnahme. Hier musste Plan B in Kraft treten.

Vorsichtig setzte er sich und befreite das Glas aus Billys Griff. »Du brauchst etwas ganz anderes, glaube ich. Etwas zum Entspannen. Komm mit.«

Billy folgte ihm gehorsam. Wie ein Hund, dachte er verächtlich, weil es ihm die Entscheidung erleichterte. Sie gingen in der Abenddämmerung zwischen den Schatten der Bäume zu dem Pavillon hinunter. Irgendwo rührte sich etwas in seinem Gehirn, aber er schob das Gewissen beiseite. Er dachte an Dewi und an Ina und die Kinder; an seine Mutter in dem Haus in Nyborg; an sein ganzes Leben, das plötzlich in Windeseile vor seinem inneren Auge vorbeizog. Das war eine Chance, die er sich nicht entgehen lassen durfte. Das hätten sie alle gesagt. Zimmermann. Dewi. Mary Wong. Selbst Ina.

Es war die Versicherung für die Zukunft, die sie brauchten.

Den Pavillon hatte er im vorigen Jahr eingerichtet. Diskret und ohne Aufmerksamkeit zu wecken. Er war zum Gebrauch in Notfällen gedacht. Nichts, was an diesem Abend passierte, war im Voraus geplant. Nur eine Vorstellung hatte in seinem Kopf herumgespuckt. Ein unscharfes Bild von Macht.

Er schaffte es, Billy auf das geschnitzte Bett zu bugsieren, dessen mit Totenköpfen verzierte Bettpfosten in den Raum starrten. Auf einem kleinen Tisch lag alles bereit. Er machte sich an die Vorbereitungen, wie es das Mädchen in dem hellblauen Cheongsam vor langer Zeit in Macao getan hatte.

»Leg dich hin«, befahl er sanft. »Entspann dich. Genieße es.«

Langsam bekam er die Pfeife angezündet. Schmeckte sehnsuchtsvoll den süßen, kräuterigen Geschmack, hielt sich jedoch an das Versprechen, das er sich selbst gegeben hatte.

»Es ist ganz ungefährlich. Du kannst jederzeit wieder aufhören, das verspreche ich dir.«

Es währte vielleicht eine halbe Sekunde, vielleicht weniger. Aber ganz kurz sah er Kits Blick vor sich, der an seinem klebte; sie war drei Jahre alt und Vater war der Beste auf der Welt. Vater machte alles richtig und Vater hatte keine Feinde. Er versprach sich, dass er sie nie enttäuschen wollte. Dass sie nie etwas erfahren würde, selbst wenn er ganz Hongkong auf den

Kopf stellen musste oder – wenn es sein musste – die ganze Welt.

Er reichte Billy die Pfeife.

51

Bibbie war ganz die Alte. Soweit das möglich ist, wenn man nicht mehr acht, sondern dreiunddreißig ist und nicht länger die Angewohnheit hat, sich das ganze Gesicht mit Tusche einzuschmieren, wenn man gerade damit beschäftigt ist, ein Haus mit einem Schornstein und einer Katze im Fenster zu malen.

Sie öffnete die Tür zu ihrer in der Innenstadt gelegenen Wohnung mit ihrem erinnerungswürdigen breiten Lachen und den wilden hellen Locken, die ihr Gesicht umrahmten, das noch immer Sommersprossen und eine Stupsnase hatte. Selbst ihr Körper sah wie ein größeres Modell ihres Kinderkörpers aus. Das zutreffendste Wort war rund. Runde Arme, runde Beine, rundes Gesicht und runder Bauch.

»Im März ist es soweit«, sagte sie mit als Erstes, als sie Kit ins Wohnzimmer führte.

Die Wohnung war geräumig und patrizierartig mit Erker, Stuck und einer hohen kreideweißen Decke. Ein paar seltene Sonnenstrahlen wärmten den Parkettboden. Eine Teekanne stand zusammen mit Tassen und Tellern und einer Schale bereit, in der, wie es aussah, selbst gebackene Brötchen lagen. Im Wohnzimmer war alles ordentlich, während Kinderschuhe und Jacken und einige Kinderspielzeuge in der Diele davon zeugten, dass mehr als ein Kind im Haus wohnte.

»Wir erwarten gerade das Dritte«, erklärte Bibbie, während sie sich schwerfällig Kit gegenüber an den Esstisch setzte. »Liva kennst du, und Julie wird bald fünf. Sie sind bei einem Freund, aber sie kommen bald und sagen hallo.«

»Ich wusste, dass du Kinder haben würdest«, sagte Kit und spürte zu ihrer Verwunderung, wie sich ein Gefühl in ihren Hals hinaufschlich und ihn zuschnürte. Sie wusste, wie sich Neid anfühlte, wenn er ein seltenes Mal auftauchte, und sie wunderte sich. Kinder hatten nie hoch oben auf ihrer Prioritätenliste gestanden. Nie schien sie so weit gekommen zu sein, in Reproduktionsbahnen zu denken.

»Und du?« Bibbie schenkte Tee ein, und der Duft häuslicher Gemütlichkeit machte sich noch mehr breit. »Bist du Künstlerin geworden? Du, die du immer so kreativ warst.«

Kit nahm ein Brötchen. Es war noch warm. Was hatte es mit diesem Gefühl auf sich, das sie nicht loslassen wollte? Selbst ein blödes selbst gebackenes Brötchen brachte sie fast zum Weinen.

»Keine Kinder«, sagte sie, um das Thema abzuhaken. »Ich arbeite in der Firma meines Vaters, aber ich habe ein Atelier.«

»Du kannst ja noch immer welche bekommen. Kinder, meine ich«, sagte Bibbie. »Man kann viel darüber sagen, wie viel Mühe sie machen. Aber man bereut es nie.«

Verdammt! Sie hätte nicht herkommen sollen. Hätte zu Hause bei ihren Skulpturen und ihrer seltsamen Familie und ihrer halben Beziehung bleiben sollen. Sie hätte sich einen anderen Freundeskreis suchen sollen. Homosexuelle und Exzentriker, bankrotte Künstler und Hochstapler waren mehr ihr Stil. Woher kam diese Sehnsucht nach einem ganz alltäglichen Leben?

»Ich habe dich immer beneidet, Kit«, sagte Bibbie plötzlich mit so viel Innigkeit in der Stimme, dass alle Gedanken über Alltäglichkeit von Verwunderung abgelöst wurden.

»Mich? Warum in aller Welt denn das?«

Bibbie lächelte ihr Schulmädchenlächeln, und Kit wurde an Tage und Stunden in der Klasse erinnert, an den Geruch von Schwamm und nassen Schultaschen und an Liebesbriefe, die heimlich von treuen Knappen abgeliefert wurden. An Mädchengekicher in den hintersten Reihen und den Klang zerbrechender Kreide.

»Du bist immer etwas Besonderes gewesen. Und in den Kunststunden hattest du so viele Ideen und hast deine Fantasie spielen lassen, während wir anderen Tonwürste gerollt haben.«

Bibbie rieb sich den Bauch. »Jetzt tritt er. Jörn sagt, dass er bestimmt einmal ein Profi-Fußballspieler wird und wir in Saus und Braus leben können.«

Etwas in Kit machte dicht. Sie kannte das Gefühl aus der Kindheit, wenn die anderen Mädchen mit Puppen spielten oder wenn ihre Mutter Besuch von Frauen mit Babys hatte, die gestillt und deren Windeln gewechselt werden mussten. Es war kein Ekel, auch wenn es den gleichen Effekt hatte. Eher eine Art Befangenheit. Als wären diese Dinge zu persönlich, als würde etwas zu Intimes preisgegeben. Sie hatte das Gefühl, dass Bibbie sie zu nahe an sich heranließ, und sie musste sich anstrengen, interessiert zu lächeln, während sie sich verzweifelt zu sagen versuchte, dass sie endlich erwachsen werden und sich anderen Menschen und ihren Kindern gegenüber natürlich verhalten musste.

Doch Bibbie schien ihre Gefühle trotzdem zu ahnen, denn sie schüttelte entschuldigend den Kopf. »Ich weiß. Das ist furchtbar peinlich, aber man wird so überheblich und meint, dass alle anderen sich auch dafür begeistern müssen. Sorry!«

»Das ist ja auch eine Erfahrung, die ich nicht habe«, versuchte es Kit. »Es ist schwer, sich da hineinzuversetzen.

Bibbie nickte. »So ist es mir früher auch gegangen. Ich war mir überhaupt nicht sicher, ob ich mein Kind lieben würde, wenn ich es das erste Mal sähe. Ich fand das logisch. Man muss es doch erst einmal kennen lernen.«

Kit kannte den Gedanken. Dass sie bestimmt eine schlechte Mutter sein, dass sie all ihre Angst auf das Kind übertragen würde. Sie erinnerte sich an den Krach mit Henrik. Merkte plötzlich, wie jemand oder etwas sie in eine bestimmte Richtung zu ziehen begann, ein wenig vergleichbar mit einem nervösen Tier, das zu einem See hinuntergeführt wird, dessen Wasser dunkel und unruhig ist, und wo Durst und Neugier aber doch die Oberhand über die Angst gewinnen. War es möglich, dass sie sich einmal so ins Leben würde stürzen können? War sie dem einen

Schritt näher gekommen? Sie sah kurz Victors Gesicht vor sich, spürte die Wärme in Bauch und Unterleib und dann kam ihr der Gedanke zum ersten Mal. Die fast unaushaltbare Vorstellung und die Worte formten sich irgendwo tief in ihr: Nicht auszudenken, wenn sie nie einen Victor bekommen würde.

Bibbie redete wieder drauf los. Von der Schulzeit und von ihrer Ehe. Aber Kits Gedanken waren woanders. Verwirrt kreisten sie auf eine Weise, wie sie es nie zuvor getan hatten. Sie schienen plötzlich in diese ganz andere Richtung zu reisen. Als wäre die Möglichkeit des Nichts, des keine Kinder Habens, ihr plötzlich und zum ersten Mal eingefallen, was natürlich nicht der Fall war. Aber Gedanken und Gefühle waren offenbar nicht ganz dasselbe. Heute spürte sie, wie es sich anfühlen würde. Und sie brauchte nicht lange, um zu erkennen, dass sie dieses Gefühl nicht mochte.

»Ich plappere einfach so drauf los«, sagte Bibbie plötzlich. »Komm, ich führe dich ein bisschen herum.«

Die Wohnung war groß, zwei Kinderzimmer und ein Büro.

»Wir ziehen bald in ein Haus um. Wir haben ein Grundstück in der Nordstadt gekauft, und im Frühjahr fangen wir an zu bauen«, erklärte Bibbie.

»Und was ist mit der Wohnung hier?«

Bibbie sah sie an. »Bist du daran interessiert? Hier, mitten in der Stadt?«

Kit wusste nicht, was in ihr vorging. Sie befand sich in der größten Krise ihres Lebens. Sie steckte bis zum Hals in Problemen. Sie wäre beinahe im Feuer umgekommen, ihr Vater war todkrank, ihr Freund war inzwischen ihr Exfreund, und in Wirklichkeit hätte sie ihre Zeit dazu benutzen sollen, um nach Agnes Ling zu suchen. Trotzdem schien ein ganz besonderer Optimismus sich durch das Chaos der Probleme einen Weg zu bahnen. Sie sah ein Leben unter den Stuckdecken und mit Sonnenstrahlen auf dem Parkettboden vor sich. Und weiß Gott, ob sie nicht in Gedanken kleine trippelnde Kinderfüße zu hören begann. Sie musste total verrückt geworden sein. Vollständig den Verstand verloren haben.

»Natürlich habe ich Interesse«, sagte sie.

Bibbie öffnete die Tür zu einem Zimmer, das offensichtlich ein Büro war. Nicht nur für den häuslichen Bedarf, sondern mit Pinnwänden und Diagrammen und Karten über verschiedene Landstriche mit beweglichen kleinen roten und blauen Punkten.

»Das ist mein Büro«, sagte Bibbie fast entschuldigend. »Ich vermiete Ferienhäuser.«

Kit sah auf die Karte über dem Schreibtisch. »Wo?«

Bibbie zeigte auf die Karte. »Hier. Im Gebiet um den Kerteminde Fjord und um Munkebo.«

»Wem gehören die Häuser?«, fragte Kit.

Bibbie lachte. »Uns jedenfalls nicht. Das ist ein Service, den wir für ein bestimmtes Honorar anbieten. Aber wir nehmen nicht so viel wie die großen Ferienhaus-Ketten«, fügte sie hinzu. »Wir sind ein kleines lokales Büro. Und wir suchen immer nach Ferienhäusern; wenn du also jemanden kennst oder selbst eins hast, kannst du mir das gerne sagen.«

Kit kannte niemanden.

Sie gingen zurück ins Wohnzimmer und Bibbie zauberte eine Flasche Weißwein hervor. Die Kinder kamen nach Hause, und Kit begrüßte Liva und ihre kleinere Schwester und gab jeder eine Schachtel mit Schokolade.

»Du weißt es zwar nicht, Liva, aber von dir habe ich viel gelernt«, sagte sie leise.

Liva sah sie mit großen Augen an. »Warum?«, fragte sie.

Kit dachte nach. »Weil du keine Angst gehabt hast«, sagte sie dann. »Weil du nicht nach deiner Mutter gerufen hast oder geweint oder so. Weil du einfach mit dem weitergemacht hast, was du gerade machen wolltest.«

»Weihnachtsgeschenke umtauschen«, erinnerte sich Liva mit einem Lächeln.

»Genau. Man darf die wichtigen Dinge im Leben nicht vergessen.«

Als die Kinder mit Brötchen und Milch in ihren Zimmern verschwunden waren, nippten sie und Bibbie an dem Wein und sprachen über die alten Tage. Und als das Thema erschöpft war, machte Kit Anstalten zu gehen.

»Wie läuft es mit der Ferienhaus-Vermietung? Zu dieser Jahreszeit ist wohl nicht viel los? Oder mieten die Leute auch im Winter Ferienhäuser?«

Bibbie schüttelte den Kopf. »Nicht eins. Nein, das stimmt nicht«, fügte sie hinzu. »Eins habe ich einen Monat vor Weihnachten vermietet. Auf Langzeitbasis.«

Sie begleitete Kit zur Tür und half ihr, ihren Mantel zu suchen. Er hatte sich an der Garderobe unter den Sachen der Kinder versteckt.

»Wer in aller Welt mietet im Winter ein Ferienhaus?«

»Gute Frage. Eine allein stehende Frau. Sie sah übrigens ziemlich chinesisch aus, deshalb hat sie wohl nicht einmal Weihnachten da draußen gefeiert.«

Kit spürte, wie ihr Körper in Alarmbereitschaft ging. Die Muskeln spannten sich unter der Jacke, und sie musste die Lippen fast auseinander zwingen, um die Worte herauszubringen. Es war unwahrscheinlich, aber es war nicht unmöglich. Und es war einen Versuch wert.

»Du hast nicht zufällig ihren Namen? Das klingt, als könnte es jemand sein, den ich kenne.«

52

Das Wasser rann ihm über das Gesicht. Die Haare klebten am Kopf, und da er die Kapuze nicht hatte aufziehen wollen, waren Nacken und Brust bis weit hinunter nass.

Aber es war ihm gleichgültig.

Henrik lief durch die Straßen. Er fühlte sich wie eine Spinne, die ihr Netz in einem Muster webt, das mehr aus Instinkt als aus aktiver Gedankentätigkeit entsteht. So durchquerte er die Stadt in der Hoffnung, dass jemand oder etwas ihm erzählte, was er machen sollte. Dass irgendetwas auftauchte, eine Offenbarung vielleicht, die ihm sagte, welchen Schritt er tun sollte. Das war wohl nicht zu viel verlangt, wenn sich die Welt schon auf typisch dänische Winterart in ein Schwimmbad verwandelt hatte.

Eigentlich hätte er sie weit weg verbannen sollen. Die Welt, versteht sich. So wie sie sich in der letzten Zeit aufgeführt hatte. Ihn verwirrt und glauben gemacht hatte, er könnte etwas, das sich als unmöglich erweisen sollte. Das wusste er jetzt. Ganz sicher.

Andererseits kam es ihm aber auch unmöglich vor, die Zeit zurückzudrehen und glücklich und unbeschwert bis ans Ende aller Tage zu leben. Das Problem war natürlich Kit und alles, was passiert war, kombiniert mit seinen Gefühlen, wenn er ihr Gesicht vor sich sah. So wie jetzt. Denn es war nicht das Gesicht, das er gewöhnlich sah. Sicher gab es noch Zeichen der alten Verletzlichkeit und Unsicherheit wie in dem Moment, als sie sich langsam an die Zeit in Hongkong zu erinnern begann. Doch schien die Unsicherheit schnell über Bord geworfen zu werden.

Als hätte die Frau, die er liebte – er konnte es sich ebenso gut eingestehen, da es nun einmal die Wahrheit war –, wie eine Zauberkugel eine ganz neue Farbe angenommen. Das beunruhigte und reizte ihn gleichermaßen. Neue Frau in alter Verpackung, lächelte er dümmlich vor sich hin, während er durch den Regen watete und sich wie Moses vorkam, der die Wasser teilte.

Die Frage war nicht, was er wollte, dachte er, und ein altes Wortspiel aus seiner Studentenzeit fiel ihm ein. Er murmelte es während des Gehens vor sich hin, wie um Zeit zu gewinnen. »Als die Wilden die Weißen trafen, wollten die Wilden wissen, was die Weißen wollten.«

Er wiederholte es fünfmal, dann zwang er sich, damit aufzuhören.

Er wusste genau, was er wollte. Aber er hatte keine Ahnung, ob sie das auch wollte. Ob sich all das ausräumen lassen würde, was sich zwischen sie gestellt hatte. Ob sie vielleicht bei dem Jahr Null anfangen und sich vorarbeiten könnten, dachte er hoffnungsvoll und ließ sich nicht von dem Problem, das Kinder und Ehe darstellten, bekümmern. Es würde sich bestimmt mit der Zeit lösen, dachte er und wunderte sich, warum er sie überhaupt unter Druck gesetzt hatte. Aber er hatte sich selbst von ihr und ihrer Abhängigkeit von ihrem Vater unter Druck gesetzt gefühlt. Von ihrem blinden Vertrauen und ihrer Liebe zu Erik Bennett, woran zu rütteln er weder gewollt noch übers Herz gebracht hatte, womit er aber auch nicht hatte leben können. Weil sie, ohne es zu wissen, wenn nicht mit einer Lüge, so doch mit etwas Ähnlichem gelebt hatte: mit dem Glanzbild eines Abgotts.

Er war ein logisch denkender Mensch. Und während er ging, wurde ihm klar, dass es genau die Logik war, die ihm zu schaffen machte. Es sollte nicht noch mehr Glanzbilder geben. Nicht noch mehr Unwahrheiten und ungesagte Worte. Das galt auch für ihn. Aus diesem Grund musste auch er reinen Tisch machen, das wusste er, wenn er ehrlich zu sich war.

Er versuchte dem mit aller Macht auszuweichen, während er durch die nassen Straßen trabte und sich mehr als gerne von den Sonderangeboten in den Geschäften in Versuchung führen ließ.

Angebote von Star-Wars-Spielzeug zum Beispiel. Er kaufte einen ganzen Haufen, den er Victor onkelhaft präsentieren konnte.

Aber davonkommen würde er nicht. Reinen Tisch machen. Aufräumen und von vorne beginnen. Alles erzählen, auch das, was sie vielleicht nicht verzeihen würde.

Bei dem Gedanken wäre ihm ganz klamm geworden, wäre er nicht ohnehin schon nass gewesen. Er diskutierte mit sich über die Möglichkeit davonzukommen. Aber er wusste genau, dass sie immer da sein würde, wie ein Dorn oder ein eingewachsener Fingernagel. Die Geschichte von Hongkong und dem, was im Nachtklub gefolgt war. Er musste es ihr erzählen. Vielleicht würde sie ihm nie verzeihen. Das Risiko war nahezu erdrückend und unüberschaubar, aber er musste es ihr sagen. Genau wie er ihr von der Versicherung erzählen musste, erinnerte er sich.

Arme Kit.

Und hier musste er sich korrigieren. Sie war nicht arm. Aus dem einen oder anderen Grund war sie plötzlich alles andere als das.

Er schüttelte verwirrt den Kopf.

Wie, zum Teufel, hatte sie das angestellt?

53

Sie verstand die Worte genau. Sie hatte auch kein Problem die Sätze zu erfassen, die sich aneinander reihten. Aber hier hörte es auch auf. Denn es war die Bedeutung, die ihr nicht aufging. Die Konsequenz, die sie hatte. Für sie. Für ihn. Sie wusste, dass sie ihn anstarrte, aber sie konnte nicht aufhören. Sie konnte auch nichts sagen, sondern nur dastehen und glotzen, während die Worte in Zeitlupe eine Art von Sinn anzunehmen begannen.

Hongkong. Nachtklub. Hostess, wie er es nannte. Die Bilder nahmen, ohne dass sie sie kontrollieren konnte, riesige Ausmaße an. Unwillkommen, unzensiert. Der flüchtige Blick auf einen Abend und eine Nacht in einer Welt, von der sie nicht gewusst hatte, dass sie existierte.

»Kit. Sag etwas.«

Doch alles, was sie früher gesagt hätte, blieb ungesagt. Auch das, was sie ihm möglicherweise als Antwort auf seine vertrauliche Mitteilung schuldete. Sie sah nur einen Ausweg und das ganz buchstäblich. Sie musste hier raus. Weg. Irgendwo anders durchatmen.

Sie griff nach ihrer Jacke, die über dem Stuhl hing. Sie war nur schnell nach Hause gekommen, um sich umzuziehen und ihr Handy zu holen. Sie hatte ihn anrufen und ihm von ihrer Entdeckung erzählen wollen. Doch bevor sie dazu gekommen war und bevor sie das Haus wieder hatte verlassen können, war er da gewesen.

Jetzt stand er hier und hatte sie mit all den Worten überschüttet. Den Blick nervös auf sie gerichtet, als wäre sie ein gefährlicher Verbrecher, der die Flucht ergreifen oder jemandem etwas antun könnte.

»Das ist die Wahrheit, Kit. Ich will, dass du die Wahrheit weißt. Nicht noch mehr Lügen und noch mehr missverstandene Rücksichtnahme«, sagte Henrik.

Das klang richtig. In der Theorie klang das ziemlich gut. Aber mit wie vielen Wahrheiten fertig zu werden konnte man von ihr erwarten? Wie viele brauchte sie?

»Ich muss gehen«, schaffte sie endlich zu sagen und ging in einem Bogen an ihm vorbei zur Tür. »Ich muss etwas erledigen.«

»Kit. Komm zurück.«

Aber seine Stimme lag bereits hinter ihr und sie stieg die Treppe hinunter zum Auto.

Während sie fuhr, kam alles in Bruchstücken zurück. Sie hatte sich gefreut, ihn zu sehen. Als wäre sein Anblick eine Bekräftigung des Gefühls, das sie in Bibbies Wohnung empfunden hatte. Sie war bereit, ihm alles zu erzählen, von dem Ferienhaus, dem Kind in Bibbies Bauch; von der Tür, die sich vielleicht irgendwo in ihr geöffnet hatte. Von der Reise, auf der sie gewesen war und die sie nun zu Ende bringen musste. Den Kreis schließen, der in Hongkong seinen Anfang hatte und der auf sonderbare Weise auch mit Hongkong enden sollte. Auch wenn sie nicht ganz wusste, wie.

Aber seine Worte hatten sie zurückgehalten. Sie verwirrt. Mit großer Anstrengung zwang sie sie alle in eine kleine verschlossene Schachtel irgendwo in ihrem Hinterkopf. Später, dachte sie. Wenn das hier überstanden war. Dann würde sie sie wieder hervorholen und ihnen nachspüren. Dann würde sie ihm eine Antwort geben.

Sie folgte Bibbies Anweisungen und fuhr auf der Hauptstraße nach Kerteminde. Hier bog sie nach links ab und fuhr am Wasser entlang nach Kärby. Die Farben des Tages waren Stahl und Eisen und Lehm. Wasser oben und Wasser unten, wenn die Wolken sich über dem Meer entleerten und den Horizont in einer unklaren Linie zusammenschweißten.

Ihr kam der Gedanke, dass es in seiner Tristheit schön war. Sie verfuhr sich mehrere Male auf den matschigen Wegen des Sommerhausgebiets und mit dem Geruch von nassem Sand und Salz in der Nase. Aber dann sah sie plötzlich das Auto: den hinteren Teil eines grauen Lieferwagens, der durch ein Gebüsch guckte. Sie fuhr rückwärts. Und fand, wonach sie gesucht hatte. Genau wie auf dem Bild, das Bibbie ihr in dem Katalog gezeigt hatte.

Einen Moment erwog sie die Möglichkeit umzukehren. Alles aus dem Gedächtnis zu löschen und zu akzeptieren, dass es Knoten in der Vergangenheit gab, in der Vergangenheit der ganzen Familie, die nie entwirrt werden würden. Aber dann sah sie das Gesicht auf dem Piedestal vor sich. Sein Ausdruck, der sie verhöhnte und einlud. Der triumphierte. Sie spürte die Wut wie einen Windstoß. Gegen die Person dort drinnen gerichtet, doch auch gegen das heillose Durcheinander von Unwahrheiten und Wahrheiten. Gegen das Chaos des Daseins, das sich wie ein riesiges Hindernis vor ihr aufrichtete. Gegen ihre Familie, weil sie sie geschont hatte, gegen Henrik, weil er die Wahrheit gesagt hatte. Gegen sich selbst, weil sie nie gewagt hatte, die richtigen Fragen zu stellen.

Und sie öffnete die Autotür und stieg aus.

»Komm rein. Ich habe auf dich gewartet.«

Agnes Ling trat zur Seite. Das Gesicht starrte sie ausdruckslos an. Kit versuchte, sich mit den Sinnen zu orientieren. Der Geruchssinn meldete sich zuerst zurück. Holzgebälk und Teer und Diesel und noch etwas anderes.

»Das Parfüm«, sagte sie und wusste nicht, warum sie das Wort aussprach. »Opium.«

Ein schwaches Lächeln huschte wie ein Schatten über Agnes' Gesicht. »Dumm bist du nie gewesen. Naiv vielleicht. Aber nicht dumm.«

Kit folgte ihr in den Wohnraum. Er war unpersönlich wie in den meisten Ferienhäusern. Einfach und funktionell eingerichtet. Ohne Charakter, genau wie das Gesicht ihr gegenüber.

Merkwürdig unbewohnt. In einer Ecke standen zwei Kanister, die mit Benzin gefüllt waren, nahm sie an.

»Ein kleiner Scherz von mir«, sagte Agnes ohne zu lächeln, als sie sich einander gegenübersetzten. »Ich fand ihn der Situation angemessen. Außerdem nimmt es etwas von dem Geruch«, sagte sie und nickte in Richtung der Kanister.

Kit dachte nach. Ahnte in den wenigen Sekunden schon, was das für ein Mensch war, dem sie gegenübersaß. Kompromisslos. Sie selbst war, genau wie in der Kindheit, die, die sich unterordnen sollte. Sie war gezwungen Fragen zu stellen, musste aber wie eine Katze auf fremdem Territorium mit der Körpersprache ausdrücken, dass sie der Gast war. Sie ließ sich tiefer in den Stuhl sinken. Sah aus dem Fenster und zum Nachbarhaus hinüber, das hinter einem niedrigen Gebüsch lag.

»Du hast meine Familie zerstört. Mein Vater ist todkrank. Das Geschäft geht den Bach hinunter«, sagte sie so neutral wie möglich. »Jetzt bin ich gekommen, wie du es vielleicht die ganze Zeit gewollt hast. Warum? Was habe ich dir getan?«

Agnes sah sie eingehend an. »Du bist die Tochter deines Vaters«, sagte sie dann. »Du hast einen Mann geliebt und idealisiert, der die größtmögliche Demütigung verdient. Dein Vater ist ein Verbrecher, ist das nicht Grund genug?«

Die Frage kam seidenweich, aber mit einer inneren Härte, die Kit erschauern ließ.

Sie beschloss abzuwarten. Die Sekunden vergehen zu lassen und darauf zu setzen, dass Agnes auch auf diesen Augenblick gewartet hatte. Dass sie die Worte herauslassen musste, wie auch Henrik das gemusst hatte.

»Die Idee war so einfach«, sagte Agnes. »Du und deine Familie solltet leiden, wie ich gelitten habe. Den Schmerz spüren, wenn die Familie sich auflöst. Wenn das Umfeld aus den Fugen gerät. Und du …«

Sie starrte bis tief in Kits Seele hinunter. Mit einer Kälte, die sie einen Augenblick außer Fassung geraten ließ, weil sie noch nie den Hass eines Menschen gespürt hatte. Hass gemischt mit Eifersucht.

»Du solltest das spüren. Wie es sich anfühlt, die Liebe zu seinem Vater zu verlieren. Wie es ist, ihn so zu sehen, degradiert, machtlos, abhängig von anderen. Dem Schicksal ausgeliefert.«

Kit versuchte, eine Art von Kontrolle zu gewinnen. »Du bist keine Hexe, die Verwünschungen ausspricht. Du hast meinem Vater kein krankes Herz angehext. Ich glaube, du rechnest dir mehr als Verdienst an, als dir zukommt.«

Anges lächelte entgegenkommend, wie nur Asiaten das in einer ernsten Situation können. »Verwünschungen sind selbst gemacht. Die schwache Gesundheit deines Vaters war mein Glück, kann man sagen. Sie passte zu meinem Plan. Wäre er nicht krank geworden, wäre mir etwas anderes eingefallen. So ist mir eben das Schicksal zu Hilfe gekommen.«

Kit spürte die Demütigung, die sich über sie ergoss. Sie war so abhängig von einer Erklärung. Was sie nur noch mehr entblößte.

»Warum?«, wiederholte sie und konnte die Frage, von der sie wusste, dass Agnes darauf wartete, nicht umgehen. »Was habe ich dir getan?«

Jetzt lächelte Agnes wieder und ähnelte einer Stewardess der Business Class, die dem Passagier einen beruhigenden Drink einschenkt. Langsam nahm sie eine feine kleine Handtasche vom Boden auf, zog sie auf ihren Schoß und öffnete sie. Sie warf Kit einen Umschlag zu.

»Die letzten Bilder von meinem Vater«, erklärte sie geschäftsmäßig. »Die Woche darauf ist er gestorben.«

Kits Hände zitterten. Sie öffnete den Umschlag. Drei Bilder fielen heraus.

Zuerst konnte sie nicht erkennen, dass das ein Mensch war. Dann glaubte sie, eine Leiche zu sehen. Aber dann fand ihr Blick die halb offenen Schlitze, und ihr wurde klar, dass das ein lebendiger Mann war. Eine lebende Leiche. Abgemagert bis auf die Knochen. Auf einer harten, billigen Pritsche liegend.

Die Stille pochte in ihrer Schläfe. Die Stimme versagte.

»Sieh gut hin«, sagte Agnes von weither. »Das ist das Werk deines Vaters. Deines geliebten, bewunderten Vaters, der meinen Vater in die Opiumhöhle geführt hat. Der seine Abhängigkeit jahrelang aufrechterhalten hat, um wie ein Blutsauger Informationen aus ihm herauszuholen.«

Jetzt zitterte Agnes' Stimme vor Wut, und mitten im Chaos der Situation wertete Kit es als gutes Zeichen. Darauf kam es an, spürte sie instinktiv. Sie musste sie dazu bringen, die eisige Kontrolle über die Gefühle zu verlieren. Einen kleinen Spalt finden und ihn vorsichtig öffnen.

»Dein Vater hat ihm gesagt, dass man jederzeit vom Opium loskommen kann. Dass es leicht ist aufzuhören. Aber bereits nach dem ersten Mal war es zu spät. Mein Vater wurde schwächer und schwächer und war schließlich wie eine Marionette in den Händen deines Vaters.«

Kit sah die Tränen, die das Steingesicht hinunterliefen. Sie spürte die Scham. Die Zerrissenheit zwischen Handausstrecken und Weglaufen. Für den Bruchteil einer Sekunde sah sie plötzlich ihren Vater in einem weißen Licht ganz klar vor sich. Und eine doppelte Trauer schien von ihr Besitz zu ergreifen und irgendetwas in ihr zu verrenken, dass es physisch wehtat. Vielleicht war das Liebe, dachte sie vage; vielleicht hatte Agnes Recht. Vielleicht wurde ihr in diesem kurzen Moment das Herz aus dem Leib gerissen. Vielleicht würde sie nie mehr einen Menschen lieben können.

»Als deine Familie zurück nach Europa gegangen ist, gab es eine polizeiliche Untersuchung gegen meinen Vater, aber er ist mitten drin spurlos verschwunden. Vor der Polizei. Vor uns. Ich war elf Jahre alt. Später habe ich herausgefunden, dass dein Vater ihn außer Landes gebracht hat, weil er sonst Gefahr lief, selbst rechtlich verfolgt zu werden.«

Kit starrte wortlos vor sich hin.

Agnes fuhr fort. »Ich habe mir gelobt, ihn zu finden, wenn ich alt genug bin. Als Fünfzehnjährige bin ich von zu Hause abgehauen. Es hat ein Jahr gedauert. Aber schließlich habe ich ihn in Macao gefunden, in einem Opiumbordell am Hafen.«

Eisig fügte sie hinzu: »Aber da hatte ich bereits aufgehört, ihn zu lieben. So wie du dich jetzt verzehrst, bin auch ich aufgefressen worden. Von Wut und Hoffnungslosigkeit und Schuldgefühlen, weil ich ihm nicht vergeben konnte, was er mir genommen hatte.«

Agnes richtete die Stimme nach innen, als spräche sie zu sich selbst. »Ich habe geschworen, mich zu rächen, wenn ich schon nicht lieben kann. An deinem Vater und an dir. An deiner ganzen Familie. Ich bin nach Dänemark gegangen und habe eine kaufmännische Ausbildung gemacht. Aber ich habe die Augen offen gehalten. Auf den richtigen Zeitpunkt gewartet. Den Zeitpunkt, wo ihr alle viel zu verlieren hattet.«

Agnes stand abrupt auf. Kit spürte die Angst, die sich um ihren Hals schnürte.

»Eine kaufmännische Ausbildung. Du warst das mit der Firma auf den Cayman Islands«, stellte Kit fest.

Agnes nickte. »Natürlich war ich das. Nur ein kleiner Trick. Ein Vorgeschmack.«

»Ein Vorgeschmack von eineinhalb Millionen.«

Alles ging so schnell, und gerade darauf war sie nicht vorbereitet. Im Handumdrehen hatte Agnes einen Kanister geschnappt und begann Benzin über Boden und Möbel zu gießen. Kit sah wie paralysiert zu. Sie konnte gerade noch denken, dass ein im Scheinwerferlicht gefangener Hase sich so fühlen musste.

»Was in aller Welt machst du da?«, brachte sie hervor.

Agnes lächelte wieder. »Ich bereite ein reinigendes Feuer vor. Für uns beide.«

Die Gedanken rasten. Nur weiterreden. Worte heraussprudeln und wichtiger als Taten sein lassen. Alles kaputt reden.

»Und warum sollen wir beide für etwas sterben, das unsere Väter getan haben? Wie kann das unsere Schuld sein?«

Agnes setzte den Kanister ab, fast vorsichtig. »Man sollte nicht meinen, dass du die Westlichere von uns beiden bist«, schimpfte sie. »Hast du noch nie etwas von der Erbsünde gehört. Davon, dass wir in sieben Generationen die Sünden unserer Väter erben.«

»Wir erben aber auch ihre Liebe«, argumentierte Kit, verzweifelt nach etwas suchend, woran sie glauben konnte. »Etwas Gutes müssen sie doch hinterlassen haben. Natürlich haben sie Fehler gemacht. Mein Vater die meisten, das gebe ich zu und dafür schäme ich mich. Dein Vater war schwach. Aber sie haben uns wie Väter geliebt.«

War da ein Schimmer von Interesse in dem kalten Blick? Nur ein Zipfel von etwas, das sich ausnützen ließ, um die Situation zu wenden? Kit redete weiter, behielt jedoch gleichzeitig Agnes' Hände im Auge, die jetzt in der Tasche fischten und ein Feuerzeug herausholten.

»Du hast uns alle gestraft. Mehr als du ahnst. Aber mit dem Tod hört die Strafe auf, hast du das bedacht? Mit dem Tod hört auch die Abhängigkeit auf, und man ist frei. Wie ein Narkomane, der seine Sucht überwindet.«

»Du redest zu viel«, sagte Agnes irritiert. »Du hast Angst. Genau wie damals. Du bist ein Feigling.«

Kit spürte nach. Aber diesmal empfand sie keine Angst. Sie schien aufgebraucht zu sein, und sie begriff, dass ihre Gedanken Agnes' Argumentation folgten und dem Verstehen nah waren. Der Tod in den Flammen war beinahe verlockend. Ein Ausweg aus dem Chaos. Sie musste sich nahezu zwingen weiterzureden.

»Ich habe keine Angst«, sagte sie und hörte die innere Ruhe in ihrer eigenen Stimme. »Ich bin weit gekommen. Es wäre fast eine Erleichterung, wäre es nicht falsch.«

Agnes schien in ihrem Entschluss zu wanken. Kit sah wieder Tränen und wusste, wonach sie suchen musste. Sie musste in dem, was wie ein totes, kaltes Gemüt aussah, nach Gefühlen fischen.

Doch hinter allem wirbelten die Worte durcheinander. Konnte es doch stimmen. Musste man für die Fehler der Väter büßen? Galt Liebe nichts, wenn sie von Menschen kam, die etwas Unverzeihliches getan hatten? Sie starrte wie hypnotisiert.

Agnes nahm das Feuerzeug von einer Hand in die andere, als würde sie es wiegen.

Dann hörte Kit den kleinen Klick und sah die Flamme, die aufleuchtete. Ein winziges Licht in der dünnen zitternden

Hand. Den Arm, der wie ein Pendel zu schwingen begann. Soll ich, soll ich nicht, soll ich, soll ich nicht. Das Feuer, das sich dem Brennstoff näherte.

Sie hätte nie geglaubt, dass noch ein Laut zu ihr durchdringen könnte. Dass sich etwas in diesem Kämmerchen des Wahnsinns finden ließe. Alles schien vorausbestimmt. Unumgänglich.

Doch dann hörte sie das Geräusch von Reifen auf dem weichen Waldboden und einen Motor, der in der Nähe ausgeschaltet wurde, und etwas in ihr erwachte.

»Kit.«

Da war eine Stimme, die von weither rief. Sie klang wie Karen-Lis'.

»Kit, wo bist du?«

Sie hörten vorsichtige Schritte im Gebüsch. Agnes' Blick wanderte zum Fenster hinüber, an dem ein Schatten vorbeiglitt. Kit sah die Unsicherheit und wusste, dass gerade jetzt alles möglich war.

»Es ist noch immer Zeit«, sagte sie ruhig und versuchte, diesen fremden Blick festzuhalten. »Du hast nichts getan, das herauskommen muss. Du hast erreicht, was du wolltest. Du hast mir alles genommen. Meinem Vater und meiner Familie.«

Der Arm mit dem Feuerzeug schwenkte hin und her. Gefährlich nahe. Es glich einem Spiel. Als sollte das Schicksal die Entscheidung treffen. Soll ich, soll ich nicht. Kit sah sich vor ihrem inneren Blick als Kind mit einem kleinen Gänseblümchen in der Hand im Gras sitzen. »Er liebt mich, er liebt mich nicht, er liebt mich, er liebt mich nicht«, klang es im Takt mit der Pendelfahrt des Feuerzeugs.

Es klopfte an der Tür. Agnes' Blick flackerte eine Sekunde. Tausend Ausdrücke glitten auf einmal über ihr Gesicht.

»Hei. Mach auf. Kit, bist du da drin?«, erklang Karen-Lis' Stimme gefolgt von der eines Mannes, der feststellte: »Pfui, stinkt das nach Benzin.«

Die Sekunden tickten. Kit sah die Unschlüssigkeit in Agnes' Blick. Ihre Gedanken rasten.

»Wir können eine Abmachung treffen. Das schulde ich dir«,

sagte sie schnell. »Deine Freiheit gegen meine. Du bekommst vierundzwanzig Stunden, um das Land zu verlassen, bevor ich jemandem von dir erzähle. Fang noch einmal an. Lass das hier hinter dir, wenn du kannst. Dafür lässt du mich gehen.«

Agnes kniff voller Abscheu die Augen zusammen. »Warum sollte ich dir vertrauen?«

»Weil wir einmal Freundinnen waren. Weil du mir damals immer vertrauen konntest. Und weil ich helfen möchte.«

»Deinem Gewissen?«, höhnte Agnes.

Kit nickte, denn sie hatte Recht. Das war ein Ablass. Eine Art Reinigung.

»Ich kann jetzt gehen. Ganz still und ruhig aus dieser Tür gehen. Sie werden erst später etwas erfahren. Du hast massenhaft Zeit.«

Jetzt lag deutliches Interesse in dem Blick. Das Feuerzeug zitterte in der Luft. »Was für eine Garantie habe ich?«

Kit sah sie fest an. Spürte wieder eine sonderbare Ruhe, die bis in die Knochen drang. »Du hast mein Wort.«

Das war der Moment, das wusste sie. Mehr konnte sie nicht tun. So musste sich ein Anwalt fühlen, der mit seiner Verteidigung fertig war. Alles auf den Tisch gelegt hatte. Die Worte verbraucht hatte.

Kit starrte auf den Arm mit dem Feuerzeug. Sah, wie er zwischen dem durchweichten Sofa und dem Boden stillstand.

Lange blieben sie so stehen. Dann schien die Person da drüben endlich zu einem Entschluss gekommen zu sein. Und der Arm senkte sich langsam.

Kit sagte nichts. Es gab nichts mehr zu sagen.

Sie drehte Agnes den Rücken zu. Langsam, ganz langsam durchquerte sie den Raum, öffnete die Tür und trat in die frische Luft hinaus.

54

»Ich möchte gerne die Wahrheit wissen. Keine beschönigte Ausgabe. Keine Ausgabe für Minderjährige. Sondern die für Erwachsene.«

Karen-Lis spürte die Herausforderung in Kits Blick. Ein Tag war seit ihrem Treffen an dem Ferienhaus vergangen, und Kit war genauso plötzlich aufgetaucht wie beim ersten Mal. Die 24-Stundenfrist war vorbei. Also hatte sie ihnen von Agnes Ling und dem erzählt, was in den Wochen davor geschehen war.

Karen-Lis dachte an das Geräusch des Lieferwagens des Nachbarn, den sie einmal nachts gehört hatte. Wie das Brüllen eines einsamen Tiers. Erinnerte sich, wie sie sich umgedreht und in Lances Umarmung verkrochen und langsam wieder Schlaf gefunden hatte.

Kit starrte sie mit ihrem Lügendetektorblick an, und einen Moment wurde sie von Panik ergriffen. Wie würde die Wahrheit nach so vielen Jahren aufgenommen werden? Mit dieser Angst hatte sie immer gelebt, wie mit einem Schatten über dem Dasein. Und doch hatte sie auf den Tag gehofft. Darauf, dass der Fluch eines Tages aufgehoben würde und sie von vorne beginnen konnten oder zumindest von einem Punkt, den sie beide kannten.

Sie sah von Kit zu Lance. Ohne ihn wäre sie gar nicht hier, dachte sie. Ohne ihn ginge das nicht, und sie würde nackt vor Kit sitzen, entblößt bis auf die Knochen und auf all das, was zuzudecken sie Jahre gebraucht hatte. Schutzlos.

Es war mehr sein Blick als der Kits, der die ersten Worte aus ihr herausholte. Wie damals, als sie im Bett lagen und sie ihm alles erzählt hatte.

Sie räusperte sich. Begann versuchsweise die Lippen zu bewegen und hörte sich zu ihrer Verblüffung selbst sagen: »Es quält mich seit so vielen Jahren. Ob du verzeihen kannst. Ich wusste ja, dass der Tag kommen würde, an dem du eine Antwort fordern würdest. Von Anfang an habe ich das gewusst.«

Kits Stimme hatte etwas Sanftes. Etwas, das sie weiterreden ließ. »Erzähl«, sagte Kit nur. »Erzähl mir alles.«

Und dann erzählte sie. Von der Kindheit in Hongkong. Davon, die Älteste zu sein und die, die die Schuld auf sich nahm. Davon, eine Schwester zu haben, auf die man aufpassen musste. Und einen Vater, der das Unmögliche verlangte. Von all dem, von dem nie gesprochen wurde; von dem Opium, von Dewi; von dem Goldenen Drachen. Davon, alles gut und richtig machen zu wollen. Davon, Zweifel zu haben, und davon, ein lebenslanges Versprechen abzugeben.

Vielleicht vergingen Stunden. Mit Eimern von Tee und Zigaretten und später mit Rotwein. Mit Reden und Zuhören. Mit Fragen und Erklärungen. Mit der Wahrheit.

»Es ist passiert, weil er dich liebte«, versuchte sie. »Weil er Angst hatte, dich zu verlieren.«

Kit wandte den Blick eine lange Sekunde nach innen. »Eine merkwürdige Art Liebe zu zeigen«, sagte sie kalt. »Einem Kind Angst einzujagen. Einen anderen Menschen zu zerstören.«

Karen-Lis seufzte. »Es war die einzige Art, die er kannte. Zu manipulieren. Die Wahrheit zu formen, damit sie ihm passte und damit du niemals sahst, wer er in Wirklichkeit war. Wer er *auch* war«, berichtigte sie sich, denn es war zum Verzweifeln, dass er das alles war. Auch ihr Vater. Auch der, den sie liebten.

»Ich habe dich vermisst«, sagte Kit dann. »So lange ich mich erinnern kann.«

Karen-Lis dachte an die Kinder in Simbabwe. An all das, was sie in das große leere Loch gefüllt hatte. »Ich war auf der Flucht«, gestand sie.

»Vor mir? Vor Vater?«

Aber das war nur ein Teil der Wahrheit. »Vor der Verantwortung, vielleicht. Aber es hat nicht funktioniert.«

Der Abstand zwischen ihnen war wie ein feines transparentes Stück Gaze, das jemand zerrissen hatte. Die gesamte Struktur war nur schwer zu erkennen, aber sie war da. Lag vor ihnen und wartete darauf, mit Spinnwebsfaden zusammengenäht zu werden.

Sie begegnete Kits prüfendem Blick. Suchte nach etwas, vielleicht einer Form der Begnadigung, wagte aber nicht, sie zu erwarten. Und dann bekam sie doch mehr, als sie gedacht hatte.

»Wie hast du damit leben können?«, fragte Kit nach einer langen Pause.

In den Worten lag keine Anklage. Eher Mitgefühl. Karen-Lis spürte, wie der dünne Faden die Gaze vielleicht doch zusammenhielt.

»Ich hatte die Ungewissheit und den Albtraum«, fuhr Kit fort. »Aber du hattest die Verantwortung. So jung, wie du warst, hast du für die ganze Familie Verantwortung getragen.«

Karen-Lis streifte der Gedanke, dass Kits Reaktion vor ein paar Wochen vielleicht eine andere gewesen wäre. Aber Kit schien gewachsen zu sein. Schien sich im Laufe der Begebenheiten der letzten Tage eine andere Art, die Welt zu sehen, angeeignet zu haben.

Sie wagte es, die Hand auszustrecken. Spürte, wie Kits Hand nach ihrer griff. Wie der Faden arbeitete, um das Loch zu schließen. »Und Vater?«, fragte sie.

Kits Blick wurde leer. Eine feine Lage Frost schien sich über die Oberfläche der Augen zu legen. Sie sagte nichts.

Vermochte vielleicht nicht einmal die Worte zu formen, bevor Karen-Lis' Handy die Stille zerriss.

»Der Arzt sagt, dass es bald soweit ist.«

55

Kit hätte nie geglaubt, dass das passieren könnte. Das Ende der Liebe. Dass sie dastehen und ihn ansehen könnte, wie jetzt, ohne sich an sie klammern zu können.

Sie suchte. Stöberte in dem, was einmal ein Meer von Gefühlen gewesen war. Erinnerungen, vergessenes Lächeln, Umarmungen und vertrauliche Unterhaltungen. Aber sie suchte vergebens, denn da war nichts. Nicht einmal Wut. Es war, als wäre der Winter bis ganz zu den Knochen vorgedrungen. Als wäre alles gefroren, in Eis eingepackt.

Sie dachte vage, dass er jetzt doch gekommen war, der Moment, den sie immer gefürchtet hatte. Nun musste sie von ihrem Vater Abschied nehmen. Die Sekunde, die überleben zu können sie nie geglaubt hatte. Aber vielleicht war sie bereits tot.

Sie standen eng zusammen um das Bett. Ihre Mutter, sie und Karen-Lis. Das Krankenhauspersonal hatte sie alleine gelassen. Hatte ihnen in behutsamen Wendungen zu verstehen gegeben, dass das der letzte Moment war. Der allerletzte Atemzug. Der letzte Hauch von Leben.

Sie versuchte in dem Gesicht auf dem Kissen zu lesen. Vielleicht konnte sie etwas finden. Was, wusste sie nicht. Aber der Gedanke nahm Besitz von ihr, als wäre das eine letzte Chance. Wenn sie bis ganz dorthin vordringen konnte, bis unter die bekümmerte kleine Falte in der Stirn. Wenn sie nur einen Bruchteil verstehen konnte. Wenn er sie einen kurzen Moment dorthin mitnehmen konnte, wo er sich befand. Vielleicht dann. Vielleicht würde sie dann das finden, was sie suchte.

Er nahm leise Stimmen wahr. Jetzt standen sie da. Um ihn herum. Er konnte sie spüren, jeden Einzelnen. Inas nie nachlassende Aufmerksamkeit, die wie ein warmer Lichtkegel auf ihn gerichtet war. Karen-Lis, ein wenig abseits, als hätte er eine ansteckende Krankheit, den Blick aber trotzdem auf ihm ruhend, das spürte er. Und dann war da Kit. Kits Blick, wie der der Sechsjährigen damals. Sie wusste es nicht, aber sie hatte ihn festgehalten. Mehr als jeder andere. Mehr als alles andere war es ihr Blick, den er an dem Tag vor sich gesehen hatte. Nur er hatte ihn zurückholen können. An dem Tag in Hongkong vor so langer Zeit; an dem Tag, der ihn immer begleitete und von dem er wusste, dass er ihn nie loslassen würde.

Das war der schlimmste Tag seines Lebens, dachte er geistesabwesend, als er mitten darinnen stand. Nie würde es einen Tag geben, der schlimmer war als dieser. Vielleicht genauso schlimm. Aber nie schlimmer. Die Liebe war doch von allen Narkotika das stärkste.

Er saß an Dewis Bett im Queen Elizabeth Hospital. Die Jahre waren vergangen. Wieder und wieder war ihr wie einer Katze das Leben geschenkt worden. Teure Kliniken und Krankenhäuser in Europa und den USA hatten die Zeit hinausgezögert und den Tod an der Nase herumgeführt. Aber jetzt waren keine Leben mehr übrig.

Er erinnerte sich, wie ihre gemeinsame Zeit ausgesehen hatte. Versuchte, sie vor seinem Blick festzuhalten, während sie schwächer wurde. Genau wie er sie vor zwei Wochen auf dem Boot in der wahnwitzigen Hoffnung gefilmt hatte, sie festhalten zu können, ihr Wesen, ihre Sanftheit und ihre ganz besondere Stärke. Wohl wissend, dass das ihre letzte Bootsfahrt war. Ihre letzte gemeinsame.

Während er da an ihrem Bett saß, ihre Hand in seiner, sah er alles vor sich. Den Schatten ihrer Schönheit, die unter der Oberfläche noch immer da war. Das lange, bis zur Taille reichende Haar, das in einer milden Brise vor dem Hintergrund des blauen Meeres flatterte. Das Lächeln, das ihm galt, ihm alleine. Und, wenn er es nicht sah, die Feuchtigkeit im Winkel des Auges, als würde der Wind die Tränen fortküssen.

Da dachte er plötzlich an Karen-Lis und an Kit. An die kleinen Geschöpfe, die er einmal im Arm gehalten hatte. Er dachte an sie und beschwor sie vor seinem inneren Auge herauf und hielt sie fest, weil sie das Einzige waren. Jetzt gab es bald nur noch sie und Ina, der er so viel schuldete, das er nicht geben konnte.

Er lauschte. Dewis Atem schien von einem fernen Ort zu kommen. Schien sich von ihm zu entfernen.

Er drückte sanft ihre Hand. Spürte, wie sich alles in ihm zusammenschnürte und er Schwierigkeiten hatte, sie durch den Nebel zu sehen, der vor seinem Blick lag. Wie die Welt ihn mit ihrer Leere anbrüllte.

Und plötzlich war Kits Blick wieder da, der ihn brauchte. Und er erinnerte sich an das Versprechen, auf sie aufzupassen, das er sich gegeben hatte; besonders auf sie, auf dieses seltsame verletzliche Wesen. Er erinnerte sich an den Tag in der vergangenen Woche mit dem Film von dem Pavillon und wie er geglaubt hatte, dass Karen-Lis das war. Doch zu seinem Entsetzen war es Kit. Kit, die nie etwas erfahren durfte. Kit, die eingepackt werden musste. Die in eine beschützende Lage Baumwolle einzupacken er immer den Drang verspürt hatte. Und die er stattdessen furchtbar erschreckt hatte, ohne es zu wollen.

Während Dewi schwächer wurde, sah er klar, was er getan hatte. Es war wie ein Teufelspakt, und er würde bis zu seinem letzten Tag damit leben müssen. Weil er sonst alles verlor, weil sich sonst die Liebe auflöste und nichts übrig blieb als Kälte und Bedeutungslosigkeit.

Denn es gab keine Entschuldigung, das wusste er mitten im Abschied. Keine Möglichkeit der Vergebung für das, was ihm so unumgänglich erschienen war.

Als der letzte Seufzer erklang, war es Kit, die ihn festhielt. Der einzige Gedanke, der ihn davon abhielt, sich nach dem Tod zu sehnen.

»Kit«, murmelte er, während Dewi vor seinen Augen dahinschwand. »Kit, mein Kind.«

Kit wunderte sich.

Sie hatte das nicht für möglich gehalten. Dass sie das Bedürfnis haben könnte, ihn zu berühren, das Bedürfnis, seine Hand zu nehmen. Es schien schon lange zu spät zu sein. Aber es geschah, bevor sie die sich bewegenden Lippen sah. Aufgesprungen und trocken formten sie das gleiche Wort, immer wieder, ohne dass der Laut herauskam.

Es war, als würde sie von Kräften dorthin gezogen, die sie nicht kannte. Als würde sie jemand steuern, seine Hand zu nehmen und sich an seine Seite zu setzen. Als würde ein warmer Wind den Frost wegblasen.

Sie beugte sich vor, und dann sah sie ihn plötzlich, wie sie ihn noch nie zuvor gesehen hatte. Nur ein Mensch. Nicht mehr und nicht weniger. Nicht größer als alles andere, wie sie immer gemeint hatte. Aber ein Mensch, der etwas von ihr wollte.

Sie legte das Ohr nah an seinen Mund und spürte den letzten Strom von Wärme. Vernahm ihren Namen und spürte die Gewissheit.

Dann drückte sie ihm einen Kuss auf die Stirn.

EPILOG

»Ist das für mich?«

Henrik drehte und wendete das Geschenk in den Händen. Sie hatte es in Weihnachtspapier eingepackt, obwohl Heilig Abend vorbei war und sie an einem faulen zweiten Weihnachtstag hier saßen. Karen-Lis und Lance waren nach Simbabwe in die Ferien gefahren. Ihre Mutter hatte sich nach dem ersten Weihnachtstag mit einer Grippe ins Bett gelegt. Nur sie waren noch in Bibbies Wohnung, die sie nach dem Einzug endlich in den Griff zu bekommen schienen. Der Weihnachtsbaum reichte bis hoch unter die Stuckdecke. Die Wintersonne warf ihre Strahlen durch die Fenster und beschien die Planken des Bodens mit ihrer Wärme.

»Das ist nicht von mir«, sagte sie. »Das ist von meinem Vater. Es stand so im Testament«, erklärte sie.

»Ich bin im Testament erwähnt?«, fragte er verwundert.

Kit nickte. Die Regelung des Nachlasses nach dem Tod ihres Vaters hatte fast ein ganzes Jahr gedauert. Jetzt war endlich alles erledigt, und wie sie erwartet hatten, war nicht mehr viel Geld übrig. Die Versicherung hatte nicht für den Brand des Lagers gezahlt, und mit dem Verlust der eineinhalb Millionen war schließlich alles hoffnungslos gewesen. Es reichte gerade noch, dass ihre Mutter das Haus behalten konnte.

Für sie selbst bedeutete das fehlende Geld aber auch eine Art Freiheit. Jetzt gab es die Firma nicht mehr. Jetzt mussten sie und Henrik sich eine eigene Zukunft schaffen. Und dann war da all das andere. Die Erinnerungen, die nach Monaten der Verdrängung endlich aufzutauchen begonnen hatten. Und die persönlichen Reaktionen, wie man so schön sagte.

»Willst du es nicht aufmachen?«, fragte sie.

Henrik mühte sich mit dem Band ab und zerriss das Papier wie ein ungeduldiger Junge. Doch als das Schachspiel sichtbar wurde, schien sich sein Tempo zu verringern und er saß eine Weile ganz still da, während seine Finger die kleinen weißen Felder aus Elfenbein und Ebenholz liebkosten.

»Aber warum?«, fragte er, und zu ihrer Überraschung hörte sie, dass seine Stimme belegt war.

»Das war Zimmermanns Wunsch«, sagte sie dann. »Der erste Schwiegersohn sollte es bekommen, wenn es keinen Sohn gab.«

Sie konnte ihm ansehen, was er dachte. Wie sie das immer sehen konnte. Konnte die Zärtlichkeit lesen und die Sehnsucht danach, hier ihrem Vater gegenüberzusitzen, vertieft in ein Spiel mit den feinen Figuren, aufgestellt wie Soldaten vor einer Schlacht.

»Trotzdem ist es unglaublich.«

Sie wollte so viel. Die Hand ausstrecken und ihn berühren, ihm sagen, dass er es annehmen, dass er sich an die guten Stunden erinnern sollte. Aber etwas ließ sie abwartend dasitzen und ihn fühlen und herumfingern und Gedanken formen. Es war, als hätte er noch nie ein Schachspiel gesehen. Als wunderte er sich über die Form des Brettes und das Farbenspiel in den Feldern und die feinen Schnitzereien der Figuren und als müsste er es erst gründlich untersuchen.

Und dann gab etwas in dem Spiel nach und ein kleiner Klicklaut ertönte, als der Hohlraum im Brett sich öffnete. Sie machten große Augen. In dem kleinen Raum, auf einem Lager aus beschützendem Samt, lag eine Schachtel.

»Was in aller Welt ist das?«, fragte Henrik. Aber sie wusste es bereits, bevor er die Schachtel geöffnet hatte. Warum, ahnte sie nicht. Vielleicht hatte sie immer gewusst, dass er irgendwo war. Dass er früher oder später auftauchen würde.

»Hattest du nicht einmal einen Projektor?«, fragte sie und versuchte ihre Stimme neutral klingen zu lassen.

Er nickte mechanisch. Er, der alle möglichen Technikspielzeuge besaß. »Er liegt in einem Karton auf dem Speicher.«

Sein Blick begegnete ihrem. »Bist du sicher?«

Sie nickte. Nie hatte sie so weit gedacht, doch plötzlich wusste sie, dass das die einzige Möglichkeit war. Denn er war noch immer da, der Traum, als wollte er sie nie loslassen. Hin und wieder warf er sie noch immer in die Wogen der Angst, und sie musste sich an ihn schmiegen, mitten in der Nacht, und sich in seiner Sicherheit ertränken.

»Ganz sicher.«

Sie hörte das Zittern ihrer eigenen Stimme.

Längst hatte sie vergeben, was ihr zu vergeben zukam.

Aber noch immer fehlte etwas. Ein kleiner Stein des Verstehens vielleicht. Eine Form des Abschlusses, eine, die den Weg für einen neuen Anfang bahnen konnte. Das dachte sie, während Henrik den Projektor aufstellte und die Gardinen zuzog. Während das Herz in ihrer Brust galoppierte, weil sie wusste, dass er jetzt vielleicht da war. Der Stein, der fehlte.

Während der Film zurückspulte, spürte sie wieder seinen fragenden Blick, und die Panik schien an die Oberfläche zu steigen. Aber dann kämpfte sie sich frei und nickte ihm zu, dass sie bereit war.

Vielleicht war es der schnurrende Laut, der sie zurück nach Hongkong brachte. Vielleicht waren es das Dunkel und die Lichtflecke auf der weißen Wand und die Farben, die zu Figuren wurden. Aber plötzlich war sie dort und die Kamera schwenkte über die Skyline der Stadt. Sie sah den Hafen und die Boote und sah, wie das Auge der Kamera auf der Stadt verweilte, die nie stillstand.

Sie lehnte sich zurück. Seufzte unhörbar. Erinnerte sich mit einem Mal. An das Chaos. Den Lärm. Das ewige Durcheinander wie in einem Ameisenhaufen.

Und plötzlich war nur das Meer da. Ruhig und blau, und die Sonne, die auf den Wellen spielte und das Boot ihres Vaters, das in der Brise wippte. Die Kamera glitt über das Panorama, und die Bewegung wurde zur Liebkosung, als das Auge auf einer jungen Frau im Vordersteven des Bootes verweilte. Kit starrte die Frau in dem Boot an, ihre feinen asiatischen Züge, das lange schwarze Haar. Aber es war mehr die Kamera als die Frau, von der sie fasziniert war. Ihr Suchen nach ihrem Mund, nach dem feuchten Rand ihrer Augen, ihre sanfte Bewegung über den Körper der Frau, als wollte sie sie mit einem unsichtbaren Teppich zudecken. Nicht irgendjemand hatte diese Frau gefilmt, das wusste sie. Nur jemand, der ihr auf ewig verbunden war, konnte so ein Kunstwerk schaffen. Ihr Hals wurde eng wegen der beiden, wegen der Kamera und des Mädchens. In dem Wissen, dass das ein Abschied unter Liebenden war.

Und noch enger, als es endlich so weit war. Als sie endlich in den Pavillon geführt wurde, wie eine Art Anhang zu dem Film von Dewi, sah sie die Gestalten dort mit Augen, durch die sie noch nie gesehen hatte. Das war das Ende des Films. Ein ganz kleiner Streifen. So klein, dass er sich entschieden hatte, ihn für den Rest seines Lebens zu behalten. Um Dewi zu behalten.

Wieder wanderte das Auge der Kamera. Diesmal mit kantiger und unsicherer Führung. Von den Gestalten im Pavillon zu einem kleinen Mädchen, das mit offenem Mund und der wie ein Cape um sich geschlungenen Angst dastand.

Sie erinnerte sich. An die Angst vor dem Bösen. An die Einsamkeit mitten in der Entdeckung. An den Gedanken, zu verlieren und allein zurückzubleiben. Und mit der Erinnerung schien das Ganze aufzuhören. Als hätte es nie existiert.

Und dann spürte sie etwas Warmes, und sie drückte Henriks Hand und dachte, dass das vielleicht reichte. Wie wenn der Teufel durch das Zeichen des Kreuzes vertrieben wird. Sie beide. Vielleicht bedurfte es dessen und nicht mehr.